马步升-江湖三部曲

马步升◎著

敦煌文艺出版社

图书在版编目（CIP）数据

青白盐 / 马步升著. -- 兰州：敦煌文艺出版社，2018.6（2024.1重印）
ISBN 978-7-5468-1545-9

Ⅰ.①青… Ⅱ.①马… Ⅲ.①长篇小说－中国－当代 Ⅳ.①I247.5

中国版本图书馆CIP数据核字（2018）第006138号

青白盐

马步升 著

责任编辑：尚再宗
封面设计：尚书堂·叫兽

敦煌文艺出版社出版、发行
地址：（730030）兰州市城关区读者大道568号
邮箱：dunhuangwenyi1958@126.com
0931-8773298（编辑部）
0931-8773112　8773235（发行部）

三河市嵩川印刷有限公司印刷
开本 710毫米×1000毫米　1/16　印张 20　插页 1　字数 349千
2018年7月第3版　2024年1月第2次印刷

ISBN 978-7-5468-1545-9
定价：75.00元

如发现印装质量问题，影响阅读，请与出版社联系调换。
本书所有内容经作者同意授权，并许可使用。
未经同意，不得以任何形式复制。

一八九九年正月十五傍晚，我家老太爷马正天这个二杆子货，带着八百名脚户突然包围了陇东府衙，一片声叫喊着，要知府铁徒手出来回话。知府衙门大门紧闭，三排兵勇石头样站立，一排背门面街，手持火枪，黑洞洞的枪口没有指向人，也没指向天，指向比人高一点，比天低一点的地方，另两排分列两旁，挎刀的一手紧握刀把，持矛的矛尖朝天。红灯笼从府衙大门挂起，每隔三尺一盏，一路挂出府衙街，挂满了西峰镇的大街小巷。西峰人有个久远的传统，年是节，年是关，过节如过关，富人过年，穷人过难，喜庆中有着艰难。富人也一样，人来客去，熙熙攘攘，一个年过下来，累垮了。到了正月十五，才是一心不操，赏着灯儿，吃着元宵，识文断字的人儿，喝着小酒，制几个谜儿，猜几个谜儿，对对子，行酒令，琴棋书画，吁嗟呜呼，把积攒了一年的斯文，在这一夜，尽数排遣了去。过了这一夜，年算是过完了，该干啥干啥去，新的一年开始了。

　　可是，这一个元宵夜，西峰镇只见张灯结彩，不见仕女如云，高门大户，灯笼依然红火，大门却是紧闭的，柴门矮屋，灯笼也是挂着的，透过红纸而出的灯光却是清冷冷的。围了府衙的脚户闹嚷了半天，里面不见动静，夜色渐渐浓了，扫帚风渐渐猛了，一股子过来，扫走一层街皮。寒风吹动灯笼，缩在纸里的一苗灯火，晃晃悠悠，映得灯笼下的人，脸色恍惚，人影虚飘，有了牛头马面的气象。脚户们身上冷了，把手中的扁担抱在怀里，把腰里的羊毛带子煞煞紧了，又把双手交叉拢在袖子里，还是挡不了寒风，那叫喊声便少了刚来时的雄浑和刚劲，一声声喊出去，像是夜半叫魂，尖利而虚弱。脚户老大邱十八转过身去，对马正天说："马爷，你看这……"

　　"不急，再等等。"马正天眼望高天，嘴里噙着的黄铜旱烟锅朝天杵着，好似他的抽烟与天有关一般。

"马爷，劲可鼓不可泄，弟兄们底儿有些漏了，我怕……"说话的是脚户老二牛不从。马正天哂笑笑说："把这算个毬毛，看我的！"

在这如火如荼的紧要关口，铁徒手家那个风情万种的名叫泡泡的丫环，后来成为马正天二姨太的我家老太太，正婉转在床养病。据安泰堂郎中向惠中先生说，她这是少女怀春。

马正天要做一场事了。

这场事与马氏家族的兴衰沉浮有关。

称马正天为二杆子货的人是我的爷爷，也就是马正天的儿子马登月。我已经能听懂人话时，马登月还没有死，我还得跟在他的屁股后面，咩咩地叫着爷爷。说起来，马登月的年龄并不算大，他就是他爹带着脚户闹事的这个冬天，由铁知府家的丫环，那个名叫泡泡的、风情万种的十六岁少女生下来的儿子。也就是说，我能听懂人话时，他也不过七十郎当岁。不过，他在那个时代还可磕磕绊绊人人鬼鬼地活着，本身就是一大奇迹，不说他的先辈做过什么事了，也不说他先前做过什么事了，别人说白话已经超过一个甲子了，他还在摇头晃脑说古文，别人辫子剪掉也已经满一个甲子了，他仍拖着清朝的大辫子，在铺天盖地的红旗下和波涛喧天的语录诵读声中，摇着辫子，说着古话。有一天午后，我跟在他的屁股后面进了我家祠堂，他指着墙上一个和他同样拖着辫子的画像说："这就是你老太爷，一个二杆子货！咱家的家业就是在他的手上走下坡路的。"

我看了看那幅画像，便把头偏向一边。那时候，我把印在书上的，画在墙上的，塑在路边空地上的人物，一律称作娃娃。娃娃弄得好不好看，我有我的审美标准。我对马正天没有兴趣。我把目光移到了马正天身边的一个女人那里。那个女人生的不错，脸儿圆圆的，眉儿弯弯的，唇儿薄薄的，奶儿翘翘的，我说，这个娃娃好看。马登月伸手拍了我脖子一巴掌说，挨毬货，胡说个啥？那是你老太太！马登月和别人说话时，说的都是古话，和我说话时，说的都是脏话酸话荤话混账话，一张口就要往人的下三路奔。我喜欢听这种话，它与我的身体接近。马登月强调说，你老太太是知府家丫环，一个大人物跟另一个大人物家的丫环最终睡到了一个炕上，可见你老太爷是个不学好的，收不住自家毬杆子的货！听了这话，我嘿嘿一笑。这是冷笑。我想起了奶奶经常骂马登月的一句话：你们马家的男人没有一个好东西，都是些上面管不住嘴头子，下面管不住毬头子的货！他以漠然的表情对我的笑表示了高度的莫名其妙，突然，转过身来，弯下腰去，一把抓住我的小牛牛，说你长这个东西是干啥的，我老老实实说，是尿尿的。他狞笑一声说，还能尿娃娃呢，你就是你爹从这里尿出来的。我嘿嘿一笑，不说话。我在嘿嘿笑时，差不多都表示否定，可是，马登月不懂我的语言，以为我同意他的观点呢。这简直是在拿屁股说嘴的话嘛，再小的娃娃也比再大的牛牛大，牛牛里还能尿出娃娃来？这种暗无天日的淡毬话听听还可，争论起来没啥意思，我便把目光移向别处，不理他。我一眼瞥见那个叫马正天的娃娃，腰里别的那杆烟锅有些意思，我主动和马登月和好了，我拉着他的手，亲切地说：爷爷，这个烟锅好玩。马登月的兴致又让我调动起来了，他兴奋地说，说起来，你老太爷真算个人物哩，能文能武，这杆烟锅是他的如意兵器，多少强人好汉见了他的烟锅，尿都夹不住的。他见我眼神迷惘，便从腰里抽出自己的烟锅，在我的头上一敲，他说，这样，脑子就像稀屎冒出来了。我摸了一把我的头，完好无损，只是稍有点疼，便认定他又在说暗无天日的淡毬话。

  我专心看马正天腰里的烟锅。
  我看见了，马正天把目光收回地面，旱烟锅仍在嘴里噙着，他看了看脚户队伍，烟锅随着他的嘴指向脚户队伍，又看了看街面，烟锅指向空旷的大街，又看了看府衙大门，烟锅指向红灯笼掩映下的黑漆木门，烟锅在这个方向瞄了好一会，然后，他像狗撒尿那样，一只腿弯了，提在半空，亮出鞋底，一手拔下正明明灭灭的旱烟锅，在鞋底梆梆几敲，抖出来的带着火星的旱烟末四散溅起，被一阵路过的扫帚风顺势带走，在街面上撒出一溜斑驳的碎光。他将烟锅往羊毛腰带里一插，腰子一拱，咔咔走出两步，闪在队伍前面。他的走向前台，让八百脚户精神大振，不觉取出拢在袖筒的双手，抓紧了扁担。

府衙卫队明显一阵骚乱，队伍没乱，身形没乱，但脚户们还是感觉出乱来了。这一刻，他们越发崇敬邱十八、牛不从两位当家大哥的远见卓识来了，马正天不可能加盟脚户队伍，二位却把不可能的事变成了现实，他们这才相信了马正天确实不愧当今陇东十七县第一义士，家财第一，品格第一。

马正天越出众人，从腰里取出烟锅，邱十八忙摸出烟袋，扶起烟锅，满满装了一锅，牛不从掏出火镰，咔哧咔哧打出火星，将燃烧的媒子按入烟锅中，马正天狠抽两口，眼见得，烟锅里火星闪烁了。他原地倒了两次脚，步子还是迈起来了。他朝衙门大步走去。脚户们跟着往前涌。只听一阵铁器豁响，火枪的枪口落下来了，一眼眼平举向人，刀刃从刀鞘拔出了一半，白光森森，长矛尖儿斜劈下来，封住通道。马正天没回头，把烟锅朝后扬了扬，队伍静了。他一人向衙门走去，接近站在最前面的两个兵勇时，他们一人将枪尖抬起，仍然指向天，一人把刀刃全按进鞘去，他每进两步，一个个兵勇都这样做了。到火枪手面前，他不往前走了。他嘴里噙着烟锅，烟火跳跳闪闪，他的脸色也明明暗暗。他不看左右两边的兵勇，他只看着手持火枪的兵勇。他对着那些兵勇笑，兵勇却不向他笑，一个个脸绷得紧的像大姑娘的屁股蛋子。爷爷对我说，我爹确实是个二杆子，要是搁给别人，知道面前指向自个儿脑门的那货，手指头轻轻一勾，会把脑袋打成烂西瓜的，早吓得屁眼里冒白气哩，我爹把枪口当成了烟锅，还以为是对方和他口对口抽烟呢，他吧滋吧滋抽着烟，脸上笑眉花眼的，像你这个碎东西一样，流里流气的。把话说开了，我爹确实不适合当二杆子，古人说，千金之子不垂堂，富家子弟不骑墙，啥讲究呢，命值钱哩。你说啥人适合当二杆子？要毬没毬要毛少毛的那种人。赌输了，把命搭进去了，不过是个零成本，要是赌赢了呢，赢来的至少值一个命哩。可你老太爷，哦哦，是我老爹，西峰半条街都是他的，董志塬半架塬都是他的。这些东西有多少，给你说你也想不来，你才见过碟子大个天。给你说吧，我爹犯事后，咱家为买我爹的命，银子装了五马车呢。就这，还没动到咱家的老底儿。五马车银子有多少，嗨，说了半天你还是个稀里糊涂嘛，你知道的事太少了，和你说话，和跟牛说话没啥两样。这句话的原话是对牛弹琴，我为啥不说，你不懂嘛，不就是对牛弹琴了？你看，你看，马登月把他的烟锅头用两根指头夹住，指着烟锅头说，这么大一块银子，够一家家人吃一个月饭哩。五马车，嘿，五马车！我没见过银子，村里倒是有一架烂马车的，但没有马，我见过的只是翻倒躺在墙根底的马车，我们一有空，便在马车的松木车厢板上跳着玩，把车轴当马骑，在马车底下捉猫猫藏。破马车搁在村东头一个荒废的打麦场里，那里曾经死过许多人，人们都说，那里阴气很重，半夜常常有鬼哭声，大人是很少来这里的。像我这么大的鼻涕娃，顾不上管有鬼没鬼的事情，大人安顿一回，当下记下了，一转眼又忘了，被捶一顿，当下又记下了，一顿饭吃完，又忘的跟吃过饭的碗一样。

  一个黄昏，我们在村西头的饲养场捉猫猫藏，我藏了几次，自以为藏得和老鼠一样隐秘，可哈娃这个嫖客踏下的野种，比猫逮老鼠还容易，站在空地上，鼻头蹙一蹙，便径直朝我走来，把那张脏脸伸向我藏身的地方，满脸的得意，啥话不说，只朝着我呵呵笑。而我要捉住他，就像老鼠捉猫一样艰难，明明知道他就在身边，乱冲乱撞半天，就是看不见他。他藏了三次，其中有两次都是他等得不耐烦了，自个儿走出来了。出来后，他的脸色很不好，气冲冲地说，你的眼睛叫驴毛塞了吗？我们还在村里的饲养场玩，一次，他双手攀着驴脖子，双腿贴住驴的两只前腿，头埋在驴头下，驴饿了，急着吃草，也顾不得人给它带来的不方便。我绕着驴身转了几圈，还是没发现他。第二次，又轮到他藏我捉了，我想着他不可能再打驴的主意了，就一心在别处找他，把饲养场找遍了，不见他的影儿，我很苦闷，在从驴前经过时，他大喊一声，从驴的身下蹦了出来，把我吓了一大跳。他把脏脸伸过来，与我的脸很近，在呵呵地笑。我说，你个驴日的。他不恼，还呵呵笑。他永远不生气，我怎么骂他，别人怎么骂他，他都不恼。碰上不恼的人，把你自个恼成驴，也不顶跳蚤大的事。他说，该你藏了。他出了院墙外，我灵机一动，你驴日的打驴的主意，我也打。我怕驴踢我，紧挨着驴的是一头温顺的老乳牛，我骑过它，它的脾气好极了，但我仍不敢吊在它的肚子上。它面前的石槽里青草很多，我便揭起青草爬展在槽里，用青草把自个儿捂得严严实实。

我心想,让你驴日的捉吧!等了一会,他问藏好了没有,我说藏好了。我听见他走进院子了,一双破布鞋沙啦沙啦,我在注意听他往哪个方向走,双手捂住嘴忍住不笑。听不见沙啦声了,我更想笑了,心想驴日的不知到哪找我去了,这时,却听见耳畔一声相当温柔的呵呵声,偏头一看,他的脏脸快要贴到我的脸上了。他可能看出了我的羞恼,知道我要骂他,忙说,让你多藏一次行吗。我转怒为喜,说你在院子等着,我在外面藏,一锅烟工夫后,你来捉。他说:美日塌了。

出了院子,轻手轻脚离开院墙后,我背对已经下山的夕阳的余晖,拔腿就往村东头跑。我一口气跑进了废弃的打麦场,一头钻到了马车下。我听见了粗重的喘气声。我还以为是我跑得急,忙用爷爷教的办法,抬起右手,按住心口,轻轻往下顺气。顺了几下,却发现气不是我喘的,扭头一看,有两个精身子人叠在一起。我吓坏了,以为真的有鬼,我想爬起来跑,却发现腿是软的,想叫,却发不出来声。便定定地看。在上边的是男人,是在村里蹲点的年干部,在下边的是女人,是哈娃他妈叶儿。叶儿一手捂了脸,扭动身子说,对了吧,快对了吧,来人了。年干部使了几下劲,气喘得更粗了,他扭头看着我说,怕,怕个啥,毬,毬大的个,娃娃,也算人?怕,怕个啥。年干部一边使劲,一边喘气,还一边用闲着的嘴问我:你碎,碎家伙,跑,跑这干啥?我说,我,我跑,跑这藏,藏捉猫猫。他笑了,笑得很甜,他笑着说,好,好地方,藏,藏这儿,谁,谁也找,找不见。我也笑了。我发现,我的眼睛一直盯在他们身体中间那儿,那里有一根棒棒儿把两人链在一起。我觉得,我的心口突然跳得欢实了,喉头有些涩,我说,你在,在干啥,年干部笑着说,我,我们在,在耍。他们在耍,我在看着他们耍。我们每天变着法儿耍,却从来没这样耍过。我觉得,大人平时不耍,我们耍得过头了,还要遭他们捶一顿的。可他们也是耍的,耍的是我们从没耍过的,看起来,比我们耍的还更有意思。

其实,我是知道他们在做啥的。我虽然只有十岁,可我见过角猪和母猪,炮牛和乳牛,叫驴和草驴,公鸡和母鸡做这事,唯独没见过男人和女人做,这次,无意中见了,我很得意,从此,我比伙伴们都有见识了。年干部从叶

儿身上下来了，我想他会飞快地穿上衣服的，可他不。他看见叶儿要坐起来，便顺手一把提过我，丢在叶儿身边，又抓住我的手按在叶儿两只奶头的一只上。我本是要缩回手的，缩了一半，感觉手搁在那很快活。叶儿也伸出手来，把我的手按在那里。她的奶头很热，她的手却很凉。年干部扯过衣服，在里面摸出一支烟，又摸出打火机，咔嗒一声，火苗照亮了黑暗的马车下，我看见年干部胸脯上有一片毛，小肚子那里还有一大片毛，他的牛牛尖上有白乎乎的水儿滴答滴答流下来，我也看见了叶儿的小肚子那里有一片毛，像刚从水里爬出来的山羊身上的毛，精湿湿的。火光中，她的脸色不是我刚看见的白，而是红苹果一般的红。她的两只眼睛眯着，像刚睡醒的样子，她费了好大的劲，把眼睛睁大了，声音柔柔地问我：你跟谁在捉猫猫藏，我说，我跟哈娃。快快，她大叫着，呼的一下，我飞了起来，头撞在车轮上，很疼，我哭了，我回过神时，叶儿已穿好了衣服，一手摸着我的头，一把将我的头搂在怀里，悄声说，乖娃娃不哭，干妈给你吃糖。接着，我的嘴唇猛地一甜，我哭不出声来了。年干部上衣披在身上了，正在慢悠悠地穿裤子，狠煞煞吸烟，烟火明明灭灭，他的脸面迷离恍惚。叶儿恨声道，你快点呀，年干部笑笑说，把你还没弄受活，急成那样？我看见叶儿狠劲剜了他一眼。叶儿的眼睛剜人时，是很好看的，两面的眼角使劲压下来，挤在一起，中间有眼仁的部分却撑得圆圆的，像两颗小羊羔刚屙出来的新鲜的还冒着热气的羊粪豆儿。叶儿一眼把年干部没剜动弹，不再剜了，干脆顺势坐在地上，撅起小嘴说，不急就不急，干部都不怕，我农民怕个啥，谁日能，把农民开除了叫当干部去。她扳过我的脸，在我的左脸蛋上狠狠嘬了一口。她的嘴里竟然散发着奶臭味，是那种馊了的奶味。这让我吃惊不小。我说干妈，你也吃奶？她扬起手，扬得很高，落得很轻，在我的脸上摸了一把，娇笑道，娃娃家，别胡说！年干部呵呵笑着说，就是的，她刚吃了我的奶的。我说，你有你妈的臭裹脚呢。年干部没想到我会骂他，扬起手要扇我，叶儿忙把我搂进怀里，偏过脸说，跟娃娃家计较个啥？其实，我是顺口说的，我谁也没骂，马登月经常这样说我，我记下了。但我知道，马登月这样说我可以，我不能这样说马登月，不能这样说我爹，不能这样说我的亲族父老兄弟姐妹，能不能这样说别人，马登月没说。看来，是不能说的，至少不能这样说干部。我在一天天长见识，一天天有了人样。

年干部打不着我，呵呵一笑，说我跟娃娃耍呢，顺手掏出一把洋糖来，花花绿绿的糖纸在夜幕下，我还看得清楚。他把抓糖的手掌伸在我鼻子前，我伸手就去接。他又缩了回去，说你今晚看见啥了，我说看见哈娃吊在驴肚子下，我捉不着他。年干部摇摇头，他摇起头来摆动的幅度很大，就像蛰驴蜂爬上了驴耳朵时驴那样摇头。我想了想又说，哦哦，我还看见年干部和干妈在马车下耍哩。他把洋糖放回兜里，冷着脸说，你这样说，吃你爹的毬去，还想吃糖。我太想吃糖了，狗日的糖太甜了，嘴里含一颗，拉屎屁眼都是甜的。哦哦，我知道咋说了，我说，我啥都没看见。年干部笑了，叶儿也笑了，双手掬起我的脸，又狠狠地来了一口，说我蛋蛋娃就是聪明，活活的爱死干妈哩。年干部坏笑着说，马家娃哪个不聪明？马家的种撒在马家的地里，长出来的都是好庄稼，撒在别的地里，就不一定了啊，你看看你家的哈娃，整个活剥了一张马登月的皮嘛，呵呵！叶儿又剜他一眼，这次，给我的感觉是，如果面对的是一根草，连根根须须都剜出来了。她怒道：你少放驴屁！年干部真的把嘴唇撮紧了。他把糖又掏出来，让我把手伸出来，我急不可耐伸出右手来，他说：两只手！我忙把双手都伸出来，两只手心擦满了糖，两只手心都是甜的。驴日的年干部真是长了一张驴脸，眨眼间就变了，他压低声音，恶狠狠地说，你碎狗日的，敢给人说我和你干妈在这儿耍，我拔了你的舌头！

我这人从小有点小聪明，从年干部夹半截吐半截的话风中，我听出了哈娃和我爷爷马登月之间的联系，并由此上溯到了叶儿。哈娃竟然攀上了马登月，这让我十分的憋气：啥毬东西！而叶儿与马登月之间的不清不白，倒让我觉出了温暖，这温暖湿漉漉的，如同大热天下连阴雨时，手中摸到的许多物件。但，很快，我又为爷爷抱不平。我是爷爷的孙子，爷爷是我的爷爷，爷爷的东西，是绝对不可让别人上手的。这让我很为难。我是一个讲信义的人，爷爷常摇晃吊着一根辫子的脑袋说，人而无信，不知其可，我听不明白这话，却明白这话的意思，无非就是说话算数，说话不算数，说出的话跟放屁差不多。可我是答应了年干部的。从马车下钻出来，我开始为这事动脑筋，

8

既要把这事说给爷爷,还不能落下人而无信,不知其可的名声。眼下的事情是要向哈娃炫耀我的胜利的。我嚼着叶儿塞在我嘴里的糖,我舍不得用力吮吸,福要慢慢地享,嘴要慢慢地甜,这糖真甜呀。光着身子的干妈叶儿被年干部压在身下,我感到恶心,要不是无意中撞着这件事,年干部是不会给我糖吃的,我的嘴是不会这样甜的,说这糖这甜是干妈用光身子给我换来的,也没有错,糖的甜抵消了干妈亲我时我在她嘴里闻到的馊奶味,那味真不是啥好味儿。干妈哪来的奶呢,干爹死了,哈娃是干爹死了三年以后出生的,哈娃之后,干妈再没生过孩子。即使她的奶头里还有奶,自个儿也吃不上呀。年干部说是他的奶,他有他妈的臭裹脚哩,我认为我说的这话绝对没错,他还要打我,不讲理的东西,还当干部哩,我歧视他!

我一边甜蜜地吮着糖,一边想事儿,叶儿干妈不容我多想,一手提溜着我的一只胳膊说,娃,咱走,天都黑了,你跑这儿干什么。走出废弃的打麦场,听见噼里啪啦的高山流水声激越传来,我知道是年干部那驴日的在撒尿。真是驴日的,尿撒得如叫驴一般酣畅。我仰头看叶儿干妈的脸,她把脸高高扬起,不让我看。但,我仍看见了。我看见她的脸显出十分的没意思来。这时,年干部的歌声穿透渐趋浓重的夜幕传了过来,他唱的是《大海航行靠舵手》。这驴日的还会唱歌,我从来没听过他唱歌,说良心话,他的歌唱得不错。这支歌儿谁都会唱。我也会唱。我嘴里嚼着糖,我的嘴很甜。我的嘴一甜,就想唱歌。我知道,我的歌声不好听,比驴叫好听不到哪去。可是,我还是放开嗓门唱了,我的嘴这样甜,我凭什么不唱歌?我唱道:

　　大海航行靠舵手,
　　万物生长靠太阳,
　　雨露滋润禾苗壮,
　　干革命靠的是毛泽东思想。
　　鱼儿离不开水呀,
　　瓜儿离不开秧……

我正唱出味儿来，唱出了感觉，唱出了激情，唱出了感情，叶儿干妈使劲将我的胳膊一抖，有些气急败坏地嘶喊道："你别唱了好不好？"

我的歌声被打断了，而年干部的歌声却从夜幕下的远处欢快地传来。叶儿干妈也许意识到了她的失态，或者感觉到了对我的不礼貌，她弯下腰来，脸色柔柔地，声音柔柔地，对我说："蛋蛋娃，天黑了，不敢唱歌。野鬼听见歌声，就会缠着你回家的。"

年干部唱得我唱不得？难道他不怕鬼，难道鬼不缠他，难道仅仅因为他是干部？自小我就是一个遇到事情喜欢问为什么的人，用不着别人讨厌我，我自己快要把自己讨厌死了，可我拿自己一点办法都没有。我就是这样一个令人讨厌令自己讨厌的人。到必须分手的路口了，叶儿干妈说："蛋蛋娃，快点回家去，明天再玩。"

她松开了我的胳膊，我自由了，我说："我不回家，我要找哈娃捉猫猫藏去！"

我嘴里噙着甜死人的糖，蹦蹦跳跳朝饲养场方向跑去。跑出好大一截路了，叶儿干妈似乎才反应过来，她追着我喊："见了哈娃，叫他赶紧回家哦！"

我要立即找到哈娃。

我很节制地吮着糖，一路狂奔到饲养室。里面的灯光隔墙射了出来，饲养员赵五能嘴里在屁屁叨叨咒骂着，竹子扫帚在哗哗地响着。我心里暗吃一惊：哈娃让这老贼抓住了！赵五能这老贼是我们这帮伙伴最大的敌人，我们最爱玩的地方是饲养室，院子宽敞，牲口众多，可以骑驴骑牛，夏秋天可以偷吃给牲口吃的苞谷秆，用嘴一绺一绺剥掉皮，嚼里面的瓤，挤出来的水，哪个酸，哪个甜！冬春天，要给牲口灌膘，炒熟的黑豆撒在槽里，我们的手比牛的嘴驴的嘴要快很多，它们还没卷进嘴里，我们一把抢过来，丢进嘴里，咯嘣咯嘣，脆脆的，喷出来的豆腥气可以传出很远。牛们看见我们抢吃了它们的饲料，一对对儿牛眼睛睁得大大的，看不出是愤怒，还是欢喜，反正在目不转睛地看着我们。我们喜欢它们这样，嘴里格外使了劲，把豆子磕得乱

响,还把含着豆子的嘴贴向牛嘴,把豆腥气喷进它们的鼻孔里,它们便使劲打响鼻。有时,我们会在手心里搁几颗黑豆,伸向牛嘴,牛们并不马上动嘴,要睁大牛眼看我们半天,研究透了,再慢慢伸出嘴去,我们却急速地移开手,牛并不怎么失望,耸耸肩,继续低头嚼它们的干草,有的牛会扬起头,哞地叫一声。它叫个啥,我们是听不懂的,可哈娃他说他听得懂,他说牛在骂人,我们问骂个啥,他说:曰你妈哩。我们联手揍他一顿,又问牛说的是啥,他说:曰我妈哩。我们便纷纷点头称是。驴远赶不上牛的厚道,谁要是抢了它嘴前的黑豆,它会把屁股猛撅起来,两只后蹄狠狠后踹,它知道谁也踹不着的,我们也知道它踹不着谁,因为我们都在它的前面,还有一条和我们一般高的石槽隔挡着,可还是有些惊心动魄。每当我们被它吓了,镇定下来后,便要想办法治它的。通常的办法是,我们给左手掌搁几颗黑豆,伸向它,它会在第一时间把嘴伸过来,我们便飞快收回左手,右手抡圆的扇它的嘴唇。驴的嘴唇温厚绵软,一巴掌下去,像扇在了肥膘肉上,啪唧,手掌是温暖的,手感是甜蜜的。还有一层好处,驴这家伙不长记性,刚挨过巴掌,再把有黑豆的左手伸出去,它的嘴还会很快伸过来的。一巴掌,一巴掌,又一巴掌,巴掌都扇疼了,驴嘴还会执著地伸过来的。我们这一拨孩子与别的村的孩子打架,个个都会扇巴掌,手一扬,啪一下,准确无误,周而复始,直到把对方扇哭,扇跑。他们不知道我们在哪学的这门手艺,我们约定了秘不外传。十几头驴并不头头都是这样善解人意,那头黑草驴,我们叫它黑寡妇,这家伙刁钻极了,开始时,看我们抢吃饲料,扇驴嘴巴,它暴跳如雷,挨了巴掌,只挨一下,顶多两下,看见有黑豆的巴掌伸过来,它便会把头高高地扬起,把嘴努力地撇向一边,我们个头小,够不着,很难扇着它的嘴巴。后来,看见我们进了饲养室,啥事没干,它也会撅蹄子,打响鼻,制造一些恐怖气氛,看见我们接近石槽,它就把缰绳绷直了,四蹄叉成板凳状,瞪着两只驴眼在看着我们。要是看见我们抢黑豆,便毫不犹豫地扬头大叫。哈哧哈哧,那叫声惊天动地,一曲叫完,再来一曲,气都不用换的。这时,我们便会捡起土块胡乱砸它几下,迅速撤退,因为赵五能很快会赶来的。

赵五能是个拐子,双腿拐得很厉害,走在路上,身体摆动起来,占据的路面跟大板车一样宽。就是这样一个货，见了我爷爷居然叫大大，不是像我这种小屁孩见了与父亲年龄大小差不多的男人，那种人面子上的称呼，是真的叫大大呢。这让我很郁闷。我怀着满肚子的愤怒去问马登月，他说，那还用说，我是他亲亲儿的大大，他也是你亲亲儿的大大。我倍感委屈，我说，可是，可是，他姓赵，咱们姓马。马登月说，那有什么关系，他姓驴也得把我叫大大，你也得把人家叫大大。我与赵五能的仇就这样结起来了。他是个光棍汉，常年住在饲养室那间小屋子里，他离开饲养室，日常是要赶着一头强壮的叫驴，驴背上搭着一副大号的驮桶，为这头驴，和别的驴，所有的牛，还有他，从深沟里驮泉水，早上两趟，黄昏两趟。夏秋季，他要下地给牲口割青草，草是在田里种的，他赶着另一头大叫驴，拉着板车，天不亮割两趟，天黑定了割两趟。冬春季，青草没长起来，他倒轻闲些，铡干草不是一个人干得了的，每隔一天，村上派两个人铡草，铡碎的草堆得跟山一样，他要一担一担，担回来。两只草筐很大，像我这么大的孩子，一只草筐里面足可塞进五六个，两只里面足可塞进十一二个，挑在扁担上，像两座长着瘸腿的草垛，忽忽悠悠，晃晃荡荡，摇摇摆摆，咯咯咛咛，排头而来。好在草场离饲养场很近，腿快的人，撒泡尿工夫就到了。可对赵五能来说，非得耗去两泡尿工夫才可晃悠一趟。我们就是靠他的腿慢，抓紧时间在这捉猫猫藏耍，也偷吃牲口的黑豆的。我以为哈娃被他抓住了，尽管我不喜欢哈娃，可哈娃今天是跟我在一起耍的，一起出来，必须一起回去，我从小就是个仗义人。奶奶活着时，常教导我见了赵五能，不能直呼其名，更不可叫拐五能，要叫大大的，人家可是你正牌子的大大呢。奶奶和爷爷说的话一样，可见是真的了。爷爷的话可以不听，可以从这个耳朵进去，那个耳朵出来，奶奶的话不可不听。我是奶奶的乖孙子，奶奶说什么我听什么，可唯独在这件事上，奶奶的话我听了，可我做不到。我已经与拐五能结了仇了。我试过多少次，想叫一声大大，至少叫一声赵家大大，可我张不开口。奶奶死了后，爷爷依然教导我把拐五能叫大大，我说，我把他叫大大，把我的几个大大叫啥？他说，也叫大大。我说，一个人哪能有这么多的大大。我不能容忍一个让我叫大大的人会是这个模样。可是我爷爷马登月却警告我说，你不要狗眼看人低了，人家可是干过大事的人。我不相信,打死我一百遍,我也不相信。我闪进饲养场大门,冲着赵五能大吼道:"拐五能,把哈娃给我交出来!"

"哈哈,原来是你狗日的!"赵五能狂笑几声,抡圆了扫把,高高低低追了上来。这一闹,我把找哈娃的事儿给彻底忘了。我要与拐五能大干一场。我知道他追不上我,跑出几步到足够安全的地界后,我拍着手,跳着脚,喊道:

拐子拐,
上崖(ai)来,
上崖吃驴奶,
驴奶没有啦,
拐子饿死啦。

赵五能转移了我找寻哈娃的注意力,他追追停停,我跑跑停停,唱完几段骂他的歌子后,到了我家门口。我知道他不敢追进我家来,他怕马登月。他见了马登月,胸腔就像拉破风箱那样,呼哧呼哧,黑蒙蒙的脸一下子变红了。我早发现了这个秘密,所以,我从来不忌讳在饲养室干坏事,只要不被他当场抓住,让我跑回家,他连一点办法都没有。我一手推开大门,确保安全后,探出半截身子,又给他来了一段:

走起路来日天晃地,
睡起觉来两头不齐,
蹲下拉屎猴儿唶鱼,
坐在地上一摊稀泥。

这歌子可不是我编的,我没有那么大的能耐,但我会说。赵五能每次听见这歌子,都要长叹一口气,叽里咕噜骂几句,转身走人。这次也一样,我听见了那声听过无数遍的喘气声,不过,他站到那里,定定地看了我几眼。

天黑，我看不见他的脸面，更看不见他的眼珠子，但我看得见他在看我。看了我几眼，才转身走了，身体摇晃的幅度越发夸张了，夸张的让人感到整个天地都在摇晃。那一刻，我的胸口不觉有点紧。这也只是一闪念，我还有更重要的事。叶儿干妈喂在我嘴里的糖早化的屁核都没有了，我掏出一颗新糖，剥了糖纸，把糖含了，把糖纸摊在手心。这张糖纸是绿颜色的，在夜幕下，浮泛着绿莹莹的光。我卖力地吮吸着糖，大踏步走进爷爷独居的窑洞，一灯如豆，爷爷蹲在土炕上，在低头摆他永远也摆不完的六十四根白草棍儿。我实在看不起爷爷耍这个，我认为这一点都不好耍，有一次我把这层意思明确表达出来了，爷爷瞪我一眼说，你懂你妈的臭裹脚，吾皇当年身边要是有人把这阵形排出来，江山就不会垮了，惜乎惜乎，余生也晚，余生也晚！脑袋摇起来，辫子甩起来，一摇半天，一甩半天，每当此时，我便觉得身边阴风惨惨，我也阴囊紧缩，魂飞天外。从此，爷爷干这活时，我便硬憋住不说话。可今天我有要紧事给他说，吸溜吸溜，我用力吮糖，做出甜得受不了的样子，把嘴伸进灯光中，用我的头遮去一半灯光。吸溜吸溜，哈咪哈咪。爷爷终于注意到我了，他稍扭头，淡然道：咬住驴毬了吗？看把你费劲的那样子。我赶紧大声说：不是驴毬，是糖！糖？爷爷举头想了想，一个激灵转过头来，凛然问：糖？哪来的糖！我没有回答，这还用问吗，今年村里的糖都来自年干部，去年来自邵干部，前年来自杨干部，再往前来自谁，我就说不清了。哦，是那个驴日的年干部吧？咦——爷爷牙疼似的，倒吸一口气说，他给你糖干啥？爷爷的脑瓜果然灵敏，一下子由此及彼，由糖及人，我的罪恶计划也在按部就班实施。我不说话，因为我答应了年干部的，吃了人家的糖，甜了嘴，又把人家不允许说的事说出去，啥人嘛！我只是嘴唇上加了力，舌头夸张地摆动着，弄出浩浩荡荡的吸溜声来。在这些事上，爷爷无比聪明，他摸着我的头，低声下气地说："蛋蛋娃，好好给爷说，你看见啥了？"

我没有说话不算数，我也没有人而无信，不知其可，是马登月让我说的，不是我主动说的。马登月是我爷爷，我是马登月的孙子，爷爷问事，孙子得照实说，爷爷就是爷爷，孙子就是孙子，谁家都一样。我把马车下的事说了，马登月听了，两眼呆直，盯着灯苗看了半天，一头栽下，额头抵在炕上，那

14

根独辫从脑后甩向前去，抽打在铺炕的黑羊毛毡上，羊骚味汗臭味尘土味，同时溅起来，我差点闭过气去，豆油灯差点被扇灭。我正在不知所措，他又仰起头来，一跤向后跌去，嗵的一声，后脑勺磕在炕毡上，独辫狠抽在炕毡上，羊骚味汗臭味尘土味激越飞迸，煤油灯苗倒了，倒了，又挣扎站起，又倒了，又艰难站起。我吓得浑身发抖时，马登月腰子一拱又坐直了。坐了片刻，他突然扬声大笑，嘎嘎嘎，他的笑声永远是这样。笑毕了，他扳过我的头，轻柔地摸了摸，小声说："蛋蛋娃，糖甜吗？"

我犹豫地摇摇头，又坚定地点点头。

"蛋蛋娃，你知道叶儿是谁吗？"

我坚定地摇摇头，又犹豫地点点头，然后试着说："是我干妈。"

马登月阴森地笑笑，冷冷地说："蛋蛋娃说得对，是你干妈。她是牛不从的孙女。"

马登月又扳过我的头，轻柔地摸了摸，轻声说："糖甜吗？"

我坚定地点点头。他说："糖是谁给的？"

"年干部。"我小声说。

"年干部是谁？"

我想了想，小声说："是年干部。"

"对，蛋蛋娃说得对，是年干部。他是牛不从的孙子。"

马登月又笑了，眼泪花笑地挂满了脸，还收煞不住。从我记事起，谁家娃娃哪天突然嘴里噙了一颗洋糖，大人们便笑，娃娃们斗嘴骂仗，便说那个吃糖娃娃的妈让驻村干部日了。年干部是今年过罢年来村的，他是替换了杨干部的，从今年开始，先是虫虫有了糖吃的，再是进娃有了糖吃的，再是杏娃有了糖吃的，明日个，哈娃一定有糖吃了。我没有妈妈，我便一直没有糖吃，可我运气好，我有干妈，我也有糖吃了。我的糖得来不易，我得细心享受，我得让糖把我从头甜到脚，从里甜到外，从嘴甜到屁眼。我精心品着糖的甜，心里突然涌上一件事，我说："爷爷，你老说牛不从牛不从的，牛不从是谁？"

"是个脚户头儿，败了咱家业的货！"马登月笑了，笑得有些莫名其妙。

Qingbaiyan

马登月说的接近事实。马正天面对火枪手,神情有些犹豫。他背对着八百名脚户,他们是看不见他的表情的。可牛不从看见了。他看见他的辫梢上下翘了几下,就像喜鹊翘尾巴时,不是要飞走,就是看见了哪只同类的异性,情动于中而形于外了。那是内心不安的象征。牛不从跃出人群,振臂大喊:"誓与马正天老爷同生共死!"

"誓与马正天老爷同生共死!"八百名脚户都往前赶一步,一手举起扁担,一手握成拳,同时举起来。一根扁担是扁担,是劳动工具,是防土匪野狗侵袭的应手家什,八百条扁担同时亮出来,那就是一支阵容可观的队伍。还有八百只青筋凛凛的拳头,还有八百张怒气勃勃的嘴。又是一片铁器碰撞声,刀拔出来了,长矛挺起来了,火枪子弹上膛了,刀刃和矛尖搭在一起,架出一条走廊,隔开了马正天和脚户。马正天被围在核心,这时,他已没退路了。马登月说他爹是个二杆子货,一点没说错。他心中明白,牛不从这一鼓捣,他便是理所当然的带头大哥了,而众弟兄都是泼出命给他仗义帮腔的。他嘿嘿一笑。有些人是天生的二杆子货,一生下来,命拴在母亲的裤腰带上,长大了,命别在自家的裤腰带上,随时准备着当石头扔出去打狗的,有些人是被情景被别人逼成了二杆子货,不要一场二杆子,从今往后,脸就得藏在裤裆里过活。马正天是个天生的二杆子货,又身处非要二杆子不可的场景,他便是一个完全彻底的二杆子货。烟锅里的烟过火了,他像狗撒尿那样,一腿提起,亮出鞋底,烟锅头在那里梆梆几敲,烟灰弹出,随晚风旋起,钻进了几名兵勇的眼睛。那几个人收起武器,一手持着,一手忙着揉眼睛。别的眼睛没飞进烟灰的兵勇以为马正天有什么行动,把手中的武器折腾出一片乱响。马正天嘿嘿笑着,从屁股后面摸出吊在那里的烟袋,把烟锅头塞进去,装满一锅烟,摸出火镰,丁咚丁咚打着火,点着烟,双手握着烟杆,悠闲地咂了几口。所有的人都在看他抽烟,他的烟锅杆儿是黄铜做的,食指粗细,长达三尺,烟锅头也是黄铜做的,大小如女人的拳头。他的那些老弟兄常拿这编派他,说他的烟锅头可以三用,一抽烟,二吃饭,三当防身武器。烟锅嘴儿也是黄铜的,别人都用玛瑙玉石之类的,他却用黄铜。有人说,抽烟时

间长了，烟嘴儿烫嘴，他嘿嘿一笑说，弄那活时间长了还烫毬哩，各有各的好嘛。他就是这么个二杆子货，说的话做的事不合自家身份。

突然，平地一股旋风在人群中暴起，尘埃旋起来，草屑、纸片、羊屎豆、马粪末，一时呛在人的鼻嘴眼窝。旋风过后，马正天不见了，火枪队炮长麻壮鹰猛地感到咽喉部位灼烫，低头看时，却低不下头去，那里被一热辣硬物撑住了，要偏过头去，左右又都偏不过去，一硬物牮住了下巴颏，来回箍得死死的。咽喉烫得难受，他想喊一声，却张不开嘴，下嘴唇抵住上嘴唇，开合不得。他只见一缕缕烟从下巴那里升起，袅袅地掠过脸面，掠过眼睛，随风消散于远处。他闻得出，那是旱烟味。他也好这一口，这烟不赖，火暴又醇香，如旱地火辣椒，好半天公务在身，军容风纪第一，瘾早发了，猛乍乍闻得这几口，神情为之一爽。他心下豁亮了，马正天的铜烟锅头正搁在他的咽喉上，人家往上一磕，他的头会从身后跌下去，左右拉锯，他的头会被拉成一只偏头倭瓜。他是个上过武校练习过洋枪的新军人，心性明敏，见微知著，他说不出话来，身子也不能动，但他的双手还是自由的，他将枪挪在左手里，缓缓地举起来，空闲的右手也举了起来，摇了摇。兵勇们见了，纷纷落下枪口。马正天呵呵笑着，抽回了长杆铜烟锅，然后双手将烟锅横举，说：麻爷，来一锅子。这是陇东男人间最尊贵的礼节，以马正天这样的身份给人这样敬烟，陇东十七县还没几人享受得了，何况谁都知道这是他的如意兵器，交给别人，就等于解除武装了。

"啊？"他的这一举动让所有人吃惊不小，明明麻壮鹰命在掌握，却反受如此隆遇，最吃惊的是脚户们。马正天交出了武器，是不是要变卦？他要是变卦了，事情肯定是成不了了，这聚众闹事的罪名，足以砍掉每个人的项上人头。脚户们阵脚乱了，齐齐收了扁担，脚下活动，此时只要飞过一只麻雀来，都会惊散了群的。邱十八见状，转过身去，面朝大家，厉声道："看你们扎的这挨毬式子，天生的牲口命！把腰给我挺起来，别像骟了的叫驴一样！"

脚户们把掉转的屁股又乱纷纷掉转过来，哈着腰，稻草人一般站在寒风横扫中。牛不从看得清楚，他回过头去，打着哈哈，慢声细语道："弟兄们见外了啊,天塌下来有马爷撑着,我们怕个啥?说个不中听的话:我们是哪根毯上的毛呀,只不过是搭伙伙儿,跟着吃一碗便宜饭罢了,把脖子伸得跟驴脖子一般长,人家也不会往那下刀子的,轮得着咱吗?"

邱十八听了这话,心里不受用,狠狠地瞪了牛不从一眼。可对脚户们却很管用,眼见得一个个雄壮起来了,双手紧握扁担,眼里重新有亮光迸出了。

马正天对这些动静心里一片豁亮,却显得混蒙未觉,他面无表情站在那里,静观其变。麻壮鹰左手持枪,右手接过烟锅,吧滋吧滋咂了两口,便把烟锅还给马正天。他双腿打弯,行了半礼,含羞小声道:"马爷见谅!小子戎务在身,不便礼敬大人,轻重是知道的,全记在心里了。"说完,转身去擂门,通报知府大人。未料想,刚擂门一记,大门却开了,沉重的黑漆木门,雷鸣一般开了。师爷林如晦一颠一颠出来了,他吃力地迈过门槛后,看见马正天站在面前,高他一头多,宽他近一身,把头顶灯笼的光遮得差不多了。他身子原地一旋,避开马正天的正面,压迫感减轻了些。他抬手将将自家嘴边那稀疏的三绺须,腰里一使劲,挺得有些直了。他要是就那样佝偻着腰倒也不错的,读书人嘛,凭的是脑子里的九宫十八门,肚子里的九十九道弯,在这些靠使蛮力过活的脚户面前,显得弱一些,是再也正常不过的。他不甘于低人一头,在小人物那里要显出大人物的样来。他将两瓣屁股收紧了,两腿并直了,头颅高扬了,他觉得这样不错。可在别人眼里,他的腿太细,并得太直,像是本来只有一条腿而开了的叉,屁股又太大,收得太紧,像是在那里夹带了一个棉花包,还不得不占用肚皮的空间。肚皮被屁股从后面顶出去,悬在空中,危如累卵。他的头又太大,脖子又太细,仰起来后,容易让人产生一种一把掐住脖子揪扯下来的冲动。

此时的马正天内心涌上来的便是这种冲动。他一手扶着烟锅抽了几口,一手翻成柳叶掌,他瞥了眼林如晦,心想我只要顺手在那根细脖子上一掭,眼前的这个人就像一只鸟那样飞出去。他没有这样做。他不是时时处处都要二杆子的货。林如晦架子扎定了,抬手将将三绺须,目光瞥向一边,傲然道:"《大清律例》可是知道?"

没人回应。也无须他人回应,他自信,在当下,只有他懂得这个。林如

晦突然提高了声调，把脸完全转向脚户，给马正天只留了一个后脖颈。他说："本案谅尔等小民也不知晓！圣人有云，民可使由之，不可使知之。不知不为过，有知彰有过，正所谓劳心者治人，劳力者治于人也。尔等听着：依皇朝律例，抗粮聚众，或罢考、罢市至四五十人，为首者斩立决。又，如哄堂塞署，逞凶殴官，为首者斩枭示。尔等今日行为，以聚众论，四五十人尚且斩立决，七八百人，该当何罪？以哄堂塞署论，又该何罪？好在尚无逞凶殴官恶行，还算尔等懂些礼义廉耻皇律昭昭。然而不然，尔等聚众尚且过分，又聚而哄堂塞署，二罪并罚，又该如何呢？"

"这样吧。"

林如晦说得过瘾了，眼望高天，脚尖敲地，双手上下捋着自家的三绺须，心想这一番重拳出击，这帮无知无识之乌合之众便会作鸟兽散。今日的脚户聚众，知府铁徒手是听得了一些风声的，也做了应急预案的，只因有马正天这个二杆子货的掺和，他有些为难。马正天由后台闪到了前台，他已有了应对之策，刚才装扮齐整，是要开门接招拆招的。可林如晦十拿九稳地对他说，老爷且善加珍摄金躯才是。老爷是何等样人，本朝进士出身，又身荷皇恩，训育百姓。马正天何许人，一个让铜钱埋没了尊卑礼数的暴富奴才罢了。老爷此举，说是身涉危地，倒也夸张，谅马正天这奴才也知所畏惧不敢造次，可要说是以贵就贱贵贱不分可也恰如其分。铁徒手问应该如何，林如晦说，老爷身荷皇恩，当理大事，此等小事，何劳老爷牵挂，晚生不才，三言两语打发便了。铁徒手心下明白，那些脚户虽粗野，倒也许容易对付，无非晓之利害，促其趋利避害而已，可这个马正天是不好糊弄的。既然林如晦主动请缨，也好，顺利料理了，好，出师不利，他再出山，也好转过脖项。他悄然立于大门边耳房门口，静待事态变化。听得林如晦这样把马正天撂在一边，自顾自大言滔滔，就知事情坏了。在他举步迈出耳房门槛时，听见马正天发话了。"这样吧。"马正天说。还能哪样呢。马正天对待林如晦这种摇唇鼓舌之辈，那就是让他的头摇不起来，舌鼓不利落。接着他就听见了林如晦的惨叫声。

铁徒手闪过门廊，举头一看，只见马正天一手抓着林如晦的后背，平举在空中。林如晦脚手旋空，双手摇摇，两脚蹬蹬，硕大的脑袋倒垂着，辫子松了，头发如瀑布奔泻，在寒风中，激流飞溅，杨柳婀娜。林如晦大概还没遇上过这阵势，只知乱动乱叫，肚子的弯儿虽多，一时转不过一个来，脑子的门儿虽还在，却像加了锁，一时没个主意。府衙卫队的兵勇个个惊叫一声，手里把各色武器拿端正了，却不知该如何做。脚户们也蒙了，马正天的加盟让他们心里有了底，却没想到他一下子会做得这么彻底，这让他们心中更有底了，也更没底了。有底的是，马正天财大势大，拔一根毯毛可当扫帚使唤的人，有他撑腰，坐了牢，也不至于饿着，砍了头，婆娘娃娃还不至于讨饭吃，没底的是，万一事情闹大了，人家是人家，咱是咱，一个人为了别人，出力可以，折财也可以，但得掂量掂量，手从兜中往出掏钱时，心那个疼呀，要是为了别人泼自个的命，父子兄弟至交朋友都难以做到，咱谁呀，人家谁呀，人家跟咱谁呀，人家往前走，有钱在前面开路，有钱在后面铺路，往后退，殿后是殿后的钱，买路是买路的钱。一个人全身被银钱裹了很厚的一层，或者藏在一座用银钱打造的城堡里，别人要拿刀子砍他是很不容易的，等到砍透重围，到了他跟前时，刀子也卷刃了，砍的人也累的臭死，连举刀的劲都没了。邱十八见马正天这样肯下死力，不觉热血沸腾，在心里发了毒誓：豁出咱的命也得报答人家！牛不从面无表情，只是暗暗地吁了口气。

"马兄神力！呵呵，铁某久闻，无缘一赏，今日吾兄登门赐艺，也不事先招呼一声，好让咱家备酒备茶，见外了不是？呵呵，古诗云，心有灵犀一点通，换句俗话说，瞌睡了遇枕头，正惦念呢，大兄已然大驾光临了哈。有请！"

林如晦双脚早已踏在地上了，心却还旋在空中。后背被抓疼了，他正在耸肩缩背，想把那里弄得舒服一些。马正天见好就收，向林如晦双拳一拱：玩笑玩笑，赔罪赔罪。林如晦经此一吓，倒清醒了些。被马正天抓了小鸡不算丢人，咱又不是吃力气饭的粗人，马正天只是把咱拿了起来，又没丢下去摔成柿饼，也没有用烟锅敲烂咱的头，咱皮毛无损，有惊无险，还在知府大人面前，显得咱舍身为公视死如归，这还是一件妙事呢。他见马正天有礼了，也忙抱拳拱几拱，把气调匀了，霍霍笑几声，慨然说：大侠客气，兄弟间耍

一耍，给大伙儿添些乐子，理其宜哉，理其宜哉。请随知府老爷后堂叙话。

马正天此举是逼铁徒手出面的，人家要是耍死狗赖在府衙死不出来，就没法收场了。来文的，见不着人，八百张嘴对天说，把天喊出八百个窟窿来，天也管不了事，来武的，扁担对付刀矛，借着人多势众，挟愤而来，还可凑合几下，和洋枪叫板，那不是把活人当靶子让人家练手艺嘛。不到万不得已，这事绝不可做的，脚户是靠力气吃饭的，死一个脚户，就等于死一家人，残一个脚户，一家人的屋顶就要塌了。听见铁徒手和林如晦一片声邀他进衙叙话，马正天只是微微一笑。他心中主意早定了，孤身进了衙里，不是怕谁把他怎么了，铁徒手是聪明人，不会干这种傻事，怕的是他支使人到脚户群里一搅和，把人散了去，整了这么大的动静，头摔在地上，却没听见个响声，真应了一句俗话：出的公牛力，日的麻雀屁。或者，给大伙造成印象，我马正天明着为脚户伸张正义，背地里与官府摸摸揣揣，为自个儿谋利，若闹成那样，真叫个背上儿媳上华山，腰累断了，还落了个老骚情的名儿。但又不可明着驳二人的面皮，怎么着，人家也是父母官，做过多么不要脸的事，也得替人家把脸皮护住了。马正天不紧不慢，不卑不亢，抱拳向二人一拱，朗声道："老爷师爷二位爷抬爱，小可山野散人，受此隆遇，实乃三生有幸。只是小可不知进退，还有不情之请：三九寒天的，弟兄们信任小可，一伙来了，而今，小可敬陪大人末座，华屋饮茶，暖意浓重，弟兄们风寒加身，瑟缩如丧家之犬，知道的，说是小可为人粗糙，不知的，说是大人缺少爱民之心，大人政声远播，因区区几句小人之言损了名节，让小可又在哪找寻葬身之地呢？"

"哦哦，是本府失察了，马兄所见原来不差。那么，以兄之见该如何呢？"铁徒手是明白人装糊涂，装的比糊涂人还糊涂。他早看明白了马正天的花花肠子。

"恕小可无礼：小可穿着皮袄，尚且冻得肉痛骨麻，弟兄们衣不遮体，寒彻心肺，还望大人宅心仁厚，一同请进贵府饮茶取暖。今日是上元节，皇上胸怀天下，与民同乐，大人受命理民，若能玉成，也不失咱陇东一大美事盛事呀。"

"呵呵",铁徒手粲然一笑,"呵呵",他又粲然一笑。"霍霍",林如晦跟着笑了,"霍霍",林如晦又跟着笑了。铁徒手偏头瞪了他一眼,又瞪了他一眼。瞪他第二眼时,瞪出了主意。铁徒手先不搭马正天的话茬,扭头郑重其事地对林如晦说:"马大侠身不在其位,尚可时刻心系众人,你却尸位素餐,不识大体。还不快去安排茶水,以慰大侠挂念!"

"霍霍",林如晦笑了,"霍霍",林如晦又笑了。笑毕,他面向铁徒手躬身道:"马爷所虑甚是,大人吩咐的极是,不过,不过嘛……霍霍",他又笑了,收住笑后,却无言而立。

"不过什么,你利索点好不好?"铁徒手愠怒地对林如晦说。

"霍霍,霍霍。"林如晦又是一串从喉咙眼里憋出来的笑。未等铁徒手发作,他趋近一步,一手遮住嘴巴,音调却很高,他说:"老爷仁爱心切,属下敬佩。有道是家丑不可外扬,陇上谁人不知谁人不晓,咱家是清水衙门呀。老爷日日只顾上报天恩,下恤民困,哪里理会过日常事务?事到如今,也不怕挨老爷的板子:要茶没茶,水倒是还有,可总得要有柴火烧热呀!还有,府宅窄狭,府中老小贵贱立足尚且拥挤,这数百人没个捉脚之地的呀,再说,府中老的老小的小,受了惊吓,谁家没个老小呢,还请老爷给马爷说明情况,受老爷责罚,属下这把贱骨头硬挺也得挺着,可要是马爷性子发了,挺不住呀。"

"你呀你,你这个林如晦,让本府说你什么是好啊!"铁徒手恨铁不成钢,恨人不成鬼,恨鬼不成神,在那里长吁短叹吁嗟呜呼。他知道刚才的话马正天一字不漏听见了,在场的所有人都听见了,他想让马正天主动放弃带大家进府喝茶取暖的请求,他再曲意挽留,他有面子,马正天这拨人也有了面子,见好就收,留下马正天,各自散去,再施法子,让他们首尾不通气,各打小算盘,这事就如冰河解冻,春风化雨,婆娘生娃,母鸡下蛋,一切水到渠成,方见得咱家手段。想到这儿,他不由得昂起头来,轻轻吐口气,又瞥马正天一眼,都是稳操胜券的气概。可马正天好似一个局外人,闲蹲在那里,一手拖着硕大的铜烟锅,吧唧吧唧,烟火忽明忽暗,铜烟锅杆铜烟锅头

在烟火辉映下，倏忽晶亮，倏忽冰冷。他的脸色也在烟火迷离中，一时黯淡，一时分明。

耐不住了，人情汹汹的场合，却是一个万籁俱寂的情景，只有不识趣的野风，忽而鼠窜而来，把这个人的头摸一把，把那个人的袄襟揭起来，瞄一眼，又急慌慌地溜走。风是蛇信子，风是导火索，把人们撩拨的气浮了，心躁了。铁徒手耐不住了，他偏过脸去，笑笑地，对马正天说："马兄意下如何啊？"

"啊？"马正天一个激灵，从嘴里抽出烟锅嘴儿，诧然问，"老爷是问在下吗？"

"呵呵，方才林如晦所言，难免夸张，却也近乎实情，还想听听兄台高见呢。"

马正天一摊手，苦笑笑，无奈地说："恕在下愚昧，方才林师爷是给老爷说话的，马某不才，是个粗人，哪敢偷听二位大人说话呀。大人说话自与小人不同，小人言论无非毯长毛短，日日戳戳，辈辈素素，三七二八，听了也就听了，哈哈一笑，风吹蓬走，大人说话可不得了，一言兴邦，一言丧邦，一言九鼎，一锤定音，事关军国，理涉兴亡，褒字一见，贵逾轩冕，贬在片言，诛深斧钺，懦夫愚氓，哪敢倾听雷霆之声，凡夫俗子，无福消受天外纶音，即使大人格外见赐，小民也不敢当的呀，知道得越多，离黄泉的路越近呀。"

在这种情形下，谁越能胡说八道，谁越有可能占得先机，如同与对手搏战，神定气闲者，必赢，心浮气躁者，必败。善于搏战之人，当自个处在下风时，万不可轻举妄动，首要的是惑乱对手心智，以言语惑之，不足，则以行动再惑，直到他目迷五色，举止失措，再突出杀招，奠定胜局。铁徒手虽宦海沉浮，长袖善舞，林如晦刀笔杀人，不留痕迹，可那是月黑密室谋划，风高借火烧人的勾当。今日之事当对两面，目不移瞬，转不过脖子的交锋，这就是马正天这种半黑半白半官半民半商半匪人物的长项了，他的嚼着冰糖打呼噜，他的邪话正说屁话嘴说大话小说小话大说，要是官场口舌，对手完全可以宣布：不足与论，或竖子不足与谋。让你失去说话机会，不战而胜。

当下却是民对官说，民说出了官话，拿官话堵官的嘴，官嘴就难以张开了。

铁徒手叫林如晦把刚才说的话再给马正天说一遍。有道是，话说三遍比屁臭，或者，话说三遍，驴都不爱听。好在这只是说第二遍，可是，说的人是他不愿再说的话，开口便已意沮气丧，要是被动听话的人，心下会烦的，可马正天却听得津津有味。事情正在朝他预想的目标走。那些脚户哪明白这层道理，身子冷透了，肚子饿扁了，气又填饱了，却见马正天在那缺油少盐与人瞎周旋。心想，这个马爷原来是个没洋芋嘛，人都把他当成大得不得了的大洋芋喧乎的，亮了相，却非真人。但又不可造次，他是他们的带头大哥，主心骨，今日要闹的事与人家毯上挂镰刀，离心口远着呢，而且，闹这场事对人家非但没丁点好处，得罪官府的事先不说，闹事本身就是以损害马家利益为前提的。也就是说，马正天领着大家是在闹自个的，要不是一个大二杆子货，一个脑子不整齐的人，谁肯呀。人家纯粹是义字当先嘛。有了这层缘故在前，脚户们忍也得忍着，不忍也得忍着，权当是跟上马正天正月十五观灯，大伙哪怕把冻得乱颤当成激动得发抖，也要跟着马爷把这出戏演完。是苦戏，是耍戏，管毯他，粉也搽了，相也扮了，角色也分配了，没有不落幕就逃戏那一说。

林如晦有气无力絮絮叨叨说完了，这是他出入幕府以来说的最艰难的一席话。马正天再是个人物，在官面前，也只是一介草民，官把你当人物，你就是人物，不把你当回事，毯都不是。官对民只有宣布命令的义务，哪有这样八八九九婆婆妈妈蝎蝎蛰蛰爷爷奶奶没完没了费唾沫星子的，一句话还要说两遍？第一遍就是说给他听的，本是向他宣布决定的，理解的执行不理解的枪头子伺候，只是咱家老爷读过几本江湖乱道的新书，脑子受了潮，说要民权呀什么的狗屁玩意，这倒好，民有权了，官没权了，民有权，民又不是官，官没权，官又不是民，官不官，民不民的，裤裆里耍大刀，纯粹胡抡嘛。上官所差，他不得不耐着性子压着火把话说完了。

马正天是蹲在那抽烟的，林如晦话说完了，他的这锅烟也抽透了，他吭吭几声，忽地站起来，又像狗撒尿那样，提起一只脚，亮出鞋底，烟锅头在那梆梆几敲，待火星四散后，他从容说道：

"大人两袖清风，一尘不染，江湖早有传闻，在下曾数度蒙老爷抬爱，得以足涉宝宅，廉洁行状也略知一二，可是弟兄们并不知情，还以为老爷铺金盖银，上顿山珍，下顿海味，满汉全席，朱门酒肉臭呢。在下提出如此无理要求，唐突之极，也是把事做在明处，让大家明白老爷是个什么样的官，什么样的人。话说明了，老爷是官，做的是可以为天下人道的明事，在下草民一个，也向以明人不做暗事自励，老爷何如当对两面，把事情说个明白，做个了断？到了明日，老爷自去日理万机，为民请命，弟兄们也该千里风尘，打拼生活了。万请老爷明鉴！"

听了这话，铁徒手和林如晦各吃一惊，回头稍做思量，才发现，马正天从一开始就是把事情往这个结果引的。对官府来说，这是最坏的结果。这次改革食盐流通制度，全部目的在于控制盐业经营，堵死私盐道路，增加政府税收。原以为，问题会出在脚户这里，府衙大兵弹压，整个西峰镇兵马汹汹，为的是造出阵势，让对此不满的脚户，知难而退，乖乖地听从号令，谁敢捣乱，先办他个抗拒官府之罪。这几天稳定了，脚户们上了路，不满的也得慢慢地满意，不习惯的也得慢慢变成习惯。谁知得利最大的马正天却率先掺和进来了，而且一出手，就是窝心拳。

当面的话不好说，确实不好说，当一个人为另一个人谋利，损害了众人利益，而得利者却要施利者当着受害方的面把背后的隐秘说出来时，真是活活地要难死人哩。铁徒手限于身份不好对马正天过分迁就，林如晦看出了铁徒手的作难，正所谓养兵千日，用兵一时，要我是个吃干饭的。他一做这样想，精神头来了，忙趋前两步，先自笑花了脸，温柔了声腔说："霍霍，马爷！霍霍，好我的马爷哩！咱家这叫干啥哩，冰天雪地的，蹲在外面说话，见外是见外，不至于见成这个样子呀。走走走，进屋说话，老爷府衙虽说窄狭，向来给马爷虚席以待的，虽无名茶招承，粗茶一杯，在下将亲手给马爷烧水奉茶，这也是在下的职分。走走走，回屋说去！"

马正天把烟锅当手，向脚户们一招，大声说：

"弟兄们可听见了，府君老爷要请大家伙们喝茶哩。还不快谢？"

众人听言，急忙把扁担抱怀里，双手拱拳颔首道："谢过府君老爷！"

林如晦已急出一头汗来，天黑别人看不见，他忙抬手挥去，又忙摇手道："马爷，马爷，不是这等说，不是……"

"又没茶没水了？"马正天嬉皮笑脸说。

"不是，嗨，不是……"林如晦单手摇着说着没劲，两只手使劲摇晃着说。铁徒手心知今晚就这样了，还不如急来抱佛脚，把眼下的事应付过去，日子长哩，就来个长打算。他吭吭两声，林如晦咽下了没说完，自个也不知道该说什么好的话。铁徒手亲切地说："马大侠，你我虽有朝野之分，却也向来不分里外人。以兄台之见，该如何？"

此时，马正天不再七绕八拐，直杠杠地说："老爷抬爱，在下铭记，缺情后补，尽在不言中。当务之急，按惯例，明日当是弟兄们上路之日，可青白引之事，还没说成一句话，弟兄们心里不踏实。老爷是深知的，千里挑盐，是拿命换生活的买卖，所得向来微薄，白引如此一折，非但没了赚头，还得亏本呢。每个弟兄身后都跟着一大家人吃饭活命呢，活路一断，必是死路。老爷为民父母，岂无体恤之心？诚然，在下与弟兄们都深知老爷的难处，老爷为了大伙的生计向来处心积虑，百般设计，小民个个心中有数。可眼下，实在事出无奈，在下愿以身家性命为股本，求老爷收回成命，恩赏弟兄们一条活路。"

马正天单膝着地，面朝铁徒手将烟锅担在双臂上，双拳上举，众脚户见状，也忙撂下扁担，双膝着地，以头抵地，口里叫道："求大老爷赏条活路！"

铁徒手趋前两步，伸出双手扶起马正天，嗔怪道："马兄，这是干什么！有话好好说，官民一家，一家人说了两家话，成何体统嘛？快快请起！"

马正天跪着纹丝不动。铁徒手是文弱人，哪里扶得他动？无奈，他又转向众人，高声道："尔等快快起来，这样干什么嘛！"

马正天不起，众人便不起。铁徒手只好对马正天说："马兄，听本府一言：事有事在，没有讲不通的理，没有过不去的坎儿。起来吧？"

马正天原样未动。铁徒手叹口气，轻声说：

"嗨，活活地难死人哩。这样吧，就依了你，依了众弟兄。不过，青白

引年前已颁行，决无年后收回之理，如此朝令暮改，出尔反尔，本府威信何在？念大伙言辞恳切，本府法外容情，特做如下变通：青白引照常施行，税率照准先前等次罢了。"

"谢过老爷！"马正天长长一揖，一跃而起。

"谢大老爷法外开恩，我等铭记在心！"府门前石板地震响一片，众脚户各磕三个响头，纷纷然爬起，个个喜上眉梢。

关于马正天这个二杆子货如何耍二杆子的事情，都是我爷爷马登月说给我的。说实话，我对这事一点都不感兴趣。那时候，我最大的兴奋点都集中在和哈娃他们捉猫猫藏时，想办法让他们怎么捉不着我，我很快捉住他们。以后又多了一个兴奋点，就是在适当的时候，藏在马车底下，从年干部手里接过几颗洋糖。我知道这事做得不够光明正大，那糖也没有直接从商店买来的洋糖甜，说良心话，年干部的洋糖也是甜的，可我总能在甜中尝出隐隐的屁乎乎的味来。但，我确实是没办法呀，谁给我去商店买糖吃呢，二分钱一盒火柴，家里常常都买不起，老爹常为了这事暴跳如雷，像爷爷骂我爹时，常用的一句话：火把毯烧了。每到用火时，老爹都要逼着我拿一把干柴，去邻居家引火。邻居家离我家是很远的，要从一面长长的土坡跑下去，点着火，又快快地跑上来。这里还有讲究，跑得太快，扇起的风把火吹灭了，又得返回去重新点燃，跑得慢了，不等到家，火把烧尽了。还有一层，我从小都是知道要面子的人，到别人家去点火，又不损失人家什么，可那张人脸马上变成了驴脸，要多难看有多难看。这便是我不愿回家，宁愿跟爷爷住在一起的原因。马登月虽然也没有多少钱，可享受的是五保户待遇，生活必需品都有人按期供应的。但，洋糖不属于生活必需品。所以嘛，我在年干部那儿混糖吃，是没办法的事情。我又没妈妈，年干部不可能把糖白给我吃，可我居然理直气壮地吃到了糖，说起来，我还是有些运道，有些本事的。

那一个黄昏得手后，我便注意观察年干部的动向。在日落西山时，他只要往村东头废弃的打麦场那里溜达，我就知道我有糖吃了。那段时间，我的嘴一直是甜的，当然，村里还有一家孩子的嘴是甜的。那一晚上，我被赵五能这个拐驴日的赶出饲养室后,没有去找哈娃,我知道,那一夜,他甜着嘴,做了一夜甜甜的梦。我在马登月那里事实上把年干部和叶儿出卖以后,马登月跟我说了几句咸咸淡淡的话,就再不搭理我了。他和往常一样,在昏暗的煤油灯下,一边抽着旱烟锅,一边把指头蜷起来。据说,他这是在算卦。他算卦的方式是掐指头,简称:掐。他总也掐不完,总有那么多的事情需要他掐的。这样正好,你掐你的,我甜着嘴要做甜梦了。

果然,那一晚,我的甜梦不断,一个没做完,另一个又续上了。有一个梦影响了我几十年,每当想起这个梦,都老大不小的人了,还脸红心跳,内心狂荡不已。可这个梦我越是不愿想它,它越是往我心头奔,往我眼前挤,就像赖兮兮的哈娃,脏着脸,不愿理他,他硬要把那张脏脸往你跟前贴,一回二回地贴,你会觉得那张脏脸竟会那样生动可爱,使得你怀疑,人的脸究竟要不要洗,要不要洗干净,脏了好,还是干净点好。这个问题很大,也很烦人,细究起来,简直就不是需要考虑的问题。大家还是听我说那桩甜梦吧。

听这桩甜梦是有条件的,必须先得听我把马登月的事情说说。马登月是有老婆的,也就是说,我是有奶奶的,可在几年前,他们都年过七十后,却吵翻了,一个不理一个了,连面都不愿见了。马登月命令他的六个儿子,这其中有我的老爹,给院子中间打了一道高高的隔墙。马登月说不理老婆就是纯粹的不理了,老婆说不理马登月了,实际还是理的,只是理的方式不同。先前她给他生了一大堆儿女,边生儿女边为他拉扯儿女,还给他做饭,缝缝补补,女人能干的活儿她都干了,连该男人干的活儿都干了,因为马登月虽是男人却一把活不干,他只读他永远也读不够读不完读不厌的一无所用的古书,他还掐着指头算卦,算天算地算国运民生,谁家丢了猪找不回来他也给算。他们的六个儿子都与他们分门另过了,他们分居后,我陪马登月的老婆住了几年,马登月的老婆死后,我又陪马登月住在一孔清冷无比的窑洞里。马登月的老婆在世时,经常隔着墙咒骂马登月,那时候,我像一个跟屁虫,她走哪里,我跟哪里。她是小脚,走路摇摇晃晃,走不快,我刚学会走路,也摇摇晃晃,走不快,我俩就这样,整天在村子,或一前一后,或并排摇晃

着。摇晃够了，回到她独居的那孔窑洞外的院子里，她抬头盯视着那道把马登月挡在她视线以外的高墙，刚盯视时，目光狞厉，继之柔和，继之迷惘，然后又是突然的狞厉，眼里喷吐着蛇信子一般的光芒，这时，她会伸出一根指头，当然伸出的是食指，食指缓缓地，缓缓地伸出去，快伸到尽头时，猛地一使劲，食指箭一般蹿出去，再看她此时的脸，牙是狠咬着的，眼睛是狠闭着的，细看，却有一道光从眼角挤了出来，热辣辣的灼人。一切动作都齐备了，她的牙缝里会挤出一句话来："我把你个老卖血的！"

　　马登月肯定没去医院卖过血，像他这种从小抽大烟长大的人，血里是少不了毒的。可他的老婆骂了他一辈子卖血的，却是有根有据的。他把马正天留给他的无数家财广阔的土地，一样样卖掉，换大烟抽了。他的老婆跟着他，见证了马家从富甲一方变成一无所有。马登月是在老婆的咒骂声中，不停地抽大烟，不停地读古书，不停地做爱，除了和老婆做，还和别的女人做，比如比他小了整整四十岁的叶儿。他还和别的女人生了他也说不清有多少儿女，他更说不清在四邻八乡，或茁壮成长，或死眉瞪眼，或大一点，或小一点的儿子娃丫头片子，究竟哪一个出自他。人都说他是一个做娃不管娃狼叼走不撑娃的男人。他的老婆也常拿这事骂他，最爱骂的一句话，就是前面交代过的：你们马家的男人都不是好东西，上面管不住嘴头子，下面管不住毬头子！一般的骂，他会两耳不闻窗外事一心只读圣贤书的，骂急了，他会跳起来回一句：我就是爱弄这活儿，有的女人就是爱让我弄她，管得着吗你！然后又低头读他的古书。院里的隔墙刚打成时，马登月抬头望了几眼有自己一个半身高的墙，欢喜得像一头吃了几口青草的驴驹子，手舞足蹈，辫梢摇摇，在只剩下一小半的院子，一口气跑了好多圈，心想，那个老不死的终于骂不着他了。他顺口唱了一段秦腔。多年没唱了啊。他唱的是《三回头》中吕鸿儒的一段唱腔：

　　　　实可怜我女儿太得薄命，
　　　　配了个坏女婿名叫许升，
　　　　爱吸烟爱赌钱品行不正，

教老夫思想起坐卧不宁。

马登月唱得快意，抬头望了望墙那边，更觉快意，从腰里解下旱烟锅，装满一锅，划一根火柴慢悠悠点着，抽几口，看烟圈轻飘飘袅往高处，在院里又跑几圈，觉得还是唱秦腔好。秦腔确实是好东西，苦了，有帮你诉苦的戏文，甜了，有帮你尝甜的戏文，骂贪官的，骂恶妇的，骂驴日不是男人的，应有尽有，也有自个骂自个的。把吕鸿儒骂他家女婿的词儿用来骂我自己，也不赖嘛。我让那个老不死的骂了一辈子，快活到头了，终于解脱了，她骂不着我了，我自个骂自个儿。我该不该挨骂，该，别人骂着不中听，我自个骂着要，我唱着骂，老不死的要是唱着骂我，多好的，可那老不死的只会骂，不会唱，我自个唱。他接着吕鸿儒的唱腔，一板一眼往下唱：

　　恨许升小奴才嫖风浪荡，
　　我女儿常为他两泪汪汪。
　　坏门风又怕家财尽丧，
　　倒不如离了婚另寻下场。

马登月正唱得起劲，他猛吸几口旱烟，看着烟圈袅袅上飘，待精神头足了后，还想接着往下唱吕鸿儒女儿吕荣儿的唱腔的。几十年没唱了，稍一回想，唱词居然还记得一字不差。气不够了，他要抽几锅烟，回回气儿，把欠了几十年的戏文今日个一股脑儿唱出来，我的胯子我的腰，我爱摔几跤就几跤，谁日能得很，把我从平地里背的搁到陡坡上？他感到了从未有过的自由自在，当年，他躺在烟榻上吞云吐雾时，大把大把地往外撒钱财时，大块大块往外卖地时，爬在女人肚皮上豁出命闹嚷时，他内心的苦水一盆子一盆子往肚里咽，回到家，那个老不死的，又恨不得一口把他当腌酸菜吃了，这下，终于自由了。嗨，日他老哥，没想到快死了，倒过上了自在日子！他的气还没运足，他一边回气儿，一边在默念着吕荣儿的唱腔：

30

吕家女在深闺泪流两行,
悔当初把奴身配与许郎。
论容貌他原来十分俊样,
论才学他有满腹文章。
自那年二公婆同把命丧,
就跟上无赖子任意张狂。
不读书不习学不把学讲,
又吸烟又赌钱又要宿娼。
有时儿我劝他顾惜名望,
他不听反来拿恶语相伤。
遇这人真叫我无法可想,
遇这人真叫我有脸无光。
清早间出了门不知去向,
这时候还不晓他在哪方。

马登月此时已魂飞天外,心走八荒,完全沉浸在虚幻的快乐中。他在报复老婆,他就是那个恣意妄为胡嫖乱赌的许升,老婆就是那个眼泪洗脸哀哀可怜的吕荣儿。吕荣儿独守空屋,正哭诉得凄楚,许升回来了,他是带着嫖风的快乐和恼怒回来的。马登月的气儿也回足了,他把旱烟锅撂在地上,猛地立起身,在地上走几圈过场,扎一个许升出场架势,长腔长调喊出一个道白来:哎,走呀——接口唱上了:

适才间在青楼和人争吵,
被几个无赖子辱骂一遭。
进门来只觉得心中烦恼,
又恐怕我的妻恶语相嘲。

唱完,马登月已把愤怒和勇气酝酿足了,他要像许升那样,干了坏事,还要理直气壮地和那个老不死的快意恩仇地大干一场,一举出了几十年的恶气。许升是老婆问及才说他干啥的,老不死的不问,我也要说,就像许升那样说:"吸烟去了,赌钱去了,逛窑姐去了,你问着做什么?我知道你可数骂我呀!"

马登月捡起烟锅,足足装了一锅烟,点着,抽上,迎着高墙,大踏步走出几步,默念着许升的道白戏文时,猛听得墙那边一声歇斯底里地喝喊:"我把你个老卖血的!"

虚幻中的马登月突遭现实的一喝,一个激灵,手中的烟锅拿捏不牢,掉在地上,他一个鼠窜,奔至窑洞口时,方才恍然醒悟,这是老婆的声音。像是端起一碗羊肉泡,一筷子从里面刨出一颗羊粪豆儿;与相好幽会,心急火燎脱了裤子,对方的月经不期而至,开场锣敲的震天响,角儿拉开架势开口要唱了,拉板胡的嘎嘣一声弦断了,马登月当下那个气恼,几十年的气一下涌上脑门儿,他原来与老婆是不轻易骂仗的,他是读书人,怎么会与女人家一般见识呢。这次他不了,他一跳老高,要是跳得比墙头还高,再也好不过了,盯着老婆的脸,嘴朝着她的老嘴,不嘟不嘟,骂着多过瘾的。他跳不了那么高,能跳多高算多高,总比双脚踏在硬地上骂人要有劲的。双脚起跳时,他已想好了词儿,跳到最高点时,正好骂出来了:

第一跳:老不死的!

第二跳:老妖精!

第三跳:老骚情!

第四跳:老不值钱的!

马登月积了一肚子词儿,都是给老婆准备的,攒了一辈子了,他一直在找机会要一次把老不死的骂个够,可机会不期而至,他一点准备都没有,或者准备的太充分了,积攒的太多了,犹如久旱不雨,泄洪道疏浚一次又一次,终于下雨了,来的却是倾盆大雨,洪流争道,你涌我挤,倒堵住了,谁也出不去。马登月一连蹦起四五次,比前几次蹦得高多了,在制高点上,却想不起来该骂什么,空跳一次又一次,心里越急越恼,越是蹦不出来词儿。此时,他的老婆缓过劲了。这个老卖血的让她骂了几十年,老不还嘴,老是摆出一副死猪不怕开水烫的样子，她好像在骂死人，在骂石头，把猪骂几句，猪还知道哼哼几声呢，这个老卖血的，让她骂着无趣，骂的不得劲，骂的自个泼烦自个。未料想，他居然搭腔了，她一时感到震惊，感到眩晕，感到从来没有的快乐。很快的，她从震惊眩晕的快乐中走出来了。她听得出，这老不死的欢实着呢，在跳着脚骂人呢，她跳不动，但她手中有拐杖，她在硬地上使劲一敲，使劲一骂，眨眼间，已敲出五六记来：

第一敲：我把你个老卖血的！

第二敲：我把你个老嫖头！

第三敲：我把你个乱吃草的老叫驴！

第四敲：我把你个不学好的败家子！

第五敲：我把你个老不要脸的！

第六敲：我把你个日了叶儿咬烂人家奶头还不认账的老死狗！

第六敲骂出来后，眼见得马登月腰弯了，腿弯了，脸上下来汗了。他和叶儿偷情时，让民兵抓了现行，民兵队长是他的四儿子。听见有人破门而入了，他情知不妙，他的那个东西还在叶儿的那个东西里面，他的嘴还在噙着叶儿的奶尖儿，叶儿的双臂还在箍着他，他要脱身而去，叶儿还死死地箍着不放，还在泼妇那样叫喊着：不嘛不嘛，人家不受活嘛！他挣了几下没挣脱，嘴上一使劲，叶儿的奶尖竟被咬破了，叶儿惨叫一声松了手，他一个驴打滚，跳下炕，钻到了柜子下。四儿领着一干人，持枪的枪口黑洞洞，端矛的矛尖亮闪闪，一齐对准了炕头。四儿厉声喝道："老嫖头，还不滚出来！"

一连喊了三声，不见有人滚出来，只听得被窝里有女人嘤嘤的哭声，他用枪口挑开一看，只有叶儿一人，双手抱怀，胸前血丝糊拉一片。四儿又喝问老嫖头哪去了，叶儿说："你出来吧，你家四娃找他爹呢。"

等了一会，不见有人出来。四儿只见他爹的衣服还在炕上堆着，鞋还在炕跟底撂着，便对手下命令说："走，咱走！把老嫖头的衣服和鞋都拿上走，让他藏着去！"

马登月其实是没经过什么大事考验的，当即在柜子下喊道："这驴日的娃，把衣服和鞋拿走，老子穿啥？"

他为自己的沉不住气，后悔了好长时间，四儿实际上是想给老子留个面子的，也是给自个留个面子的，怎么着也是他爹，他再革命，总是他爹毬眼里尿出来的娃，人说：四儿，你爹是个老嫖头！说的总是他爹嘛。可是，马登月让四儿转不过脖子，即使他真的把衣服和鞋拿走，也只不过是衣服和鞋嘛。他这一喊叫，四儿就得当回事让他与大家见面了。屋里就那么大的地方，四儿低头一看，他爹精溜溜爬在柜子下的地上。四儿说："出来！"

"不出来！"马登月说。

"为啥不出来？"

"不为啥，就是不出来！"

"嗨嗨！"四儿是有脾气的人，写了入党申请书不久，正在接受考验。马家男人向来犟，别人犟一分，他便犟十分。四儿说，"还由了你了？嫖风叫人抓住了，理比捉奸的人还长得多呢，出来！"

"嗨嗨！这娃，"马登月不干了，他说，"你是民兵连长，可不敢扛个臭嘴胡说。谁嫖风了，你可得红嘴白牙说清楚了，你要是说不出个过来过去，你爹可不是饶人的爷！"

"吼吼！"四儿被气笑了，他笑的上气不接下气，气匀了些，便低下头，父子俩头对头，眼对眼，他说：

"闹半天，你还不知道谁在嫖风？不知道也罢，我给你说：就是你老人家，我的亲爹！"

"这娃纯粹胡说哩嘛，不孝顺的东西！人家娃都想方设法给他爹闹个老革命呀，开明绅士呀啥的，我的娃倒好，给他爹闹个历史反革命分子，坏分子，地主分子，头上戴三顶帽子还不够，还要再闹个嫖风分子，哦，不对，是流氓分子！你说我嫖风，我嫖谁了，你给我说清楚！"

"吼吼！"四儿又被气笑了。他忍住笑，说："好好好，你没嫖风，那么，我问你，你爬这儿干吗？"

"耍！不行吗？"

"你怎么不穿衣服？"

"爱！咋？这样凉快，嗨嗨，凉快！"

四儿被气糊涂了,恨恨地说:"你嫖风让人捉了双,还要死狗!今日让你这死狗耍不成,走,跟我走!"

"嗨,这娃,你慢着,锣不敲不响,理不辩不明,你说捉了双,双在哪,明明我一个在这跑单帮嘛!"

四儿一愣,说:"你衣服在炕上。"

"狗日的纯粹胡说嘛。那就是衣服嫖风了,不是我,你叫衣服跟你走吧,你用枪尖挑着衣服,满世界喊:我爹衣服嫖风了!"

四儿无奈,领着他的队伍惺惺走了。马登月从柜子下爬出来,顺势爬上了叶儿的身子,叶儿双腿一翘,马登月猛不防,一个倒栽葱,从炕上重重跌了下来。叶儿一跃而起,把他的衣服摔下炕,一手捂着滴血的奶头,凄厉地喊道:"滚!我原以为你是个见过世面的男人,谁料想你是个敢脱裤子不敢提裤子的货!罢了罢了,我权当是让一条老狗日了这么长时间!"

马登月嬉皮笑脸的招数对叶儿再也不敢使了,一个人坐在凉地上,默默地穿上衣服,穿上鞋,羞惨满面走了。他其实是一个知道羞耻的男人。知道羞耻的男人是值得尊重的。叶儿与许多男人睡过觉,可她并不懂得男人。马登月后来当得知她与年干部有一腿时,满脸不屑地说:原来是个挨瞎锤子的。那天,从叶儿家里郁郁溜出来,他在山头上转悠了一天。虽然没有给他挂上大木牌子游村,事情却全村老少都知道了。天黑后,回了家,老婆把饭做好在等他。这是女人的本分,男人干了啥出格事,是男人的事,事有事在,饭还是要给吃的。马登月的老婆是个本分的女人。马登月低了头,无情无绪吃了饭,老婆在收碗时,狠狠地给他脸上啐了一口,骂道:"没出息的货!大男人敢作敢当,人家叶儿都敢认,你看你,你是活活地让我这老脸往裤裆里塞嘛!"

在那一刻,马登月彻底晕了。他不知道男人到底该如何当,更不知道女人心目中的男人究竟该是什么样儿。

现在,我该说说那晚我做的梦了。其实没什么可说的,说出来也无甚意思。很多人在不到做那样的梦时做了,把晚饭当早餐吃了,成长的步伐快了一些。这种事情有利有弊，利在很早就看透了，弊在不该为此事烦恼时烦恼了。叶儿塞进我嘴里的糖，由于太难得吃到糖了，我便吮得小心翼翼，在躺进被窝时，还有薄薄的一片，我慢悠悠地吮吸着，听着那一丝儿甜水，从喉咙滑下去，从胃里渗进去，在肚脐眼儿那里停下来，汇聚着，汇聚着，汇聚出一片甜甜的涝坝，又潮涨潮落，洇濡出一片无际的海。我在海里畅游着，浪高浪低，起起伏伏，我看见了叶儿，她与我一样，没有穿衣服，她向我游来，我向她游去，游在了一起。她抓住我的右手，我记得很清楚，是右手。她将我的右手搁在她的右边奶头上，绝对没错，是右边的奶头，有两颗牙印的那只，她用她的两只手交叉按在我的右手上。她的右奶头上爬了三只手。我的手心手背哪个受活！手心里像是圈了一只毛毛虫，虫儿轻轻地满手心爬着，一根根细细的毛儿穿透皮层，往肉里钻进去，钻进去，没有任何痛感，只是一个痒。不是让人痒得跳起来，或痒得哈哈大笑的那种痒，是酥酥的痒，是甜甜的痒，是若有若无的痒。我觉得人的手天生就该搁在那地方，人长着手，就是为往那地方搁的，那地方天生就是为了搁人手的。那一刻，我怜悯所有长手的人，好好的手不往那搁，干吗要泥里水里屎里尿里粗里细里去干活呢，多好的手呀，弄得脏兮兮的，粗糙糙的，人真不是个东西，糟蹋别的东西还说得过去，手可是自己的，都不肯放过。我有些愤愤然，我为了表示我的愤然和改变人的恶习的决心，坚定地把手搁在那里，我要给大家做一个榜样。

　　浪涛汹涌，铺天盖地。好多次，我要沉下去了，要被浪卷走了，多亏我的手在那儿搁着，不是，我抓在那儿，紧紧地抓着，那里正好有可供手抓的方便。抓得越紧，我的手心越是受活。我的手背被叶儿的两片手心完全覆盖了。手背也很好，那个好和手心的好不大一样。叶儿的手心是很粗糙的，我知道这是干活的缘故，叶儿每天要干无数的活儿，在村里，男人干啥她干啥，上山种地，下沟挑水，拉车驾辕，半夜巡山，在家里，生的做成熟的，破的缝成新的，把小猪小鸡喂大，把瘦狗瘦猫养肥，做这些事时，都需要手的。她的手糙，可她的奶头不错，挺挺的，绵绵的，胖胖的，白白的，她脸上也很好看的，男人看她时，一张平塌塌的男人脸立马陡了，蝇子跳上那张脸去，

36

会闪出个小腿粉碎性骨折的。她的身上很白，当然，这不是一般人能知道的。据我猜想，她死了的男人一定是知道的，她男人邱兴家是被枪毙了的，刚结婚不久，第一个驻村的苟干部把她压在身下，她不让他压，身子扭来扭去，嘴里大声号叫，裤子被褪了一半时，她的男人邱兴家赶来了，这个二杆子货，咋看咋像他的二杆子爷爷邱十八，铁锨头一挥，就把苟干部的头铲滚了。苟干部是革命功臣。邱兴家被枪毙了，说是残杀革命功臣，罪大恶极，民愤极大，说苟干部是为革命光荣牺牲了。开始村里人还想不通，后来想通了，没有人家抛头颅洒热血，你邱兴家连人都不是，连媳妇都娶不起，人家只是日了你的老婆，还没日上，你就要人家的命，你还有良心没有啊。邱十八本来是有好几个儿子的，后来闹瘟疫，只有邱兴家的父亲活下来了，邱兴家的父母只有他这一根独苗，苗儿死了，他俩活着没劲，先后也死了。叶儿没有改嫁，没人敢要她这个反革命杀人犯睡过的女人。但，顺便睡她一睡，还是可以的，这以后，叶儿也放开了，谁想睡她，都行的，最先上手的是马登月，后面的人就多了去了，大家说她是官碾子，谁都可以在上面碾米的。

  这些闲话，等咱们都闲了再说，咱抓紧时间说我做梦的事儿。梦是人做的，是人都做梦的，可有些梦做的有意思，有的没意思，我的那个梦就是有意思的，我做过许多梦，就这个梦最有意思了。叶儿双手把我的手捂在她那可爱的地方，我们就这样游着，游着，波峰浪谷，天上地下，受活的没边没沿。一会儿，我被受活晕了，身子要下沉了，叶儿说，你把我当船吧，我这船沉不了的。她平躺在水面上，我爬在她身上。果然美妙，美妙得说不成。她的身子有一半被水淹了，一半浮在水面，薄薄的，像一张刚锯开的木板。水是深蓝色的，她是嫩白色的，白的木板在蓝的波面上，晃晃荡荡，起起伏伏。刚锯开的木板还带着木香味，清冽的，喷薄的，又羞羞答答的，钻人鼻子眼儿的那种。浪头高了起来，波谷也深了，叶儿必须把身子完全摊开，两只胳膊也要完全摊开，像翅膀那样。这样，我自个的事儿就得自个解决。我双手分别抓住叶儿的两只奶头，我怕被颠到水里去，抓得很紧，越来越紧，我感觉我的手要埋进去了，如同婆娘和面时，陷入面团里的手。这时，叶儿轻轻地呻吟了，像半夜里古庙的风铃，嘀呤，嘀呤，很好听的。声音随波波飘出去，一声声的远了，一声声的弱了，息了。又一串嘀呤声响起，又一声声儿远了，息了。我有点害怕，还有点过意不去，我问：干妈，疼……吗？她眯着两眼，懒懒地说：不……疼。

我们漂着，漂着，颠着，颠着。我又有些眩晕了，几次走神，差点颠下水去。叶儿轻轻地说：乖娃，抓紧点，我就抓紧点。我把叶儿抓疼了，她的呻吟激越了，频率高了，变成了尖叫。我吓坏了，腾出一只手，在她的身上摸索了一遍，找不出可抓的地方。我要从她的身上溜下去，哪怕让水淹死了，也不能再抓她。一个男人，活到啥地步，也不可像马登月那样，咬女人的奶头。我奶奶给我说马登月的事时，牙咬的咯嘣响，她伸出一指，狠狠地戳着我的额头说，男人要像个男人，天塌下来了，掏出自个的家伙顶起来，你长大后，干啥都行，千万不要学了你那死不要脸的爷，咬女人的奶头，哼！奶奶哼的这一声，像是掉进深谷的石头传出的回音，声不大，却一下撞在我的心上。那时候，我刚能听懂人话，刚能把猪和人分开，刚能把男人女人分开，我知道，我是男人，咬女人奶头的男人不是好男人，爷爷咬过女人的奶头，他不是好男人，他是我的不是好男人的好爷爷。这一刻，我突然明白了奶奶的话，她说的男人是指不给女人添麻烦的男人。爷爷马登月咬过的牙印儿还挂在叶儿的奶头上，我有点恨他了，我有点理解奶奶为什么那么恨他了。我是男人，我不能像马登月那样，我想起了奶奶的话：不要像你爷那个老卖血的那样！不要学爷爷的样子，首先从对待女人的不同开始。我以视死如归的豪迈，大声说，干妈，不要管我，我走了，保重！说完，我松开手，要从她的身上翻滚下去。让深不可测的大海淹死我吧，让无边无际的海水带走我吧，让我痛痛快快地离开这个狗屁世界吧。

这时，我的屁股上落下了重重一巴掌。啪唧！带着湿漉漉的水音，带着肉与肉拍击的响亮，我没能溜下去，我不是被吓住了，是被一只有力的手箍住了。我大吃一惊，我感到我的那个小牛牛，在这一瞬间，突然膨胀了，像一根干硬的柴棍儿，原来搁在叶儿身上的任何部位，都是很舒服的，现在没处搁了，我试挪了几个地方，都不合适，顶的难受。一个好端端的牛牛，变成了一件多余的烦人的东西。我感到难堪，感到羞愧，我顶得难受，叶儿肯

定也不好受。我万分愧怍地说，干妈，我顶疼你了。叶儿眯着两眼，喃喃地说：我的乖蛋蛋，长成男人了啊。她的另一只摊在水上当翅膀用的手也卷了回来，双手抚摸着我的瘦骨嶙峋的脊背，我的圆圆滚滚的屁股，上下，下上，我在她的抚摸下，内心焦躁起来，燃烧起来，火焰汹汹，海水蒸腾，我知道，我的火把冰凉的海水都烧开了。我生出了前所未有的成就感。但，我不知道下一步该怎么办。海水凉了，会淹死人的，会凉死人的，海水烧开了，也会淹死人的，也会烫死人的。我无所谓，我死不足惜，凉死淹死，是死，烫死淹死，也是死，男人嘛。可叶儿怎么办？她不能死，这么好的女人死了，这世界就真他妈不是世界了。想到这，我一下可怜的一塌糊涂，我哀求道：干妈，放开我吧，要死，我一人死，你不能死，我死，是我一人的事情，你死了，是大家的事情。啪唧！我的屁股同时挨了两巴掌，是叶儿双手一齐拍下去的。她睁开两眼，嗔道：这娃咋胡说哩，这么好的日子，啥子死呀活呀的！她这一拍，我的身子往下溜了一截，让我难受的东西不难受了。牛牛搁在了一个温暖的，潮湿的，甜丝丝的地方。

叶儿的身子很有节奏感地动了起来，我不觉也随上了她的节奏。海水在这时，也变得有节奏了。忽闪忽闪，海水忽闪，叶儿忽闪，我忽闪。真是太美妙了呀！叶儿又呻吟起来，嘀吟吟的声音顺水波一圈圈荡漾开来。我已顾不上问她哪不舒服，身子剧烈地活动起来，她也剧烈了，海水也剧烈了。一种新的成就感又在我的心头冉冉升起，我可以支配叶儿了，我可以支配大海了。叶儿的呻吟声变得尖厉了，那声音不再让我感到不安，那是敲锣打鼓的声音，那是风展红旗的声音，那是举拳高呼口号的声音。爷爷马登月五花大绑，头戴纸糊的高帽，立在高高的土台上，台下人潮如海，拳头的起落如海水的潮涨潮落，呼喊声如海水的波峰浪谷，人们平时黑黢黢的脸如三月桃花，闪射着艳艳红光，马登月的黑黢黢的脸，也如三月桃花，红光艳艳，照射出土台一片艳艳的红。声音可以使人兴奋起来，可以使病重的人兴奋起来，可以使死人兴奋起来，可以使海水沸腾起来。我沸腾了，叶儿沸腾了，大海沸腾了。叶儿的两眼重新闭上了，两面眼角挂上了两串晶莹的水珠儿，顺着两面脸颊，溜下来，溜下来，我想问，干妈，你哪儿不舒服吗？我没问，我顾不上了，我只管不顾一切地忽闪。我本是想停下来的，可叶儿在忽闪，海水在忽闪，我停不下来了。叶儿的双手死死地箍着我，我听见她说话了，声音很轻，很遥远，她说：乖娃，干妈的好乖娃，你们马家的男人个顶个的，你才十岁的人儿呀，就懂事了呀，就成男人了呀，你要活活地爱死干妈哩。我不回话，我的嘴派上了用场，我咬住了爷爷马登月咬过的地方。

多好的地方呀，只可惜让爷爷马登月这个老卖血的咬出了两记牙印儿。我是不会做这事的。我不是个老卖血的。我老了也不卖血。我轻轻地咬住那里。这样多好。我要睡了。我睡意浓重。我的上下眼皮在打架。我爬在摇篮里。我爬在风吹婆娑的树梢上。我爬在刚锯开的木香味可人的白木板上。我爬在大海波涛的床上。突然，我感到腰里一松，我尿了，一股尿水箭一般射了出去。坏了，坏了，坏了，坏了！我尿到叶儿身上了！我一下惊呆了。我定定地伏在叶儿身上。我早都不尿炕了。刚记事时，奶奶老夸我，她说，我蛋蛋娃乖的，这么大点个人，就不尿炕了啊。奶奶死后，我跟爷爷马登月睡，马登月有很多坏毛病，可他经常表扬我，他说：这碎狗日的，没一样好的，就是牛牛争气，不尿炕！不尿炕，是我的优长，是我的自豪，是我人生的价值所在。可我竟然尿到叶儿身上了！丢死人了，丢死人了，丢死老先人了！我今后咋见人嘛，我咋有脸见叶儿嘛！我羞惭满面，我惶恐无着，我死都没处死了。这当儿，我却听叶儿说：娃真的长大了啊！她说，好了，你下来吧，看把我乖蛋蛋娃累成啥了。

我下来了。叶儿身子一转，将我抛进了海水中。我醒了。我也许是大叫一声醒了的。睁开眼睛，我看见了马登月那张老脸。在昏暗的灯光下，我还沉浸在尿到叶儿身上的羞愧中。脚裆湿湿的，黏黏的，像是熬烂了小米粥。马登月快步走到我跟前时，鼻子抽了下，又抽了下，又连抽几下，像一条老狗闻到了新鲜的稀屎。我看见了他的诧异，他的兴奋，他的在灯光暗影下的不怀好意。多年后，我回首往事，我想他一定已经清楚发生什么事了，可这条老骚狗，对骚味儿永远保持着高度的敏感，他绝对是那种心里老装着烂脏事的人，他笑眯眯地把老脸贴向震惊莫名的我，他悄声问："咋啦？"

"尿了。"我知道小孩尿到炕上是要挨打的，尽管我在这档子事上，从来

40

很出息，没挨过打，但，我知道与我大小差不多的伙伴，都为他们那夹不住尿的牛牛挨过打。挨打就挨打吧，我是一个男人，天大的事都得自个儿扛起来，而这时，我并没反应过来我睡在爷爷的炕上，我的意识还漂荡在无垠的大海上，我还在为刚才美妙的历险而激动，还在为尿在叶儿身上的事倍觉不安。他问我时，我只说尿了，并没有说尿到哪了。他与叶儿的关系我心里亮儿堂儿的，虽然，两人多年不来往了，但，要是说尿到了叶儿身上，他肯定不会高兴的。我不喜欢马登月这个人，尤其不喜欢他当我的爷爷，他要是一个与我不相干的二闲旁人，他爱咋咋地，爱是啥样是啥样，可他是我的爷爷。我本来不应该反感他的，因为他并不反感我，也没做过让我反感的事，可我还是反感他。我对他的反感来自我奶奶。我喜欢奶奶，但奶奶不喜欢爷爷，我便也不喜欢那个叫马登月的人。可喜欢我的，和我喜欢的奶奶死了，在整个认识的人中，比画来比画去，还是马登月喜欢我，我便也对他有些喜欢。我要是喜欢一个人就是真喜欢，真不喜欢的人，哪怕他是谁，我就不喜欢。比如，我就不喜欢我的老爹，我曾努力喜欢过他，为了喜欢他，我累酸了腰，还是喜欢不起来。喜欢爷爷时，我只用了一点点劲儿，他伸手摸我牛牛时，我硬着头皮没有逃开，我大咧咧站在那里，肚皮腆起，把牛牛尽量露得多一些，让他好抓些。他果然一把抓住了那里的所有东西。他很兴奋，把玩着那串吊儿郎当的东西，两眼放射着迷离的光，涎水从下嘴唇左中右三点溢了出来，挂在胡须上，那样子与人的馋相有些类似，我真害怕他会一口吞吃了的，转念一想，不会的，他毕竟是我的爷爷嘛。我与他关系还不好时，他就不止一次吓过我：碎狗日的，把你那宝贝看顾好了，小心让馋猫叼了去！哇呜，他像猫那样，举着两爪，扑将过来，情势凶猛之极，抓住那里后，却春风化雨，阳光灿烂，轻抓轻放，真的如对待宝贝一样。

在这个一灯如豆的半夜，他的动作还是那样的夸张，他一手高高举起，重重落下，抓住被角后，却轻轻揭起，揭得看见我上半截身子后，一用力，被子像纸片一般飞向一旁。我完全暴露在他的视野下。往常，马登月都是脱的像杀死后褪了毛的猪一样睡觉的，我也一样，身上片布没有，在我面前，他从不感到羞耻，在他面前，我也从无羞耻之念，我经常故意把身子尽力摊开，屁股上抬，把裆里一摊子零碎全数露出来，这会儿，他会伸出一只手，轻轻地把他们都按住，来回拨拉几下，嘴里念叨着：懒懒……懒懒……懒懒……这当儿，我会嘎嘎笑着，忙用手去把别人的手拨开，用自个的手捂住那里，别人的手强行要来，我又半推半就，让他懒懒一下，又拨开，用手捂住。村里所有的爷爷和孙子，奶奶和孙子，都做这种游戏，这是爷爷孙子奶奶孙子友好关系的铁证。我和爷爷的关系就是这样改善了的。但是，大约有一年了，他很少这样做了，我有时故意把牛牛亮出来，他也不做，即使做，也是把手往那稍一搭，便匆忙抽走了。说实话，我心下颇感郁闷，是我的牛牛长得不好看了，还是爷爷另找到了乐趣？我经过长时间的观察和相当痛苦的思考后，得出了一个令我信服的结论：都不像。那么，是什么？我发现我的牛牛与先前不大一样了，先前像一只蚕虫，柔若无骨，像永远睡不醒的懒汉，死眉瞪眼卧着，只有尿憋了，它才会稍稍直起腰，尿完了，又原样卧着。最近一段时间以来，它如同脾气见长的年干部，与人一语不和，便红头涨脸，脖子撑得硬得如愤怒的蛇脖子。它的个头眼见得长大了，头围腰围根围有了雨后春笋的气象。半年前的一个夏天的晚上，照旧是我先躺在炕上的，我把自己精光光地摊在那儿，天热嘛，撒娇的屎盆子谁也不好扣在我头上，这是晚上睡觉前的必修课，马登月不怀好意地溜达着来了，我看见了，装看不见，他装不来，却来了，一个饿狗吞食，他一把按在那里，我装着受到了突然袭击，慌忙去拨他的手。可是，这次原来施行了几年的程序全乱了，他的手刚搭在那里，像被蝎子叮了一口，火速撤离了手，站在那儿手足无措，我也像被蝎子叮了一口，没有用手去拨拉，去捂，我一时不知该如何办。我勾头一看，我的那个东西呼呼呼，带着强劲的风昂扬了。它是那么的兴奋，那么的激动，那么的怒不可遏。我第一次遇到这种事，我吓坏了。以前也遇到过这种情形，可与这次绝对不同。原先只是觉出尿憋了，这次，不仅觉出了尿憋，还觉出心口也憋得慌。仿佛灾难来临，仿佛一桩积久的期待，看看无望了，却鸟一般忽闪着翅膀飞来。

我看见，马登月的脸红了，而且，呼吸声急促。这很不容易。他的脸白

了，黄了，黑了，紫了，都不算啥事的，只有红了，其重大意义如同千年铁树在某个早晨，突然花蕾饱满，突然迎着东升的朝阳，爆炸般地绽放了。这让我感到恐惧。如果他的脸色如常，或者与平时那样黄白黑紫转换，都没啥，大不了挨一顿揍，没啥，男人嘛，女人都挨得起几下揍哩。可他的脸居然红了，红的真不是时候。他的脸这一不恰当的红，害了我几十年。当然，他死了，在我没长大成人时死了。死了，死了就了了。我了不了，他死了，我的日子才开始。长大后，每当我与女人干那活时，如果在干活前，女人的脸红了，或呼吸声稍重一点，我的那个东西便死活不肯起来，要是顺手有一条打驴的皮鞭，狠抽它，它也是不肯起来的，而要是在做那事的中途，女人的脸红了，或呼吸急促了，那东西便立即停止工作，怎么哄，答应带它去出国看西洋景，带它去芳香四溢的温泉里洗澡，都不济事。这让我在女人面前大丢其脸，无数次地大丢其脸。这都是有好几个女人勇敢地站出来给我作证的，揭发这个坏东西的恶作剧的。我丢过的脸绝大多数都是这个王八蛋一手导演的。我治不了它。在它面前，我甘拜下风，拱手认输。而追本溯源，都是我的爷爷马登月闹的。他脸红了，我的幸福没了。

马登月的脸红了，气喘如牛。

我哭了。

我哭得很伤心。

我为我身体的突然变化哀哀欲绝。

马登月意味深长地一笑，扭头回到灯下，去掐他永远也掐不完的事了。我忘了这个事件是如何平息的，此后，似乎一切如常，好似暗夜里那天边的流星，一晃即逝，留下的只是淡淡的幻影。即便是我那天在马车下遭遇了那么严重的场面，我的内心也只是惊起一波涟漪罢了，而很快，那一波涟漪也被一颗糖甜死了。

马登月揭开了我的被子，尽管灯光昏暗，我还是急速把身子侧了，对于他，我这是第一次。他很不适应，其实我也不适应。但，我却这样做了。他这人就这毛病，知其不可为而为之，知其为之不当强为之，他的一切乖张，都是他这毛病造出来的。他一把将我的身子扳平了，一把掏在了他不该掏的地方。他的手被滑的跌了一跤，快跌倒时，幸亏又被黏住了。他的那只手在那停顿了片刻，我感到他的手在微微颤抖。我也在微微颤抖，我的心口，我的双腿。他把他的那只手抽了出去，就在鼻孔前使劲嗅了嗅，又颠回灯前，就住灯苗，摊看手掌，反复看了几遍。他站在灯下，指挥我挪了一个窝，睡在干爽的地方。他没有返回来，他也没有再看我一眼。他看窑洞顶。我顺着他的目光朝上看，看了半天，屁核儿没有。他把嘴扬起来，两片嘴唇平行朝上。原先垒窝在窑洞顶破土缝里的燕子在于奶奶死的那一年搬走了，要是还在，我猜想，燕子尾巴一翘，摔下一粒屎，正好会毫不浪费地全部灌进他的嘴里。那将是多么的有趣啊。可惜，燕子搬家了，奶奶家的那窝燕子也搬走了。奶奶说，这两窝燕子本是一家，硬叫这个老卖血的把它们拆开了。说实话，奶奶这话说得不对，我这人从小就这样，一是一，二是二，不冤枉一个好人，不放过一个坏人，不会做拿偏头斧子砍人的歪事。事实是，那两窝燕子原来就是在两孔窑洞分别安窝的，分灶吃饭，分炕睡觉，白天，干活在一起，耍在一起，天黑了，才各进各的窝的。爷爷奶奶分居后，它们的生活如常，并没有因此被拆开。我爱奶奶，但我更爱实话实说。那一晚，马登月张着嘴，仰望着燕去窝空的土缝，蹦出一句没意思的话来："狗日的也是个风流种种子！"

随后，马登月说了一句话，还是嘴对着燕子窝说的。他说的是奶奶说过的话，当他说出这句话后，我真的爱上他了。男人嘛，敢作敢当，做错了，也要做，躺在被窝里扯不出来，圈在家门里，赶不出去，一辈子啥事不做，啥错儿也不犯，就是好男人了？那与猪何异？吃了睡，睡了吃，膘养厚了，杀了吃？真正的好猪也不是这样的，它吃食时，使劲吃，粗粗细细，不挑不拣，搁在槽里的都是食。但也偶尔发发脾气，搞点小破坏，趁主人不留神，逃出圈来，舞起它那张木讷笨拙的嘴，把土院子喙得一塌糊涂，把屎拉在主人的卧室门口，把尿撒在还在度蜜月的小主人的洞房门槛上，然后，摇摇摆摆，回到猪圈，屁股朝里，头朝外，看见大主人小主人在院子里嘟着个皮脸，一边咒骂着，一边清理现场。它故意弄出点声响，引起人的注意，仇人相见，

分外眼红，人舞着铁锨扫把赶来了，它无所谓，不躲不逃，把屁股缩在窝里，把头露在外面，高高扬起，大义凛然，无所畏惧。主人手中的武器高高扬起，狠狠落下，轻轻拍在猪头上，说声：真是个猪！猪看见人扭过来的屁股，也哼哼几声，把那颗骄傲的猪头扬起来，它在说：你打，你打，不打你是孙子！人骂人是猪脑子，那是人的看法，人往往把自个看的比猪高贵，比猪聪明，猪却把人看成傻子：你花那么大工夫把我当老娘伺候，为着啥来？打死我，指不定哪个狗日的犯心脏病哩！哦哦，正在说马登月的事，怎么扯到猪那去了？马登月说："还真让那个老乞婆说对了，马家男人没有一个好东西：上面管不住嘴头子，下面管不住毯头子！这个碎狗日的，人没长大，心大了，心没长大，人大了，又是一个败家丧业的好货！"

马登月在叽叽咕咕地说着，我在炕上得意非凡：我是马家的种种子，马家的种是纯的，好种坏种先不说，是纯种！马登月是马正天的纯种，我爹是马登月的纯种，我是我爹的纯种，我长大后，也一定会为马家闹出个纯种来。哪像哈娃那货，不清不白的，邱家的人，人却骂他是马家的坏种。

嘿嘿，多没劲儿。

天亮后，我去找哈娃耍了。晚上的事被我天亮时的一泡尿尿的一泄无余。我这人就这样，天大的事，一觉睡醒，毛都不剩一根了。太阳每天都是新的，太阳被阴云遮住，太阳也是新的，遮住太阳的云也是新的，我每天都是新的，我每天都穿着破衣服，我的破衣服每天都是新的破衣服。年干部给了我八颗洋糖，这不是一个小数目，需要整整一毛钱才买得回来的。一毛钱，可以买五盒火柴，一盒火柴大约五十根，我家每天至少需要四根火柴，做两顿饭需要三根（有时候，一根火柴没燃着柴火，要浪费一根的），烧炕也需要一根的，点煤油灯一根，如果炕烧的晚一点，已起灯了，可以借灯火点燃柴火，所以大致保持在四根，用五根的情况有，但很少。就以每天四根计算吧，我们都是干大事的人，火柴多一根少一根的，淡毯事情，算得过细，惹人笑话，影响咱们的光辉形象。五盒火柴共二百五十根，一盒中也有多装一根少装一根的事故的，小小意思啦，也大可去粗取精，算个整数得了。一天四根，十天四十根,五十天二百根,六十天二百四十根,六十二天,二百四十八根,余出的两根,忽略不计得了,两根火柴算个啥,老子不在乎的。

　　乖乖!年干部顺手就给了相当于我家两个月零两天的温暖与光明,真是个好干部呀,万古长青,大地作纸,森林当笔,海水为墨,写不尽的恩情,抒发不完的丰功伟绩。年干部,永垂不朽!昨晚吃了两颗洋糖,一颗是叶儿塞到我嘴里的,年干部给我的八颗糖,我只吃了一颗。妈妈的,只耗费了我一颗糖,两颗糖却甜了我的嘴,从来没占过人的便宜,原来占便宜的滋味很受活的嘛。我的心情很好,出了门,仰头远望,太阳从平时升起的地方升起。今早的太阳是一颗好太阳,好圆好圆,好红好红,像是泡在水里洗过,清爽爽的,光芒一下就射到了我身上,我从头到脚,唰,一盆五彩缤纷的水,嗨,这日子,美麻了!我真的感到全身麻痒,头发丝儿,耳朵扇子,眼睛皮子,鼻头尖子,下巴颏子,胳膊肘子,大腿根子,膝盖顶子,小腿肚子,脚后跟子,两脚丫子,还有屁股蛋子,都是麻酥酥,痒酥酥。再试,不得了哎,脑仁子,舌根子,喉眼子,心尖子,毬头子,屁眼子,各到四处,浑身上下,里边外边,一满都是麻酥酥,痒酥酥,肉酥酥,骨酥酥,咋这个好哩!我跳,我蹦,我翻跟头,我驴打滚,我骂鸟,我骂人,都容纳不了我的快活,我唱歌,我唱,我唱很酸的歌。昨天,我对酸歌的酸还懵懵懂懂,酸只能酸到我的耳朵眼里,一道墙隔住了酸水,今日个,墙倒了,水路通了,还没开唱,心尖儿已尝到酸了,酸顺着肚肠溜下去,漫过丹田,一齐涌在牛牛尖上。不觉得,我身体颤抖了,上下,里外,都是个颤。我唱:

　　　　大红衫衫扣门门儿开,
　　　　一对对奶奶滚出来,
　　　　上身身搂定下身身筛,
　　　　妹妹的东西好,
　　　　哥哥我解不开。

　　一曲飞扬开来,树上的麻雀扑噜一声飞走了,落到另一棵树上,小脸朝我：唧唧喳喳。喜鹊没有飞走，要飞走的，花尾巴翘一翘，再翘一翘，没有飞。我飞了，我被我惊呆了：我的声音变了。昨天，我的声音像小鸟在歌唱，像小河在流水，像女人在撒尿，像小孩闹着要吃奶，慢声细语，嗲声嗲气，要多恶心有多恶心。哈，今日个，我的声音大又大呀，粗又粗呀，像河水暴涨，像公鸡打鸣，像叫驴长啸，像男人放屁。我唱：

先解纽扣后解怀的那个，
然后再把那个裤带解，
奴跟你玩耍来。
白布衫衫上滴了一点点油，
我脱我的裤子你掏你的毯。

说实话，我从小都是一个文静、羞涩，甚至还有点高雅追求的人，可在那些个日子里，我的内心涌动着说粗话的渴望，有些事与粗话沾得上边，我说，不打底稿，脱口而出，有些事相距粗话十万八千里呢，我还是可以不费力气与粗话挂上钩。一句粗话说出口，我感到天蓝蓝，云白白，水清清，鸟飞飞，肚子里，心口里，头脑里，到处都是通天大道，一马平川。快到哈娃家门口了，我想掏出一颗糖含在嘴里，端在手里，把糖纸剥了一半了，又改变了主意。糖哪能这样吃呢，昨晚吃了两颗，虽说一颗是叶儿给的，可毕竟是吃进了我的肚里，大清早的再吃一颗，福有这样享的吗，天都不容享福过头的人呢。再说啦，人家哈娃今日个一定是有糖吃的。他如果把我还当回事给我一颗，啥话没有，说明我们的友谊还经得住大风大浪的考验，如果他像以前别的那些货，比如杏娃，故意在人面前显派，馋人，那么，我会立即掏出一把糖来，给他狗日的一个迎头痛击。我和哈娃的友谊源远流长，我俩的友谊是战斗的友谊，照我爷爷马登月这个老酸醋所说的，应该是：袍泽之谊。相当于现在人说的：战友。马登月还许多次给我摇头晃脑朗诵过出自什么诗经还是什么狗屁经上的诗，原话我记下了，意思却不懂得，什么岂曰无衣，与子同袍，王于兴师，修我戈矛，与子同仇，岂曰无衣，与子同泽，王于兴师，修我矛戟，与子偕作。咕咕叨叨，一点都不好听。

我俩的友谊是在一次与杏娃的遭遇战中缔结的。那时候，哈娃还没有糖吃。那一次，我们在一起玩，杏娃从嘴里掏出一颗已被他吮得像薄纸片一样的糖，他把糖纸还没有丢，还捏在手里，他把已经揉得皱皱巴巴的糖纸悠闲地展开，把剩下的那半颗糖重新包住。本来这没什么不对，谁家孩子吃糖都这样，一次吃完一颗糖，真是叫花子存不住隔夜食，天生的贱货。我一次吃两颗糖，这可是要另当别论的，一、我家离如今不远的几十年前，是陇东地界十七县最大的地主，最大的资本家，老子现在虽然穷的连一颗破糖都吃不起了，那有什么，命贱，心贵着呢；二、哈娃，杏娃，还有这干部那干部，他们的爹，他们的爷，他们的老先人，都曾是我家的长工、佣人，一句话：奴才！奴才的后代都吃得了糖，老爷的后代就吃不得？杏娃要是把糖这样包住，悄悄装在兜里也就啥事没有，可这个驴日的种，把糖装进兜里还不到放完一个屁的工夫，又掏出来，把糖纸拆得滋啦滋啦响，我听起来，简直有震耳欲聋的阵势。这也罢了，咱大户人家的子孙，大人大量，不与小人奴才计较，可他得寸进尺，变本加厉，做得越来越过火。他把糖重新塞进嘴后，还故意看我们一眼，那眼神是高傲的，不可一世的，小人得志的，这还罢了，主子与奴才计较失身份哩，可千不该万不该，他把糖塞进嘴里后，他的嘴里立即发出了激越的吸溜声，吸溜——吸溜——，如长空雁叫，如公鸡打鸣，要多刺耳，有多刺耳。我在强忍着这种折磨，我在磨炼自己的忍劲。奶奶常摸着我的头皮给我说，蛋蛋娃，心字头上一把刀，凡事要忍哩，能忍，是好汉子，不能忍，动不动就像火烧着毡了，一跳老高，看起来凶巴巴的，其实那是熊汉子，毬事不顶的。我是好汉子，我是奶奶的好孙子。心字头上一把刀，我能忍。杏娃跟他老太爷海树理一样，是个把大红当桃红把麦秸秆儿当拐杖脚蹬鼻子往脸上爬的种。当然，海树理我没见过，关于他的事情，我是听马登月说的。海树理是我家账房，听说那算盘打的，双手使算盘，看起来，两只算盘的珠子儿是同时动的，听起来是同时响的，号称金算盘。可就是他的金算盘把马家敲没了，马正天威风一世，到蹲大牢前，都没看出来，是海树理噼里啪啦把他敲到末路上的。人啊，把人不当人待，是不对的，太当人

待了，也是不对的。我比马正天修养要好一些，我在强忍着神经的摧残，听着杏娃那惨绝人寰的吸溜声。

事实证明，杏娃真不是个东西，阳关大道你不走，地狱无门你偏来，他把我的好修养当成了好欺负，他把嘴转向了我和哈娃。转向我：吸溜——吸溜——，转向哈娃：吸溜——吸溜——，他的嘴撮起来，像要拉屎急切间拉不出屎的驴屁眼，眼儿里还带着空气外泄时的不叽不叽声。第一遍我忍住了，他的嘴又向我转过来了，这时，我猛然想起马登月常挂在嘴上的一句话：一之谓甚，岂可再乎？此前我是反感这句话的，老实说，我也不大懂得。马登月废话、屁话说惯了，说多了，要不是他好坏是我的爷爷，要不是离开他我好坏没处去，我是不愿听他说一句话的。当然，他的脏话粗话混账话我听多了听惯了以后，还是爱听的，他的古话鬼话废话屁话，我从来都没爱听过。真是少不更事，不听老人言，吃亏在眼前呀。这句古话鬼话屁话废话奔来眼底后，眼前犹如一道闪电，耳边恰似一声惊雷，我顿时明白了这句先前老不明白的话的含意，就是有个再一再二，没有个再三再四，一颗用妈妈的身子从干部那儿换来的烂脏糖，你显派得太过分了，你吸溜过多少次了，你吸溜的声音太大了！错在你，不在我，得道多助，失道寡助，正义在我一方，人不犯我，我不犯人，人若犯我，我必犯人，要把一切来犯之敌，坚决干净彻底消灭之，凡是反动的东西，你不打，他就不倒，这也和扫地一样，扫帚不到，灰尘照例不会自己跑掉，要奋斗，就会有牺牲，死人的事是经常发生的，为了人民利益而死，就是死得其所，从来就没有什么救世主，也没有圣贤皇帝，解放全人类，要靠我们自己，下定决心，不怕牺牲，排除万难，去争取胜利，一时，我感慨万千，浮想联翩，一种悲壮感，一种手痒感，一种心痒感，一种脚痒感，一种想干坏事感，一齐涌上心头。种种感觉激发的我，一下子心明眼亮，热血上涌，手上的劲儿自天而来，脚上的劲儿自地而来，我家老太爷马正天那二杆子劲自我家祠堂而来，我下决心要做一件事了。

杏娃这狗日的，他爹海豁豁是杀猪的，他爹经常把猪的头蹄下水拿回去给他吃，这狗日的，嘴里从来少不了肠肠肚肚的玩意，别看这些猪的烂脏东西，还养人哩。杏娃大我四岁，高出我半头，宽出我一圈，他把一担水可以轻轻松松挑起来，扁担软软闪闪颤颤悠悠嘴里唱着歌儿挑回家，我钻到扁担下，像驴驮水那样，把腰努力地拱起来，腰快挣断了，大肠头儿快要挣出来了，一担水还搁在地上纹丝不动。这狗日的力大，和他爹一样，毒着呢，海豁豁杀猪时，手持一把明光耀眼的杀猪刀，扑滋一声，猪一声尖叫，只见猪血像高压水龙一般往外喷，这毒货，瞥一眼，转过身去，若无其事地抽上了旱烟。那是个命哩，猪也是个命哩。人问杏娃长大干啥，这狗日的毒货，嘴里嚼着猪肠子，呜啦呜啦地说：杀……杀猪！听听，这是人话么。但，我今日个要教他学乖哩，要教他咋样做人哩。战略上要藐视敌人，战术上要重视敌人，弱国一定能够打败强国。主意已定，决心已下，杏娃正在志得意满吸溜，全不知危险来临，我在他的左侧面，哈娃在他的右侧面，我不能事先通知哈娃，目标一旦暴露，即便哈娃肯与我精诚合作，我俩也未必是杏娃的对手。何况哈娃这狗日的，眼下态度如何，倾向哪方，我心中还没数。这狗日的快要馋死了，为了巴结讨好杏娃，好混口糖吸溜，好混指尖大一片猪肠嚼嚼，反过来捶我，也说不定。管毬他！我心一横，悄悄弯下腰，抓起一把绵绵的黄土粉，捏在手里，我无比亲切地叫了声："杏娃！"

这狗日的猪下水吃多了，吃成了猪脑子，还不知道我要干啥呢，他以为他把我馋得有了效果，笑眉兮兮儿地转过脸来，吸溜，吸溜，我迎着他笑，我觉得我笑得万分灿烂，我都有点被我的笑感动了，魅惑了，我瞅准了他的眼睛，又亲切地叫了声："杏娃！"

我多叫这一声，不是我受了马登月的影响，爱说废话，我是看他眼睛睁得不够大。十六岁那年，我与杏娃的媳妇秧歌干那活时，她的眼睛是眯着的，我说，秧歌，你睁大眼睛看着我好吗，她眼皮翘了几翘，我看她是在用力，可眼睛却眯得更紧了，我说你睁开呀，求你了啊，她又费了半天劲，相当对不起我地说：人家睁不开嘛。从此，我知道了，人在受活时，眼睛是眯着的，是睁不大的。秧歌那时正在受活中，杏娃这时也在受活中。我再一喊，他眼睛终于睁大了，说时迟，那时快，我手一扬，土粉披满了阳光，朝他飞去。我看得无比清楚，土粉百分之九十八都灌进了他的两眼中。爹呀！杏娃惨叫一声。这是杏娃的特点，别的伙伴受了惊吓，都喊妈呀，他却喊爹呀，我问

过他，他说，他爱吃他爹拿回来的猪下水，而他妈给他啥也拿不回来。这狗日的真没良心，以前他妈给他拿不回来好吃的，他不喊妈呀，还情有可原，当下嘴里嚼着他妈给他拿回来的甜嘴的糖，他喊的却还是爹呀，单凭这一点，揍他狗日的。阶级仇，民族恨，一齐涌上我心头，不待他反应过来，我抢前一步，一脚踹在他的小肚子上。我听见他的那个地方咕嘟响了一声，我想一定是踹着猪下水了。他就势抱住肚子蹲了下去，一手揉眼睛，腾出一手捂肚皮，忙忙碌碌的。宜将剩勇追穷寇，不可沽名学霸王，他要是缓过劲来，非掏出我的下水不可。我大喊一声："哈娃，你这狗日的，手让猪咬了吗？"

"没有的啊？"哈娃摊开一双手，满眼困惑，怕我不相信，把手伸到我面前，显得委屈地说，"不信，你看吗？"

我气坏了，肚子一阵抽搐。我这人就这样，很少生气，生啥气呢，把你气死，太阳照常升起，月亮照常出来，有屁了，夹也夹不住，划不来。可我要是生了气，那很可怕的，别人怕不怕，我不知道，我自己怕，怕把我的肠子绞成一截皮绳。气真的上来了，我倒不怕肠子绞成皮绳了，我会撒气。我飞起一脚，踢在哈娃摊开的左手上，他的左手像一只要飞的鸟儿，翅膀抖抖，羽毛哗哗，却没飞起来。他叫了声，把被踢了的左手缩回去，用右手捂住，不满地说，猪没咬就没咬嘛，你踢我干啥，再踢，还是没有嘛，你看嘛，你长着眼睛是出气的吗。我想笑，又想哭，碰上这种死蔓子倭瓜，气的人流鼻血哩。杏娃哇哇叫着，已站了起来，一只眼扑闪扑闪，有了能看清东西的样子。我真害怕了，这狗日的要是缓过劲来，非把我的牛牛当猪肠嚼了不可。我必须以最快的速度发展同盟军，哪怕我俩合作仍敌不过他，也不至于吃多大的亏。机会来了，杏娃哇哇叫着，挥舞胖胖的拳头摸索打人，我一把将哈娃揉了过去，正好挨了一拳，杏娃以为找着目标了，一拳猛似一拳，直戳戳捅来。我勇敢地站在哈娃面前，挺起胸膛受了两拳，大喝道："狗日的，让猪肠子塞糊涂了，一人做事一人当，有种冲老子这儿打，打人家哈娃干啥子？人熊了，是人不是人都想欺负人！"

哈娃在我身后，他知道我替他挨了两拳。他没看见，杏娃眼睛睁不开，拳头乱抡，倒是打着我了，却是虚飘无力，我看的准准儿地，拳一来，我借势侧身，力卸得差不多了。哈娃没有爹，死了的爹又是背着反革命的名被枪毙的，谁都可以欺负他，我知道他的内心积满了火，我用一句话把他的火点燃了。他想从我的侧面冲到前面，大喝道："日他的老先人，今日个要和他杀猪的种弄个事哩，毬大个事！"

我张开双臂，把哈娃拦在身后，我以命令的口气说："哈娃快跑！这儿没你的事，我惹的事我担着，要咬毬咬我的，你快跑！"

"要跑你跑，孙子才跑哩！"哈娃受到了极大的侮辱，满脸通红，四肢乱颤，一膀子将我撞开，杏娃正好瞎眉失眼地往前扑，我看见，哈娃一个前弓后剪，腿肚子的劲用上了，屁股上的劲用上了，腰里的劲用上了，一个直勾拳打出去，正中杏娃面门，哈——哈——哈——杏娃大叫几声，后退，后退，再后退，退出几步远后，一个屁股蹲，坐在地上。我说："哈娃，好样的，一不做，二不休，咱俩把这狗日的拾掇了算了！"

"说得有理！"哈娃兴致大起，我俩赶上前去，两脚轮换着踹，杏娃肉乎乎的在地上嚎着，滚着，我俩越踹越兴奋，踹到后来，都忘了这是在踹人了，只感到脚板上那叫个爽！杏娃向我们告饶了，这家伙平时都是别人向他告饶，谁听过他向人告饶呀。我心想，人家都告饶了，人家向人告饶可不容易，算了，得饶人处且饶人。我的脚头子飞的慢了些，哈娃却踹得正欢实，踹一脚，喊一声：狗日的！他就这样踹着。他还一边唱着歌儿：

　　唧哩咯唧，
　　唧哩咯唧，
　　唧哩咯唧哩咯唧，
　　唧哩咯哩唧！

哈娃的频率也缓了下来，他是累了，气喘得呼呼的。听见杏娃告饶，他却来劲了，他说，你狗日的，要是像平时那样牛到底，老子兴许还饶了你，你要当孙子，老子偏不给你当爷！哈娃的脚头子又飞得快了。

踹不动了，杏娃像死狗那样铺展在地上，满身满头满脸都是土。我俩坐

下喘气。哈娃还不解恨，可他实在累了，站了几次都没站起来，他忽然灵机一动说："给狗日的嘴里把土塞上，权当是拿土灌猪肠子哩！"

"好主意！"

我赞一声，两人艰难地互相扶持着站起来。满地都是土，一点都不用愁找不到土。我们每人抓了两把土，一把塞入杏娃嘴里，一把撒在他的脸上。"撤！"我喊了声，正是夕阳西下时分，我们是从村西往村东走的，我们的影子在我们的面前，长长的，浓浓的，我们的双手大幅度地甩起来，像两棵会走的大树。我用眼睛的余光瞥一眼哈娃，突然发现，这个平时老收不住鼻涕的家伙，目光坚定，脸面刚毅，走起路来，雄风历历，我心里生了些许尊重，生了些许畏惧。那一天，我还不确切知道，哈娃的英雄气概与我们马家有关，我只是听人闲话说，哈娃与我爷爷马登月有关。一场架打完，我隐约看来了，他与马家人是有些关系的。我说，哈娃，咱把祸闯下了，咋办？哈娃大咧咧说，怕个锤子，要吃牛肉牛滚沟！我怯怯地说，不是怕不怕的问题，怕他，就不捶他了。他爹要是闹来了，要挨咱们大人的打哩。

哈娃愣住了，这确实是一个问题。哈娃不敢跟人打架，打得过打不过，那是本事问题，问题是，他打赢打输，回去都要挨他妈妈叶儿的打。这一刻，他害怕了，今日的架打大了，打的还是歪人海豁豁的娃杏娃。海豁豁有事没事总提着杀猪刀，与人一言不合，就抡欢了刀子冲来了，他是村里谁也惹不起的歪人。至今，他还没有真正捅过一个人，但满村的人都被他捅怕了。伙伴们每天出门，大人再不说啥，只郑重安顿：不要惹杏娃！我的奶奶可从来没给我说过这种话，有时候与海豁豁在村中碰面，海豁豁低头急急走路，我奶奶却睁大眼睛瞪着他，咬牙切齿说一句：癞蛤蟆不长毛，是种的过错！海豁豁装作没听见，急急地走了。奶奶死了，我归爷爷管，爷爷马登月也从来没给我说过这种话，他也从来不说有关海豁豁的事。我心中有数了，我有十足的把握渡过今天的危机。可是，我不能就这么便宜了哈娃，我要给他一个惊喜，给他一个震慑，使他从今往后对我服服帖帖的。我蹲在路边，不走了。这时的哈娃已六神无主，刚才的英雄气荡然无存。他拽拽我的衣袖，泪眼婆婆，弱声说："蛋蛋，祸闯大了，咋办嘛！"

"我也不知道该咋办?"我说。

"我闯了祸,该杀该剐,我自作自受,可你是给我帮忙的,连累了你,我心里咋过意的去嘛。"他说。

"有我哩,麻雀屙了一颗鸡屎,多大的事!咱俩个狗皮袜子没反正,一个槽上拴的驴驹子,有草同吃,没草同饿,听我的!"我本来还想拿捏一下哈娃,他那样一说,我感到自个心底是多么的龌龊啊。事是我惹起的,哈娃是看见了的,我把与此事无关的哈娃拖上了战场,人家哈娃为了我挺身而出,说朋友像朋友,说男人像男人,说战士像战士,说英雄像英雄。往常,在内心我是看不起哈娃的,凭什么,我说不清楚,即使在这一刻,我依然有轻视他的念头,凭什么,我还是说不清楚。一个人对一个人的偏见,真像根扎在岩缝里的松树,要彻底拔除太难了。这一会儿,我对哈娃又尊敬,又鄙视,以一颗尊敬的心鄙视他,以一双鄙视的眼睛尊敬他。后来,我学了一点心理学后,我知道了,我从小就是一个两极人格,爱一个人时,不惜性命,恨一个人时,坚忍不拔。哈娃扯了一下我的衣袖,忧伤地说,咱们躲哪啊。我说,你跟我走,啥事都没有。

我带着哈娃大摇大摆回到了马登月家。天已差不多黑了,马登月蹲在门槛上抽旱烟。他一手端着烟锅,一手捧着一本破书,他在就着今天最后一线阳光读他永远也读不完读不厌的古书。他都这么大年纪了,在这样昏暗的光线下,读了几十年书,眼力却依然好过年轻人。他曾给我吹牛,说他蹲在大路边,路过的女人,哪个婆娘生养过几个娃,哪个女子过没过男人的手,他一眼就会看出来的,他还说,哪个小伙子跟女人睡没睡过觉,他也会一眼看出来的。我觉得很有意思,我说你看我跟女人睡过觉没有,他说你跟老母猪睡过觉,我说不对,我没跟老母猪睡觉,我跟奶奶睡过觉,他说,你这个瓜毬娃,跟奶奶睡觉不算。我说,算的,奶奶就是女人,长着大奶头的都是女人。我的语言天赋了不得,说这话时我还很小,我已听懂了爷爷的话,瓜,是傻的意思,毬,就是我的撒尿的牛牛,小孩的叫牛牛,长大了叫毬,瓜毬,就是不懂事的牛牛。哦,我原来是个不懂事的牛牛,这让我郁闷了好长时间,

我带着这个问题满怀忧伤地去问奶奶,奶奶立即暴跳如雷,把拐杖在硬地上敲得咚咚响,她说,你不要听那个老卖血的胡说,我蛋蛋娃放的屁都比他说的话中听。奶奶的话给我吃了一个定心丸,后来,马登月一高兴就喊我瓜毬娃,我快活地应着声儿,一点都不放在心里去。我还知道了,很多爷爷都把自个的宝贝孙子叫瓜毬娃,在我们村,是有很多瓜毬娃的。我还知道,爷爷和孙子是可以互相用不是十分粗俗的话骂着玩的,比如,爷爷可以说孙子瓜毬娃,孙子也可说爷爷是瓜毬爷爷,有一句俗话说:爷爷孙子老弟兄,日了屁股没记性。总之,小孩和爷爷的关系比和老爹的亲近多了呀。马登月大概听见不是我一个人的脚步,恍然抬起头来,我看见,他的老眼里掠过两片亮光,他抖抖地站起身来,把书挪在拿烟锅的那只手里,一手按住哈娃的头,声调柔柔地问:"哈娃,你咋来了?"

哈娃不知道该说些啥,我知道的。我把刚才我们做的事加油添醋说了一遍,哈娃很紧张,藏在我的身后,不断用手偷拽我的衣角。马登月听了,连抽几口烟,一手扬着烟锅,一手挥舞着书本,跳着脚,大叫道:"呵呵,瓜毬娃,两个瓜毬娃,都是好娃!"

我知道没事了,我领着茫然无措的哈娃从马登月的腋窝下钻过去,翻出几本小人书,爬在院子里,借最后一抹夕阳,看热闹了。

不大一会儿,大门外沸反盈天,我听得出,最突出的声音是海豁豁,一声声要拿刀子捅人,排名第二的声音是海豁豁的婆娘蓝袖,一声声说她不想活了,有几个声调盖过了海豁豁,只听得啪唧一声响,经验告诉我,那是巴掌扇在脸上的声音,是带着黏稠的水音的那种。这一巴掌隔断了蓝袖慷慨激昂的号哭,訇然而起的是海豁豁的叫骂声:哭,哭,哭,哭你妈的腿哩哭,你娘家爹死了你哭!叶儿的声音也是很突出的,她在哭诉,像村里所有的女人,哭的和唱的一样。她唱道,哎嗨,我把你个挨刀子的,你快叫人家一刀把你呜呼了罢咧,我屎一把尿一把把你抓养大,抓养了一个害啊,你那二杆子爹做娃不管娃,狠叼去不撑娃,留下你这个害货咋办呀,我寡妇失业的,谁要咋捏弄就咋捏弄,我老先人把人亏了嘛,哎嗨,我把你个不争气的,人说你是野嫖客踏下的,你真是个野嫖客踏下的……别的声音都不咋显著,嗡嗡嘤嘤一锅烂粥，分不清谁是谁，说的啥子。听见叶儿的号哭，趴在地上的哈娃全身抖了起来，我轻轻地拍一下他的肩膀，示意他冷静。他冷静了。他没听出来，他妈事实上是在给海豁豁示威呢，是在争取大家的同情和支持呢，她又把野嫖客的事情拉出来，那个野嫖客只要还顾点男人的脸面，就不好再装了。我与哈娃看的小人书是《呼家将》，书中的画面和故事一丝一毫都没进了我的眼睛，我在专心听院门外的动静，在偷看马登月的反应。马登月是个浮躁人，动不动就会双脚跳起骂人的，该跳的他跳，不该跳的他还跳，所以，每当他跳起来后，奶奶会骂他：火烧了毯头子了。我要看他今日个跳不跳，他要是跳了，他就是我的爷爷，跳了半辈子，该跳的，不该跳的，都算没白跳，他要是不跳，这样装下去，装出一个进不去出不来，从今往后，我不但不会再叫他一声爷爷，还会不屑于拿眼睛看他的。拿什么看他呢，我暂时还没想好，反正不会用眼睛的。

　　马登月在看书，天色很暗了，小人书上的画面都模糊了，他还在低头看书，两耳不闻窗外事的样子。我知道，他没看书，他只是把眼睛藏在书里罢了。我看见他含在嘴里的烟锅不甚稳当，上下一翘一翘的，烟锅里的烟火亮的频率高了，暗的次数少了，烟嘴里冒出的烟浓了。我有把握地猜想，他要浮躁一次了。出来，驴日的出来，有种的出来，我这刀子杀得了猪也杀得了人，今日个我要是见不着人血，我就是野嫖客踏下的！在海豁豁激烈的叫骂声中，马登月收起书本，小心翼翼地反扣在门槛上，他亮出鞋底，将烟锅在那儿梆梆几敲，烟灰散尽后，他掏出烟袋，又满满地装了一锅烟，划燃一根火柴点上烟。在火柴的光亮下，我看见他的脸上生出了少有的红光。他永远是这样不紧不慢，奶奶常骂他，驴蹄子踢到毯上了，也不肯躲得快点。奶奶太了解他了，连他的肠肠肚肚都一清二楚。他缓缓起身，款步踱向大门，在门前顿了顿，却猛地伸手拽开门，又停留了片刻，悠悠地吸口烟，然后，大踏步走出去。门外霎时一片静谧，马登月笑笑地说："吼吼，是豁豁侄儿啊，到门前了，咋不进来坐坐呀？"

　　"我找哈娃哩。"海豁豁小声说。

　　"你找对了，哈娃在我这哩。你找哈娃干啥？"

"他把我家杏娃打了。"

"嗨嗨,你真不愧是豁豁,豁豁嘴漏气气儿,跟上黄狗吃屁屁儿,嘴上没有把门的,胡丢嘛。哈娃能打了你家杏娃?"

"他和蛋蛋合起来打的。"

"哦,哦,这两个狗日的,真是狗日的。打死了没有?"

"死倒没有死。"

海豁豁生下来就是豁豁嘴,马登月拿人家的生理缺陷说事,真不是个好东西。不过,还真管用,在众人一浪高过一浪的哄笑声中,海豁豁早已气沮。马登月说:"打了已经打了,你意欲何为?"

海豁豁举头想了想,好像想明白了马登月这话的意思,也就是问他想怎么办。海豁豁也学会了说话,他说:"把哈娃交给我就行了。蛋蛋的事你看吧,你老人家是识文断字走州过县的人嘛,过的桥比我走的路多,吃的盐比我吃的饭多,见过的枪子儿比我吃的米颗子多,你看吧,你说咋弄就咋弄,你老人家看吧。"

"我看你妈的肚脐眼哩我看!你一口一个我看,叫我看,你提上刀子到我门上干啥哩?给你狗日的明说,打了就打了,奴才不学好,主子打打又有何妨?"马登月跳着脚说。

海豁豁自以为说得很得体,圈儿转得很圆,礼节周全,有理有节的,没想到踩着了这老东西的脚懒筋。不可和这老东西较真,咋说人家都是长辈,乡里话说,有理了讲理,没理了比谁的胡子长哩。四邻八乡的人,祖上都是受了马家恩惠的,人家那么大的历史问题,来了运动,公家也只是数落一顿,扫扫面皮,走走过场,给上面人看的。那老东西闲的没事干,整天寻着跟人闹事呢,连驻村干部都像躲瘟神一样,我又不是瓜毬娃,把头往马蜂窝里塞?可是,今天这事不弄个名堂,叫我海豁豁咋做人嘛。他笑笑说:"马叔,你看这,你老别着气。我说的一清二白的,蛋蛋打没打人,我没看见,也不问。我只要把哈娃带走的。"

"哈娃,出来!"

马登月回头朝院里大喊一声,把我吓傻了。我俩还在那趴着,倾听着院外的响动,马登月每说出一句对我们有利的话,我在心里都要亲切地叫一声爷爷,哈娃有些高兴的把持不住,竟把一条腿搭在我的腿上。我说,日塌了,日塌了,这下日塌了。你看看,我在沉不住气的时候,那是彻底的沉不住气,当时,我把村里人形容情况最严重时才用的话都用上了:日塌了!哈娃听了这话,顿时脸上飞出一层绝望之色。我感到很没面子,我是以十分把握当哈娃的保护者的,竟然让马登月这头老驴轻易地把我们都出卖了。我看哈娃抖抖索索站了起来,站起来后,却不抖缩了。他凛然道:出去就出去,看他海豁豁能咬我的毬!我伸手拉住他,他一抡,把我的手荡向一边,我三脚并作两步,挡住他的去路。我动情地说,哈娃,你别出去,我去,天大的事有我哩。

"哈娃,出来!"

两人正在争执,又听得马登月一声断喝,我还没反应过来,哈娃已冲出大门,大叫道:"哈娃来也!"

"来得好!"

马登月也大叫一声,回头看看哈娃,笑问:"哈娃,有人要咬你的牛牛,你怕不怕?"

"不怕!"哈娃昂头挺胸,把裆部极力突出去。

"好娃!"马登月赞一声,用烟锅指指海豁豁,又指指哈娃,对海豁豁说,"你不是要咬哈娃的牛牛吗?来呀,咬啊,娃娃牛牛壮阳哩。"

海豁豁早已飞红了脸,在那磨磨叽叽,进也不是,退也不是。马登月厉声说:"咬啊?"

人们都笑,叶儿也抿嘴笑。不见海豁豁的动静,马登月装满一锅旱烟,抽着了,用烟锅天上地下划拉一圈,大声说:"豁豁侄儿,你听着,机会可是给你了,让你咬哈娃的牛牛你不咬,过了这个村再没这个店,你要是敢在哈娃头上刨土土儿,就是日我马登月的屁眼哩,咱可把话说在前头,勿谓言之不预也!"

那次事件后,我和哈娃成了真正的好朋友,除了晚上睡觉,除了吃饭,

58

都在一起。叶儿和马登月的关系似乎有些改善，但马登月老了，真的老了，他说他嫖了一辈子风，嫖不动了。女人的那个东西真是好东西啊。他叹息说。两人在村里偶尔见面，叶儿还会红着脸，轻声打个招呼："吃了么？"

"吃了。"

"好着么？"

"还好。"

就这么简单，就这么平淡。有一次，叶儿还给马登月送来一双手织的羊毛袜子，给袜子时，叶儿是双手给的，脸红了，偏了过去，马登月是双手接的，他两眼在盯着叶儿，只看见了她的半面脸，他说："你还有心的。"

"天凉了，不要冻着了。"

我看见了这一幕，村里好多人都看见了这一幕，刚来村没几天的年干部也看到了。我对哈娃的好感和依赖，大多来自村里的伙伴不跟我俩耍了，大人都给自家的孩子安顿说，离那两个货远点，那是两只毒虫，狼种啥时候都是狼种！杏娃被我俩打坏了，在自家炕上睡了半个月，赤脚医生向二杆子都来过两趟哩。村里人得了病，小病，自个扛扛就过去了，扛不住，才叫向二杆子来，吃上他开的几个西药片子，人快要不行了，才往县医院送，不几天，人拉回来了，丧事就办上了。还好，向二杆子这次大出风头，把杏娃的病治好了，人都说，人家向大夫有两下子哩。我和哈娃相依为命，我还是那样讨厌他，鄙视他，但我又离不开他。我俩有难同当，有福同享，我有糖了，虽然我知道哈娃也有糖了。

哈娃好似老远就听见了我的脚步声，我一边胡思乱想，一边慢个悠悠走路，猛抬头，他杵在我面前，呼地伸出一只手来，大喊："吃糖！"

"吃糖！"我的手心也捏着一颗糖的，也伸出手，喊了声。我俩相视大笑。他把糖顺过来，说你吃这个，我也把糖顺过去，说你吃这个。多么甜的糖呀，我俩幸福地吮着，跳着，喊着，手拉手朝海豁豁家跑去。

我们要看他是如何一刀杀死一头活猪的。

村里人说，海豁豁的老先人把人亏了，人问把啥人亏了，人却把嘴包得紧的跟豌豆，摇头摇手不说。其实，人都知道呢，不愿意说罢了。那个亏人的人就是马正天的账房海树理，他把他的东家马正天亏了。马正天那天晚上是把风头出足了，八百脚户簇拥着他，离开陇东府衙，一路啸叫着，把整个西峰街都沸腾了。官民最终没有打起来，而民一方撤了回来，说明官答应了民的请求，率先打开柴门涌上街头的是八百脚户的妻子儿女，明天他们的养家人，又可挑着担儿，北上六百里地，把塞上的青白盐，一驮驮挑回来，到西峰交给盐店后，再由另一拨人，再南行六百里，贩往关中，销往西府宝鸡、东府西安，一家人的生活虽说是饥一顿饱一顿，新三年旧三年，缝缝补补又三年，也总是一种生活呀。可恨这狗官府没事找事，非要把一样的盐分为青引白引，马家年家是盐业大户，资本雄厚，垄断着主要市场，脚户人家小本买卖，在两大家的夹缝中寻些生活。马年两家都是盐业巨头，经过几代人的明争暗斗，驴踢马咬，当然，还有精诚合作，大体上划定了势力范围，年家控制以宝鸡为中心的西路，以西安为中心的东路落入马家之手。零散脚户的生意空间只剩下远离大道和中心城镇的边远地区。就这，他们的生意也做不下去了。官府将盐业改为青白二引，他们手持白引，出货源地，要比往常多交一分税，在集散地，又得多交一分税。驮盐贩盐，人力不算钱，把路途花销节省到极限，也不过三分利。这一来，等于把脚户们的饭碗砸了，等于跟上脚户吃饭的无数妇孺嘴要挂到树梢了。

当然，各人的账各人算。官府此举，在陇东这一路，只认马年两家即可，用不着派税丁风里雨里四邻八乡追着屁股去收税了。原来，收盐税是一大麻烦，脚户在产盐地从私家小盐场低价装上盐巴，避开大路，越过荒无人烟的长城线，抄小路，直接进了陇东北部乡村，走一路，贩卖一路，从陇东西南乡村兜一个大圈子，盐卖完了，就近在农村收购一些时鲜货，捎到西峰卖了，再把西峰的土货带到宁夏，就地卖了，或干脆以物易物，换了盐巴，再越长城线。这样，来回不放空，一个来回，等于做了三桩生意。对脚户，这本是不错的，可官府不干，盐税收不上，山货土产税也收不上。脚户都是一人一只扁担，白天，一人挑着担儿走村交易，目标小，税丁很难抓着，晚上聚堆休息，即使被一个两个税丁发现，也不济事，这些脚户都是吃力气饭和道路饭的，抡起扁担，三五个人近不了一个人的身，拔腿跑起来，就凭那些早被酒色掏空了的税丁?!

岁月就这样一天一天推移着，脚户的光景虽然过的辛苦，却也不失为一种光景，老婆娃娃肚里有饭，身上有衣，他们嘴里唱着酸曲，在地广人稀的山区，仅靠一块拳头大的盐巴，或是一支木梳，一样女人用的零碎物品就可交得一个相好，热炕睡上，热饭吃上，热身子搂上，几趟生意做下来，到处都是相好。这日子美着哩！可官府是不让他们继续美下去的。朝廷对外一个败仗接着一个败仗，这场的款还没赔完，另一场的赔款人家把军舰开到家门口催要了，对内，这儿着火，那儿冒烟，一处火头没扑灭，另一处已把半边天映红了。这一笔笔款子，都是要老百姓出血的。就拿陇东这块，乱了十几年，死了一茬人，大乱刚结束，小乱到处有，官府进钱的路就那么可怜的几条，往外撒钱的手成百上千，黄土要是能当钱使，知府铁徒手恨不得把董志塬都卖了，反正据说这里的黄土层世界最厚。

到底有没有来钱的路?

那段日子，铁徒手自个把自个关在房子里，呕心沥血，搜肠刮肚，踱步揪头发，把胡子捋得一根根，一缕缕往地上掉，白天哄鸡踢狗骂杂役，晚上彻夜难眠，把能使的法子都使尽了，硬是鼓捣不出来钱的主意。那天他正在急得转磨磨圈儿，没有心思向丫环泡泡诵读那些有意思的词曲儿了，忽然泡泡双手上茶来了。泡泡说，老爷，请茶！他脑子还陷在事儿里面没出来，他说，这可如何是好？泡泡也没留意老爷的神色，便傻傻一笑说，这也不用太难为老爷，一只手端起来，一只手揭开盖子，张开嘴，滋溜滋溜喝就行的，喝完，还想喝，奴婢再给老爷沏去，咱家有的是茶。泡泡和老爷混得熟了，信口编派，逗老爷开心，铁徒手却从中若有所悟。

说起这个泡泡，她是铁夫人乌兰的陪嫁丫头，百伶百俐，学啥会啥，夫人喜欢，老爷喜欢，是目下铁家下人中最有头脸的。其中缘由倒也有些趣味。铁徒手少小时做的是红袖添香夜读书的梦，中了进士，放了官后，梦却破了，整日间兵役钱粮，迎来送往，司法刑讯，脑袋里早长出杂草来了。晚上回到家，更无乐趣。乌兰虽是蒙古贝勒之女，也算是大家闺秀，不过，她是侧福晋所生，从小修炼的是家政女红，非但对琴棋书画一点兴趣没有，还从骨子里反感女人参与这些事。她不知从哪里听来一句怪话：书坊戏坊，是偷鸡摸狗的地方。这差点把铁徒手的鼻子气歪了。平素，家里倒是来几个清客的，那都是地方上的几个老秀才，又土又酸，他心说，用俊秀一点的屁股，说出的话也比他们用嘴说的要有些意思。他回到后堂的日子，过得也就要多憋闷有多憋闷，花前月下，一个人吁嗟呜呼子曰诗云一阵，喝几杯寡酒，独自玉树临风一阵，环顾左右，总是如吊月秋虫，说不完道不尽的孤寂凄惶。一夜，他心中万分苦闷，死活找不出排解之策，圣贤君子的诗文用来砥砺志向情操倒是百试不爽，以之安慰长夜难眠却有些发烧吃鸡蛋越吃越烧了。他猛地想起他抄有几卷淫词艳曲的，早年寒窗寂寞，夜深人静，偷偷拿出来，观览一过，心火倒可暂消。放官地方后，好多年他一心读圣贤书，立志行圣贤事，把这鬼名堂早搁得淡而又淡了。几年来，地方事务曾让他焦头烂额，他从箱底翻弄出来，在家人熟睡后，曾轻声朗诵过几回，身旁只有泡泡伺候茶水，她刚满十岁，混沌未开，百事不解，正好，她也算一个听众，有耳朵，却听不明白，红袖冉冉，却不解风情。嘿嘿，他有了恶作剧的快意。他读一首，偏头看看泡泡，她在那儿不咸不淡地傻乐。他故意问，泡泡，老爷读书好听吗，泡泡甜甜一笑说，好听。他说，你知道老爷读的什么书吗，泡泡甜甜一笑说，老爷读的是好听的书。他故意沉了脸说，你这个丫头片子，端的是不读圣贤书的化外野人，圣贤书如何敢以好听与否论之，犹如父母，岂可以丑俊言说？泡泡嘻嘻笑，低了头，只顾伺候茶水，并不搭话。他虎了脸说，好你个泡泡，竟不服王化，你笑个什么？泡泡收了笑，一本正经地说，奴婢自是愚昧，老爷教训的是。可是，可是……他看见她心中有话，心下颇感惊奇，便柔声追问，泡泡羞红了脸，大了胆子说，万请老爷饶恕奴婢大胆妄为，奴婢虽愚昧，却听得出，老爷读的并非圣贤书。当下，他被惊得阴囊紧缩。他的心颤抖了，身子腿都颤抖了。他倒是不怕什么，古人说，十步之内，必有芳草，原来如此呀。小小粗使丫头，却是一片心性明敏，虽还不知道她听出了什么，但听出与圣贤书之不同，已不得了了。他不觉俯下身去，有些讨好

62

地问，你听出了哪些不同，给老爷说说，说错了，老爷一腔圣贤胸怀，是不会怪罪你的。泡泡毕竟还是小女孩心性，当下主仆男女之分早烟消云散了。她娇声道，谢老爷大人大量雅人雅量，小女子斗胆了。她一行做着动作，一行说着话儿，把事情剖分得明明白白透透彻彻。她说，读圣贤书，老爷的头是左右摇晃的，辫子是左右摆动的，老爷今宵读书，头却是前后忽高忽低的，辫子也像喜鹊尾巴，一翘一翘的。听了这话，铁徒手一时恼怒万分，可他是答应了泡泡不怪罪人家的，三尺童子不可欺，更不可失信于下人女子。他挥挥手说，今晚不用伺候了，你下去睡觉吧。

泡泡走了后，偌大的后花园就剩下铁徒手一人，正是晚秋季节，抬头，皓月当空，低头，草木萧瑟。悲哉，秋之为气也！他长叹一声。他忽地念起泡泡刚才说的话，不觉童心大起。他要试试她说的有无道理。圣贤书是用不着照书读的，该背的他早年已背得烂熟于心。他轻声诵道：子曰：为政以德，譬如北辰，居其所，而众星拱之。子曰：诗三百，一言以蔽之，曰：思无邪。道之以德，齐之以礼，有耻且格。才诵得几句，不知不觉，他的头左右摇晃起来，脑后的辫子也像牧羊女手中的柳鞭儿，有一搭没一搭地左右晃荡起来。他心下一惊：果然如此。这下他留意了，努力端正身子，把定头颅不使摇晃，又换了几位圣贤言语背诵，一不留神，头又左右晃了，辫子又左右晃荡了。他捡起刚才读的手抄本，找出正读的那首艳词，把情绪调平稳了，力挺了身子，一板一眼读了起来：

  前日瘦，今日瘦，看看越瘦。朝也睡，暮也睡，懒去梳头。说黄昏，又是黄昏时候，待想又不敢想，待丢时又怎好丢。把口问问心来也，又把心儿问问口。

原来是个妙人儿呀！铁徒手在心底这样使劲地欢呼了一声。顿时，他感到月圆中天，云走北斗，人约阑干，神飞天外。他立即要把泡泡喊出来，做彻夜清谈。奔出两步，又原地定住，心想，不妥，不妥，大是不妥，主仆有分，男女有别，中夜无人，喁喁私语，成何体统！他后悔把泡泡赶回去了，赶去又唤回，不妥又甚一分。要是像往常那样，老爷挑灯夜读，丫环身边伺候，天经地义，何为不妥。虽是有些心痒难耐，恨长夜难明，又好似，大雪天偶见蜡梅盛开，一缕春风扫过脸面；黑夜独行，身陷迷魂地时，猛听到几声狗吠，几声鸡鸣，东方露出鱼肚白，大路传来人的脚步声。这一惊，惊得铁徒手，梦里拾钱，醒时枕头边银钱山样堆积，这一喜，喜得铁徒手，远处红云一闪，凑上一瞧，果然绝世佳丽，而且专是冲自个来的。他把两只手掌死死抵住，搓呀搓，磨呀磨，手心热了，手心烫了，手心的皮眼看裂了，他就这样搓着手渐入梦乡。

　　此后的夜里，铁徒手读书兴致高入云端。日落黄昏时，匆匆吃罢晚饭，一迭声喝喊家人伺候香汤供他净手沐浴，完了，又收拾香袱，庄严跪在香案前，向孔圣画像拜揖三番，口诵天不生仲尼，万古如长夜，敬礼完毕，又去夫人乌兰供奉的佛堂，朝佛像拜揖三过，口诵南无阿弥陀佛，然后，就等着天再黑点，乌兰和一应下人入睡了。万籁俱寂时，他在前边一手夹书卷逍遥走，泡泡紧随身后，手捧茶壶款款行。乌兰连年见老爷公事烦得紧，眼见得茶饭无味，脸无血色，眉宇不展，腰腿乏力，忽而冰河消融，一地春色，只道是，自家求神拜佛有了效用，又见老爷也拜起佛了，当下喜极而泣，一片声安顿泡泡要精心伺候老爷，并格外施恩，允许泡泡白天不用做任何事，可以上街玩，可以睡懒觉，把个泡泡喜得脚后跟都在冒喜气，把别的丫环下人嫉妒得恨不得把泡泡炖做杂碎汤喝了。几年间，铁徒手白天还是那样烦，越来烦心事越多，晚上却春色满园关不住，后花园里，时而急促，时而舒缓的诵读声，隐隐约约，如秋雨潇潇，如鸟鸣啁啾，乌兰听到的是满世界的祥和之音。铁徒手诵读的全是淫词艳曲，手抄的诵读完了，他在各种古籍的字里行间搜寻，白天抽空搜寻，夜里诵读不辍。他能搜寻到的，仍不敷使用，他又把那几个没用的老清客发动起来，说是要净化人心，令他们将民间私藏的有关怪力乱神海淫海盗之书尽快清查缴上，供老爷审定。清客们找着了巴结老爷的机会，个个奋勇，人人争先，不几天，春宫图，手抄淫书，私版禁书，呈上来一大堆。铁徒手如获至宝，将其分门别类，藏于书房私密处。晚间，他给泡泡一一诵读，夜夜不重样。过了半个月，他惊讶地发现，泡泡之聪慧

颖悟，举世罕见。每首诗词歌赋，每段文字，他只要诵读两遍，她便记住了。她一个字不识，面对书卷，满脸茫然，撇过书卷，他说上句，她接下句，他说下句，她回上句，屡试不爽。这让他多次喜极而泣，多次又悲不自胜。悲的是，他作为读书人，却无此天分，寒窗二十载，只考了一个八十七名进士，虽皇恩浩荡，也做了一方官员，可是，这是什么官呀，终日上头压，下面顶，水深火热，朝难虑夕。要是名列三甲，做一个管官的官，哪怕是在天子身边谋一闲职，也乐得诗酒风流，逍遥度日。喜的是，天高皇帝远，荒寒苦瘠地，自家身边就有这等旷世大才，而且是一个袅袅婷婷莺莺燕燕的小女子！

　　快活的日子总是短暂的，每一个夜晚都是太阳刚落西山，又从东山升起了，烦闷的光阴总是和懒婆娘的裹脚一般又臭又长，旭日东升容易，夕阳西下万难。无论多么快活，一个个夜晚还是留他不住，无论多么烦恼，一个个白天还是如期而来。泡泡记诵的文辞多了，慢慢也长出了女人的模样。铁徒手心有所动，他一边继续给她诵读香词艳曲，一边把春宫图逐次亮给她看。乍一见图画，铁徒手发现，泡泡的脸色变了，粉红的嫩脸化为血红，气也喘得急了，胸口也起伏不定了，手脚也无措了，迫不及待地用双手捂住了两眼。铁徒手是个从小读圣贤书长大的古板人，他一时觉得再也唐突不过了，乍然也手足无措，手忙脚乱要把画轴卷起来，一脸的惶恐失色。可他在一瞥间，发现了两道灼灼目光。那目光是泡泡的。她两手捂着眼睛，十指间却留着宽阔的缝儿，目光从缝里射出来，盯在画面上。那是极端贪婪的目光，那是少见多怪的目光，那是寻寻觅觅朝闻道夕死可矣的目光。这一刻，铁徒手的心被震撼了。稍静下来后，他欣喜若狂。其实，铁徒手依然是个古板文人，他这样做，并不想把泡泡引诱到哪里去，他只是觉得他发现了一个他从未涉足的领地。他不是一个少见多怪的人，古诗文戏曲中男女情事太多了，他也广有涉猎，再说，男欢女爱，圣人不讳，桑间濮上，诗经有载，古人怎么说，怎么做，是古人的事，今人怎么说，怎么做，是今人的事，他只本着君子发乎情，止乎礼义。本官只是玩笑玩笑而已，并无另外企图。他心里一遍遍说，一遍遍安慰自己。每天在做这事时，他都要在心里说上无数遍，说一遍，罪恶感要减去一层，做到中间，一点罪恶感都没了，有的只是快乐。做完后，罪恶感又突地从心底深处蹦出来，从脑海的隐秘部位蹦出来。当晚读结束，泡泡离开后，他在回书房的路上，也就十几步路，他像经历了长途跋涉一般，腰腿虚怯，两脚浮滑，几乎难以到达目的地。到了书房，面对码得如墙一般的一函函先贤遗泽，愧疚感，羞臊感，便联翩袭来，令他顿时无地自容，痛彻肺腑。他觉得他简直不配做儒门子弟仲尼之徒，不配为民父母签署一方。勉强躺在床上后，调匀气息，紧闭两眼，就是无法入眠。泡泡那天真无邪的眉眼，那清水芙蓉的体态，如今，被他诱引的，神色中满含迷茫和探究，姿态中激荡着风骚，秋月般的面容下浮泛着深重的风尘之色。谁之过？我，陇东知府铁徒手！一个两脚畜生，一个口不离仁义礼智信的脏儒，一个手握公权的贼匪！一夜，一夜，他都在痛下决心：在阳光升起时，改邪归正弃恶从善。真的，太阳升起时，他怀着无比的愧怍，和由愧怍引起的救赎的真诚，稳坐大堂，尽心国事，勉力民事。可是，当太阳落山后，他的第一个念头竟是重复昨晚的故事。恶念是那样强烈，犹如山崩地摧，恰似江河泛滥，更似那惊雷滚过长空八百里，谁可当之！他没抽过大烟，但他见过抽大烟的人，听好此道者说，这玩意一旦上瘾，到时间不来两口，真个是猫抓五内，火烧脚心。眼看太阳依依西沉，他提前将泡泡支开，眼不见，心不烦，坚持不想她，不想晚上的事，把注意力努力地往白天没做完没做好的事上移。他也想古圣先贤，想他们的言行，想他们的修为，想他们是如何正心修身格物致知的，又是如何做到威武不屈富贵不淫的。每一个黄昏，他都会灿然一乐：今晚，本官一定会逃离孽海了。

说也怪了，当夕阳一跃跌入地平线后，铁徒手的心也猛地跌入了丹田以下，接着，一个飞蹿，又蹦到了嗓子眼上。他像一头被箭头射中屁股的野猪，一头扎入后花园，来回奔窜着，嘴里念念有词，嘴表达不了他内心的全部，便辅之以肢体动作，两个脚板飞快移动，步伐散乱，杂沓无序，两手飞扬，胡须抖动，活像一个正在行法的阴阳先生。此时，全家一片愁云惨淡，主仆人等大气都不敢出。乌兰涕泪滂沱，时而哀叹自己命不好，时而怨怼穷乡刁民，但她无法前去解劝，把一腔疼丈夫的心由自个悄悄疼痛着。泡泡和另外

几个丫环无法劝慰夫人，只有陪着主子流泪，哀叹，她们不敢怨怼，只觉山雨欲来，遍地阴郁。当然，这是早些时日的情形。现在大家都习以为常了。满天星斗时分，街上的各种声响都消失了，这时，也到了熄灯就寝的时候，每当这光景，铁徒手便像终于逮着了妈妈奶头的婴儿，立时安静下来，一派喜气洋洋，使劲搓着手，一迭声叫嚷道：泡泡！泡泡！沐浴，沐浴！焚香，焚香！乌兰脸色立即变得无比安详，悬着的心放下了，苦着的脸舒展了，她会慈爱地剜泡泡一眼，娇声说：小心伺候老爷，要是不周不到，仔细你的皮！大半年了，泡泡得到了夫人许多赏赐，大到体面穿戴散碎银子，小到同餐分食大被同床，还有温语笑脸，别的丫环也不再嫉妒泡泡了，泡泡所做的，是她们万难做到的，泡泡所做的，已经不是奴才在主子面前谁的脸大谁的脸小的事了，老爷是一家主仆的根本，老爷要是有个三长两短，奴才连命都没了，哪来的脸呀。丫环们虽是下人，虽是女流，事大事小却是掂量的门儿清。白天，泡泡不用做任何事，除非她抢着做，她的事都让大家抢着做完了。因为这样，铁定能讨来夫人的欢喜。夫人欢喜了，其实，她们得到的赏赐并不比泡泡少多少。泡泡得到的是明明白白的赏赐，她们得到的是实在的利益。当然，她们干的粗活要比泡泡多些。这也没什么，官宦人家的家里又有多少活儿可做呢。当下，听见老爷呼唤，乌兰剜一眼泡泡，微笑着推她一把，说：还不快去，难道要坐老爷的大轿么？伙伴们嬉笑着，做着狠狠推搡的样子，却顺手挠着她的某个怕痒的部位，一家人祥和的夜晚才真正来临了。泡泡做出不情愿的样子，但却不能做的太像了，她像所有忠诚敬业的奴才听到主子的召唤那样，稍事忸怩，飞红了脸，碎了步子，如一只花蝴蝶飞去了。

　　厨下的粗使丫头早把热水烧妥帖了，听见号令，杂役把大木盆抬上来了，把一大桶热水抬上来了，搁置得当，一应闲杂人等诺诺退下，他们早等着支了这份差去睡觉的。沐浴间只剩铁徒手和泡泡以后，铁徒手闲庭信步一会，昂首吟哦几声，官家气派便淋漓尽致了。他款款当庭一站，泡泡替他除衣解带毕，他并不急着跃入热气蒸腾的木桶里，抻抻懒腰，展展臂膀，有时还踢踢腿，裆部的零件闪展腾挪，跳跃活活，他笑笑地回头问：泡泡，阁下视老爷何如人耶？泡泡娇笑道：老爷是一个好老爷。他又问：好在何处？她又一个娇笑,回道:处处都好。他要问的是具体,泡泡答的却是含混,他越要具体,她越是含混。交锋三五回合,他哈哈一笑,扯长嗓音叫道:我的泡泡呀,请君入瓮。伸出一只胳臂来,泡泡双手把定,略提一提,铁徒手跃入木盆中,像是泡泡抓住他丢进去的,又像是自个把自个丢进去的。融入热水后,他还要尖叫一声,像是烫着了。第一次弄这名堂时,着实把泡泡吓得不轻,她一连叫了几声老爷,奋不顾身,大半身扑入盆中,伸出双手抓他,却光溜溜地抓他不住,他则乘势把身体沉下去,嗷嗷乱叫,直到泡泡哭出声来了,他才身子一挺坐了起来,来一个狮子大甩头,臭烘烘的热水洒了一地,也洒了泡泡一身,他对着泡泡哈哈一笑。泡泡看老爷没事,悬着的心急切间却放不下来,脸上露出的笑容还是一副十足的哭相。她知道是老爷搞恶作剧,逗她玩,也把主婢间的鸿沟填平了些,把小女孩的小性子使上了,她把身子使劲筛了筛,嗔道:老爷作怪弄人,奴婢找夫人评理去!说罢,扭头作势要走。铁徒手知道她就这么一说,忙赔笑道,阁下请息雷霆之怒,下官再也不敢了。泡泡不依,还作势要去告状。铁徒手立起光溜溜水湿湿的精身子,拱拳道:人非圣贤,孰能无过,过而能改,善莫大焉,还请泡泡青天大老爷法外施恩,下官定当铭记肺腑,缺情后补则个。泡泡被他的滑稽样儿逗得红颜灿烂,忙又给他前揉后搓,深浅旮旯统统照顾得无不周备。

  此时的铁徒手,身子是快活的,心窝里是快活的,快活的情绪直通辫梢。他想,人世间原来快活无所不在的呀,读书有读书之乐,做官有做官之乐,廊庙有廊庙之乐,市井有市井之乐,床笫有床笫之乐,古刹青灯自然其中也有乐呀。反过来再说,苦也是题中应有之义了。此念一生,他顿觉天地一派澄明,日间的种种烦恼又算得了什么。得快活且快活,该烦恼何妨烦恼。不觉得,他随口吟出一首艳曲来:

  风月中的事儿难猜难解,风月中的人儿个个会弄乖,难道就没一个真实的在。我怕被人闪怕了,闪人的再莫来。你若要来时也,将闪人的法儿改。

一个妙人儿如花如柳,如烟如雾,一双玉手儿,如切如磋,如琢如磨,手触肌肤,如抵掌倾谈,往年诗心,在水声咿呀里,从遥远翩然而来。

铁徒手不觉沉迷,在温水浸泡中,在软手抚摸中,不觉回到了诗酒纵横的同学少年。只听一缕儿丝竹之音在耳际悠然奏响:

明知道那人儿做下亏心勾当,到晚来故意不进奴房,恼得我吹灭了灯把门儿闩上。毕竟我妇人家心肠儿软,又恐怕他身上凉。且放他进了房来也,睡了和他讲。

这是谁呢,声音好熟的。那么远,又那么近,远在天边,近在心底。哦哦,铁徒手凛然一惊,急睁开眼来,泡泡低了眉,静了脸,款款着弯腰,胸部若即若离木桶沿儿,一耸一耸的,恰似春天杨柳掩映的湖水涟漪,一双手在他的肌肤上,轻轻划过来,划过去,若有若无,大有大无,看似在肌肤上游走,心尖儿,肺腑里,却分明感觉到有一双手在恰到好处地微微颤动。到底是她的吟哦声,却见她一对樱唇不经意地抿着,好似原本就是这样,天生不曾说过话儿,吟过曲儿。而方才所吟之曲,又何所指呢。若不是她所吟,又是哪位方外雅士给红尘俗客做醍醐灌顶?若是她所吟,又语涉帷幄私情,是无心,是有心?按说,下人奴才不过主子盘中一道小菜,扒拉着吃,攥着吃,囫囵吞枣吃,全随主子的意,夫人也不是那种不明妇德的河东狮吼,可话有说得说不得,事有做得做不得,见饭就吃是穷丐,见草就啃是饿驴,见色心动是俗汉,忝为功名在身的士人,肚中可三日无食,心中不可片刻涉俗,俗事可雅做,雅事万不可俗做。案牍枯寂,床帏无趣,郁郁多年,知己难觅,一朝识得泡泡于柴火中,方才有了吟哦之雅,唐突间,心里却生出男女俗念,铁徒手呀,铁徒手,真可谓众生好度人难度,一半江山一半烟雨呀,你原来是万卷诗书供养出来的一个俗汉嘛。心里在自责不休,可这毕竟是一桩做了多少年的粉红色的梦,虽是梦,夜半来,天明去,来时不期而来,去时不别而去,但,把梦做得真切一些,再真切一些,灿烂一些,再灿烂一些,梦醒时分,再数日月话短长。他决定试她一试,也算一段主仆佳话。他略一蹙眉,开口吟道:

想当初,骂一句心先痛,到如今,打一场也是空,相交一旦如春梦。人无千日好,花无百日红。想起往日的交情也,好笑我真懵懂。

泡泡恍若无闻,照旧低了眉儿,敛了脸儿,曲了腿儿,舒了腰儿,耸了胸儿,抿着嘴儿,一双纤纤素手,在铁徒手肌肤上蛇样游走。没见她开启芳唇,却听得一缕吟哦声伴着水声直往铁徒手心尖上撞。她吟的依然是一首艳曲:

来也罢,去也罢,不来也罢,此一计,也不是你的常法。真不真,假不假,虚将名挂。不相交,不烦恼,越相交,越情寡。着什么来由也,我把真心儿换你的假。

铁徒手吃了一惊,这一惊,端的非同小可。他自信平生为人为官,还过得去。为人,他自认才仅中中,勤勉努力,有望中上,未及而立,便取进士功名,便是明证,故而,他一门心愿都在求真务实,绝不敢自比圣贤,但,绝不可不效法圣贤。非礼勿听,非礼勿言,非礼勿视,非礼勿动,固然是做不到的,肯定是做不到的,但却不可不把礼时时搁在心上。寒窗苦读,宦海苦熬,作假他作不过别人,他便以真面目向人,就像一件货物,工艺不可能比人更强,那就只好在质地上下工夫了。他坚信,虽山河破碎,人心浮动,古礼沦丧,末世征兆历历毕现,但,求真,总是人永远的心动。可是,恰恰在他最着力处,最自信处,让他心目中的红颜知己,事实上的身边下人,用一根绣花针,扑哧一下,捅了个八面漏风。这很重要,因为,她是他的第一个红颜知己,她是他的使唤丫环,一个读书人,一个官员,一个男人,可以

接受普天下人的白眼，但绝不可以被女人小瞧了，不可以被贴身使女所鄙视。至于为官，俗话说得好，小官靠挣，大官靠命，他自省做官的命在好与不好之间，比上不足，比下绰绰有余，尽力了，也知命了，所谓尽人事，知天命罢了。看他沉默，神色凝重，且颇为凄楚，泡泡巧笑道，沐浴中的老爷心飞天外，精骛八极，莫非奴婢一时轻薄失言，触摸了老爷的某处隐痛？不过，以奴才浅见，老爷乃经邦济世之士，虽非宰相，却有着宰相的一副宏阔肚肠，为一介卑贱下人的混闹致气，期期以为不可也。

　　泡泡在那摇头晃脑，半通不通说着，双手也随着说话的节律，在铁徒手的肌肤上醉酒似的颠三倒四游走。铁徒手顿感五内如煮，真是一个妙人呀，肌肤胜雪，面如皓月，体态风流，音色呢喃，而数年来，他虽把她当红颜知己看待，内心深处，却仍视她为可以任意驱使的丫头，虽把持得好，还没做出什么不齿的事来，但，细审之，她在他那里究竟是何等身份？玩物而已。是玩物，便不可以知己待之，待之以知己，则是对知己的亵渎，是僭越，是失礼失德，而如果是知己，又玩在心底，玩在言行，便是丧德败行了。我干了些什么呀，与知己夜半无人，鬼鬼祟祟，龟缩后花园，读昏书，观昏图，说昏话，心里想昏事，丑态种种，丢人现眼。联想至此，他不觉喷出一身虚汗来。汗水混入已经凉下去的澡水中，他感到木桶里的液体都出自他的体内。他感到一阵虚脱强劲袭来，头晕目眩，四肢瘫困，倦意铺天盖地向他压来。他虚怯地说："泡泡，我困了，你也早睡吧，有些话，我改天你。"

　　"是的，老爷。老爷日理万机，调度四方八面，敢是累了。老爷，今晚不读书了？听老爷吟哦，有趣得紧呢，奴才愚钝，只是想不通，在奴才眼中，老爷乃古今少有之人物，不曾想，还有可与老爷比肩的古人今人呢，啧啧，那些有趣的话儿，倒是如何编排出来的，真让奴才虽不能至，然心向往之！"

　　"此话当真？"心智已陷入懵懂状态的铁徒手听了这些话，心下一个激灵，竟把那浓浓的倦意赶散了。"这么说，在泡泡那里，咱家仍然一派端严方正？罢了，罢了，卿乃天生仙草，我乃尘埃倦客，岂是混同得了的？"铁徒手心下为之大喜。

　　"在老爷夫人面前，真便是真，假便是假，奴才如何敢打诳语？如此，即便老爷夫人心慈如佛，奴才也只好自行了断了。"

"言重，言重，泡泡言重！说句心里话，你我虽名为主仆，实则在我心里泡泡乃平生第一知己。我的泡泡呀，我心破碎，君何伶仃，悠悠苍天，造化弄人啊。"

"谢过老爷恩赏！奴才不敢高攀老爷知己，老爷只要不嫌奴才粗鄙，奴才愿追随老爷左右，风里风里去，雨里雨里行，厨下生火，书房研墨，奴才还是可堪驱驰的。"

"罢罢罢！我的生生死死的泡泡呀！"铁徒手不觉热泪横流。在泡泡的扶持下，他从木桶中缓缓站起来，一只手搭住泡泡嫩肩，笨拙地一步跨出来，站在泡泡早已安顿就绪的丝垫上。泡泡用白棉布替他除去身上残余水渍，又替他把身上各个隐秘处，细心擦拭干净，扑一层香喷喷的爽身粉。他只觉里里外外清明脱透，宛如再生。泡泡低头一心给老爷系腰带，两人面对面站着，铁徒手高，泡泡低，她大约抵得住铁徒手的下巴。把内外尘俗气洗得尽了，铁徒手各样感官便格外敏锐，面前的泡泡吹气如兰，轻轻吐纳间，胸口微微起伏如六月微风下的田园麦浪。有了这个念想，铁徒手便闻见了泡泡身上的阵阵麦香，那种香是混合着青草味、乳香味、草莓味的一种香，梦幻的，又真实的，遥远的，又切近的，浓烈的，又淡淡的。他深吸了一口，当香气快要涌入口边时，他又感到了不可饶恕的奢侈和贪欲，他便屏住呼吸，让香气徐徐进入。果然是香味，嗅觉告诉他，这是香味，味觉也告诉他，这是实实在在的香味。他品呀，嚼呀，让香气在肺腑中，回环往复，周身都沐浴遍了。又一阵迷茫袭击了铁徒手的身心，他有些懵懂了。他的眼里升起一朵红云，是那种若有若无的浮云，太阳躲在云里，光线照样可以穿透云层，那云层是一袭薄如蝉翼的轻纱，轻纱后面的太阳便显得迷离，还有暧昧。哦，这是晚上，云后面是月。月是清白之月，冷冷的月光穿过轻纱时，也染上了一层淡红，这让他顿觉暖意。他望着月，想表达点什么，又怕自己气浊，污秽了纤尘不染的轻纱，他还怕自己是粗放之人，吐纳间，浊气汹汹，吹散了冉冉祥云。他敛眉收神，低唤道："泡泡！"

"老爷！"

铁徒手懵懂的心房透进一丝亮光。听得出，泡泡的声音与他惊人的相似，也满含着虚怯，似乎还有某种暧昧的期待，似梦中呓语，分明却是眼前人说眼前话。他又低唤道："泡泡！"

"老爷！"

同样的呼唤，同样的回应。铁徒手顿感心明眼亮。他不由得伸出双臂，将眼前这个秋雾春云般的人揽入怀里。是一个切切实实的人，他的那个寻寻觅觅瞻之在前忽焉在后的红颜知己。那个身子似乎有过挣扎的迹象。只是迹象，不是挣扎。当他感觉到她不是挣扎时，她已深深地陷入他的怀里。她原本是要挣扎的，可现在，她竟然发现，她挣扎的方向是反的，她在往他的怀里的深处挣扎，这不是她的本意。她虽是下人，但，她是一个持重的女子，拥有一副热怀的这个男人，只是她的主人，她只可全心全意伺候他，但，他不是她的男人，她也不是他的女人。他的女人是她的主人，她的男人，只能由她的女主人做主，而且，她并不知道，她的女主人有无给她选择男人的打算。忽然，两片带着浓重胡须的嘴唇堵住了她的嘴唇。她看不见，但她觉得出，就是那副先前向她发号施令后来向她吟哦有趣词曲的嘴唇。这样不好，嘴是用来吃饭说话的，两个人的嘴唇应该保持一定的距离，只有父母和自家很小很小的孩子才可将嘴唇对在一起。她的本意还是要把自己的嘴唇离开另一个人的嘴唇的，待惊觉时，她的嘴唇却深陷在另一个人的嘴唇里了。她的嘴唇是有重新恢复自由的可能的，可这个时候，她发觉，她的嘴唇是不大情愿听从她的命令的。

虚幻的人突然真实了，蛇样冰冷的软身子，眨眼间，都是潮热，南方雨季的那种潮热，这种异样的潮热令铁徒手遍身痉挛，所有的经络一片乱麻，所有的穴位如风中的麻雀在乱飞乱撞，他觉得自己快要死了，他激烈地扭动身体，企图让经络穴位回归原位。可是，他做不到了，怀中的这个人，比他更剧烈地扭动着，他的周身已被她冲撞得七零八落。泡泡想破脑子也想不明白自己是怎么回事，她感到万分恐惧，全部恐惧都来源于眼前这个她再也熟悉不过又陌生不过的身体，她万没想到，他的身体竟然如此潮热，她长这么大，从来没遭遇过如此令人难耐的潮热。她知道，离他远点，潮热就会自然消解，室外便是一派清风明月。可她心里越想离开，身体却越想贴近。她朝这个潮热之地，拼命地钻呀，使劲地拱呀，越钻越潮热袭人，越拱越潮热难耐。她猛地感到对面这个身体偏下部位多出一个物件，直挺挺地顶在她的极端隐秘处。打小从母亲那里，后来，从夫人那里，她知道的，这是她作为女人无比宝贵之处，比她的生命还要宝贵，她的下半身极力躲避着，后退着，可令她万般沮丧的是，她的上半身却在努力前进，拼命冲撞。她恨自己，她想痛骂一顿自己，无奈，嘴唇和舌头已失去了自由，她想抽自己几个耳光，可恨的是，她的双臂紧紧地箍着一个男人的粗腰，她的双臂也被一双有力的胳臂死死箍着。她在挣扎，她自己跟自己挣扎。正在纠缠得难分难解，身心内外的难耐正在臻于极限，他突然惨叫一声，同时，她突然感到一股强劲的暖流涌向她的隐秘部位。她不明就里，只觉潮热渐渐退去，所触竟是滑腻腻的冰凉。此时，泡泡才知觉她刚才做了什么，惊叫一声，奋力挣出怀抱，双手捂脸，跌跌撞撞逃回自己的房间，留下那个一脸怅然的人，独自怅然。

当晚，铁徒手怀着一腔郁郁独自回到书房，此时，夜空郁郁，城郭屋舍郁郁，函封着的满屋的圣贤书无不浮泛着郁郁之气。怎么会这样，他怎么会走到今晚这一步，是一时情绪失控，还是长久的处心积虑？泡泡还是一个只有十五岁的青春女子，这倒罢了，正当及笄妙龄，这样的年龄，有的女子已嫁做人妇，哺育儿女了。可她是下人，又是自家的下人，虽然说主仆媾和，古人君子尚且不免，如东坡居士先与姨妹王弗，后与侍女朝云。当世之人，更是满地皆是，先奸后娶、后纳者有之，始乱终弃者更多。说起来，有关主仆礼数，是国有法度的，可乱法者多为执法者，寒门之士，身边无仆，所谓主仆之礼，也就是一纸空文了。身边有仆的人，才有混乱主仆之礼的前提，乱还是没乱，却是由乱礼的人说了算的。于是，一边乱，一边戡乱，也自然而然了。这些社会陋习怪相搁下不说，单以我铁徒手处世为人之准则修养来说，今晚做出这等事体，实属偶然乖谬。想我铁徒手身为一方长官，要是有嫖妓之念，之好，放开手脚嫖就是了，只要忠于朝廷，造福地方，没人会拿这种小事去做文章的，想做，也做不出什么名堂。要是想纳妾，纳十房八房

不敢说，三房五房也不算什么稀奇，更不算什么本事，只要给夫人陪点小心，什么事都不会有的，更用不着在丫环下人那里动手动脚，士绅大户家的黄花闺女，使个眼色，都会主动送上门的。问题就在这里了，与泡泡行苟且之事，至少有三大不得体。一者，泡泡乃自家身边下人，远离父母，年纪尚幼，虽无强迫之举，传扬出去，也难免遭人腹诽，脱不了以主欺仆以长欺幼以强欺弱之嫌，一场风雅韵事，弄得不咸不淡不尴不尬，满城风雨，一头脏水，脏了自个，倒也没啥，一人做事一人当，自作自受，男子汉大丈夫，头顶戴得了鲜花，也就戴得了粪筐，而泡泡何辜，又将置她于何地？女人是靠脸面和名誉生存的，正处妙龄，又是仆婢，丢了脸面，毁了名声，即使日后收为小妾，也免不了先奸后娶的名声，让她在别的下人面前何以自处？二者，泡泡虽未明确拒绝，可也并非主动投怀送抱。主仆关系非同一般，婢仆在主人那里，主人要脚就得赶紧把脚伸来，绝不可把手伸出来的，自己有了这个意思，又见诸了行动，明确抗拒她是万万不敢的，半推半就也并不意味着心甘情愿，低头迎合也有许多无奈在焉。

铁徒手这人，官做到这份上了，官威也是有的，衙门里备足了板子、棒子、签子、拶子，牢房里有的是老虎凳，辣椒水，烧红的烙铁，一样不少，多少强梁横霸，进了陇东府衙，熬过一样两样三样，绝没有熬到最后一样了，还像鸭子那样，鸭肉炖烂了，鸭嘴还是硬的。官无威，则民不服王化，铁徒手认定这是古今不易之理。可他对于女子就不这样了。女子是天生的弱者，未嫁听父母的，既嫁听丈夫的，丈夫死了听儿子的，终生都在受人辖制，多数是在男人的辖制下讨生活的，受父夫的辖制倒还罢了，儿子是自己生的，还得听他的摆布，圣贤的话大多是人间至理，可有些话实在荒唐，他简直怀疑这是否出自圣贤之口，但遗篇煌煌，又不像是哪个冬烘伪托。作为儒门后学，他向来私下自称为孔门走狗，朱门马弁，孔朱二圣，他是要无条件趋附的。怀疑归怀疑，不满归不满，那是家门里事，不足为外人道的。在官方行为中，若是妇女犯了事，哪怕是忤逆淫乱谋杀亲夫的不赦之罪，只要对方痛快认了，国法无情，他也不会法外施恩，但他是不轻易给她们动刑的。惊堂木一拍，带上来后，他先温言讯问，不服，再疾言厉色，再不服，打板子，遇到冥顽不化者,方才大刑伺候。在私人世界中,哪个女子若与他一同生活,那简直可以说,她们在享受着先人的积德福荫。在家里,只要没外人,她们可以大声说话,大声欢笑,大声哭号,大步走路,她们有什么不得体之处,他温言相劝,犯了小错,讲明道理,如此防微杜渐,循循善诱,她们是不会犯大错的。再说,他一门心思认定,古今悍妇恶娘在所多有,所犯种种恶行罄竹难书,天人共愤,凌迟车裂都不过分的,可客观说来,又不能说全是她们的错,从生下来,就在别人的严酷辖制下,笑不露齿,哭不出声,足不出户,心无旁骛,年复年,月复月,日复日,还不憋出病来?这病憋得久了,憋得狠了,只好把自个憋死,那些不甘愿憋死自己的,一旦有了放纵之机,便会把一肚子憋屈无尽地倾泻出来的,遇上淫,则淫骚熏天,遇上恶,则恶贯满盈,遇上媚,则媚乱家国。古今多少坏女人其实都是男人造就出来的。他治家甚为宽松,从不苛责夫人,也不轻易处罚下人,但在他的家里,他与夫人虽算不得举案齐眉,却也是夫唱妇随,夫人全部心思搁在了相夫教子茶饭女红上,雪夜烹茶青梅煮酒,这些风流事是挨不上的,可这如何怨得了她?至于婢仆下人,主人待他们和善公道,他们也心情舒畅,对主人家的大事小事个个恪尽绵薄。铁徒手一时思绪泛滥,漫无边际,而一切胡思乱想其实都是由今晚与泡泡的事而起。一念乍起,他的精神马上回归正题了。

　　这三者呢,他与泡泡的交往,一日比一日离开主仆格局和大体,渐近于男女,先前,他便有这份担心和渴望,一边担心,一边渴望,越是担心,越是渴望,终于在今晚做出来了,这确实是违背他的真心的,这实在不是做出事来了,又装出正人君子的嘴脸,现在要是让他扪心自问,他还是不想这样做的。掏心窝子说,他是把泡泡当知己对待的,有道是,人生得一知己足矣,斯世当以同怀视之。他什么也不缺,当然,官职再高一点更好,钱财更多一点也非坏事,可这不是最要紧的,这些东西是命里注定的,人力何为,他缺的是一位知己,可以披肝沥胆心心相印的知己,按读书人固有的浪漫情怀说,有一位这样的红颜知己再好不过。

　　如今回想,多少年来,他内心最大的缺憾,和由此引发的愤世嫉俗,总根子不就是在这里吗?当他在苍凉红尘中发现泡泡后,一下子心中便冰雪明

白。他为此乐难自持,又为此心如刀绞。为此而乐,他是明白其中的根由的,如同久旱逢甘霖他乡遇故知金榜题名时洞房花烛夜那样嘛,可为此而产生的痛苦,却令他既明白又糊涂。尤其近一年来,他的内心,时时都有两个铁徒手在打架,宛如两个绝世仇敌,一见面便是绝世拼斗。一个说,离她近点,再近点,直到融为一体,生生世世不离分,一个说,离她远点,再远点,看她一眼便是亵渎,动她一指头,罪无可赦。两下里互不相让,起初唇枪舌剑,继之刀来剑往,到了后来,见面索性不再搭话,出手便是夺命招。白天的他是那个视泡泡为知己的铁徒手,晚上,又是那个要把泡泡变成女人的铁徒手,黄昏时分,天割阴阳,地分日夜,两个铁徒手见面了,那一场场厮杀,真个是天倾西北,地陷东南,一个铁徒手把另一个铁徒手打得呼天天不应,叫地地不灵,致使他身心俱废,满目荒原。而且,长久以来,把胜利的旗帜插上铁徒手心口的总是那位晚上的铁徒手。如此,便有些意思了,白天的铁徒手总是萎靡不振,长吁短叹,经过黄昏苦斗后,晚上的铁徒手总是意气风发,甚至显得不可一世。以至今晚,晚上的那个铁徒手彻底战胜了白天的铁徒手。大战过后,铁徒手却绝望地发现,其实,彻底败北的既非白天的铁徒手,也非晚上的铁徒手,而是铁徒手自身。此时,他觉醒到,知己再往前走一步,知己已然死亡,剩下的是一个空空荡荡的分不清性别的躯壳。这令他沮丧,也引发了存储于内心已久的绝望感。

绝望的大门一打开,绝望的情绪便如洪流一般势不可挡,霎时弥漫了他的内心。人为何要活着,活着干什么,人为何要费尽心机猎取功名,功名与人究竟有何利害,人为何千里路上去宦海沉浮,说是千里路上去当官,无非为了吃和穿,那么,当官的毕竟是少数,不当官的人就冻饿而死了?当官究竟有何趣味,人生的乐趣难道仅此一途么,人又为何分为男人女人,男人和女人究竟该是什么关系,除了母与子、父与女、兄弟与姐妹的关系是人伦天定外,夫妻姻缘难道真是天做定,难道真有一个月下老,在那里为男男女女穿针引线,那么,谁为我穿针引线来着,穿在一块的,为何是我现在的夫人,而非泡泡?哦,对了,想到这里,铁徒手大吃一惊:为我和夫人穿针引线的人固不可知,而为我与泡泡穿针引线者恰是夫人!没有她,泡泡永远是我不认识的人。

大战过后又是大战，铁徒手夜不能寐。泡泡被他置于两个铁徒手之间，又被他分解为两个泡泡。一个是知己泡泡，一个是女人泡泡。此时，两个泡泡又打起来了。一个泡泡要做家主的红颜知己，这是一个暧昧的退可守进可攻的角色，往前一步，是家主的女人，留守原地，也是家主的贴心人，一个使女有此着落，也算是祖宗积德了。一个泡泡却在畏首畏尾，决意要把自己固定在下人的位置上，因为她是家主母的陪嫁丫头，对家主生了非分之想，便是对家主母的反叛，轻则一顿板子拍出一身皮开肉绽，罚去做粗活杂活，一辈子走不到人前来，即使家主母格外施恩，在这个家庭里，她也永远都是家主母的奴婢，倒还没有做纯粹的丫头快活省心。两个铁徒手打了半夜的恶仗，他又一厢情愿地替两个泡泡设置了无数场战局，越打越惨烈，越打越糊涂，打到后来，都分不清谁跟谁打了。窗户眼看透进亮了，铁徒手心里一沉，他猛地想起他与泡泡在最后一刻，发生在他身上的惊人事件。怎么会这样，是兴奋过度，还是紧张过度，抑或是天意？如果老天真是有意令他与泡泡的关系固定在原来的格局中，倒也得其所在，把知己做到底了，做不得知己，主仆做到底也是好的，每天笑语嫣嫣红袖冉冉，虽不能耳鬓厮磨同床共枕，也是一道风景；如果是有男女缘的，却行不得男女事，这倒是哪门子道理呢。

这种绝望彻底击溃了铁徒手。他望着窗户渐趋扩大的白光，心凉到了冰点。忽而，他一个激灵：夜晚即将过去，又一个白天眼看到来，棘手的公务到底如何决断。世间事，别的都好办，唯有钱的事最是难办。一分钱难倒英雄汉，一分钱照样能难倒知府官。地方主官最要紧的莫过于钱粮刑名，陇东是产粮区，向称粮仓，粮的事不难，刑名之事，国有国法，家有家规，按章办事罢了，唯有这钱，陇东最缺的是钱，而用钱之处却格外多，来钱最快的莫过于工商业。陇东地面最大的工商业要数盐业，几乎占去了税收的一半。因其来钱快捷，利润丰厚，逃税漏税现象便格外严重。他想了多日，师爷林如晦先前出过一个主意，说是要把盐业经营权集中在马年两家，给零散脚户课以重税，上报藩台，请其知照食盐产地，从源头堵住逃税缺口，在陇东地界，限制零散脚户从业，为防民变骚乱，不下明确指令，在重税之下，令其

无利可图，自行散伙，以收一劳永逸之功。客观说来，此策不失为上上之策，可他未置可否。只因太过歹毒，他心下万分不忍。都是父母所生所养，都有生存权利，一朝绝其生路，天理何在。一个脚户的后面有一家人在跟着吃饭，一家少说也有五六口人，绝了一个脚户的生意，就等于绝了一家人的生活来源。民为国本，民生艰难，国本动摇，古来无数民变，导致战乱频生，血流成河，乃至江山易手，因了民变，倒是成就了一些人的帝业霸业，诞生了一批批英雄豪杰，可是，兴，百姓苦；亡，百姓苦，一顶顶王冠莫不是百姓的血浇筑的。远的不说了，近的，东南半壁的大动乱，西北半壁的大动乱，而陇东正是重灾区，还有隐伏于东南西北的种种危机，说不定，一粒火星便可燃起遍地大火的。每一念此，他便不寒而栗。多日来，在深夜，对此他不断地在攒眉思索，为了泡泡，两个铁徒手刚血战结束，已经累得他心身俱废，独自躺在床上后，两个铁徒手又打起来了，一方是白花花的银子，是充盈的国库，是上司的赏识，是锦绣前程，一方是流离失所的脚户人家，是遍地哭声和咒骂声，也许，还有由此引发的厮杀声。他一闭眼，种种可怕情景便浮现眼前。不可，不可，绝不可！他一再痛斥自己，此策不但不可取，连想一想都是绝大的罪过。

可是，钱从何来？天眼看要亮了，钱是硬的，又是十万火急，此时，他方才明白，善心善举是不当钱用的。铁徒手辗转反侧，与泡泡的纠葛，人生理念与现实的压迫，他觉得，自己马上要崩溃了。城东寺院的钟声敲响了，新的一天来到了。一夜无眠，又遭心灵剧烈震荡的铁徒手真想好好睡一觉，就此长眠不醒，一切便解脱了。他试着闭上眼，可眼睛闭上了，却怎么也闭不上心房，他臆想的一幕幕化为真实，好似把戏台搬到了他的床前，声儿连天震响，影儿活灵活现。他不堪烦乱，伸出两手，如赶苍蝇一般，想把声儿影儿一伙赶散，谁知，却全数赶进自己的脑海了。他双手抱头，在床上滚了几个来回，突然，戏中的一个人化为泡泡，向他嫣然一笑说，老爷，一手端起茶碗，一手接起碗盖，开口便喝，喝完，我再给老爷去沏，咱家有的是茶。

对呀，天下事一切随缘，各人有各人的命，达则兼济天下，穷则独善其身，既然不能为生民请命，那只好此一时彼一时吧。

海豁豁的老先人海树理由重门深锁的账房走向了人情扰攘的前台。人都说,海树理把人亏了,靠亏心亏人缺德挣了一份家业。不过,这份家业就像山坡上的狗尾巴花,色泽黯淡地勉强惹眼了半个季节,就随着秋风秋雨的到来,花凋叶枯,什么也没了。可见,人是不能亏人的,是不能亏心的,是不能缺德的。你看看海树理家,马家那么大的家业,放心地去让他做账房,他却昧着良心,与铁徒手合伙,生生地把人家马家坑了,卖了,毁了。人家铁徒手是官,官有官的行事方式,无所谓良心呀,道义呀,这些屁分分的穷讲究,官的好坏,要管官的说了才算数,老百姓说你是好官,管你的人说你不好,你这官是当不下去的,老百姓说你是坏官,坏得不得了,恨不得食你肉,寝你皮,把你的祖坟翻八遍,把你的老婆睡八年零六个月,那也是屁眼屙屎锤子乱动出闲力呢。要是管他的人不喜欢他,用不着像老百姓那样恨他,出那些闲力,一句话,他就得乖乖滚蛋。人们还发现,官和民的喜怒都是反的,原先,铁徒手是很得人爱的,不摆臭威风,不纵奴惹事欺人,收黑钱不收,咱没证据,不敢乱说,也没听别人说过,处事算是平和公平的。但,听说管他的人很不喜欢他,据说,要不是他的业师还有一点名堂,他早让人扔到沟里了。最近,他变了,几乎是一夜间大变样了,全方位变了,变得暴戾恣肆,神色中少了儒雅,多了狰狞怒目,口风中少了书卷飘香,多了村言村语,一言不合,一事不谐,便把衙役支出来。这些人也不像先前还多少讲点道理,个个如狼似虎,动不动就抓人打人,可是,听说他的上司对他一反常态,赏识得不得了,把国之干城地方砥柱这类话都给他用过好几回呢。老话说得好,铁打的衙门流水的官,铁徒手人家是什么人?是官。这里当不下去了,拍屁股走人,只要上面有人,少不了人家一个官做的。你海树理是什么东西,你的老根扎在这里,生在这里,吃吃喝喝在这里,死了还得埋在这里,儿孙后人在这里,你跟上铁徒手混个什么,要是借着官势,给乡里做些好事善事也不坏,你却跟着整人家马家,马家待你不薄呀,能做账房先生的人多了,人家却专用你一人,一用就是好多年,你一个穷秀才,别的秀才跟你一样都是秀才,穷的精毬打得炕响哩,毬毛拉得土淌哩,吃了上顿没下顿,换了棉的

没单的，要甚没甚，你看看你，西峰街上，除了几个大户，就是你了，出门有轿子，有跟班，回家大老婆小老婆，丫头下人一伙子。要是人家马家做了什么不是人的事，你是读书人，替天行道也好，为民请命也好，真心诚意修身齐家治国平天下也好，反正你们读书人说头多，名堂多，爱咋整咋整去，可人家马家不是这样呀。寺院是人家捐建的、供养的，新式学堂是人家斥资修建的，先生是人家礼聘的，穷人家孩子的学费是人家给出的，几条大路是人家修的，马正天那人倒是有一样毛病不好，就是爱跟别人的俊俏媳妇瞎缠，可这是两相情愿的事呀，多少小媳妇是送货上门的，人家都打发不及呢，没听说过人家有欺男霸女恶行的。你背后地里，伙同别人给人家捅刀子，别说用人嘴讲理了，就是拿老婊子的脏阴道讲出来的理，你都是卖主求荣，缺德带冒烟，为人不齿的。

后来，马登月一手揣着我的牛牛，一边撅着胡子说，瓜毯娃，你听我说，这神鬼之事，不可全信，也不可全不信，你说有，屁核儿都看不见，摸不着，你说没，却活灵活现的，就像戏台上正演的一样。我困惑地望着他，一言不发。我倒是想说个啥的，可我不知道该说啥，那时候，我获得的生活经验太少了，根本无法跟历经沧桑的马登月对话。他见我不说话，便笑笑，万分伤感地拍拍我的脑袋，叹息几声。我装作理解他，他装了一肚子书，满脑子掌故，但他面对的是遍地愚氓，他没有知音，这还罢了，他随时都得准备着接受愚氓的打击和侮辱。我便一心做他忠实的倾听者，虽然，我能听懂的少之又少。反正，他的面前有一双人的耳朵呗。他说，海树理那老贼出卖了你老太爷以后，咱家花了五马车银子，你老太爷的命保住了，咱家树大根深，还没有垮，却已经有了败象。当然，也有好处，你漂亮的风情万种的老太太进门了。你知道你那个如花似玉的老太太是谁吗？想破脑子你也想不出来的。她是知府铁徒手的贴身丫环泡泡。嘿嘿，世事难料，世事难料呀，这世道就像一只陀螺，转呀，转呀，谁知道它要转到哪去。有的人，由丫环转成了太太，有的人，由太太转成了婊子，有的人，由人上人，转成了人下人，有的人本是地痞无赖走狗叫花子，却转得人模狗样，整天在人面前指指画画，不知道自个是谁了。嘿嘿,也有从生下来就在转,做梦都要把自个由奴才转成主子的人,到死,也转不出个名堂来,还越转越不像样子了。比如,海豁豁他爷海树理,给咱家做账房,虽还是奴才,可那是高级奴才,在主子面前是奴才,在别人面前,要比主子还威风哩。为啥哩,主子管的是大事,不管那些不上串儿的小事,可这些小事与众多的下人有关。海树理卖了你老太爷,铁徒手让他当了陇东盐税征稽使。这也算是肥缺,可这是他干得了的吗?他要从咱家的高门槛上跨过去,都累得呼噜气喘的,征税要跨得马,打得枪,耍得了刀子,那是刀尖上吃饭的买卖。可别小看了那些灰头土脸的脚户,那里面没有一个是在平地里卧的兔子,个个身强力壮,跑起来,老马都赶不上,打起来,正规兵勇都头疼,征稽队那些大烟鬼,吃喝嫖赌欺负良民百姓一个顶俩,真正干起铁血买卖来,那是赶着羊去吃狼哩。

　　海树理当了征稽使以后,真不知道自己有几两重了,过了两天,他让护弁扶他上马,他这个官阶是没有顶戴花翎这些名堂的,初春天气,屋里凉,太阳已经很热了,他上身穿了一件旱獭皮袍子,这还是你老太爷送他的呢,他是老寒腰,遇上天阴下雨,就疼得满地打滚,只要死不要活的。他下身穿了一件新式镇兵的军裤,据说,还是什么德国军人打扮,大腿那里宽宽的,小腿那里窄窄的,看起来是这样的,其实,小腿那是打了绑腿的。头上还戴了他常戴的那顶瓜皮帽,老花镜是离不开的,腰里别了一支火枪,据说是俄国老毛子的。就这个样子,他骑上马,站在队前时,他那些属下都捂着嘴偷笑,街上的闲人懒汉,也都在笑。他扬起马鞭要抽人,还没扬起来,差点把他从马上摔下来。他的属下不敢笑了,街上的那些人,整天都在惹是生非寻热闹,哪有轻易放过的。马队要去北边长城一线,堵脚户逃税的口子。这是一趟苦差,几百里地哩,别说打仗抓人了,就是骑马闲游闲逛,像他这副身子骨,都是要剥老皮的架势。马队过西峰街时,闲人懒汉跟在后面起哄架秧子,花样百出,惹来一街的人看热闹。

　　当时,西峰街上最能闹的人,是一个绰号叫乏驴的。他一年四季啥活不干,整天躺在街边屋檐下晒太阳,睡懒觉。其实,他一点都不乏,他只是不做他不愿做的事罢了。他是左宗棠大帅帐下的军士,打仗受伤了,流落在西

峰，伤养好了，不愿回故乡，就这样混日子。此人身怀绝技，一手偷的本事更是了得。多少闲人要拜他为师，他一个都不答应。他不想让这些心怀叵测的人学了手艺去祸害人。说起来，这人还算一个义士呢，他有五不偷，一不偷寡妇，二不偷妓女，三不偷僧尼，四不偷赶考的秀才，五不偷患有重病的人家。他只偷官府和大户人家。马登月以掩饰不住的得意对我说，咱家不知让这乏驴偷过多少回了。他这人不贪财，偷够几天的生活用度就收手了，用完了，再偷。他虽是贼，却行不改名，坐不更姓，得手后，总不忘了给现场画一头驴，表示是他所为。被偷的人家没有向官府报案的，都怕得罪了他，官府要是抓他不住，他心存报复，偷你一个一贫如洗，是没有问题的。人都知道他手段高明，想让他当众露一手，开开眼界，他说啥也不肯。一些闲人便激他，说他是胡吹冒撂，谁知道他日常花销是从哪来的，说不定是偷了人家坟上的祠堂的寺院的供品。这一下，他火了。有人当场给他出了一个题目，让他当夜把铁徒手夫人乌兰的亵衣偷出来才算本事，他竟一口答应了。

有人把这场赌局给铁徒手说了。铁徒手这人是很有些意思的，他非但没生气，当下高兴得手舞足蹈起来。他指挥衙役把定门户，房顶上都安插了眼明心细的人。乌兰是大家闺秀，一派方严端肃，从不胡闹的。他怕她生气，推说他卜得一卦，说女主人今晚不可露出身体，只可和衣而卧，房间要灯火辉煌。乌兰从小生长于深宅大院，哪知道市井的把戏，只道是真的，由着自家男人摆布。铁徒手严令几个丫环今晚不许睡觉，坐在夫人身边值夜，还不放心，又令最机灵的泡泡搂抱着乌兰睡觉。一切万无一失了，他躲到书房，一边读书，一边品茶，看热闹了。

交过夜了，他突然感到全身火烧火燎，下身那杆蠢物怒蛇一般凌厉张狂，催发的他坐卧不宁。这是哪门子事呢，老夫老妻了，床笫之欢虽还在继续，也不至于如此急迫呀。挨了一会，实在挨不住了，他去擂厢房门，迷迷瞪瞪的丫环一下子全惊醒了，忙问老爷何事，异口同声说，夫人一切安好，请老爷放心。他让她们开门，他有要事。进了屋后，他全身抖个不住，一双眼睛灼灼地只往乌兰要紧地方盯。乌兰早已惊醒了，一看他那眼神，心下一派明白，当下羞红了脸。她是那种不贪床笫之欢的女人，但自家夫君有了这方面的要求，她哪怕身体不适，也是从不推拒的，这是为人妇的本分。丫环们都是未经人事的，不明白眉高眼低，她只好轻声给她们说，你们下去罢，这里有老爷在，没事的。铁徒手情急，心却不乱，他让她们不可走远，都在厢房外伺候着，并特意瞟了一眼泡泡。泡泡乖觉，偷偷一笑，做个鬼脸，出了门，指挥大家一步不离，守在那里。屋里，铁徒手早耐不住了，他仍四周察看一番，把烛火挑得更亮一些。安顿就绪，他心想，好你个乏驴，你要是能变成跳蚤，我认输罢了。

不能再等了，乌兰是个腼腆人，不好意思主动迎合丈夫，红着脸，低头坐在床边，铁徒手赶上几步，一把撂翻她，揭起裙裾，除下亵衣，扔到床边，十万火急地动作起来。此时，烛光晃了一下，一切又照旧了。他也没在意。到了事情结束，亵衣却不见了。只见柜子上铺着手掌大一片纸，捡过一看，上面用炭笔画了一头昂首嘶鸣的毛驴。他知道着了乏驴的道儿，他悄悄将画揣入怀里。乌兰找不到亵衣，他怕事情败露，谎说不小心给上面洒了浊物，他已扔到洗衣盆了，又说，交过夜了，没事了，正好脱光了好好睡觉，穿衣服干什么。乌兰不习惯裸睡，贴身丫环不在身边，自己又害羞，不愿在丈夫面前赤身露体。铁徒手无奈，只得亲手在衣柜里笨手笨脚找出一些乌兰的体己衣物，虚张声势要替她穿衣，把个乌兰又羞又臊，忙不迭胡乱换上。多次遇此情形，铁徒手万分不解，说你我夫妻多年，在我面前还害羞么，乌兰的一句话差点没把他噎死。她说，男女授受不亲，可是圣人说的？

安顿了这头，他在屋里转了几个来回，一切都没被动过的痕迹，到底看不出任何破绽，他心想，这乏驴，手段真是了不得，众目睽睽之下，怎的让他得逞了？铁徒手怕嚷嚷的风声大了，便密令衙役撤围。

当夜，西峰城已轰动了，那些闲人懒汉整夜都在刺探消息，乏驴扬着利获物一回来，众人奔走相告，叫开福禄来酒家，纵情狂欢了一夜。乏驴在他们眼里成了神仙一般人物，个个五体投地，争相表忠心，要鞍前马后，像对待老爹老娘那样服侍乏驴。酒酣，大家讨问乏驴用了何等手段，乏驴拿捏不说，自称微末伎俩，不足为外人道。越是这般说，越显得神鬼难测。直闹到天亮，有闲人提出，此等旷古难逢之市井盛事，不应悄没声息，该大肆庆贺

才是。乏驴答应了，但提出条件，只说捡得哪家女眷宝贝一件，以二十两银子方可赎回，不许透露具体是谁家女眷之物。混混们自然是唯唯遵令。当过兵的乏驴虽流落市井，但见识与别的混混有天壤之别，要是公开宣扬偷了知府夫人亵衣，伤了知府面子，让他抓去，轻则暴打一顿，重则坐牢充军，即使人家再大人大量，今后，他也不好在西峰街面上混了。太阳出来后，一个叫黑狗的混混，用一根长长的竹竿，挑着亵衣阔步走在前面，后面跟着几十个混混，个个敞胸露怀，大踏步从大街上走过来。黑狗高喊：谁家宝眷丢失宝贝一件，请带足二十两银子前来认领，过期不候！他喊一声，后面的人跟着喊一声。一时，看客云集，笑闹声，呐喊声，声声鼎沸，街面为之阻塞。铁徒手听得外面动静异常，正要派人查问，一名衙役已慌忙闯进来。铁徒手知道乏驴在取笑自己，心想，这贼做事还挺有分寸的，微微一笑，唤来林如晦，给了他二十两银子，和两盒君子居出产的点心，令他悄悄找着乏驴，请他带着亵衣，来后堂，老爷与他叙话。

  乏驴揣了银子，提着点心，追上游行队伍，把手中点心扔给他们，大声说，弟兄们辛苦了，先用点心垫垫牙缝儿，午后，他在福禄来给大家道乏。乏驴忙揣了亵衣，悄悄潜入铁府，只见铁徒手身穿便衣，独自坐在花园边的红木官帽椅上，旁边还空着一把一模一样的椅子，中间茶几上搁着一把宜兴紫砂茶壶，两只茶杯，一只里面冒着热气，一只空着，乏驴暗想，这是给他预备的。他留了一手，老话说，官前头，马后头，少骚情。为啥，在马后头出没多了，难免被踢，在官前头跑得紧了，一定被黑。官脸说变就变，他不能不防。他是越墙来的，常年穿堂入室，他的感觉异常敏锐，一丝儿风吹草动，都逃不过他的眼睛的。一切祥和，他不觉对铁徒手心生敬意。他坐到了椅子里，手持茶壶，给自己沏茶时，铁徒手才发觉他已经来了。铁徒手也毫无惊慌之色，款款拱手道：果然好手段！乏驴这才急忙立起身来，深深一揖，言道：小人冒犯老爷，死罪，死罪！铁徒手嫣然一笑说：游侠高明，请用茶！乏驴忙摸出亵衣，双手呈上，一揖到底，敛眉说：小人久处江湖，与粗人匹夫交道，惯出一身坏毛病，还请老爷大人大量。铁徒手说，游戏之事，图个乐子，大可不必深文周纳，专心用茶说话便了。乏驴这才告罪坐了。

虽是这样说，乏驴初次跟地方最高官长同席说话，总感拘束，冷汗溢上脑门，津津闪亮。闲话一会，铁徒手说，本官听说你们打赌，虽感不雅，却觉得有些意思，天子尚且与民同乐，况与百姓最贴近之地方主官乎！本官只是想知道，昨日府里防范甚严，你是如何得手的？乏驴羞涩一笑，忙说，微末伎俩，只怕有辱大人视听。铁徒手说：不妨。原来，乏驴早在天黑前，已潜入书房，他见泡泡进来沏好茶，转身走了，便断定，铁徒手必定要喝这壶茶的，便给茶壶里撒了催情药。他撒的剂量较小，怕来情早了，动手不便。天黑时分，铁徒手紧锣密鼓布置警戒，他却趁人不备，潜入厢房，蹿上房梁，伏了下来。果然，铁徒手情急，亵衣一离夫人身体，他就用细铁钩拉上房梁，房顶衙役撤退后，他从容揭开几片瓦，钻了出去，临走，还没忘了把瓦原封苫上。

铁徒手听得入了迷，听完，哈哈大笑，连称高明。继而一想，立即脸飞红云，自忖：烛火辉煌下，他们两口子那场羞耻事，一定让乏驴瞧了个真真切切。乏驴是何等机警之人，马上猜出了铁徒手的心事，他淡然道：夫妻情事，圣人不免，此乃天经地义之事。这事说得再多，反没意思了，铁徒手顺手摸出画儿，递给乏驴说：原物归主吧。乏驴拱手道：老爷要是不嫌肮脏，小人奉送，留作纪念。铁徒手嘿嘿一笑说，那就笑纳了。乏驴摸出二十两银子，双手捧上，虔诚道：玩笑之事，老爷却当真了，足见老爷乃心底纯朴之人。铁徒手笑说，你这样做就见外了，江湖上尚且讲究信守然诺言出必践，难道你要置本官于无信无义境地？两人相视大笑。乏驴说，承老爷高情厚恩，乏驴虽混迹尘埃，却是个知轻知重之人，老爷日后若有召唤，小人自当不惜贱躯，全力以赴。不便叨扰，就此拜别！铁徒手站起身来，略拱拱手，说：不送！

此事，西峰街上家喻户晓，成为官民人等时谈时新的乐子，只瞒了铁夫人乌兰一人。乏驴说是要报效铁徒手的，铁徒手是个正经人，一时，也找不出用他的地方。乏驴此念本不甚强，只是感念铁徒手有些幽默感，既无召唤，便乐得自在。吃喝嫖赌抽，坑蒙拐骗偷，白天黑夜，身后总是跟着一帮追随

者，把他服侍得无微不至，他过着皇上一般的光景。前几日，看见马正天被逮了，首告竟是海树理，他心中很是不忿。受泡泡之托，他出面与看守袁征三说项，要力保马正天一命。马正天这人，财大气粗，毛病是不少，可也不至于被关被杀头呀，再说，他即使犯了国法，该如何处置，律法煌煌，自有说法的，你这海树理忘恩背主，算哪门子路数呢。这一日，听说当了盐税征稽队的队长，择日要开往北边，堵截贩盐脚户。他心里的火便呼地蹿上来了：什么东西！海树理已是官身，且是为铁徒手做事的，乏驴也不敢有什么大动作，他只是想开开玩笑，让海树理拿住点，记得自个姓甚名谁。听说乏驴有动作，他的那些党徒们个个欢呼雀跃。他们整日无事都要生出非来的，恨不得把猫和老鼠抓到一起，给他们拜堂成亲，在乏驴的安排下，他们火速分头准备去了。

海树理拣了黄道吉日，鸣号开拔。队伍到了北门，却见人头攒动，道路为之堵塞。他不知何故，刚脱了布衣，官服在身，又有武装，正好演一台出场戏，让大家瞧瞧。几名马弁懂得队长心思，打马持枪向人群冲去，哗的一声，墙一样的人群向两边倒去，留出宽敞的马路来。海树理心下得意非凡，暗道：权力真是好东西！账房算什么玩意，钱多？扔银锞子打人去？没听说过！人群散了，人群后面还有一群人，却没有散的意思。海树理扶一扶老花镜看得明白，当街端坐的是乏驴，坐在两边的是他的党徒。队员们当然也早认出这伙人来了，不再横冲直撞，定在那儿听长官如何指令。海树理鼓足精神，打马上前，没料想，下手重了，坐下马一个前蹄，差点扔下他来。引来一片笑声。他惊魂稍定，鞭鞘指着乏驴，傲然道：你等聚众堵路，是何道理？本官奉铁大人严令追捕犯人，妨害公务，你等可知罪？乏驴一脸倦乏，坐在那里，眼皮也不抬，对海树理的义正词严，置若罔闻。他的那些党徒个个也是这番模样。后退，不可能，硬冲，没把握，海树理僵在那里，旁边起哄声，一浪高过一浪。

过了许久，乏驴眼睛睁开了，故作惊慌，大叫道："啊，海账房驾到，有失远迎，得罪，得罪！"

海树理见有转机，当即拱手道："不敢，不敢，公务紧急，扰了大侠清修，还望借道则个。铁大人那里，本官自会美言的。"

"铁大人？铁大人是哪路神仙呀？阁下不是海账房吗，怎么下乡收账还要动刀动枪的？"乏驴一脸迷茫。

身旁一个混混说："大哥有所不知，海账房已不替马家收账了，改为给铁家收人命了。人家是盐税征稽队队长。"

"哦，原来如此，在下孤陋寡闻，还不知道呢，失敬了。那么，海账房高升了，谁又在给马老爷理账呢？"

身旁那个混混说："马老爷连自个的命都理不清了，哪顾得上理账？"

乏驴惊道："马老爷怎么了？"

那人道："在铁大人的死牢里等死呢。"

"怎么会这样，怎么会这样？我的马老爷啊！"乏驴呼天抢地嚎起来。那人说，大哥不必伤感，吉人自有天相，恶人自有天报，咱们还是恭贺海大人上路要紧。

罢，罢，罢，乏驴长叹一声说，各安天命吧，往者已已矣，来者犹可追。话音刚落，乐声訇然四起。锣鼓声，铰钹声，三弦声，鞭炮声，唢呐声，声声合奏的竟是《祭灵》。海树理惊得呆了，接着，两边人群哗地散开，推出一地纸活来。纸人，纸马，纸船，纸钱，纸房子。坐在街上的几十个混混轰的一声，放开嗓门嚎上了。哎呀呀，我的海树理呀，你怎么就死了呢，你的心让狗吃了，你的肠子让狼叼了，你的头变成了猪头，你也不应当死呀，活着多好呀，今天可以卖良心，明日可以卖肝肺，多好的呀，啊哈哈……

每一声干号，引来的都是一片爆笑，笑声干涩无味，犹如干木棒敲在了破铁锣上，声声捣肠掏肚。海树理有力动不得，有理讲不得，呆在马背上，脸色忽青忽白，身子微微颤抖，几次险些颠下马来。

还好，闹了半天，乏驴收了哭声，高喊一声："送海大人上路！"

"送海大人上路！"

在满地一片喝喊声中，海树理带着他的征稽队出了北门，落荒而去。

几天后，海树理回来了，他的坐骑驮着他回来了，开春了，天气渐热，

88

他的队员们个个捂着鼻子，过街道时，尸臭味熏得人人躲避不迭。队员们众口一词说，海队长是不慎落马摔死的。铁徒手分明在他的身上发现了几处刀伤，不过，他啥话也没说，嘴角浮起了一丝不易觉察的笑容。

海家的变故还没有完，过了几个月，时令已到了夏天。一个深夜，海家大火冲天，一座格局宏阔的院子被夷为平地，全家老幼主仆全部葬身火海。据知情人说，本来是可以逃出来几个人的，但大门不知让谁反锁了。海家还留下一个人，他是海豁豁的爹海绺绺。他不学好，整日与不三不四的人混在一起，还立志要拜乏驴为师，修炼偷窃之术，他爹认为他给先人丢脸了，把他赶出家门。他是海家唯一的传人，只是他家传给他的只有一片烧焦的烂砖破瓦，还有坏名声。他不在乎这些，他只想让乏驴传他手艺。乏驴原来接纳他，是要让他丢海树理的脸的，海树理死了，海家散了，乏驴便将他逐出师门。他只学到几招皮毛，他的本名没人再叫，渐渐忘干净了，绰号却被人记牢了：绺绺。

我和哈娃要到海豁豁家去，路不算远，平时蹦蹦跳跳，唱着歌儿，骂着人，屙泡屎的工夫就到了，可在这段时间里，我感觉到去他家的路是那样漫长。我的脑子里全是怪想法，怪想法比装满了的一对大号木桶的水还要重，我把屙硬屎才用得着的劲儿都用上了，就是挑不起来。勉强挑起来了，跌跌撞撞，半桶水洒了，肩上轻一些了，我才可走出几步。这都怪我的爷爷马登月，这个老闲汉，什么正经事不干，一天到晚，尽给我讲这些老掉牙的烂脏事，我的脑子原来多干净呀，除了吃，便是玩，顶多在与哈娃藏猫猫玩时，抽空跑到烂马车下，从年干部和叶儿干妈那里混几颗洋糖甜甜嘴。马登月让我的心里长满了杂草，那草像雨后的冰草一样，呼呼呼，嗤嗤嗤，看得见，它们在生长。和杏娃打了一架，那一架，我与哈娃联手，取得了空前大胜。按往常的脾气，我与谁恼了，是不会主动搭理谁的，除非他缠着要跟我和好。可这次，我太渴望去海豁豁家玩了，我想眼睛盯着看，战败的杏娃是一副什么好玩的眉眼。我又知道了杏娃他老太爷，他爷爷，他爹海豁豁的许多往事，他家居然与我家有那么多纠缠不清的事情。以前的事情跟我无关，一人做事一人当，这我知道。我只想成为新的故事的主角。我跟我爷马登月是两路人，他喜欢拿别人的故事逞能，在我这种屁事不懂的娃娃面前，显示自己的饱经风霜。这不是我的风格，我与他相反，我的历史由我创造，别人的事与我无关。哈娃没有公开表明自己的人生态度，他是那种不善于表达自己的人，他是一个彻底的行动者。他的行动大多都是由我策划的，我能感觉到，他的想法与我有着惊人的一致。这让我倍感欣慰，又让我倍感沮丧。因为，我发现，我并非茫茫人海中的唯一。

海豁豁家正在杀猪。海豁豁是个屠夫，他靠杀猪为生，这是个好差事。他一直走村串户替人杀猪，平均两天总会有一家人请他去杀猪。按照乡里约定俗成的古老规矩，替人杀猪是不收工钱的，报酬是所杀猪的脖颈那一圈肥肉，猪的两只蹄子，猪尾巴，还有猪尿脬，都归杀猪人所有。还有，给谁家杀猪，谁家从工分簿上给杀猪师傅划过去十分工。这是最强壮的社员一天获得的最高工分，所谓男十分，女八分，老汉娃娃挣六分。知道挣十分工要出多大的力气吗，说出来，几十年后，你的肛门都会凉飕飕的，不说了，我这人天生心善。粮食是按工分多少分的，农闲时节，社员没活可干，没有工分可挣，正是杀猪办喜事的高潮期，这时，海豁豁的杀猪刀才抡欢实了，每年全村就属海豁豁出工少，可他挣的工分最多，他家分的粮食最多。杏娃一直有肉吃，都是猪脖子上的肥肉，他有时当着我们的面吭猪尾巴，他还有似乎永远也吃不完的猪灌肠、猪蹄子，他还有源源不断的猪尿脬玩，还有源源不断的白面锅盔吃。他把猪尿脬在浮土中揉搓干爽了，嘴对着口儿，吹足了气，往地上一摔，可以弹起老高。他把寸厚的白面锅盔装在书包里，在上学路上，走两步，掏出来咬一口，装进去，再走两步，再掏出来咬一口，走一路，他吃一路。到了学校，上课时，他趁老师返身在黑板上写字，他掏出锅盔咬一口，老师转过身了，锅盔还没嚼碎咽下去，他就憋在嘴里，嘴憋得饱的像即将拉屎的驴屁股，等老师再转身写字时，他飞快嚼几下。好多次被老师发现了，老师故意让他起来回答问题，他嘴里唔哇唔哇说不清楚。老师知道是什么原因，装不知道，故意问：杏娃，你嘴让驴踢了吗？他说，唔哇唔哇。老师说，就是让驴踢了啊，你怎么不小心啊？他说，唔哇唔哇。老师说，以后

可要小心点啊，驴蹄子踢在嘴上可不是什么好玩的事情。他说，唔哇唔哇。老师和绝大多数学生是一样的，肚子老是饿的。老师这样一说，大家开怀大笑一阵儿。唉，奶奶的，你可别不相信，肚子竟然好受些了。把饱肚子人拾掇一顿，也止饿的呀。这是一个重大发现。我们期待着每节课杏娃都偷吃锅盔，都被老师发现，都被老师不酸不咸地数落，我们的欢乐有了，饥饿感也可减缓一些。他是我们这一群人中的另类，是我们永远的死敌，谁见了他，哪怕他向你投来的是笑脸，哪怕他把手中正吃的猪灌肠慷慨地分了你一截，哪怕他愿意同你一道玩他的猪尿脬，你第一个念头，仍然是想搋他一顿，给他的嘴里塞满地上的脏土。只是他比我们都高出一头，宽了半截，我们谁也打不过他。这次，让我与哈娃给暴搋了一顿，那可不是一般的事件，它让我和哈娃立即成了伙伴们崇拜的英雄。在任何场合，大家见了我们，都要问我们是如何打杏娃的。我们一五一十绘声绘色地说给他们。问的人不厌其烦，答的人当然不厌其烦。我们的事迹说得多了，听的人比我们都熟悉了，有些细节我们说着说着说漏了，立即有人会做补充的，但，他们还要问，还要我们讲。我们都愿意讲。那一阵，我不感到烦，哈娃好像也没有显出烦的神态。

　　海豁豁只给别人杀猪，从不给自家杀猪，他家从不杀猪，他家用不着杀猪，他家不杀猪却有吃不完的猪肉。这世道，日他妈，干什么最好，杀猪最好，什么人最吃香，屠夫最吃香。这次，海豁豁需要亲手给自家杀头猪了，这也合乎情理。泥瓦匠住草房，卖盐的喝淡汤，当奶妈的卖儿郎，这样吃人的、万恶的旧社会早被砸烂了，在我们新社会里，难道要让杀猪的不用杀自家的猪永远有猪肉吃？海豁豁要给他的父母迁坟。一九五九年，海豁豁两口子双双饿死在逃荒路上，临死前，把最后半块干粮塞在了他们唯一的儿子海豁豁手里。海豁豁用最后的力气说了最后一句话：娃，哪怕吃屎都得活下去，咱家的根不能断！海豁豁记住了，至于他吃屎没有，没人知道，他活下来了。他逃到关中，给一对无儿无女的老人为儿，老人是一位手艺高超的杀猪匠，把全部本事传给了他。在学杀猪本事期间，海豁豁和一个逃荒女子暗中好上了。他给那女子吃了一块馒头，带她到麦秸垛下，扒下裤子就上去了。那女子饿极了，只顾往嘴里塞馒头，身下的事情早已顾不得了。海豁豁第一次做这种事，觉得不错，他还想继续做下去，便对那女孩说，馒头好吃不好吃，肚子有了食物，那女孩精神头足了，把头一连点了十几下，海豁豁说，还想不想吃，那女孩眼里放出狼一样的光，又使劲点了十几下头。海豁豁举头做痛苦抉择状，好半天后，勉为其难地说，看你可怜，我这人啥都好，最大的毛病就是心软，见不得可怜人。这样吧，你就住在这里，我每天给你拿馒头吃。女子迫不及待答应了。他动手给麦秸垛撕开一个能藏住人的洞，让女子住进去。麦秸垛离家不远，吃饭时，海豁豁借口到打麦场去吃，说是叫花子太多，防备他们糟蹋庄稼，烧了麦秸垛。老两口听了喜不自胜，说这娃是个会过光景的人呢。关中吃饭都是用大老碗的，与小点的洗脸盆差不多大小，他盛满一碗，来与那女子分吃了，回去再盛。正是能吃的年龄，老人家也不缺粮，没有引起怀疑。吃完饭，一手撂碗，一手扒那女子的裤子。那女子也不拒绝，有饭吃，比啥都好。混了三个月，那女子整天呕吐不休。他心想，没饭吃他还有办法，生病了，咋办嘛，撂下不管吧，又撂不下皮肉上的欢乐。正在琢磨主意，那女子说，她这是有了。海豁豁一听大惊，继而大喜。他爹临死安顿他，不能让海家绝后，这不正好嘛，原来如此容易。他心里有了主意，一天深夜，他从家里偷出一袋面粉和十块钱，从麦秸垛洞房拽出那女子，瞄准北方，一路讨要，偷跑回了老家。

　　回来后，老家的情况已经好转了。他给人说，媳妇是他在逃荒路上结识的难友。半年后，那女子生下一个男婴。海豁豁给取名杏娃，杏娃妈姓蓝，原名叫蓝桃，这不是烂桃吗，俗！脏！他要给她起一个洋气的有水平的名字。生了杏娃，身体恢复过来后，海豁豁见她奶水充足，腰蛮屁股大，是一个生娃的好把式，他立志要让海家从此人丁兴旺，她是他家的功臣，他家的希望，她应该有一个配得上她的名字。往常，他与她做完那事后，一转身呼噜就惊天动地了。这次他没有。他在动脑筋，他要像读书人那样动一次脑筋。他大睁两眼，把自己能想到的字眼搜肠倒肚过了一遍，到后半夜了，他一巴掌打醒媳妇，大声说：有了！她一轱辘爬起，两眼迷惘，不知所措。他又高喊一声：有了！她伸手一摸，杏娃好好地睡在身边，心放下了，她恼道：你嘴里有狗屎了吗？海豁豁说，没有狗屎，有你的名字了。他给她取名蓝袖。蓝袖对她的这个新名字很满意，牙疼似的咦了几声说，闹了半天，你还是个有学问的人哩！海豁豁听到的夸赞从来都是与杀猪有关，乍然听到蓝袖这样夸他，当下喜不自胜，换了名字的她，就像他又娶回了一房新媳妇似的，大手一伸，扳过蓝袖身子，两口子下力气欢乐了一回。蓝袖在饿肚子时，怀孩子好像没费啥劲儿，吃得饱了，肚子有油水了，肚皮却再也听不见响动了，这是海豁豁万万没有想到的结局。

　　海豁豁从来没给人说过他逃荒路上这段经历的真实细节，人还是知道了。有一次，他和蓝袖打架，蓝袖被打急了，边哭边号把根根茎茎抖搂出来了。他们两口子的事，人倒不说什么，还都夸海豁豁有本事，一分不花，给自己弄回了媳妇。在乡里，抛弃养父母是一桩最大的缺德事，比不孝顺自家父母还缺德。因为，亲不见怪，子不教，父之过，养出了忤逆儿，多少有些自作自受。你在困顿逃难时，人家帮了你，救了你，你认了父母，脱了难，不认人了，人把这种人叫做：不够人。海豁豁就是一个不够人的人。老年人根据这件事和海树理挂上了，又得出了一个惊世骇俗的结论：人老八辈子不够人。有些嘴损的人，私下里干脆把海豁豁叫不够人。有时当面也这样叫。不够人成了海豁豁的绰号了。无论哪个世道都离不开屠夫，这只是一种职业，总得有人去做。可在海豁豁这里就有了新说法，我爷马登月那张嘴，把公鸡都可说得让它一天下一窝双黄蛋，谁要是犯在他手里，会让他编派得气从眼睛里往外冒。他说，上天造人，有些人专门是为人的，有些人是专门亏人的，海树理把人亏了，连自己是咋死的都不清楚，连带一家人被一把野火烧成灰了。按说，死绝了，就没有亏人的人了，那可不行，世间没有亏人的人咋行呢。不是海绺绺命大，是天神专门留下他亏人的。他是个贼娃子。做贼也没啥不好，贼还有义贼恶贼之分哩，乏驴就是义贼，海绺绺不但把人亏了，连贼都亏了，贼吃的是手艺饭，他有啥手艺？偷了一辈子人，到终了，把自个饿死了，尸骨都让野狗糟践了。糟践他尸骨的绝不是什么好狗，有出息的狗宁愿饿死，连他闻都不会闻的。日弄了一辈子，才弄出一个娃，还是个豁豁嘴。豁豁嘴也没啥不好，可他偏偏又是个亏人的，把人亏出省界了。把人还没亏够，又去亏猪了，杀生害命的活路啊，我的乡亲们，他家要是有好下场，你干脆别叫我马登月,叫驴登月,我隔八个山头,都给你快快活活地答应哩。

这就是我爷马登月,一个在北平名校接受过现代高等教育的读书人。我一向反感他说话的腔调,阴阳怪气,幸灾乐祸,唯恐天下不乱。我努力地摆脱他,排斥他,鄙视他,可我不得不承认,我还是受了他的影响。主要体现在对海豁豁一家人的态度上。这一阵,我来到海家,并不纯粹为了看杀猪。杀猪谁没见过,没亲手杀过而已。我只是想看看有什么好玩的事能够发生。

给先人迁坟是一件大事,比先人死了过丧事还大。为什么,先人不一定能死在好时候。遭年馑了,遇战乱匪祸了,儿孙正走霉运,等等,这种情形,活人的事比死人重要多了,随便找一块地,随便弄一副棺材,或者一页芦席,先把尸骨安置下来再说。有能力给先人迁坟,说明后辈光景过好了,有能力了,要借迁坟广而告之:四邻八乡,老少爷们听着,我家已经不是原来的我家了,从今往后,从人后要走到人前面来了,我家再不是可有可无的柴门小户了。迁坟过丧事就得请客。海豁豁一家人丁向来稀少,从海树理那里又在乡里失了信用。在乡村,祖祖辈辈的人都知根知底,谁家一朝失了信用,几辈人的努力都是很难挽回来的。海豁豁学了手艺,娶妻生子后,多年来,四邻八乡谁家无论红白喜事大发小送,他都一概前去行情,花了不少钱。人说,酒席宴前分贵贱,有手不打上门客,主人家对他还算客气,但,安排席面时,他永远都是敬陪末座。而马登月却永远是主席,哪怕在他被群众专政的年月也没有丝毫改变。为什么,人家是马家后人,先人积下了取之不尽用之不竭的乡德,还有,人家读过几天破书,是识文断字之人,你看把他德行的,每遇到他,必然要摇头晃脑来一句:劳心者治人,劳力者治于人。这分明是专门说给他听的嘛。你马家早不是从前的马家了,让人整治得跟孙子似的,你马家后辈多少人也大字不识一斗,你虽然能读书,成分不好,政府不让读,你有日天的本事用不上,日子过得比我差远了。海豁豁一肚子的气不忿,可他能忍。他要通过艰苦卓绝的努力,让乡亲们改变对海家的看法。时机成熟了,海豁豁凭着一手精湛的杀猪技艺,取得了走村串户登堂入室的通行证,在服务过程中,他与每家的老老少少,展开了广泛而深入的交流,对许多历

史问题达成了共识，大家共同表示相信，海家是值得信赖的一个家族。有一年过年，一个民办教师在海豁豁两副猪脖子，四只猪蹄子，两条猪尾巴的鼓舞下，鼓足勇气，慨然命笔，为海家写了这样一副春联：积善人家庆有余，向阳门第春常在。海豁豁很是得意，在他及全家的精心保护下，这副春联一直安全张贴到了下一个春节前夕。这是一副老掉牙的春联，刚创制出来时，无疑是一副上佳春联，首次贴到自家门框上的，无疑是一个有品位的人家，什么好东西，都怕跟风，所有的人家，连妓女家也敢于把这副春联贴到自家门框上，其实际意义已完全不存在了，剩下的都是套话，废话，屁话。海豁豁不识字，当民办教师把意思给他讲了后，他竟激动得热泪盈眶，顺手又送给了两瓶西峰高粱酒。有人把这事说给了马登月，他什么也没说，只是冷笑几声，摇了摇头，脑后的辫子跟着摇了摇。春节过后，到了学生开学时间，那位民办教师没再去上课，他重新回村当了农民。没有人出面解释原因，大队文书托人带话到村里对他说：教书挺费脑子的，你不用再去了。几十年来，春节来临时，周围几个村每户人家的春联都是马登月写的，他是老先生，字写得好。这倒是其次，他写的春联是有讲究的，上下联，横批，合起来，是一个完整的意思，只适合一家人使用的意思，这家和那家决然不同，一副春联，是对一家历史的盖棺论定，是对一家人一年来所作所为的操行评语。往年，海豁豁家的春联也是马登月写的。大家能记起来的，前后有这样几副：

上联：青天白日泥作怪

下联：半夜三更土成精

横批：事出有因

上联：忽忽是是非非――明明白白

下联：想想前前后后念念子子孙孙

横批：从头再来

上联：泪酸血咸悔不该手辣口甜只道世间无苦海

下联：金黄银白但见了眼红心黑哪知头上有青天

横批：年年有余

上联：双手劈开生死路
下联：一刀割断是非根
横批：大好手段

据懂得的人说，这几副春联中，没有一副是给家里用的，第一副是戏台联，第二第三副，是城隍庙联，最后一副是朱元璋给屠门戏撰的联语，马登月借用于海家，显然是讥刺他别忘了，他只是一门屠户。

在我上了小学，渐渐明白一些文字机窍后，马登月掩饰不住得意，把他的这些下三烂手段不厌其烦地说给我，开始，我认为他确实高明，打心底里佩服，下决心做一个他那样纵横文字的人，后来，我渐渐感觉不对劲儿，这不是明摆着欺负人，糟践人嘛。文字是传承文明的，是化育人心的，是教人向善的，这算哪门子事呢。但我开始对文字有了敬畏感，畏是大于敬的。

马登月是撰过一些不错的联语的，意思不错，字更是不用说的好。他给本村戏台撰联为：

不大地方欲国则国欲家则家山水城池般般有
平常人物扮男是男扮女是女孝忠节义样样全

给西村戏台撰联为：

神由人扮鬼由人扮人也由人扮一二人千姿百态
车靠步行马靠步行步仍靠步行两三步四海九州

给东村戏台撰联为：

见衣冠描尽人间冷暖
听律吕点破世态炎凉

给我家前后撰过无数春联，主要有如下几副：

德至矣乎为解衣衣我推食食我
兴勃然也如春风风人夏雨雨人

济人为志同天下
世事从头纪旦元

六十年大节无亏至情至理老亦犹然孺子
廿四孝先民有作是训是行扩之即为忠臣

海豁豁知道马家与海家的积怨是一代两代人无法结清的，让他无法理解的是，一个四体不勤五谷不分的臭读书人，在人心中为什么会有这么大的分量，电台上报纸上整天都在骂臭老九，公社、大队、生产队，大会，小会，都在批臭老九，直接针对的就是马登月，因为，四邻八乡，就数他读书最多，历史还不清不白，既是大地主大资本家，抗战时期还当过国民党专员公署高参，可就是批不臭，打不倒，台上跳脚大骂他的人，说是要给他踏上一千只脚一万只脚，让他永世不得翻身的，会一散，趁天黑没人，急忙溜进马家和他拉家常去了，开怀大笑声，一拨拨传出来，全村都能听得见。年家钱没马家多，地没马家多，跟国民党边儿都不沾，年家老大老二老三都被镇压了，马家缴了地，缴了钱，别的一风吹了，说是什么开明绅士。开明个狗的屁！马正天把多少女人睡了，马登月把多少女人睡了，啥时代了，还拖着清朝的大辫子，还整天骂东骂西，这就是开明绅士，这世道，日他的二妈哟！思来想去，交道完全在于，马登月是读过书的人。这世道，日他的二妈哟，一边在鼓捣让人骂读书人，打读书人，糟践读书人，可比起别人来，还是读书人脸大！上面有人多次动员让海豁豁登台揭发马登月的反革命罪行，海豁豁装疯卖傻，硬是不登台，不张嘴，鼻涕从唇上的豁豁漏进嘴里了，他也不伸手抹一把。他看得出，马登月对他有些好感，见了面，头扬得高高的，像犟驴，不理他，但，不像先前那样捎言语带剩饭给他难堪了。海豁豁认为，他的和善外交取得了空前巨大的成就，只要马登月对他的脸色变了，整个天也就阴转晴了。到底怎样，就看这次给老先人迁坟了。半个月前，海豁豁提了两副猪脖子，四截猪血灌肠，四只猪蹄子，两瓶西峰高粱酒，走进了马登月独居的窑洞中。

  在我揍了杏娃的第三天午后，马登月正在读他永远也读不完读不烦的诸葛马前课，口中念念有词，十指拿拿捏捏，海豁豁来了，我以为他是找我麻烦的，前一天名义上是追捕哈娃，实际上也包括我。这事不会这样轻易了了，我为我做的任何事，心中都是有数的。谁知，一进门，他把礼物往旁边一摆，扑通一声跪下去，叫了一声马叔，咚咚咚，就是三个响头，接着放声大哭。马登月显然没有任何精神准备，竟然呆了片刻，看见扔在地上的礼物后，一下子心如明镜，脸上生出笑意，虽然一闪而逝，还是被我捕捉到了，他辫梢摇摇，慢步走向海豁豁，嘴里说着：这娃，你这是胡为乎来哉，有话徐徐说嘛，世交八代的，桑梓情长的……他弯腰扶起海豁豁，海豁豁涕泗交流，一时说不出话来。马登月温言安慰，过了许久，海豁豁终于表明了来意，言称为人不孝，父母生不能尽孝，死，尸骨不能安葬，他想给父母迁坟，请马叔念故人之情，赠挽联一副，给父母一条回家的路。我看见了，马登月这个游戏人生的老家伙，这一刻，似乎被感动了，他的眼圈涩涩的，似乎有些湿意，他连声说，好说，好说，天下之大，可谓至大矣，然天下虽大，唯孝为大。马登月立即摊开纸墨，挥笔写了两吊子大字。

  马登月写字时，海豁豁脸上阴晴不定，显得手足无措，那时，我已明白一些人世间的曲里拐弯了，我猜想，海豁豁一定是急于知道马登月究竟写的是什么，要是像以前那些不中听的话，该如何是好，人家写了，无论写的是什么，都得原封贴上，要是不贴，那等于旧仇未结，又添新恨，这恨又不知要延续多少年，多少代人，他为自己的唐突感到后悔，后怕。但，又不能不请他写，不请他，别人敢不敢写，还是小事，仍然等于把他得罪了。更严重的是，丧礼上如果没有马登月写的挽幛，那就意味着整个丧礼一幅挽幛都不会有了，哪怕马登月写的挽幛词语不得当，也比纯粹没有要好，至少，他一

动笔，别人就好动笔了，用什么样的辞藻，也没多少顾虑了。日他二妈哟，读不读书，竟是如此要紧。我想，当时，海豁豁一定在心里骂了这么一句。马登月写完了，我看此时海豁豁死的心都有了，杀人的心都有了，下跪的姿势都列出来了。马登月好似在专门熬煎海豁豁，他把那一幅挽幛颠过来倒过去，反复看了几遍，这才轻吐一口气，摇晃着脑袋，徐徐说："不劣，不俗，不虚美，不隐恶，皮里阳秋，甚得春秋笔意。"

　　海豁豁听不懂他在说些什么，神情既紧张，又沮丧，又满是企盼。马登月不着急，他顺手拿起烟锅，海豁豁见状，一个健步奔过来，夺下烟锅，装满烟末，双手捧起，恭恭敬敬将烟锅嘴儿塞入马登月嘴里，双手捧着打火机把烟点着。这是陇东男人间最尊贵的礼节。马登月早已享受惯了，并不感到受宠若惊，他连正眼都不瞧海豁豁一下，自顾自在欣赏他的墨宝。他吸了几口烟，呛出几记铺张扬厉的咳嗽后，从嘴上拔下烟锅，用烟锅头朝我招一招，我近前去，他说：瓜毯娃，给你海叔念念。这些字是难不住我的，我有些显派的，大声念道：

　　　　要好儿孙须从尊祖敬宗起
　　　　欲光门第还是读书积善来

　　马登月摸摸我的头顶，亲切地说，这个瓜毯娃，原来不瓜嘛，还认得几个狗爪子呀，你再给你海叔把意思讲解一下。我瞥见海豁豁满头大汗，投向我的眼神全是敬畏、惭恨和惶恐。我说，就那么一点烂脏意思，有什么可讲解的。一听我这样说，海豁豁心知不妙，绝望的眼神里火花喷溅。马登月在我的脖颈轻拍一巴掌说，瓜毯娃，真是个瓜毯娃，知之为知之，不知为不知，是知也，真是孺子不可教也，朽木不可雕也。马登月抖擞精神，亲自给海豁豁字意句意，条分缕析，讲解了一回。讲解完毕后，看得出，海豁豁大喜过望，又一头扎下去，结结实实地磕了三个响头。也就是在那一刻，我坚定了读书的信念。我决计读书，并无什么宏图大志，并不想像马登月那样借狗爪子拍人，我只是不想让别人像拍海豁豁那样拿狗爪子拍我罢了。此前，我只想玩,只想和哈娃捉一辈子猫猫藏,只想溜到马车下,从叶儿干妈和年干部手里,混几颗甜嘴的洋糖吃。马登月写了这么几个狗爪子,换来这么多好吃的东西,六个响头,一把眼泪,无数的内心惊悸和身体战栗,日他妈,读书人太牛了,痛恨他们的人,即使把他们踩在脚下,踩他们的那只脚也由不得胡乱颤抖。他们手无缚鸡之力,却力大无穷。力量来自何方,谁也不知道。不知道,也许才是他们真正的力量源泉。

一切准备工作都做好了,一只庞大瓷缸里,热气蒸腾,用三扇木门拼接起来的屠宰案支在缸边,用来挂死猪的三脚架也已搭建就绪,半盆荞面粉搁在屠案边。海豁豁请了三个帮忙的人,其中一个就是民兵连长,马登月的四儿子,我的四叔。三个人都是彪形大汉,个个力气惊人,都是能随便抱起石碌碡的。那头猪已喂得很肥了,人骂脑子不够数的人,说成是猪脑子,其实,说这话的人才是真正的猪脑子。猪早已知道人要干什么了,只是它太肥了,跑不动,它在那急得乱哼哼,把嘴抵在泥地上,这儿啃一口,那儿拱几下,可是,人决定了要它的命,天罗地网已设置好了,它无路可逃。它定定地看着人为它专门搭建的所有设施,此时,倒达观了。它索性不再乱转悠,不再乱哼哼,心一横,躺在屠宰台下,闭目养神了。我猜想,猪这时心里一定在高喊:来吧,舅子们,你妹妹一定想当寡妇,我也豁出去了,猪不畏死,奈何以死惧之,砍头只当风吹帽,利刃刺心一点凉,落在你们手里,我就没打算活。哼哼,老子活得一点不冤,将近两年了,你们把我当老子伺候,稠的吃了,稀的喝了,圈里换上一层干土,不用半天,我给你弄脏,你立即又换上新土,躺在干土上,看着你们忙忙碌碌,心里那个熨帖呀。请问,你们对自己的老爹老娘有这样尽心,有这样孝顺吗。我知道你叫海豁豁,嘴上有个豁豁,你们这样叫不正规的,我知道,准确的叫法是兔唇。你爹娘是饿死的,至今尸骨还撂在荒郊野外,说不定早让野狗野狼糟践了,你说是给爹娘迁坟,捡回来的不过是几根烂骨头,指不定还是什么骨头呢。哼哼,有时候,我心里不舒坦,故意使点小性子,皱了眉头不好好进食,看把你们那个急呀,又是上鲜草,又是上精料的,又是轻声呼唤,又是温言软语相劝的,那个殷勤

100

劲儿，闹得我都怪不好意思的。给你明说吧，在这个以杀戮我们同类为业的家里，我的地位仅次于豁豁嘴，表面看，你家宝贝儿子最宝贝，哪倒不一定。有一天，杏娃不好好吃饭，开始，蓝袖还耐着性子哄劝，后来，在屁股上，啪唧，啪唧，两巴掌，杏娃连哭都没敢大声哭，连眼泪和饭一块咽下去了。我心里那个难受呀，真的不忍心再看下去，倒头睡了一场透觉。女主人蓝袖更是可怜，一个大白天，豁豁嘴满嘴酒气，从外面回来了，别人喝多了，酒气没有这么冲，他是豁豁嘴，关不严实，差点把我也熏醉了。蓝袖在院子里洗衣服，两手沾满了洗衣粉泡沫，豁豁说：进屋去。我知道他想干啥，你也知道他想干啥，他这人就这德行。可是，你还拿架子，说，我不嘛，我在干活。豁豁这驴人，顺手一个耳光，打得你脸生三月桃花，腰似弱柳扶风，乖乖进屋了。当然，这也怪豁豁猪肉吃的多了，脑子一根筋。女人嘛，爱使个小性子，她不是不愿意，她想让你哄她哩。在女人面前，三句好话比肉香，哄高兴了，别说做这种双赢的事，她真是风里风里去，火里火里去，女人要是乐意做什么事，比男人踏实执著多了。可是，你这个豁豁嘴，真个半点风情也不解，叫驴想做那事了，还要吼几嗓子哩，虽然，它的歌声实在难听，可那也是唱呀，哪有你这种霸王硬上弓的，如果不是你的老婆，那就是活活的一个强奸犯，轻则坐牢，重则杀头的。

　　海豁豁家的猪，面对屠宰场，一时感慨万千，浮想联翩，把身前身后事，想了个透彻明白。人把事情想开了，云在天上水在瓶，云开月出笑一声，猪把事情想开了，也会隔断红尘三十里，白云红叶两悠悠。虽说这样，当海豁豁一切准备就绪时，眼看最后时刻来临，猪还是有些难过，它突然感到这世界是如此美好，生命如此值得留恋，它一个驴打滚爬起身，企图逃窜，马连长眼疾手快，一个前扑，一把拽住了猪的一只后腿，另一只手抓住了猪的另一只后腿，他得意地说：还想逃？逃得了吗，您哪！二百多斤的猪，两只前腿做支撑点，两只后腿奋力紧缩，随即猛地弹出，一般人经它这一强势反弹，很少有不骨软筋麻的，可它今天碰上了马连长，他吃硬格核桃向来是不用锤子或石头砸的，拇指和食指使劲一夹，咔嚓，核桃一分四瓣。另两人火速冲上，一人抓住一只猪前腿，马连长高喊一声：起驾！肥猪被高高举起，扔在屠案上。三人合力将猪头挪至案沿合适位置，海豁豁大吼一声：接血！蓝袖双手持擀面杖三脚并作两步，在猪头一侧弯腰站下。肥猪累了，猪鼻子里只有出来的气，没有进来的气，马连长笑道：闹了半天，你才不行嘛！海豁豁一手按定猪脖子，一手持刀，两眼凝神，聚气于手，扑哧一刀，稳准狠，插入猪胸，持刀的那只手一拧，一半刀柄已被淹没，猪长长地哼了声，眼见得身子软了。热血喷薄而出，水龙一般注入荞面盆里，蓝袖双手紧攥擀面杖，在盆里飞快搅拌。

猪血流尽了，蓝袖端起血面盆，冲进厨房，她趁着血热，要和面蒸猪血灌肠了。大缸里的热水冒着滚滚蒸气，马连长和另外两人一跃上了屠案，三双手抓住两只猪后腿，将猪颠倒了插入大缸，一上一下，烫起毛来。杏娃的业务早已精熟，他手里早备好了香烟，此时，赶上前去，跳上案台，给三人嘴里各安一支烟卷，打着火，点着烟，三人用烟卷堵着的嘴各赞一声：好娃！杏娃跳下屠案，又给海豁豁的嘴里安上烟，点着了。杏娃退到一边，手里仍拿着烟火。

猪毛很快被烫软了，三人喊一声起，合力将死猪拖出缸，扔在屠案上。出了这么大的力气，三人脸不红，心不跳，稳稳地跳下屠案。海豁豁顺手提过一只柳条篮来，里面装有一应屠宰用具，四人每人从篮中抓出一块砒石来，蘸了水，在猪身上来回摩擦，猪毛遭遇砒石，纷纷煺了下来。猪头上的毛最硬，需要技巧才可煺得干净，这里由海豁豁亲自处理。杏娃真会看眼色，急忙赶上前，给每人点上一支烟，又赢得一片夸赞。杏娃脸色平静，不像先前那样，动不动就会露出小人得志的架势来。他长大了，一夜之间长大了，他只比我大四岁，可在那一刻，我觉得他已与我们这帮小屁孩拉开了距离。是不是与我捶他那一顿有关系，我不敢确定，我这人从小做人低调。

猪毛煺去一半了，煺了毛的猪像洋人，那肤色白里透着红，一看就知道活得滋润，身体健康，欲火炽热。大功眼看告成，海豁豁与三个帮手散漫起来，有一搭，没一搭地干着活，嘴里的话也多了起来。海豁豁说，马叔他老人家到底是长辈，不和小辈一般见识，我去求挽联，人家说话间就写妥了，到底是见过大世面的人嘛，那词儿用得真叫好，那字写得，说实话，让我这

102

不识字的人看着都好。别的两人搭了茬，连声应和，马连长哼了一声，猛抽一口烟，什么话也没说。不用说，海豁豁这话是专门说给他听的。海豁豁学聪明了，马连长爱听不爱听，他都要说，怎么着，马登月也是他爹。这时，只听屠案上一声闷哼，燀去一半黑毛的猪，一个鹞子翻身，从案上跳了下来，一个急冲刺，没眉没眼地奔出大门。海豁豁反应过来了，惨叫一声：快！四个人撂下手中碲石，拔腿冲出大门。我和在跟前看热闹的孩子，嗡的一声，也跟了出去。放眼一望，老天！那头一半白一半黑的猪，眨眼间已蹿出几十米开外，还在那漫无目标地乱冲乱撞。全村人都被惊动了，人的嚷嚷声，喝喊声，狗的狂吠声，鸡的惊叫声，驴的嘶鸣声，全村震动，天地鼎沸。人们不由自主地手持各种工具，从四面八方向猪包围上去。上去干什么，人们心中是没数的，好像灾难来临，又好像乍逢庆典，每人都是其中的一分子，置身事外，或去的迟了，让人生出谁在搞自我边缘化的嫌疑。猪奔跑的速度渐渐慢了，步伐踉跄，大家很快把猪围起来，都张扬着手中的工具，一片声乱喊，却不知猪万一跑到自己眼前，该如何应对。猪好像揣摩到了大家的心思，快要死了，也不打算跟谁过不去，突然一个前仆，僵卧不动。人们排成一个墙圈，慢慢靠近，生怕它再有新的动作。猪静卧在那里，刀口还在往外渗血，把被搓白的皮肤染红了一片。大家给海豁豁让出一条道来。他铁青着脸，肩扛一根小腿粗的椽子，步伐沉重走在前边，马连长和另两个帮手各拿一根皮绳紧随其后，他们俯下身来，用皮绳拴住猪的四只肘子，把椽子穿进去，那两个帮手，用肩膀各担住一边椽头，各自腰一拱，猪离了地，又回到海豁豁家。

  我是一个懂得眉高眼低的人，在别人尴尬时，离得越远越好，碰在眼前，也装看不见，要不，别人会借机把不快转嫁到自己身上的。哈娃跟在抬猪人后面屁颠颠的，还要去看热闹，我狠拽他一把，他停下来，转身满脸困惑地看我，等人散尽了，我说你脑子长脚后跟了？他竟然回身看自己的脚后跟，我被他气得差点吐血，转身大踏步而去，他跟在我的身后，不断地问：你咋了，你咋了，你到底咋了吗，你说嘛！我说，走，咱们到饲养场找赵五能要去！

当天午后,海豁豁又去了马登月家,他手中提了一个猪脖子。这猪真肥,肉足有五指厚,粘连在肉上的一层大油,在阳光下泛着生生的白光。马登月还在揣摩他的诸葛马前课,嘴里嘟嘟囔囔,看起来煞有介事。海豁豁把猪脖子往地上一摞,又扑通跪下了,说了声:马叔,你老人家,你看还有禳解法没有,救救你家侄子吧!当即号啕大哭。马登月好似早料到了,他不紧不慢转过身来,笑笑站起来,款步走过来,扶起海豁豁,胸有成竹地说:这娃,事儿我都知道了,我给你掐过了,虽主大凶,却有禳解余地。贫道方才访天问地,求告四方神主,已然逢凶化吉,遇难呈祥。海豁豁一跃直起身来,一把挥去泪水,抓住马登月的手,边摇晃边问:马叔,真的,马叔?马登月仰起头,念出一串词儿来:黑猪一半白,白猪一半黑,活而死,死而活,活而又死,死而不活,天上一半阳,地上一半阴,阴阳和合,上下圆满,信天命,尽人事,一路通,路路通,弟子违拗天意在先,泄露天机于后,舍身救人,乃仁者本分,粉身碎骨,在所不辞!海家贤侄,尔速去,善后事宜,弟子自当之。

马登月说的神神道道,海豁豁听得糊里糊涂,大意他却听明白了,当下喜不自胜,悲不自胜,只听刷的一声,泪水霎时糊了满脸,他双腿一屈,又跪了下去,猛听得马登月一声断喝,囔囔道:

"潜龙勿用,阳气潜藏。见龙在天,天下文明。终日乾乾,与时偕行。或跃在渊,乾道乃革。飞龙在天,乃位乎天德。亢龙有悔,与时偕极。叫汝速去,汝还不速速去休,如此惺惺作态,是何道理?"

海豁豁只听得龙呀天呀的,半脑子糊涂,半脑子害怕,又听得叫他速去,他倒是听得明白不过,大惊失色,来不及磕头,一骨碌爬起身,风火闪电去了。

杀死了,已经燀去一半毛的猪又活过来,逃走,这种离奇的事极其罕见,在方圆百里范围内,被人们口口相传的仅有一桩。当年,脚户头儿牛不从,在帮助铁徒手平定了脚户叛乱后,得到了不少赏银,那一年春节,牛不从特意买回一只大肥猪,在杀猪时,发生了与海豁豁家类似的事情。乡里对此有

104

传之久远的说法，杀死的猪逃离屠案，必主大凶。既是久远的说法，那一定是先前有人遭遇过，并且，随后，家中频遭灾难。在乡村许多荒诞不经的事情，其实，有源有流，有鼻子有眼睛。牛不从家的猪，一直跑出去两里地，才被人打倒，抬回来重新开膛破腹的。开春后，牛不从的老婆纽纽好端端死了。那个春节，牛不从家是在极度的恐慌中度过的，从生下来就没放开过肚皮吃猪肉，猪肉煮熟后，老老少少却如吃糠咽菜，个个食之难以下咽。正月初七是人七日，鬼要过年的，人不能出门的，乡俗叫：七不出。可这天一大早，牛不从的老婆不见了，家人找遍了家中所有的角落，连老鼠洞都掏过了，还是活不见人，死不见尸。牛不从在家坐卧不宁，他把孩子交给老人，冒险出去寻找。又不能进别人家去寻，怕鬼跟着他穿堂入户，他只能站在院墙外，挨家挨户喊：我老婆来你家没有？友好点的人家会回答：没见嘛，大过年的，老婆怎么会来我家呀，别着急，到别人家再找找。不友好的人家会隔墙撂出一句噎死人的话来：你到我家猪圈看看，兴许那头老母猪是你老婆变的。有些人表面在关心，口风中却在含沙射影，他们说：哦，我家没有，别着急，想必不会出啥事。要不，你赶紧去府衙找找，说不定当了夫人呢。正月十六，牛不从终于找着老婆了，他已找遍了所有亲戚，周围十几个村庄的所有住户，他突然想起，在离他家不远处，有一口枯井，说是十几年前的那场大战乱中，好几个活人被乱兵扔下去淹死了，此后，井便荒废了，常年无人管护，据闲人说，多年前，已干枯了。其实，开始寻人时，牛不从就想到了这个地方，他强迫自己不去这里，去了，就意味着他从心里已判定老婆不在人世了。半个月的寻找，他已彻底灰心了，他已能够承受任何结果了，他慢慢走近井边。高原上的土井都要钻进几十丈深，才可抵达含水层。爬在井口，根本不可能看见井底物事的，但他一眼就看见了纽纽。他默默地找来几个帮手，用皮绳拴住腰，他亲自下去，把纽纽提了上来。她的尸体已开始腐烂，尸臭差点将他熏晕在井下。他没有流一点眼泪，全家人没有一个人流泪，自从死猪复活后，全家人似乎都在等待这个结果，无论落在谁身上，总得有自己的亲人去承担灾难。死了一个人，全家人都暗暗松了口气，但愿这一桩灾难会是灾难的全部。等待了半个月，结果终于揭晓了，在难熬的等待中，全家人的血慢慢冷了，心变得硬了，意志力经受了前所未有的磨炼。

牛家草草办了一场丧事。丧事后的法事规模却极其宏大，方圆百里，从未做过这么大的法事。和尚，尼姑，道士，巫神马角，鼓乐班子，戏班子，来了数百人。牛不从在知府那里获得的赏银花得一文不剩。他知道自己做了昧良心的事，挣了昧良心的钱，赔了一条人命，所有的不义之财花得干干净净，这下总可以了吧？但他心中无底，深夜，他到一位名震远近的神婆那里去求卦，神婆告诉他，要把事情彻底摆平，还得死两个人。他问，是老人，还是孩子，神婆说，老人不死孩子死，孩子不死老人死。神婆家离牛家只有五里平坦路，问完卦后，大多人家还没有熄灯入睡，他动身回家，直到天亮，他才走进家门。他昏睡了一天一夜，然后，把问卦的结果告诉了父母。当夜，父母双双悬梁自尽。可是，没过多久，一个深夜，牛不从家突遭大火，竟无一人逃得了性命。牛家的惨变成了四邻八乡永远活着的教科书，报应轮回之说深入人心甚嚣尘上，在此后长达一个甲子的时间里，有许多受过新式教育的人花了无数心血，想把迷信给破除了，可是，当人们问及，牛家已经杀死的猪为什么又活了，牛家为什么接着又遭灭门之祸，自诩手中握有科学和真理的人，只能以巧合、偶然之类软弱无力的话回答，在说这些话时，他们自己的脸先红了，理不直，气不壮，就像被人当场捂在被窝里的奸夫淫妇。

海豁豁家的猪死而复活后，对我心灵的震荡是巨大的，此前，我听说过牛不从家的事，我虽然不喜欢杏娃，但，那只是不喜欢，让他死，或让他爹他娘死，我都不愿意。捶他一顿，给他一点难堪，我愿意。我俩的事情没有到你死我活的程度。不幸将降临这一家，那一天，我心忧伤，胡天胡地。晚上，我与马登月睡下后，怎么也难以入睡。马登月睡了一觉，发觉我还在辗转反侧，他说你咋不睡觉，我说我睡不着，他说你在想心事，我说就是的。他说你屁大的娃娃有啥心事，给你个女人，你也拿不下那活儿。我说我不是想女人，我是想海豁豁家那头猪。他说，没出息的货，想女人多好的，想猪。我说死了的猪为啥活了呢，真的要死人吗，马登月笑道，真是个瓜毯娃，猪太肥了，刀刃短了，触到了心脏，但没有刺穿，猪死倒是死了，却没有气绝，是暂时性假死，缓了半天，又上来一口活气，跑了。我说，遇到这事，真的

106

对人不吉利吗？马登月冷笑几声，夜幕下，我感觉他严肃异常，他说，神鬼之事，信则有，不信则无，略信有影儿，坚信则必然应验，为啥子不语怪力乱神的圣人还要说祭神如神在呢，神鬼自在人的心中！为人不做亏心事，半夜不怕鬼敲门，死猪复活是碰巧的，因心虚恐惧而死人，却是必然的。

  在我的印象中，马登月从来没有这样正经说过话，那一晚，他说的话，我全信了。说完，他又异常严肃地警告我，不要把今晚他说的话透给别人。我答应了。我信守诺言，给谁都没说过，包括心心相印的哈娃。但，我不明白，这又不是什么扯是非的话，为什么不可对他人说。多年以后，我明白了，知识是一种权力，民可使由之，不可使知之，有些道理知道的人越少越好。马登月知道的多，别人知道的少，他处在世事风暴的中心，他安然无恙。

  我再一次下定了读书的决心。

  海豁豁家的丧事办得漂亮，客人来得很多，几十年不来往的乡邻都来了，管事的，跑腿的，尽职尽责，鼓乐班子尽平生技艺，换班演唱了三天三夜，把气氛营造的感天地泣鬼神。迁坟是喜丧，是为了祖述先贤，是为了激励活着的人，是一次与四邻交好的外交攻势。男人尽情地喝酒，烧酒、黄酒，应有尽有，女人平时社交活动少，借这个平台，多年不见的老姊妹有了见面倾诉的机会，孩子们不用做什么事，怎样玩的热闹便怎样玩。那时候，我每天盼着谁家办事，红白喜事都可以的。

  到年底，海豁豁家人畜平安，看起来，他有些忧心忡忡，神不守舍，他的日常工作还是出东家入西家替人杀猪，杏娃还是有吃不完的猪灌肠猪尾巴，只是他不再当着别人的面吃了。但，我知道他还在吃，他日益宽阔的身板告诉我，他有吃不完的猪肉。每天拂晓，我们离家要去学校时，海豁豁都会把杏娃送出大门外好远，一再叮咛：路上走好，不要去危险的地方，不要和同学打架，放学了赶紧回家。走得看不见人了，他还站在那里，脖子伸得像长颈鹿，朝学校方向张望。员外村离学校十里路，别的孩子，早上去学校，午后回家，天阴天晴，天上哪怕下刀子，没有一个家长会把自家孩子送出门外的。杏娃比我大四岁，比全村所有上小学的孩子都大，只有他的父母把他送出家，遇到大雨大雪天气，上学时，会把他送上山，放学时，会来学校接他。这让我们很看不起他，他自己也很难为情，当着我们的面，不给他爹他娘好脸色，他爹他娘却并不在乎，任何时候看见他，都是一脸笑模样。我们开始还嫉妒过他，后来，谁都不嫉妒他了。他是所有学生中学习最差的。我上一年级时，他已在一年级重读第三年了，那一年，我是双百分，他得了双零分。我读四年级时，他还在二年级重读。不是他的学习成绩够升级了，是他的年龄实在太大了。他长得既高又宽，与一年级学生坐在一个教室里，像他们的老爹。我上五年级时，杏娃还在二年级，有一天，我和哈娃在村里玩，海豁豁杀猪归来，他热情地叫我去他家。他没有叫哈娃，我本不打算去，还是去了。他给我吃了两截猪血灌肠。第一口下肚，我在心里惊叫一声：狗日的，真叫好吃！吃完，他亲切地问我：好吃吗？我本来要说还可以的，我要在他和杏娃面前保持自尊和与生俱来的高傲的，一张嘴，却说：好吃，狗日的太好吃了！海豁豁说，还想吃吗，我本来想以沉默回答的，却说话了，我说：想。那时，我真想朝自己的嘴上狠抽几巴掌，手抬起来了，却没抽，我知道，抽嘴巴是会疼的，再说，自己抽自己算什么事呢。他说，只要想吃，我家多的是，以后让你杏娃哥每天给你带一份。海豁豁把杏娃叫过来，声色俱厉地说，不学好的东西，你看人家，以后好好跟你蛋蛋兄弟学习。我做了杏娃的辅导老师，我心中一百个不愿意，可一看见猪血灌肠和猪尾巴，我又心里一千个愿意。我很敬业，我时常为我感动，为了杏娃，我付出了巨大的热情。杏娃实在太笨了。我费尽心机，在一次期中考试中，他的语文勉强及格了。但，也只及格过这一次。海豁豁兴奋得满脸红光，把我叫到他家里，亲手端上来一大盘好吃的，那一次，光猪尾巴，我一口气就吃掉了六根。书本上说，猪全身都是宝，别人信不信，我信，在猪的滋养下，那一年，我长高了十公分，体重增加了十四斤。可是，好日子还是不可阻挡地到头了。我考取初中了，我得住校，一周只能回家一次。杏娃也升到了三年级，开学不久，有一天，海豁豁去了学校，他手里提了一只猪脖子，四只猪蹄子，四截猪血灌肠，他进了校长的办公室兼宿舍，一会儿，他低头出来了。在校长的陪同下，走进三年级教室，领走了杏娃。过了一年，哈娃也考上了初中。我与杏娃的交

好,让哈娃大为不满,甚至攻击我为了些许猪下水,不惜出卖民族利益,漠视朋友情谊,甘当杀猪屠夫的鹰犬。一次,我在嚼猪血灌肠时,让他碰见了,他朝我所在的方向啐了口唾沫,恶狠狠地说:日脏!后来,我把杏娃给的猪血灌肠悄悄留下半截,趁人不备,塞入哈娃兜里,他掏出来,认真看了几眼,拿架势要往地上摔,几次三番,终于没有摔下去,又悄悄装进兜里。我什么也没说,他什么也没说,我俩又重续旧好,友谊比先前更加深了一层。

杏娃不再读书了,整天跟着他爹走村串户替人杀猪。他是一个优秀的屠夫,不到一年,他的杀猪技艺已经炉火纯青,胜过了他爹。他出师了,可以单独出门干活儿。这样,他家就有两份收入了。三口之家,顿顿吃猪脖子啃猪尾巴吃猪血灌肠,也吃不完,杏娃妈把一下吃不完的猪脖子猪尾巴腌了,年头节下,送给与他们友好的乡邻吃,猪血灌肠无法存放,他们随时送人吃。海家的四邻关系彻底改善了,包括马登月,人前人后,也不忘了说几句海家的好话。但,海豁豁似乎并不开心,走路老低着头,心事重重的样子。我知道他的心病在哪,杏娃实在不是读书的料,神仙也没办法。十五岁的杏娃长得人高马大,身坯比一般的大人还雄壮。他比在学校快活多了,一个人走在路上,时不时地还会喊几嗓子酸曲儿。我碰到过几次,他喊酸曲时,眼望高天,目光空茫散淡,上身起伏如波浪,下身抿缩,怕风怕冷似的,整个人结合起来,给人一种狰狞之感。几次,我都是单独碰见他的,哈娃不在跟前,四野无人,我竟有些怕他。怕他什么,我说不上来,但肯定不是怕他打我,别看他仍比我雄壮得多,有他家猪肉垫的底儿,还有在体育老师那里学的几招粗浅搏击术,未必会落了下风。有一次,我去亲戚家返回,从一条深沟往上爬坡时,听见沟畔有人唱酸曲,我听出是他的声音,又感到不是,那声音沙哑粗粝,当时正值春夏之交,高原上黄风劲刮,黄尘弥漫天地,歌声如同泥石流裹挟的巨石,发出撕心裂肺的吼声,一声声直撞人的心口。他唱的是一首不酸的酸曲儿:

  石崖头上的白鹁鸽,
  要喝个清泉的水哩。

睡到半夜里没瞌睡，
心里想着要吃个嘴哩。

山里的麻雀儿山里飞，
回来时要配成对哩。
一天的日子盼不到黑，
盼黑了一个人睡哩。

　　他唱一遍，往混沌的远方怅望片刻，又唱一遍。他唱歌的姿势像屙干屎，屁股极力往后撅着，上身极力前倾，面红耳紫，痛苦万分。他唱得很投入，我走到他身边了，他居然没有发觉，我想这时候打招呼有些不看眼色，便悄悄溜走了。走出很远了，仍能听见他那摧枯拉朽的歌声，那一刻，我心里突地莫名一惊。

　　泡泡病了。
　　平时，晚上她要伺候老爷读书，早上起得迟，已成习惯了，主仆忙里忙外，各司其职，一大早，一宿无眠的铁徒手，天一亮，便强撑倦体，唤来林如晦，策划如何征收盐税事宜了。乌兰洗漱毕，贴身丫环豌豆服侍她进了佛堂做早课了。乌兰敬佛礼佛极是虔诚用心，焚香念经，一丝不苟，一打坐，便是一早上，多年来，雷打不动，从无间断。
　　午饭时分，铁徒手回到后衙，看得出，他的情绪不错，刚起床时的困倦神色一扫而光。饭端上来后，每个主人身边都有一名固定的丫环伺候，唯独老爷身边没有。这个泡泡，主子给了一点脸，不知高低了。乌兰心里不快活，嘴上却没说出来。她是那种喜怒不形于色的女人。泡泡这小丫头，想必是睡过头了。她使一个眼色，豌豆忙奔出去喊泡泡。此时，铁徒手方才想起昨晚的事，脸有些烧，身子不自然地扭怩了几番。这个泡泡，真是不懂事，虽是与主人有了暧昧，大礼是不可失的，大面子是要有的，没有规矩，不成方圆，这等行为，日后必为人所不容。真是下人，给鼻子就要上脸，给桃红就要当

110

大红，给麦草枝就要当拐杖，不好，不好，这样不好。他突然心里一紧：莫非这丫头年少识浅，突遭变故，一时心里想不开？一念生心，眼见得，铁徒手额头上渗出了细汗，不由得偷眼朝乌兰一瞥。但见乌兰端庄稳重，神色不愠不喜，心下略略展舒了。心里正在打鼓，豌豆喘吁吁跑进来，给乌兰说：夫人，奴才敲门不开，推门不开，屋里声息全无，敢是出外办事了？乌兰哂笑道：这丫头倒会想事，她一个丫头片子，出外办的什么事？豌豆躬身道：夫人教训的是，奴才瞎猜的。你们再去瞧瞧，乌兰话音一落，呼啦一声，几个丫环鼓起一片香风，飘然而去。

泡泡卧室距饭厅隔着好几间屋子，只听外面擂门声，一声紧似一声，询问声一声高似一声，却不闻泡泡应答声。乌兰只听自己心下咯噔一声，忙给铁徒手说：老爷宽坐莫急，待我去瞧瞧。看见夫人亲自来了，众丫环忙躬身行礼，垂手立在一旁。乌兰从宽袖中抖出一只小巧的白手来，款款在门上弹了几记，柔声说：泡泡，怎么回事呀？只听里面传出微弱一声：夫……人……随即又传出一阵跌撞声。乌兰自小在深闺长大，嫁作他人妇后，仍是四门不出，哪经过什么高低沉浮。当下，脸色也变了，忙命豌豆：快去请老爷！豌豆刚转过身要跑，铁徒手已迎面来了，她忙不迭躬身行礼，匆促说了声：老爷来了。不待话音落下，急忙转身向乌兰躬身行礼，垂手道：夫人，老爷来了。忙乱得四样礼都没行到位，两句话各说了一半。此时，泡泡的房门哗然开了，从里面扑出一个人来，说了声夫人老爷，便跌倒在地。正是泡泡，一夜之隔，那个花容月貌百伶百俐的泡泡，披头散发，形容枯槁，衣袂不整，生气全无。乌兰轻轻地啊了声，脸色全变了，身子微微颤抖起来，铁徒手也轻轻啊了声，早晨出现过的疲惫忽一下，冲破那层愉快带来的掩饰之色，立即晦暗如阴霾密布的天空。几个丫环也禁不住惊叫一声，各自捂住眼睛，又忽地睁大了，杵在那儿，不知该如何作为。还是铁徒手见识高明，反应敏捷，霎时的触目惊心一闪而过，他端正站了，喝道：慌什么！在他的沉着指挥下，几个丫环七手八脚将泡泡抬回屋里，在床上放平整了，捂上被子，端来热水，喂水的，热敷的，忙而不乱。他指派林如晦亲自带几个腿快的衙役，备了轿子，火速去请安泰堂坐堂郎中向惠中。他不便呆在丫环房里，安慰乌兰说：

不要紧的,怕是饮食不慎,或是偶染风寒,夫人且宽心,郎中说话就到,我到外面看看去。

一袋烟工夫,向惠中到了。客主略一寒暄,郎中便拱手道:"知府大人,礼节不周,先行告罪。待学生瞧过病了,再向大人讨教。"

"劳动了,请自便。"铁徒手话音一落,向惠中拱拱手,跟着豌豆进内衙了。铁徒手不便跟进去,独自在前院踱步。事出突然,他表面镇静,心里却十分不安。本来一个丫环的生死荣辱,像铁徒手这种家庭这种身份的人,大可不必搁在心上,男主外,女主内,顶多由乌兰出面稍事料理就罢了,可昨晚刚有了那种事,今天就出了变故,他还是觉得心口那儿有些揪扯。更重要的,泡泡在他那里,已非纯粹的丫环,更非男女情浓,一时割舍不下。而是,她是他寻寻觅觅多年而一朝相逢相知的红颜知己。她要是有个长短,他就要立即回到过去曾有过的枯寂光景了,白日,俗务缠身,夜间,青灯黄卷,以前倒不觉得什么,与泡泡有了几年的软语温柔,日子刚有些色彩,眼见得又要晦暗不见日月了,而这一切,都是他的冒昧,他的不能自持造成的。不知郎中诊断如何,方寸已乱的铁徒手,一时竟悲从中来,急速倒换着碎步,轻声吟出一段词儿来:

玉人儿,这几日,身子有些不快。我见你容消瘦,好不伤怀,恨不得将你病在我身上害。我害倒不打紧,你病教我好难挨。已约下诊脉的医人也,还要请个僧道来禳解。

向惠中还没出来,等待最是熬人,铁徒手想亲自前去打问,走出几步,心下一个激灵:不妥,不妥,泡泡只是一介下人,又是男主女仆,操心太过了,难免授人口实,毕竟多有不便。他踱步的步幅越来越大,越来越急,已不是踱步了,反倒像是归心似箭赶夜路了。满腹心事无由排解,铁徒手又吟出一曲来:

变一只绣鞋儿在你金莲上套,变一领汗衫儿与你贴肉相交,变

112

一个竹夫人在你怀儿里抱,变一个主腰儿拘束着你,变一管玉箫儿在你指上调,再变上一块香茶也,不离你樱桃小。

铁徒手心如汤煮,踱步吟哦非但不能起到扬汤止沸之效,倒有火上浇油之嫌。他忽然觉得泡泡对他竟是如此的要紧。要说以前与她是抵御冗务繁杂排遣长夜寂寞,昨夜是按捺不住一时之冲动的话,那么,此时,泡泡便是他生命的一部分,乃至全部了。要是先前那样,面对秀色可餐百般乖觉的泡泡,他多少还有一些游戏的成分,猛然间,要面对她的命悬一线生死未明,他所受到的震撼真是深入内心了。这可如何是好,这可如何是好,他不敢想象今后在没有泡泡的夜里,他将如何独对银河灿烂寒舍空寂?不敢想之事,偏偏容易浮出脑海,不愿设想的后果,偏偏每一设想都是那种后果。想着,想着,越想头绪越是纷乱,一心排拒的后果越是犹如亲睹。这时,他与泡泡的角色竟然发生了离奇地互换,他成了一个独守深闺苦,不见薄幸郎的怨妇。满腔悲苦,无由诉说,怨天尤人,情难自持,他竟出声吟道:

心痒痛难搔,悲怀闷自焦,让了甜桃,去寻酸枣,奴将你这定盘星儿错认了!想起来,心儿里焦,误了我青春年少,你撇的人有上梢来没下梢!

正吟的悲苦,铁徒手心下又是一个激灵,我吟得这是什么玩意啊,关起屋门,独自戏耍,虽仍属荒唐,却也不为大恶,身为儒者,又荷教化育民之责,光天化日之下,却把千古淫妇潘金莲深夜怨怼西门庆负心的词儿搬出来,成何体统!本官虽有不堪之行,却还不是大淫贼西门庆,那贼专以寻花问柳淫人妻女为乐,本官一爱存心,因爱思色,见色心动,继而付诸于行,且于防线行将崩溃之际,还知道以礼仪大防约束自身,虽不敢以柳下惠自比,却也够得上君子了。话说回来,本官非西门庆之流可比,那是确定无疑的了,难道泡泡是潘金莲?放屁,放屁,千古以来第一大臭屁!别说把泡泡与潘金莲相比,在泡泡面前,想起潘金莲,都是死后进拔舌地狱的罪过。从不出粗口的铁徒手,情急之下竟粗口大开,肚里还有无数市井俚语在涌动着,要鼓噪而出的,他猛吞一口气,硬生生压下去了。这一番自我搏杀,泡泡日常的音容笑貌猛可一齐簇拥眼前,成百上千个泡泡,玉是玉容,映衬得天地尽是灰暗,花是花貌,放眼都是春色芬芳,音作鹂声,婉转之声盈耳,态似春柳,一地尽显婀娜。

铁徒手神驰天外,目迷五色,入了心的皆是幻,入了眼的无不幻,一时不知自己是真是幻是实是虚是死是活,竟然连向惠中给他说话,都没听见。向惠中说两遍了,他只听耳边隐隐有人语,却以为是幻听,他眼见有人向他拱手行礼,却以为是幻觉。乌兰伸手悄悄拽了一下他的衣襟,悄声对他说:老爷,向先生给你说话呢。铁徒手这才心中一凛,恍然回过神来。他想,别人一定猜出他的心思了,脸上一热,立即定了神,漫不经心地说:"忽然念起一桩旧事,不觉走神,见笑见笑。向先生辛苦了。"

铁徒手并不问及泡泡病情,这让众人多少有些意外。向惠中准备了一副绝佳的表情用不上了,这令他沮丧,他只好拱手说:"恭喜大人,令仆并无大碍,大人宽心就是。至于详情,还得借大人尊步书房叙话。"

乍然回过神的铁徒手闻言又是一惊:"恭喜大人?"这是什么意思嘛。前几年,乌兰身体不适,叫来向惠中,诊脉毕,他都要先拱手道喜后,展手毫不客气讨赏钱,进了书房,关紧屋门,一边品茶,一边才慢悠悠道出真相:夫人有喜了。铁徒手对郎中说恭喜已十分敏感了,现在又说恭喜,莫非……臭嘴,臭嘴,不可能,绝无可能,泡泡整天待在家里,与自己倒是有身体接触,可离怀孩子,那简直是戴着斗笠亲嘴,还差一帽子远呢,至于和别人,那更无可能,不是说纯粹没机会,以皇宫之森严,还有红杏出墙的事发生的,只是他坚信,泡泡不是那样的女人。仅是这一闪之念,他心口便觉得疼。

到了书房,宾主坐定,豌豆捧上茶,躬身而退。泡泡病了,乌兰怕别的丫环粗手笨脚,不懂得眉高眼低,怠慢了老爷,便让豌豆暂代。剩下宾主两人了,向惠中再次站起,满脸巴结地说:恭喜大人,据学生看来,令仆并无大碍。铁徒手心中愠怒,却不好说什么,只是虚应道:向先生高明,愿闻其

详，请坐，不必拘礼。向惠中说一声告罪，坐下，一手端起茶碗，一手持碗盖，嘎吱，嘎吱，刮了一歇，又撮起双唇，在碗里吹几回合，终于伸嘴呷了一口，好似初尝琼浆玉液一般，夸张地呻吟道：好茶，好茶，大人不愧大家风范，所见所使无不上品妙品神品也哉！铁徒手心里那个气呀，就手若有一堆狗屎，他会毫不客气地塞到他那张嘴里去。他还得耐着性子说：请先生明示。向惠中偏过头来，把嘴努力地向铁徒手伸过来，以高深莫测的口吻说：大人学富五车，足迹遍及九州四海，学生寄名郎中，对医理虽略知一二，却不知人之病究由何生，愿大人不吝赐教。泡泡突然得病，又是冗务繁杂之时，又是一宿无眠，铁徒手早烦躁得神情恍惚了，偏遇上这个不解人意的冬烘，只听脑门嗡的一声，差点昏晕了。他强自定神，漠然道：你说说看。向惠中却精神大振，猛灌一大口茶，抖擞了身子，一派端严肃穆，开言道：大人既是不肯教训学生，学生便斗胆了，说得不周不到，一定在所难免，还请大人莫以有知责罚无知。他说，常人言，病从口入，这原本不差，人食五谷，吸纳天地之气，万物皆有毒，万物皆解毒，相生相克，循环往复，乃至终生。人生而有命，生克平衡，则命在，生大于克，则病，克大于生，则死。又不尽然，病从口入，仅生病之一途，且为微不足道之一途，除非吞噬剧毒，如砒霜鸩毒者，乍然而生，克又不及，命则尽矣，若是寻常，万物之毒，自有万物相应而解。世间最难排解克服之毒，恰非自口而入之毒，实乃毒由心生。心生之毒，与口入之毒，大是不同。目不能见其色，手无由捉其形，口不可辨其味，可谓倏忽自天而来，一旦入于心田，如大树，盘根错节，利斧斫之，烈火焚之，灭其枝叶，却难尽去其根。有根在，正应了古人名言：野火烧不尽，春风吹又生。若要除根，难，难，难啊！向惠中一脸悲悯之色，一手颤巍巍端起茶碗，一手颤巍巍抓起碗盖，嘎吱，嘎吱，刮了一歇，又撮嘴吹了吹，猛一仰脖，灌得猛了，茶汁溢出嘴唇，挂在杂乱的胡须上，伶仃摇摆，如一只只吊死鬼虫儿。豌豆不知猫在哪里，第一时间闪进门来，顺手递过来一只红绸绢子，向惠中接过来，却不擦嘴，双手捧着绢子，嘴里吸溜个不住，又把一双迷蒙眼盯住豌豆，嘴皮啪唧啪唧一会，猛吸一口游出嘴角的涎水，叹道：人说红颜好，我看果然好哇。豌豆心中厌烦，却不敢做声，瞥一眼老爷，见他微闭两眼，鼻息微弱翕动，好似入睡了。她给向惠中添了茶，见老爷茶碗还满，略添些许，又见向惠中仍在把玩绢子，讨回，不是，不讨回，更不是，心道，姑娘的绢子岂是这等肮脏之人玩亵的？她心生一计，忽然道：向老爷，绢子上怎么有只虫子？向惠中凛然一惊，手一抖，绢子飘落在地。豌豆弯腰捡起来，退出去，心一狠，将绢子撕成条儿，丢弃于垃圾堆中。劲使得猛了，气儿也喘得粗了，眼泪滴滴答答掉个不停。糟老头子，恶心！她想起向惠中那神态，那嘴脸，说的那话，胃里一股股浊气上涌。

  铁徒手当然没有睡着，但他确实困倦已极。向惠中的一切他都看在眼里，他是一个顾面子的人，常来常往的客人，这点不得体的事情，也不好发作。好在向惠中终于转入正题了。他又向铁徒手拱拱手，道了一回恭喜。他说恭喜大人，贵仆原无体病，心病却不轻。女子长大了啊！喓喓草虫，趯趯阜虫。未见君子，忧心忡忡。亦既见止，亦既觏止，我心则降！陟彼南山，言采其蕨。未见君子，忧心惙惙。亦既见止，亦既觏止，我心则说！陟彼南山，言采其薇。未见君子，我心伤悲。亦既见止，亦既觏止，我心则夷！学生与大人虽有官民之隔，复有师生之分，令仆贵恙实乃心魔所诱。心病自须心药医，用何药，如何医，学生却才疏学浅，胸无一策，还须大人亲下针砭。学生思得一方，只可安神压惊，解当下燃眉之急，治标不治本，还请大人明鉴。见铁徒手点头，不等向惠中索要纸笔，豌豆急忙进来，展纸，磨墨，润笔，一气呵成，动作干练轻巧，似不弱于泡泡。铁徒手暗暗一惊：豌豆向来跟随乌兰，从未在书房伺候过，这套差事哪里学来？看来，真应了一句古话：黥髡盗贩，袞冕峨巍，说的真是不差，剧盗陈涉狂言，帝王将相，宁有种乎，似也不差。历数前朝故事，帝王将相者流，有出自豪门世胄者，出自寒门柴户鸡鸣狗盗引车卖浆者流的似乎更多。可惜了，泡泡、豌豆身为女子，又是下人，以她们的心性明敏，要是与那些男童一同进学修习，谁敢小觑了她们？铁徒手心事浩茫，无边无际，不觉轻叹一声。向惠中一个激灵，慌忙起身说：大人万勿忧心，大人若是为此劳神伤身，学生便死无葬身之地了，令仆贵恙并无大碍，大人千万放心。铁徒手淡然道：本官并非为此事忧心，头顶三尺有神灵，人各有命，随她去吧。本官是为了别的事，不劳先生挂心。向惠中

连声称是，说大人上体朝廷爱民之心，下察百姓日常疾苦，日理万机，万民感恩，大人贵体，并非大人一人私有，大人一身系一方安危，理当万分爱惜才是。铁徒手没搭话，顺手接过向惠中双手呈上的方子一看，无非是些寻常草药。向惠中终于会看眼色了，他见铁徒手并无继续留他之意，便拱手告辞。铁徒手让豌豆给林如晦说，立即封银备轿，送向先生回家。向惠中慌忙转身，深深一揖说：大人万万不可！学生习得点滴医术，全凭大人教导，能为大人效涓滴之劳，学生实感莫大荣幸。轿子不用备了，学生走着回去，银更不必封了，学生愧不敢当。铁徒手微微一笑说：向先生莫非将本官当成不懂礼仪之人了？眼见得，向惠中脸上渗出了汗，他忙说：非也，非也，何敢，何敢，微末之劳，何敢领赏，羞煞学生了！

送走向惠中，铁徒手几乎要虚脱了，却没了睡意。一时，脑子纷乱如麻。他想见泡泡，又不愿以这种萎靡的样子面对她，他不愿想起向惠中，他的面目却在眼前晃悠，驱之不去。向惠中在铁徒手面前向来自称学生，他一直没闹明白，这哪跟哪儿呀，八面不沾边呀，既无师徒名分，更无同门班辈，他生在江南，读书于江南，向惠中是陇东土著，年纪又比他大出许多，编也编不上呀。唯一的理由恐怕是，他为进士，而他赶考半生，仍是白身，看看功名无望，又操家门旧业，行起医了。但这仍与师徒不沾边呀。客观地说，向惠中的医术医德还是过得去的，他要是自小一心钻研医术，虽不敢寄希望猎取泰山北斗之誉，一方名医是少不了的。可他少年错投儒门，壮年功名不就，又不肯改弦易辙，不得已，人离了名利场，半个心却老马恋栈，手里把着脉搏，笔下开着药方，心里却在想着功名，嘴里说着官场的应景词儿，一个人被分裂为几半，做出事来，说出话来，怪不得眉毛像胡子，胡子像眉毛。铁徒手又想，肚里墨汁儿少的人，最好是空肚子向人，万勿刻意往外硬挤，企图证明自己有文墨，空肚子可怜可悯，却并不可耻可憎，或因家境贫寒，错过读书时间，或因天赋欠佳，这都没什么，腹中空空，还要强拿饱学人的调儿，摆读书人的谱儿，扮五不像六，画虎不成反类犬，就沦为可耻可憎了。向惠中便是这一类读书人。他先前有这种苗头，时不时地，要酸文假醋一把，不分场合掉一回书袋，虽不中听，大体还是过得去的。近年，也许是在医术上有了点名头，经常被高门大户请去出诊，受了些许抬举，大概把他那埋藏已久的功名心又勾扯出来了，时时要说一些并不适合他说的话。其实，官场话听起来虚话套话车轮子话连篇，说半天，一句有用的没有，一句靠实的话没有，但也绝非谁想说就能说得了的，说假话比说真话费劲多了，比如，人问你早餐吃的什么，你本来吃的是馒头米汤咸菜，说真话，顺口就出来了，不打结儿，很利索，假如你觉得吃这种饭寒碜了，编谎说吃的是人参燕窝驴鞭狗宝，那得脑子转多少弯呀。官场说话假话居多，却不可全假，全假比全真还要糟得多，十分话，七八分假，九分假亦可，但必须有一分是真的，是人所共知的，或人都不知道的机密，以假将真衬托得比真还真，一定使听话的人觉得你对他是掏了心窝子的，把他当知己，当贴心人，当唯一的朋友，别人绝无可能听到这种真话，而有限的真话正是为了掩盖无限的假话，要让人听了假话不觉得假，与那一句半句真话相同对待，搁在生意场，等于一分本钱赚取七八分九分的利，去粗取精一句话：假话为本，真话为用，运用之妙，存乎一心。反观那个向惠中，你看看他，真话全真，真的跟假一般无二，假话又全假，假的一点真都没有，简直把人当傻瓜对待了，岂不令人着恼？幸亏他从了医，要真是混得些许功名，又幸而谋得一官半职，又是这般不会说话，却又爱说话，恐怕早把身家性命都混没了。

　　想哪去了？铁徒手混乱的思绪如乱云飞渡，直把一团混沌的脑子搅得跟一锅烂粥相似。他苦笑笑，自个的事还像深秋挂在树上的吊死鬼虫儿无着无落呢，却在操心别人的事，可见，人都有在别人身上挑刺的毛病，自己都病入膏肓了，却毫不察觉，民间话说这是，黑猪笑老鸹，自个比别人还黑。想起这句俗话，他不觉抿嘴一笑，心下豁亮些了。

　　虽还没捞着觉睡，疲劳的极限过了，铁徒手感到精神了许多。这当儿，豌豆跑来说，夫人要来看望老爷，问老爷有没有空儿。铁徒手让豌豆转告夫人，她不必来了，老爷一会儿去厢房说话。没有泡泡在身边，铁徒手干什么都觉得不方便，感觉有事需要做，在书房转了几圈，却想不起来该做什么，只好去了厢房。乌兰呆坐床边正在等他。他一进屋，乌兰急忙站起来，斜身

弯腰要道万福,他抢上一步,拽住她的衣袖,笑笑说:家无常礼。乌兰闹了一个大红脸,为了掩饰,忙令豌豆给老爷上茶。茶上来后,豌豆退出去了。铁徒手轻轻拉过乌兰的手,握在自己的手心里,她的手小巧精致,软绵绵的,像是没有骨头。她的手,往常是很温暖的,像是一只小鸟,蜷缩在他的手心里,毛茸茸的,痒痒的,刚结婚前几年,他特别爱握住她的手,看着她羞红了的脸,两个人静静地坐在床边,大半天不用说一句话,互相能感到心跳。这几年,公务繁忙,有了三个孩子,一个比一个只大两岁多一点,虽有丫环们照料,但她这个当妈的手一直没有闲的时候。她的手今天很冰凉,那只小鸟在寒冷的野外迷途了,快要冻僵时,母亲适时飞来,它一头扎入母亲温暖的翅膀下,仍在瑟瑟抖动。乌兰的手太小了,小得让人怜,让人心疼,让人感慨万千,就是这双手,多年来,伺候着他的衣食起居,操持着这个远离故乡的家,为他拉扯着三个孩子。他突然对这双手生出了愧意、敬意,还有咬一口的爱意。他真的把其中的一只手紧握住,抬起来,搁在自己的嘴边,重重地吻了一口。只听吧嗞一声,乌兰像遭了蛇咬,那只手强烈地痉挛了几下,想抽回去,却被握得更紧了。她的手被握住时,她已脸飞红霞,此时,早化为暴雨过后天边的火烧云了。她喃喃道:小心下人看见,成何体统。他腆着一张不怀好意的脸,嬉笑道:看见怕什么,犯哪朝哪代的王法了?她也不再挣扎,一双手任由他这样握一会儿,那样握一会儿,又变着法子揉搓一会儿,渐渐的,竟然有了温度,他找到了先前的感觉,又像一只无忧无虑的小鸟。这让他的心情好了许多,疲乏感彻底消失了。他拍拍她的手,轻声说:"放心,泡泡没事。积善之家,必有余庆,积不善之家,必有余殃。至哉坤元,万物滋生,乃顺承天,坤厚载物,德合无疆,含弘光大。泡泡吉人天相,将以有为也。"

"到底是啥病呀,向先生怎么说?"

铁徒手倒没有隐瞒,把向惠中所言和盘说了。乌兰愣怔了半天,轻声说,说得也是,我像泡泡这么大的时候,已过门了。铁徒手握紧乌兰的手,又把自己的看法做了补充。他说,向惠中这人古董些,医术还是不错的,泡泡生出这种病来,也合乎人之常情,只是,只是……见铁徒手吞吞吐吐,乌兰说,相公，泡泡虽是粗使丫头，却是我父母一片爱女之心，我也一直把她当自家妹妹看待，难得相公宅心仁厚，一力抬举于她，我心中很是感激，本想等她长大了，为她谋一个好下落，我也朝夕有个贴心人陪伴，谁料想，风云突变，我一个妇道人家，方寸已乱，泡泡的事，全靠相公做主了。铁徒手料想乌兰一定把事情想岔了，眼下又不便明说，只装作没听懂她的话，便漫应道：夫人所见极是，自家人，我该当尽力。只是目下急务疗病为先。乌兰说，疗病是该当的，可郎中说要紧的是心病，这倒难些了。铁徒手拍拍她的手，安慰说，夫人不必太过忧心，郎中说得明白，心病要下心药，咱们对症下药便罢。他见乌兰一脸迷茫，便笑笑，轻松说，也不难，以言语化之，使其心结疏朗，以汤药调之，助其身体康健，内外协同，康复即在眼前，夫人终日操劳，心力交瘁，还望善加珍摄才是，泡泡之事，某虽不才，倒不见得百无一用。听了这话，乌兰愁眉为之一展，喜道：相公有办法？铁徒手故意显派道，你可千万别小瞧了你家相公，想当年，岳父母大人，慧眼识人，于柴门小户中提携本人为乘龙快婿，那是何等的英明啊！又有夫人不惜闭月羞花之貌，沉鱼落雁之姿，下嫁予一个不知未来的穷书生，万里相随，远走荒寒，这又是何等的须眉襟抱啊！如今一桩小小变故，便束手无策，倒让夫人心生忧患，铁徒手呀，铁徒手，好你个负心贼！

铁徒手一席玩笑话，竟惹得乌兰泣不成声，一头倒在他的怀里，颤巍巍地叫了声："相公，我的相公！"

"绝不能伤害乌兰！"

铁徒手心尖那儿被一个冰冷的东西磕了一下，凉飕飕的感觉还在，一根火筷跟着就戳过来了，冰冷与灼热反复搅拌着，他又感到了一阵晕眩。他紧紧地搂抱着乌兰，从心底涌上这么一句。乌兰虽是三个孩子的母亲了，心灵仍是一张洁白的纸，这张纸上，什么也没有，没有世俗的一切，金钱，功名，权力，虚荣，女人天生的嫉妒，都没有，纸上只端端正正地写了几个人名，那是自家的男人和孩子。什么叫出污泥而不染，这就是了。官宦人家，前衙公文往来，口口声声离不开王法正义，后院迎来送往，熙熙攘攘少不了利尚往来，别的官员的娘子担当了自家丈夫半个经纪人，男人张不开的口，女人张得开，男人不便伸手，女人的一双纤纤玉手，看似柔弱无力，拾掇起金银财宝来，比男人来得又快活，又有力道。乌兰从小生长于高官厚禄之家，进得家门的，哪个不是有头有脸之人，眼中所见，黄白之物与粪土一般寻常，进了铁家，虽门第比娘家低了点，却也正应了鸡首牛后之喻，丈夫做县令，她是一县的第一夫人，丈夫做知府，她是一府的第一夫人，娘家兄弟姐妹多，她又是庶出，有些作威作福的事情轮不着她，嫁作他人妇后，一人之下，众人之上，时时都是装腔作势的场面，可她对此却并不上心。人之初，性本善，性相近，习相远，先前铁徒手对此说法深信不疑，可在乌兰那里，他的信念动摇了，天底下，人群中，真有乌兰这样本性纯良，江河倒流不改赤子之心的人呢。这人呀，真是有所得，必有所失，乌兰心里懵懂些，口齿笨拙些，可她带来的是全家人的安定感，泡泡精奇诡谲，一举一动，身里身外，都散发着一团媚气，混迹奴仆中，却非尘埃中人，她的人生造化，漫说别的奴才可比，主子里面，老爷夫人公子小姐，没有一个具备她的天生福祉。

"不可亏待了她，更不可埋没了她！"

当铁徒手心中升起这个愿望时，阴霾了许久的心灵忽然云破天开，阳光直射下来，方才的冰冷抑郁，宛如秋露，哗然寂灭。原来，人之苦在于关心，事不关己，大可高高挂起，关心则心乱，心乱则心中苦涩，所见所感无不苦。他找着自己的苦因了。根源在于不舍得。心下仔细思量，长久以来，他的心里一直凝聚了一个结，结越结越大，越结越硬，以至硬如顽石，砸不烂，取不出，堵塞心窍，一事当先，把自己人生的缺憾置于第一，所见所思便没有圆满。他心中的女人是乌兰与泡泡的复合体，一身兼有乌兰之雍容散淡，与泡泡之灼灼其华。这怎么可能呀，这都是过去落魄士子青灯苦闷颠沛流离境况中的一厢情愿啊。香艳的诗文读得多了，将幻当真，将虚当实，乃至手淫自己，意淫天下，落得个孤枕寒衾伴愁眠，良辰美景奈何天。舍得，舍得呀，无舍何来得，得而无舍贮存，左手得来，右手失去，空余一腔怅惘，何如不得？舍是房舍，是舍弃，房舍用来存留，任何恢弘的房舍，与泱泱天下相比，不过都是蚁巢蜂窝，又容得了几许？装不下的，舍弃；无用的舍弃；暂时无用的舍弃；用不完的，舍弃；不该拥有的，舍弃；给房舍永远留有空间，贪一时之功装满了，人生的进取也就停止了，乐趣也就到此为止了。

蜷缩在怀里的乌兰一动不动，鼻息悠悠，体香幽幽，铁徒手握住那双手，身上如江南三月春风，内外通泰。忽听乌兰说，相公，我想和你说一件事，不知当说不当说？他笑说，你我夫妻，可做的事都做了，还有什么不可说的话？乌兰许久无语，他也不去催促她。乌兰说，我想了很久了，想把泡泡留在身边，伴我终生。铁徒手笑说，那敢情好，只是男大当婚，女大当嫁，泡泡虽是下人，却是岳父岳母大人的高情厚谊，她的结果越好，倒越可体现你我对二老的孝顺之心。让她一生为奴，咱们再怎么抬举她，也抵不了她应当享受的天伦之乐呀。夫人一片仁爱之心，我是懂得的，只是这件事，还请三思。乌兰把头从铁徒手怀里拱出来，怜爱地剜他一眼，娇嗔道，真是书呆子，谁说让泡泡不嫁人了？铁徒手笑道，你刚说过要留她在你身边的，余音绕梁，言犹在耳啊。乌兰说，你读书万卷，行路万里，难道真的不明白人家的话意？铁徒手愣了愣，举头试想，还是了无头绪，便傻笑数声，解嘲道：难怪为夫不能问鼎三甲，这就是了。乌兰抬头定睛看他几看，确实不是装傻，心里涌上一股暖流。这事她思虑已久了，别的官员，比自家相公级别低得多的，平级的，或高得多的，早就纳妾了，有的纳了还不止一房两房，自家相公目下虽无动静，大概迟早也会遵循惯例的，与其让莫名其妙的女人进来，倒不如让知根知底的泡泡填补房中空虚。她倒不是为了怕人夺宠，怕他纳了新人，冷落了故人，自家相公，她心中还是有谱的。再说，这也是有前提的，相公打心眼里喜欢泡泡，泡泡也打心眼里喜欢老爷，她早看出来了，她本想放开任他两人自由发展，水到渠成了，她再想办法捅破窗户纸，一力撮合，结成一床三好，其乐融融，岂不为美？没想到，他俩竟然是干净的，她心中的少许遗憾一闪而逝，喷涌而出的是对相公的钦佩，对泡泡的怜爱。圣人说，未闻有好德如好色者，原来这话也不尽然，自家丈夫就是一个，至少是把德与色搁在平等位置的。

话说到这里，说还是不说，乌兰一时犯了难。说，确实是她的真情表达，不说出来，犹如骨鲠在喉，说了，又觉心底一丝空落，毕竟是自家相公，如

今却要由自己主动让人一半，再说，相公万一毫无纳妾之念，对泡泡也无非分之想，她把话说开了，今后三人相处倒不自然了。乌兰看不见自己的脸色，但她知道，她这会儿，脸色忽白忽红，忽青忽灰，身上忽而冰冷，忽而燥热，局促无地，进退维谷。她把身子又蜷缩在铁徒手怀里，把一张风云变幻的脸，埋得深深，又深深。铁徒手见乌兰话到嘴边，又嗫嗫嚅嚅，又三缄其口，便知她要说的是要紧的话，是难以启齿的话。他神情为之一肃，口风却调整的亲切自然了些，他说，为夫不至于如此不堪吧，连自家娘子的一句话都容忍不了？但说无妨，不说，我可要动手了。他把手伸进乌兰的敏感部位，稍一挠，乌兰已承受不下了，咯咯笑着，一骨碌从他的怀里滚出来，软瘫在床边。她飞红了脸，假意道：堂堂六品大员，好没来由，做这种不得体的事，我要说的话，让你如此一闹，忘干净了，我去做事了。坐在床边的铁徒手屁股飞快几挪，伸手抓住乌兰的双手，抽出一手，食指弯曲做挠人状，在空中虚张声势道：招是不招！乌兰假意害怕，叫道：招，招，小女子全招，大老爷饶命！铁徒手一手收了势，一手仍抓住乌兰的手，假意道：快快招来，重刑之下，冤案山积，本老爷可不是什么青天大老爷！乌兰到底是老实人，闻言一愣说：相公却原来不是青天，枉法的事是断断做不得的！铁徒手看到，乌兰的诧然茫然的神情真所谓我见犹怜，会撒娇的女人，撒得恰到好处，自是一种风流态度，不会装腔作势的女人，出于天然的娇痴，又是一种名角也扮不出的模样。铁徒手眼睛一亮，一股莫名的柔情蜜意泛上心头：原来，风情自在乌兰心中，只是明珠暗投，遭遇了他这个不解风情的相公罢了。他丹田以下，忽地蹿上一道火苗，诱使他大白天想做夜里的事了。他哈哈一笑，及时转移了注意力，继续假意道：本官与别官不同，别的官，司讼钱粮一塌糊涂，自家光阴过得一清二楚，本官刚相反，公务案牍无可挑剔，只会冤枉自家娘子。乌兰举头想想，说相公哪里冤枉我了？铁徒手说，以前冤没冤，一风吹了，眼下可要冤你一冤！乌兰还在心神漫游，不防备，被铁徒手扑在身下，还没来得及反应，一张小嘴便被一张大嘴噙住了。

乌兰在身下挣扎几番，便安静了，铁徒手松开嘴，乌兰上气不接下气说："大白天的，老夫老妻了，全不怕人笑话？"

"谁笑话了?"铁徒手毕竟缺了一宿的觉,气喘得有些粗。他看仰面的乌兰,脸色如陇东高原阳春三月的杏花,白处是粉白,红处是粉红,这是他在新婚蜜月时见过的她的脸色,多年了,不知是他的粗心,还是春尽夏至,杏花凋谢,芬芳不再了。此时,他的心里多少有些伤感,还有些愧疚。女人的容颜是要男人的激情去滋润的,这多年,我都干什么去了,功名路上,荆棘丛生,自家田园,荒草萋萋。他强自抑住振翅欲飞的思绪,向乌兰使个她才可读懂的眼色。乌兰见状,一下惊的就势弹了起来,手忙脚乱把衣袂头脸匆匆整理一过,端坐床头,望门口一眼,见无意外,心口仍突突跳个不住,敛眉轻声道:"人家跟你说正经事呢。"

虽没有得手,却让铁徒手浑身上下里外满足透了,这是新婚蜜月后,从未有过的感觉。莫不是如那些糟烂文人所说,偷着不如偷不着?呸,呸,一派胡言,夫妻间的事,与偷何干!近来,他的思绪老抛锚,奇奇怪怪的想法不招自来,挥之,却不去。不能胡想混闹了,他假意心中不快,稍加重语气说:"都是你的事,正经事不正经说,却怨责别人!"

乌兰一下子满面愧色,坐在那里,身子局促不宁,低声含羞道:

"相公莫恼,贱妾不知自重,百般无状,真是惭愧得很。"

铁徒手没想到他的一句玩笑话,竟对乌兰造成如此重大打击,不觉心头一震,唉,唉,干吗欺负老实人呀,老天爷都不占老实人的嘴头便宜呢。他忙挪过去抓住乌兰的手,连声说:"娘子万莫当真,明明是我缠着你瞎闹的嘛。你这一说,倒让我惶恐无地了。你我夫妻笑闹,原本是当不得真的。"

乌兰却正色道:"相公大度担当,令我心中感佩。可是,家有贤妻,丈夫不遭祸殃。妇德是一朝一夕一言一行积累而成,莫以善小而不为,莫以恶小而为之,逆水行舟,不进则退,小小事情,却小看不得。"

乌兰的一席话说得铁徒手默然无语。他只知她的家教甚严,但,他们共同生活多年来,却从未这样深入交流过,他只想,既嫁人妇,她便像别的普通人家的女人一样,相夫教子,一心放在夫君的功名上,儿郎的前途上,女儿的婚姻上,谁料想,她的心思悠远深长,居然记得这么多的先贤教诲。身为女子,是幸,是不幸,他一时竟难以辨识清楚。不过,他有了睁开另一只眼看乌兰的肃然，他真诚地说："多谢夫人教训。你说有正经事要说，究竟何事？"

乌兰欲言又止，铁徒手再三温言催促，乌兰朱唇方启，已然泪湿颜面，她哽咽道："相公，你我结缡多年，我虽恪尽妇道，却难以鱼与熊掌一身而兼，让夫君大失所望，为妻长夜自省，常常不胜惶恐。好在十步之内，得见芳草，为妻视泡泡为亲妹妹，我看夫君对泡泡也另投青眼，俗话说，肥水不流外人田，何如明媒正娶，联成一床三好，我们共度世事艰难，岂不大好？"

这种心眼铁徒手是不止一次动过的，自从泡泡脱离顽童混沌，有了女人形状后，每夜后花园读书、混闹完毕，独自一人回到书房，遥望一天星河，低头形影相吊，便思绪汹涌，澎湃不已。要是一辈子这样下去该多好啊，乌兰的贤淑持重，泡泡的秀外慧中，白天有白天的光景，夜晚有夜晚的乐趣，人生便不枉了。可是，可是，他一直在拼力抵御这个念头越来越猛烈的侵袭，以至于今。不料，却被乌兰一语点破，犹如火药库里扔进了一支火把，只听轰的一声，他感到全身都爆炸了，连十根脚趾，十根手指，连同头发梢儿，都感到了爆炸波的冲击。知夫莫如妻，乌兰看似木讷迟钝，对自家夫君，心里却是亮儿堂儿的，透过外表，看到五脏六腑了。铁徒手感到天旋地转，定睛望着眼前的乌兰。无数个乌兰在眼前晃悠，他一时无法确定哪个是他日常认定的那个乌兰。他揉揉眼睛，到底看得清楚些了，乌兰坐在床边，一动未动，眼帘耷下去，瞅着空无一物的地面。这一刻，恰似大风忽起，他眼前的重重迷雾一扫而光，他知道乌兰是出自真心，绝无半点试探之意。也正因此，使他瞿然顿悟。一个女人为何出此下策呢，本性善良？宽容？大度？愚蠢？都是，都不是。主动把自家夫君分一半让于别的女人，是违背人性的，而乌兰并非那些混混沌沌不明事理的厨娘，那么，她为何这样做？不用说，这是出自一个女人内心深处的危机感，和现实的被逼迫感。这是谁造成的？除了我，还能有谁！一个一心要兼济天下的读书人，一个手握一方权柄的长官，却让一个万里追随自己的女人内心深处忧患重重，漫说兼济天下这种大话了，能否独善其身，都在两可之间了。正心，诚意，修身，齐家，治国，平天下，古圣先贤为何将这六样大业如此排序，做人的成功与失败，事业的成功与失败，前提在于正心诚意修身，起步在于齐家，一屋不扫，何以扫天下，一家不齐，谈何治国平天下？

一这样想，铁徒手心中一片光明，他缓步走过去，伸出双手，就势拢住乌兰的颈项，动情地说："难得夫人如此明晓事理，让拙夫自惭形秽了。说心里话，泡泡是个好女孩，在这世风日下国难当头时节，这样超凡出尘的女子并不多见。实不相瞒，拙夫虽粗鲁无学，却时常自比才子，没有少做才子佳人的春秋大梦。不过，做梦归做梦，做得越美越快活，但，人却不可把梦当真，更不可活在梦中。拙夫有你，是人生造化，又有泡泡为仆，更添造化，可是，满招损，谦受益，月圆则亏，水满则溢，物有尽，而欲无穷，以有尽之物填无尽之壑，最终受伤的肯定是自身。为什么？道理再也明白不过了：滥用造化，必遭天谴！"

最后一句话，铁徒手说得斩钉截铁，从心底喷薄而出，又激射心底，乌兰的头部正紧贴在铁徒手的胸口，强劲的回音让她大受震撼，接着，她听见铁徒手说："乌兰，我铁徒手有你就够了。至于泡泡，吉人自有天相，委屈在咱家，你不觉得是暴殄天物吗？"

乌兰拱出头来，早已热泪遮颜，她嘴唇剧烈抖动，内心有千言万语，却哽咽得一句也说不出来。铁徒手舒臂展袖替她擦去泪痕，乌兰平静些了，她幽幽道："为妻所请，并不过分，夫君纳妾，合情合理。多少哪方面都不如夫君的同僚，都有几房妻妾，我家夫君凭什么没有，莫非是为妻的说话做事不明大义天理，耽搁了夫君的青春年少花好月圆？"

"你说哪里话？"铁徒手伸手扳起乌兰的脸，两面俯仰，四目相对，他说："难得夫人如此胸怀。可是，我要说，这是大明白话，又是大糊涂话。人家做什么，怎么做，是人家的事，咱们怎么做，做什么，是咱们的事。人有可比之人，有不可比之人，事有可比之事，有不可比之事，夫人所言，皆为不可比之人，不可比之事。"他松开乌兰，在房间走了几步，转身说，"纳妾之事，因人而异，因事而异，你我当年结缡，发誓要白头偕老的，怎可中途相抛？再说，作为地方长官，理当率先移风易俗，为人表率。一夫一妻，上合阴阳，下应人情，岂可混乱？《礼记祭仪》云：'祭日于东，祭月于西，以别内外，以端其位。'《礼记礼器》对此解释的明白：'大明生于东，月生于西，此阴阳之分，夫妻之位也。'一夫多妻为不祥之兆，淫乱之源，古人对此有先见之明，《易·革卦》象曰：'革，水火相息，二女同居，其志不相得，曰革。'后人疏曰：'一男一女乃相感应，二女虽复同居，其志终不相得，则变必生矣，所以为革。'听听，古人说得多明白呀，可惜，后世的凡夫俗子愚男蠢妇，不能体会古人深意，一味贪求眼底之欢，自取其辱啊。"

乌兰听不大懂，却听得入迷，她知道自家夫君学问高深，深感自家浅薄，对话自不敢奢求，倾听也自感不够，共同生活这么多年来，第一次听他纵论古今，侃侃而谈，当下的激动，实难自已。她见他舌干唇焦，一看，杯子早已空了，她忙正襟危坐，一片声喊豌豆。豌豆应声而来，添了茶，又急忙退出门外。铁徒手这才发现他已渴极了，顺手端起茶碗，来不及用碗盖刮去茶叶，扬脖就是一大口。乌兰起身阻止已迟了，一口滚茶将铁徒手烫得直翻白眼。听见乌兰惊叫声，豌豆闯门而入，见状，吓得面色惨白，一迭声自责。铁徒手一手抚胸，一手摆一摆，乌兰双手在他的后背轻轻拍打，一面数落豌豆做事粗心大意。铁徒手缓过劲了，喘着粗气说，不关豌豆的事，是我自己喝得急了。他猛地想起泡泡了，这会儿，夫妻俩在这叙话，倒把泡泡忘了。豌豆回说，一个时辰前，泡泡服了药，精神好些了，还在熟睡，她们派人在跟前照应，请老爷夫人宽坐说话，有事，她会及时禀告的。铁徒手想去看望泡泡，又不好去了，话匣子刚打开，他觉得，他现在特别想和乌兰说话。豌豆又添了茶，退出去了。铁徒手续上刚才的话头说："古圣先贤所言，当然重在教化劝勉。后人循礼定法，使得法与礼相辅相成，礼为法纲，法为礼辅，双管齐下，婚姻秩序得以维护。《唐律》中说得明白：'诸有妻更娶妻者，徒一年，女家减一等；若欺妄而娶者，徒一年半，女家不坐，各离之。'《唐律疏议》说：'一夫一妻不刊之制，有妻更娶本不成妻，详求理法，止同凡人之坐。'看看，古人说得多么明白：一夫一妻乃不刊之制，说的是，这是天经地义，有妻还要娶妻，妻便不妻了。到了前明朝，律法更严，按律：除亲王一次可置妾十人外，世子郡王只可置妾四人，这还要视具体情形而定。年满二十五岁，正妻不生育，方才允许再选二妾，到三十岁，妻妾均不生育，才可补足四妾之数。将军允许置妾三人,中尉置妾二人,这也要视具体情形,到三十岁,正妻不生育,才可纳一妾,到三十五岁,妻妾均不生育,方可用完纳妾名额。也就是说,若正妻在年限内生了儿子,就不许纳妾了。对庶人的限制更严,年满四十岁无子,允许纳一妾,擅自纳妾,鞭打四十。到了我朝,律法条款与前明朝大体相近,可在婚娶方面,事实上近于放任,这才有了各级官吏竞相纳妾,士农工商争相效仿,纳妾之风甚嚣尘上,导致高门大户许多青春女子,空有婚姻之名,而无夫妻之实,独守寒窑,以泪洗面,而无数贫寒人家子弟却无钱娶妻,阴阳失和,人情汹汹,大厦将倾,令人伤悲。野有旷男,闺有怨女,自古视为国之大不祥,所以,婚姻绝非个人家事,那是天下兴亡的征兆啊,我辈岂可等闲视之。"

铁徒手一番引经据典长篇大论累了,长出一口气,跌坐床边,乌兰听得入迷,时而热血沸腾,时而呆若木鸡,自家相公原来心思浩渺无边,其见之远,其思之深,她在父亲那里也从未听到过,而与父亲来往之人,无不高高在上,无不是与天下兴亡,与民生苦乐息息相关的人,可他们,包括自己的父亲,在一块说的都是些什么呢,无非是官场经生意经吃喝玩乐经罢了。

一次不期而至的夫妻私语,让铁徒手重新发现了乌兰,让乌兰重新发现了铁徒手。人说久别胜新婚,那不过是由于时空的距离造成的短暂的新鲜感,而他们的重新发现,却是心与心的重新相认,重新碰撞。结合多年,只不过是两具互相陌生的肉体认识了,熟悉了,并诞生了连接两人的孩子,而心仍是互相陌生的两颗心,一颗心天马行空,一颗心锅碗瓢盆,如今,却意外地互相发现了。乌兰刚才被热泪浸湿的眼睛闪射着满含幽怨的幸福之光,轻声说:"咱们什么时候去看看泡泡?"

"现在就去!"铁徒手说话时,显得意气风发。

正月十五这一晚,我家老太爷马正天这个二杆子货一直把风头出足了,把威风耍完了,把二杆子肚肠挥霍得淋漓尽致。离开陇东府衙,他余兴未尽,追随他的那八百名脚户余兴未尽。正月是西峰最冷的天气,一团团黄毛风扫地而过,黄土街道被野风打扫得干干净净,几乎要被人错认是纤尘不染了。

128

家里接送马正天的轿子就在府衙门口等着，账房海树理亲手揭起轿帘，马正天低头要钻进去。脚户头邱十八和牛不从连忙趴下磕三个头说，我们两个代表弟兄们给马爷磕头了，大恩不言谢，我们八百家老老少少得以活命，全靠马爷恩赐，再生之德，往前数八辈，往后数八辈，都不敢忘了。头上有天，脚下有地，中间有人，为我们做个见证吧。只听呼啦一阵乱响，八百脚户把大街跪满了。马正天的头钻进去了，脖子钻进去了，肩膀钻进去了，后背钻进去了，腰钻进去了，剩下屁股以下部位，眼看都要隐入轿中时，他却出来了。往进钻时，是把身子分为一部分一部分的，往出退时，却是忽地一闪，整个人都出来了。他摆摆手，对一街跪地的人说："老少爷们，这是演的哪出呀？乡里乡亲的，老八辈连着筋，小八辈连着肉，都在一块天地里讨生活，你们摆出这阵势，分明是把我马正天当外人看嘛。快起来，快快起来，邱十八、牛不从，我说你两个脑子让咸盐腌了，是咋的？快让弟兄们起来！"

邱十八率先爬起来，牛不从跟着爬起来，邱十八大声说："弟兄们起来吧。马爷说得对，大家都不是外人，知恩图报，不在一时半会，记在心里，当成家业传给后辈儿孙吧。"

又一阵呼啦声，抑抑扬扬，一街人都起来了。海树理再次揭开轿帘，轻声说："老爷请回吧，天冷，也不早了，恐怕家里人担心。"

海树理要是不说这话，马正天当下就回了，闹腾了半天，也确实有些累了。他这一说，把他的二杆子病倒惹出来了。他不愿在众人面前显出自己是恋家的人，男子汉大丈夫，有腿走天下，有嘴吃四方，有手捞金银，有胆敢把母老虎当压寨夫人，家里是婆娘娃娃蹲的地方，动不动就缩回家里，算什么男人。他对海树理冷冷地撂一句："你先回吧，我要在街上凉快凉快！"

"老爷保重！"海树理不敢违拗，吆喝着四名轿夫，抬起空轿，摇摇晃晃走了。

"噢呀，噢呀！"脚户们同声欢呼，邱十八、牛不从就近抢上前去，腰一弯，马正天的两瓣屁股就分别架在他俩的两扇肩膀上了。又围上来一伙人，有的扶着马正天的后背，有的夹持着邱牛二人，一帮人抢到前头，双手横握扁担，在前面开路。把别人肩膀当轿子的马正天，一坐上去，稍适应后，试着左顾右盼，马上感觉到不一样了。他眼中的世界变了。原来宽阔的马路窄了，高屋大厦小了，矮了，走在前面的人，看起来雄赳赳气昂昂，脊柱都是弯的，走在两边的人，在大街两边居民窗户里零散渗出来的灯光的映衬下，一半脸似乎是在的，一半脸似乎不在。冷风掠过前后左右人的头颅，聚拢为一个个旋风，他独立一人，高居于旋风中心，天上地下看起来模糊一片。他生出一种出尘之感，便抬头向天。今夜是正月十五，元宵之夜，月亮应当是圆的，天色应是清冷而清澈的。可是，这个元宵之夜，天上却布满了阴霾，一切有光的，都被遮盖了。看起来，云不很厚，也不像是有雨的云，只是一层能够遮住星月的云。夜色很暗，除了前后左右，能看见攒动的人头，还有高高低低新新旧旧的房子，天上应该什么也看不见的。可马正天是能看见的。确切地说，是感觉到的。人就是这么一个怪东西，有时候，明明看见了什么，那东西就在眼前明明白白摆着，但你看到的却是假象。另外一说当然就是，有时候，明明什么也看不见，但却看得真真切切，而且，你所看见的正是那个东西。此时的马正天就是这样，眼中看见的地上的种种物事，映入心里，却是一团恍惚，如梦，如烟，又如雾，好似那些惯于神神道道的人常说的那些与神鬼联系起来的情景。在天上，此刻他分明看见一轮明月当头照耀，月光如水，飘飘洒洒，一天银白，数不清的星斗，或大或小，或耀亮，或黯淡，把一个天照的错落有致，曲径通幽。

　　脚户们大踏着步，沉重的脚步声从大街两边的屋檐下反射回来，一街都在震动。他们高喊着，喊声混杂，搅拌在一起，音色或粗或细，分辨不清，他们都在喊些什么。无论喊什么，马正天都觉得快意，他们喊的，一定与今晚的壮举有关。人在低头苦熬生活时，是要有些壮怀激烈的东西的，人人都需要。人嘛，又不是牲口，只知道低头吃草，低头拉车。是牲口又咋的，你看看那些拉了一天石磨的叫驴，卸了磨，就地打一个激情澎湃的滚儿，一眼瞅见母驴，便会大吼着，风火闪电地冲上去了，叫声把天都能震塌了。母驴也不会逆来顺受，悄没声息地做那桩本该悄悄做的事情，同样大叫着，撒开四蹄，一路狂奔，村子有多大，它们就能奔多远，把阵势造足了，才按部就班，做它们本来不用费这么大劲就可做的事情。为什么？不为什么，就图个响动呗。马正天随着两扇肩膀漫无目标地走，神思在颠颠荡荡中，天地在凹凸不平中。这人呀，所处位置不同，眼里的天地咋就不一样呢。他有钱有地，远不敢说，方圆百里没有人敢跟他比阔绰，平日，人们见了他，无论官民，总是客客气气，佃户员工见了他，个个点头哈腰，诚惶诚恐，老爷长老爷短，耳朵里灌满了老爷，他是个明白人，知道这一声声老爷都是冲着他的土地银子叫的，手中要是没有这些东西，别说让人家叫你老爷了，你叫人家老爷，人家还懒得搭理呢。先前人们怕他，怕他的财势，怕他在地面上的作威作福，但内心并不敬他，虽然他为地方上做了那么多的善事，但他知道，没有人会感念他的恩德的，人们在心里早恨死他了，阳光灿烂的白天，每一个经过他家店铺的人，心里无不燃烧着熊熊大火，在人们的心里，他家的大宅院，不知道已经被夷为平地多少回了，每当人们路过他家地头，看见庄稼成熟待收了，心里都在急切地呼唤：冰雹冰雹快快下，老天爷你千万不要可惜你斗大的冰雹，瞅准了，尽情地下，不站点点地下，全部砸在马家的地里，砸入地下五丈深，把今年的庄稼砸成稀泥，到明年，满地都是冰碴子，没法种庄稼。见了马家的人，人们嘴上都在甜言蜜语，尽拣好听的说，心里都在诅咒：快死吧，死的一个不剩，死的一个比一个难看，男的学驴叫唤，女的学猪叫唤，叫声高亢嘹亮，满街的人都可听得见，四邻八乡的人都听得见，天上广寒宫地下阎王府都听得见。多好呀，人都是公平的，好活的，就该赖死，活得不铿锵的，就该死的有声有色，就该眼里看着那些有钱人个个横死，嘴里唱着欢快的歌儿送他们下地狱：嘟哩格嘟，嘟哩格嘟，嘟哩格嘟哩格嘟，嘟哩格嘟。

  马正天深知这不是他的多心瞎猜，有钱人毛病是多点，心病是多点，富忧愁，穷欢乐嘛，可他不是这样的人，在人们对他的点头哈腰中，他分明看见了那种前弓后箭一招制敌的架势，在人们巴结的笑脸上，他分明感觉到了那掩饰不住的杀机，在一声声谦卑温暖的问候声中，他分明听见的是恶毒无比的咒语。这人啊，就是这么个东西，众生好度人难度，看透世情冷透心，识破人心惊破胆呐。没办法，一点办法没有，人的一辈子，就是一个个没办法。没办法，明知人情薄如纸，还得时时把人情搁在心上，明知人心如刀，还得掏出心窝往上靠，明知人嘴是扁的舌头是软的，人前人话鬼前鬼话阴阳面前说梦话，还得做出洗耳恭听与君一席话胜读十年书的茅塞顿开的样子。没办法，天上鬼捣鬼，地上人弄人，整个一个没办法。没钱人，被人看不起，得豁出命来有钱，有钱了，又让人嫉妒，让人恨，坐不安席，睡不安枕，浑身上下生满眼睛，得提防穷人。视穷人若无睹，生死由他吧，说你为富不仁，挣的是人钱，生的是兽心，担待一点穷人吧，又说你有了几个铜板，在穷人面前耍阔，伤了人家的自尊。总之，不是毯长，就是毛短，怎么做都不合适，真他娘的里外不是人。毯！要吃牛肉牛滚沟，该咋弄就咋弄，快活一天是一天，今晚这一场大弄，就是快意恩仇，就是我行我素，本来官府厉行青白引，是偏刃斧子砑穷人的，我马家空手套白狼，一点事不用费，便红利滚滚，挡都挡不住，可我偏要挑头闹事，为穷人出头露面。这不，坐在人用肩膀抬起的轿子里，哪有直接坐在人的肩膀上荣耀。坐在轿子里，用轿帘遮住身体脸面，只能让人怕，坐在人的肩膀上，却让人敬。

　　脚户们抬着马正天吆喝喧天，在西峰城转了一个来回，到了马家门前，在众人的扶持下，马正天两脚刚落地，早已等候的海树理带领丫环伙计便快步迎了上来，海树理说：老爷回来啦，夫人等急了。马正天眼一瞪说：等我干什么，我又不是三岁小娃，怕跑丢了？脚户们正闹得兴奋，一听马正天的口风，呼啦，又重新涌上来，两个膀大腰圆的脚户抢先抬起马正天，长喝一嗓子：马老爷起驾！众人齐齐呐喊一声：马老爷起驾！闹哄哄又走了。看得海树理和一应下人目瞪口呆。老爷平时做事就显出乖张来，今晚简直着了魔了。海树理急忙奔回去，把情况给夫人马王氏说了。马王氏是个地道的家庭妇女，只知一个一个养儿育女，生了一大堆，内外事务从不过问，哪有什么主见，听了这话，只知一把把抹眼泪甩鼻涕，眉眼清爽些了，才怯生生地说：海先生，你看事情要紧不？海树理说：回夫人，说要紧，也不要紧，只是正月十五图个热闹，说不要紧，却也要紧，刚与知府闹了些不愉快，一大帮人，再在街上大呼二喝，只怕被官府误解是聚众闹事啥的，就不好了。马王氏听了这话，吓得身子一挫，差点从炕头跌下来，要不是丫环六两眼疾手快，还真跌下来了。马王氏终于稳住神了，她边抽泣边说：海先生，你看有啥好办

132

法能劝回老爷，赶紧想办法吧。海树理说：咱们老爷的脾性夫人是知道的，奴才这就去劝一劝，谅无大事，夫人千万不要忧心。

　　海树理并没有去劝马正天，他只是这么一说，为了安慰马王氏，也表示自己对主子的忠心。当然，他也没有回家去，他依然带领一帮子丫环下人伫立在大门外。今年的元宵节有点怪，与往年一样也是张灯结彩的，可满大街看出去黑黢黢的，偶尔有谁家大门上挂的灯笼看上去是正常的红色，倒显得别扭，突兀，鬼灯似的，令人心里直发毛。现在，早过了挂灯时间，满街突然亮了，红灯笼一排排延伸开去，黑黢黢的屋舍，红灯闪烁的灯笼，还有一串串彩带，赤橙黄绿青蓝紫，在摇曳的红光中，在漫天清冷的银白下，光怪陆离，有些节日的热闹，更多的却是梦境里的玄虚。天很冷，扫地风一阵紧似一阵，灯笼晃荡起来，彩带飘浮起来，各式纸活儿迎风哗哗，整个街面屋舍都显得躁动不安。丫环们体弱，穿了很厚的衣服，仍然冻得瑟瑟发抖，老爷没回来，海树理没发话，又不敢私自溜回去。马王氏实在不放心，便把身边的体己人六两支出来了，安顿说，要是见了老爷好说歹说生拉活扯都要弄回屋里来，说啥也不能让他在外面混闹了。六两不敢不答应，出了夫人的房门，她的嘴便噘起了，噘得老高。噘嘴是孩子的习性，表示不满，还有撒娇的成分。大人看见小孩噘嘴，便会说：嘴噘得能拴三头毛驴！六两当下的嘴就是可以拴住三头毛驴的那种嘴。她此时的噘嘴有不满的成分，也有撒娇的意思。可老爷在外面，夫人在房里，丫环姐妹大都在门外街上，她的嘴噘得再高，也没人看见呀。她的嘴还在自顾自噘着。她是夫人身边的人，全家老爷最大，夫人老二，少爷小姐下来，奴才里面目前她算是最有头脸的。

　　就在上个月，夜里掌灯时分，马王氏监督下人熬了一碗参汤，这本来是她自己用的，马正天从来不用这些东西，她却让她给老爷端去。马正天刚在后院练功回来，独自在房间用冷水擦身。在有钱人里面，他算是个怪人，平时不让人服侍他，隔三岔五在夫人房里睡一回，睡到半夜，又要回到自己房里来。六两一手端碗，一手推开门，低头进去，一抬头，却见马正天站在地上，光溜溜的，两腿间还夹缠着一个肉橛，直挺挺的，相当可怖。六两刚满十六岁,常年与马王氏形影不离,晚上睡觉都在一个房间,只有老爷来了,夫人才让她到隔壁的屋子去睡,哪见过光身子男人,当场吓得身子一抖,手一抖,碗差点跌落在地,一串参汤都溢到地上了,幸亏她反应还算敏捷,损失不多。这已经把她的脸都吓白了,稍一定神,脸又红了,红得像涂了牛血。马正天停了擦洗,回头说:哦,是六两呀,你不去伺候夫人,跑这干啥?脸色平静,语气也很温和,没有责备的意思。六两心里稍踏实了些,低头说:回老爷,夫人熬了碗参汤,让奴才端来伺候老爷喝了,说是补补身子。马正天笑道:这个老不死的,还学会了成精作怪,老爷这身子,还用得着补吗。一边说,一边抡抡膀子,甩甩腰,看起来,身子果然像年轻人那样紧凑。在做这些动作时,他下身那件在六两看来是多余的东西,也随身舞动,在她眼里,显得呼呼生风。她的眼睛是极力要避开眼前那个光身子的,目光却不听使唤,专门往那儿瞅。马正天在外面女人很多,良家妇女,窑子娼妇,走到哪儿都不闲着。对此,他也不大忌讳,也不怎么避人眼目,可他却从来没有把目光投在自家下人那里,到底出自何种用心,他也从来没想过这事。他一眼瞥见六两目光在他身上扫来扫去,低头一看,自家那件蠢物,犹如饿狗见了羊骨头,铁链子都拴它不住了。他的心里猛地一动。擦完身,他本来要到马王氏那里厮混一回的,真是瞌睡了遇枕头,他第一次发现六两长大了,似乎一眨眼间长大的,专门为他长大的。他很清楚地记得,这丫头是八岁那年进家的,她爹妈从河南逃荒来,领着她和她两个弟弟,在西峰街上,给她头上插了一根麦草秆儿,标价十个铜板要卖她,声言无论谁家,买去当丫头也行,当童养媳也行,将来当窑姐也行,只求眼下讨一个活路。围观的人很多,一连三天,却没人肯买。大户人家嫌太小,做不了什么事儿,门头低的,还是嫌太小,要养活几年,才可给娃当媳妇,不合算,西峰最大的班子店快活林倒是收养了一些小姑娘,老鸨娘蛮轱辘扭着肥腰,哼哼唧唧去了,站到远处瞄了瞄,又贴近了,眯缝着两眼,转着圈儿,周身瞄了一遍,然后,伸出戴满金戒指的右手,在六两周身上下捏了捏,六两爹妈眼看来了真主顾,满眼放光,殷勤地跟前跟后,蛮轱辘却撇撇嘴,哼哼唧唧扭身要走。六两爹急了,一个健步,挡住蛮轱辘去路,恳切地说:掌柜的,行行好,多发慈悲心,

好歹收下，给一条生路吧。蛮轱辘撇撇嘴说，你以为我是开慈善堂的，那是火坑，火烧不旺，能让人甘心情愿把银子往火坑里扔吗？她见六两爹不大明白她的意思，格外开恩似的撂了一句：你家姑娘肉色太暗了，在我那儿没前途，我可不愿把银子往沟里扔。说完，摆摆扭扭哼哼唧唧走了。又过了一天，还是没有主顾，六两爹娘彻底灰了心，打算把六两白送给谁家，好歹把命吊住就行。这时，乏驴来了，他说：我给你家姑娘找一条活路吧。说完，他扭头就走。六两爹妈也顾不得是福是祸了，拽起三个孩子跟脚去了。到了马家门前，他见是龚七当差，知道这人脑子够数儿，不好糊弄的，便对他故意视而不见，径自朝里面高喊：快给马老爷传话，乏驴有要事求见！龚七见了这位混世魔王，哪敢怠慢，只好迎上前去，拱手道：大侠光临，若不嫌在下过分肮脏，请指教。乏驴是个吃软不吃硬的人，见人家客气，倒不好意思了，又不愿认栽，便说：我与老爷的事情，跟你们说不清楚，快快通报是正经。龚七也不想多纠缠，一溜烟传话进去。马正天正好在家，很快出来了。乏驴迎上前，拱手大声道：打扰马老爷清修，万勿见责！马正天拱手还礼毕，笑着说：大侠光降敝府，有失远迎，恭听教诲。乏驴一把将六两扯到面前，拱手道：这是在下外甥女，想在贵府谋一条活路，幸勿见拒！马正天知道他胡说，哈哈一笑说：既是大侠至亲，不必客气了，只怕寒门柴户，辱没了令甥。乏驴说：好说，好说，五两碎银足矣。马正天右手往后一招，海树理摸出两颗银锭，双手捧给乏驴，说这是六两，请大侠收好。乏驴大声说：五两就五两，在下从不占人便宜！马正天笑道：大侠不必客气，今天忙乱些，不能请大侠喝酒，这一两碎银，权当酒资吧。乏驴说，也好，顺手把银子全给了六两爹娘，拱手高声道：谢过老爷，告辞！转身大踏步而去。不送！马正天也高喊一声，一手拽起六两，转身要走。六两爹扑通跪下，双手捧着银子说：落难人不敢欺哄老爷，小女不值这么多，给她一条生路，赏十个铜板做我一家人盘费，就谢天谢地了。马正天说：你拿着吧，路上用钱的地方多。我也知道，你不是乏驴的亲戚，你放心走，没人会找你麻烦。六两爹娘喜出望外，连磕三个响头，六两妈一个前扑，抱住六两，哭着说：女儿啊，不是爹娘心狠，你遇上贵人了，从今后，你要尽心服侍老爷夫人，你这条小命可是老爷给你的,你记住妈说的话了吗?六两面无表情,冷声说:记住了,你们不用管我了。说完,主动拽住马正天的手,便往大门里面走。马正天心下大奇,乏驴领着人来这里时,后面跟了一大群看热闹的人,看到这种场面,也都啧啧称奇,好事的人都说,别小看了这个小叫花子黄毛丫头片子,指不定日后会做出什么事情来的。

六两没有做出来什么了不得的事情,在这个人精荟萃的大院里,是很不容易显山露水的。马正天领回六两,顺手撂给马王氏,笑说,给你买了一个丫头。马王氏说,这么大一点娃儿,能干个啥子?马正天一瞪眼说,不能长大吗?说完就走。六两却上前扯住他的衣襟朗声说,老爷,我还没名字呢。马正天觉得好奇,逗她说,你爹妈没给你起名字吗,六两说,起了,可那是在旧家,到新家就应该有新名字。马正天觉着好玩,不觉童心大起,说你是我用六两银子买来的,就叫六两好不好,六两脆生生地说:好,谢老爷赏了奴才好名字。天,六两!马王氏惊叫一声,差点晕了过去。那几年,到处闹灾荒,像这么大啥事都干不了的女娃,花几个铜板买来,都算是发善心了,一分不花,肯收留,给个吃饭活命的机会,也算是好人家。马正天回头斥道,你让蝎子蜇了,还是让狗咬了?马王氏噙着眼泪说,六两,六两,咱家的钱是泥片子吗?马正天说,要是泥片子就好了,咱家的钱就多得要扔着玩哩。说完,得意洋洋走了,把马王氏气得,一双小脚在地上的的嘟嘟,倒腾了好大工夫。她把六两扳过来看一遍,扳过去看一遍,怎么也看不出她哪里值六两银子。她又不敢去向马正天讨教,只好问六两:你给我说,你哪里值六两?六两说:回夫人,我哪里都不值六两。马王氏说:不值六两,为什么让我家花了六两银子?六两说:回夫人,我虽然不值六两,可咱家值六两呀。要是老爷太太花了几个铜板,或是一文不花,领回一个丫头,还不把人笑死。马王氏举头一想,觉得还真是这么回事,便不再说话,把这个小不点扔给大些的丫环,让她们照顾吃喝起居,指导做一些力所能及的事情。终究是心疼钱,马王氏随时在关注着六两,过了两年,发现这丫头人虽小,却很懂眼色,手脚又麻利,便收到自己身边,现在,还有点离不得了。

马正天不发话,六两不敢擅自离开,红着脸,极力要把头低下去的,却

忍不住一而再，再而三把头抬起来，一眼，一眼，又一眼，目光直往看不得的地方看。马正天便故意不说让她下去的话，自顾自在身上擦呀擦。擦了一会，他说，六两，你过来。六两往前走一步，低头说：请老爷吩咐。马正天说：你会擦背吗？六两说：回老爷，奴才会的，奴才经常给夫人擦背的。马正天说：你愿意给老爷擦背吗？六两说：回老爷，老爷叫奴才做什么，奴才就做什么，哪有奴才愿不愿的道理。马正天说：六两此言差矣，差矣，老爷从不让任何人做他不愿做的事。你到底愿不愿意，不愿意就说不愿意，老爷不会怪你的。六两说：回老爷，奴才愿意。不过，老爷先把参汤喝了吧，一会凉了。马正天说好的，一手接过碗，仰脖而尽。六两接过手巾，只擦了几下，马正天一个转身，双手将六两抱起来扔在了炕上。他动手扒六两衣服时，她只推拒了一下，便紧闭两眼，静静地躺在那里。她感到一根擀面杖似的物件强劲地刺入下身，她痛得几乎要晕过去，却没有叫喊。

事情了结后，马正天大叫一声：受活！伸一个懒腰，上床钻进了被窝，六两两眼噙泪，默默穿上衣服，站在床下，低头无语。马正天说："你咋还不走，是不是还想来一次？"

六两说："回老爷，老爷没发话，奴才不敢走。"

"哦，是这样。也就是说，老爷一晚上不发话，你就会在这里过夜？"

"老爷说的是。"

"那好啊，你上来吧。"

"回老爷，奴才回去禀告了夫人，再来伺候老爷。"

"为啥，去告老爷的状吗？"

"回老爷，奴才不敢。夫人身边没人伺候，奴才得去安顿好了。"

"哦，那你去伺候夫人吧。以后，我叫你你再来伺候老爷吧。"

"是，奴才告退。"

有了这一回，以后的事就顺理成章了。其实，马正天说怕六两到夫人那告状，那是逗六两玩的，马王氏在性事上很淡的，马正天却像天天都在发情似的，让她不堪忍受。自从嫁到马家后，她的肚皮很少有空的时候，不断地怀呀，生呀，屎呀，尿呀，奶呀，虽有丫环帮衬，丫环却代替不了当妈的，于此，她从不管他屁股下面的事，她心里倒是希望他看中了哪个丫环，好歹把心收住，肥水不流外人田，他不知把多少白花花的银子扔到野女人的裤裆了。六两离开后，马正天独自躺在床上，一心还沉浸在刚才的好感受中。好个六两，当年的六两银子没白花，蛮轱辘真是眼睛长在脚后跟了，还说人家肉色不好，狗日的，还是吃皮肉饭的，眼里整个没水嘛，要是让你老婊子看一眼六两的肉色，你都不知道自己姓啥了。马正天当下感慨万千，这女人啊，有些女人的好处全长在脸上，除了一张脸，一无可取，有些女人却把好东西藏在衣服下，脸上不难看，也没多少动人之处，可脱了衣服就不一样了，那叫个好啊。六两就是这样的女人，脸不招摇，体不妖冶，犹如美景藏于深山，美玉结胎璞中，等到去了外包装，打眼一瞭，肌肤胜雪，白光莹莹里又有粉红之色氤氲，宛然午后斜阳涂抹于新鲜的雪地上，搭手一抚，又是别有洞天，滑如凝脂，痒酥之感由手梢轰然传于五脏六腑，令人为之血如潮涌，呼吸吐纳间，一团团若有若无的菊香如遇微风，从六两的身上习习散发出来，交合之际，又是一番光景，令人要死，死得像英雄好汉，烈烈轰轰，慷慨悲歌，令人要活，活得像神仙，天马行空，独往独来，有时，甚至会幻想像牲口那样活着，赤身露体，带上六两，在阳光灿烂的田野，在人头攒动的闹市，两人旁若无人做出几场，在沸反盈天的叫喊声中，向人世间尽情展示自己的快活。

　　畅想了片刻，马正天全身膨胀，后悔放六两走了。继而又颇感惶恐，想自己狂嫖多少年，阅人无数，什么样的女人都见过，肥的，瘦的，高的，矮的，白的，黑的，土的，洋的，少艾羞涩的，成熟浪荡的，羁旅西北的江南丽人，坐地收银的客商内眷，足不出户的大家闺秀，分花拂柳的小家碧玉，广阔天地里摔打的村姑，街头卖笑的烟花，还有年前刚会过几次让人畏之如母老虎的洋窑姐儿，有的是主动投怀送抱，有的是费了一番勾引之功，有的乍然邂逅，淫欲油然而生，一拍即合，有的春月秋云，形同陌路，一朝蓦然回首，既是旧雨，也是新朋，便有了相见恨晚的风卷残云。究竟有过多少女人，马正天一时想不起来，只觉她们一个个从面前鱼贯而过，个个面貌模糊，体态朦胧，似曾相识，又颇感陌生，记忆最深刻新鲜的竟是余香仍在绕梁的

六两。咳呀呀，驴日的我马正天，简直是一头乱吃草的驴子嘛，多年来，吃南吃北，吃东吃西，吃肥吃瘦，吃香吃辣，吃高吃低，吃土吃洋，只道拾到篮中就是菜，吃进嘴里就是饭，到头来，却是一肚子的粗茶淡饭，生虫子的生虫子，霉变腐烂的霉变腐烂，真是一头馋驴蠢驴，只顾抢吃别的驴槽里的干草莠草，却把自己槽里的鲜草嫩草差点放蔫了枯了。真是不幸中之大幸，天可怜见，今晚让我遭遇六两，实在是英雄多壮志，日月换新天啊。

    从马正天房里出来后，经冷风一吹，六两立即感到了刚才事情的严重性。毫无思想准备，又初经人事的六两，突然遭到马正天暴风雨般的鼓捣，全身犹如被粉碎了一般，四肢酸麻，不听使唤，双手端着一只小小的空银碗，几次险些掉落在地，她自小家穷，从记事起，就随爹娘流落江湖，没缠过脚，又常年奔波，练就了一副大脚板，可现在这么牙长一截路，竟走的她趔趔趄趄，两条大腿根儿如铅铸就，沉重而迟滞，下身那一块儿，更感觉像是凭空多了一件僵硬的物件，她努力要把两腿并拢，中间无形的阻隔却使两腿咫尺天涯。她感到脸一会儿如火烫，一会儿又如冰敷。她知道她从外形到内心都发生了突然的变化，只要眼睛不瞎，谁都看得出的。虽是老爷所为，做下人的无法抗拒，但她知道这事儿夫人一定是不答应的，而罪过不可能由老爷承担。害怕，内疚，惭愧，惶恐，身体的不适，内心的震荡，一时全数涌上。她不想很快回到夫人身边，能多躲一会是一会，万一暴露，该咋着就咋着，八年前，都是山穷水尽的人了，多亏人家马家给了一口饭吃，又多亏夫人把自己当人，抬举的在别的下人面前格外有头脸。够了，人要知足，当年幸而不死，被爹娘卖进班子店里，不知道要遭受多少是人不是人的男人的糟践，和老爷这一场，她虽不大愿意，可老爷是什么人，方圆百里最能干的男人，把身子献给他，一者算是报恩，再说，也不枉了做女人一场，从今往后，要是夫人不容，老爷不喜，或者一死了之，或者被卖进班子店里，面对多少男人都无所谓，眼睛一闭，权当臭狗爬在自己身上。如此一想，六两不觉心里豁亮。好在离夫人房里还有几十步路，中间还隔着一片小花园，冬天花谢了，草枯了，亭台楼阁倒也清静，不如在这里躲他一躲，把心气调整平顺了，再去见夫人，瞒得一日是一日，不到最后时刻不说到头的话。

六两坐在亭子玉石磴上，据说这只石磴采自千里之外贺兰山大峡谷，脚户牛不从去塞上担盐，在路上一户人家大门外发现了这只石磴，他一看是好东西，把盐担撂了，花了一两用来贩盐的本银买来，又向同伴借了三个铜板，买来一辆独轮车，三个人一同动手抬上车，他独自推着，一路翻山越岭，跨河过涧回来了。当时，别说掏钱买，白送，同伴都骂他脑子出问题了，还花了一两银子，大家恼了，愤怒了，劝说不下，都不搭理他。从六百里路上弄回来，牛不从累得失了人形，纽纽见他没去运盐，把本钱盐担丢了，弄回来一块破石头，把人又累得半死不活，放声大哭一场，拿起一根绳子就要上吊，牛不从挣扎着爬起来，冲上去甩给她两个耳光，一手提绳子，一手拽住纽纽头发，扯到街上一棵大树下，把绳套缩好，喝令她上吊。她却不愿上了，牛不从在纽纽屁股上狠踹几脚，转身回家呼呼大睡了。街上围观的人，终于从纽纽那里得到了实情，纷纷涌来观看，一片声都笑牛不从确实是个二杆子货，放着生意不做，从千里路上弄回他先人这么一个孽障，给先人刻墓碑嘛，石头是圆的，做顶门杠倒结实，八个嫖客也推不开门，可他那个丑老婆，哪个没出息的嫖客肯出这闲力呀。来一拨人，闹闹嚷嚷的，撂一堆混账话，嬉闹着走了，又来一拨人，再撂一堆更不入耳的话走了。牛不从躺在床上装睡，听了这些话，在心里骂：狗眼看天哪知道星星是稀了还是稠了？马正天风闻这件事，觉得蹊跷，装作来看牛不从身子缓得怎样了，一进门，还没走到石头跟前，眼里放出的光便照亮了牛家破旧的院落。真人面前不说假话，与牛不从寒暄毕，他直奔主题，开口便问：牛兄，你这石头是留着自己耍，还是卖？留给自己耍，咱啥话都不用说了，要卖，开个价。正在给马正天沏茶的纽纽接口说，马爷你要买吗？街上的那些闲人说了，这块破石头要是做顶门杠，八个嫖客都进不来，可我长得太丑，大门敞开，嫖客都不会上门的。老爷家亮豁女人多，弄一个得力的顶门石头倒是正经。牛不从厉声呵斥，纽纽还是坚持把话说完了。牛不从心想这下日塌了，马正天一生气，转身走了，真的得拿石头顶自家门了。他在心里对纽纽发狠道：这桩生意要是黄了，我要用这块石头堵上你的臭屄哩！马正天耐心听完纽纽的絮叨，忍不住哈哈大

笑，一手指着纽纽，上气不接下气，对牛不从说：兄弟久闻嫂夫人说话有意思，果然有意思的很哩。那好吧，就照嫂夫人说的，我弄回去顶门防嫖客了。牛兄不会舍不得吧？牛不从苦笑道：马老爷说笑哩，你看我这毬光景，耍猴都要把猴饿死的，还耍得起石头？老爷要是不嫌弃，随便赏我几个脚钱辛苦钱，拿去耍吧。马正天说，咱亲兄弟明算账，你开个价吧。牛不从说，不瞒老爷，我只花了一两银子的本钱，老爷要是可怜我辛苦一场，给十两银子，就算是照顾我了。马正天说，咱乡里乡亲的，我也不刻薄你，人嘴前话说，黄金有价玉无价，对家有闲钱的人，玉就是宝贝，对没吃没喝的人，再好的玉也是一无用处的石头。这样吧，你要十两，我还你百两，咱俩生意也有，情分也有，如何？牛不从当下从床上一跃而起，眼见得面色红润了。牛不从家没有客厅，沏了茶的纽纽只是躲进了里间屋，外间屋说什么话都是听得见的，她大叫一声蹦了出来，嚷道：一百两银子？一百两银子！日塌了，日塌了，天下人一满日塌了，我只道我家男人脑子日塌了，马老爷的脑子简直日塌的一滴水水儿都不剩嘛，一百两银子买顶门石哩，嫖客都顾不得嫖风了，干脆把石头偷了去是正经！马正天呵呵笑着，有贵客在，牛不从不好拾掇纽纽，只好一手捏住她的嘴角，一膝将她顶进了里间屋。据说，马正天派人一手钱一手货交割明白后，牛不从忍了半天的怒火终于爆发了，他抓过纽纽，屁股朝天扔在地上，抬起脚就要往下踏，纽纽还不知道接下来要发生什么事情，强自把脸转过来，一脸迷茫，一脸真诚，她对牛不从说：娃他爹，咱家也有银子了，我想给你讨个小老婆回来，马正天是男人，整天五花六花的，你难道不是男人，你比他就是少了几个银子嘛，你看把你可怜成驴了，腰累断了，回到家，碰上的又是我这个嫖客都不待见的丑女人，我心疼你，自己又没有办法变得亮豁一些。牛不从抬起的脚在空里悬着，听完纽纽的话，他收了脚，一把拽起纽纽。纽纽说：你到底愿不愿意嘛，你不说话，嘴难道让驴踢了？

纽纽的憨厚相，让马正天开心了好长时间，牛不从自此也被他另眼相看，很快成为马家的固定供盐脚户，并且成为脚户头儿。

六两屁股一搭上石磴，一个激灵跳了起来，她知道石磴有多冰凉，心里是有准备的，还是被狠狠冰了一下。她将屁股虚提，轻轻落下去，一股凉意直冲心肺。她嘘了口气，刚才心里的燥热烦乱立即消散了。此时，她身体内外的感觉才显得真切了，不舒服是真切的，舒服也是真切的。她回想着刚才的一幕幕，身体的各个部位莫名的舒服，又莫名的不舒服，舒服的地方让她舒服的天旋地转，不舒服的地方，仍然让她不舒服的天旋地转。这是从未有过的感受，她不明白，这种事怎么会是这样，先前让她偶尔懵懂想起便脸红心跳万分恐惧的事情，原来竟是这样。她突然想起，先前那些进内宅干杂活的伙计，瞅主人不在跟前，对着她挤眉弄眼，轻声唱一些不三不四的歌儿，她不懂他们究竟唱的什么，从他们坏兮兮的眼神中，她判断绝非什么好歌。她一直记着他们唱的其中一段，什么：高粱秆秆儿高，女儿脚脚儿小，三跑两跑给跌倒了。当兵的，不是个好东西，腰里掏出个怪东西，好像那茄子没把把儿，好像那黄鼠没爪爪儿，你说是个啥，我的妈妈呀。一阵阵儿疼，一阵阵儿麻，一阵阵儿好像那蜜蜂扎，我的妈妈呀。想起刚才的所见，和当下的所感，这些龟孙子，原来唱的是这呀。可见，男人都不是什么好东西。心里说了这句话，六两又有些后悔，觉得自己失口了，男人坏是坏，坏处占多，也不全坏，剩下那一点好处在哪，她却一时说不上来。

　　心绪终于平稳了，身子那种难受的、异样的感觉消失得差不多了，抬头看天，一勾弯月高挂空中，天地暧昧，一眼模糊，她想该去夫人那了。六两双手抱着银碗，先去了灶间，搁了碗，才像平常那样进了夫人房间。马王氏端坐炕头，天冷了，炉火正旺，她却还是老习惯，给腰里围了一圈被褥，手里不紧不慢在纳鞋底。六两看见炕桌上茶碗空了，忙去添茶。马王氏盯了她一眼，又把眼皮耷下，闷声问："到哪猴儿去了？"

　　"回夫人，夫人让奴才去给老爷送参汤，奴才等老爷用完了，才回来。"

　　"老爷把啥子用完了？"

　　"回夫人，老爷把参汤用完了。"

　　"恐怕不止用了参汤吧？一小碗参汤还能用这么长时间？"

　　"回夫人，老爷用完参汤后，奴才顺便把碗搁到灶间了，耽搁了一会，请夫人责罚。"

忽地一物飞来，砸在六两胸腔，她吃了一惊，顺手接住一看，是马王氏正纳的鞋底。她顺势跪下，口称："夫人息怒，奴才错了，以后再不敢了。"

"你说说，你做错啥事了？"

"回夫人，老爷用完参汤后，奴才在后院花园坐了一会，又去灶间送碗，耽搁了伺候夫人。"

"你这奴才，背着牛头不认赃，我让你再给我撂谎！"

说着，一只以小米做芯的枕头砸在六两头上，将六两砸了一个屁股蹲儿。她不敢怠慢，不顾自身的不舒服，忙跪成原来姿势，她心知，人家啥都知道了，再隐瞒下去得吃眼前亏，便叫道："是老爷要的，做下人的，不敢不顺主子的意。"

"老爷要你啥了？"

六两不敢回话，低头暗暗抽泣。

"说！"马王氏一声低喝，六两吓得咯噔一下，低声说："身子。"

"说清楚点儿，身子地方多了，是手，是脚，还是别的？"

羞臊屈辱一时涌上六两心头，她不知道该把自家身体的那部分叫什么好，只是低头哽咽，说不出话来。房间静无声息，六两心下惊惧不安，抬头瞥一眼，见马王氏两只眼睛如两盏红灯笼，灼灼照向她。她知道今晚的事是马虎不得的大事，心一横：这脸不要了！便把身子往起一提，伸出一手，指着自己那个部位说："回夫人，是这里。"

"还有呢？"

把最难以启齿的说了，六两倒不觉得难为情了，把前前后后，细枝末节全过程交代得略无遗漏。说这些话时，六两感到心里渐渐轻松，说完了，好似马正天从她身上溜下那一刻，顿时清爽多了。她的表达欲是逐次旺盛的，旺盛到顶点时，事情却交代完了，如同正吃得香，碗里锅里都没饭了。她瞥见马王氏脸色阴晴频繁变化，不觉心底涌上一阵莫名的快意，说完了，心里竟有些空落。

"照你这么说，倒是老爷的不是了？没听说过，母狗不翘尾巴，公狗能上了身子的。""回夫人，打死奴才也不敢对老爷说三道四，事情的经过确实如此。"

又一只枕头砸在了六两胸腔,她觉出,这是一个用荞麦皮做芯的枕头,砸在身上竟还有些温暖,里面积聚的灰尘被激荡出来,她的鼻子有些痒痒,忍不住,打了一个惊世骇俗的喷嚏。马王氏没防备,被吓了一跳,她恼极而笑说:"你这贱人,劲头果然不小,打一个喷嚏的劲儿,抵得上生两个娃。"

"夫人夸奖,奴才愧不敢当!"主子说话,奴才要及时答应,沉默就是抗拒。这是家规。她知道马王氏在挖苦她,一时没有合适的话接茬,就冒了这么一句。马王氏被气得头晕目眩,厉声喝道:"过来!"

六两心知没有好事,又不敢逃避,硬着头皮蹀躞到床前,怯生生站着。不料,马王氏的脸色却和缓了,她轻声说:"做那事好吗?"

"回夫人,不好。"

"真的吗?"

"回夫人,是真的。"

"傻娃,好不好,都得做。身为女人,由不得自己。"马王氏长叹一声,话音里有了深长的幽怨。

哇的一声,六两哭出声来了,主子到底是主子,一句话说到她心坎了。她立即警觉了,受了主子一点责罚就哭,这哪是做奴才的道理,这分明是抗议嘛。她强收住声,收回喷薄而出的眼泪。马王氏的声调更亲切了,她说:"老爷高兴吗?"

六两心里有了警惕,不知马王氏到底要做什么,又不能不回答,便字斟句酌道:"回夫人,奴才不懂得老爷的心思,奴才只是觉得老爷没生奴才的气。"

"你们做完事后,老爷还做什么了,说什么了?"

"老爷伸了一个懒腰,就钻被窝了。哦,老爷还说了一句话,奴才不懂得意思。"

"啥话?说说。"

"回夫人,老爷说:受活。"

嘿嘿嘿,呵呵呵,哈哈哈,马王氏的笑声像是开心,又像是深夜猫头鹰

144

的怪叫，六两稍稍放下的心，又悬了起来。马王氏冷笑道，难得你不懂得，很快你就懂得的。做这事，就像抽大烟，只要尝着味道，再也收煞不住了，唉，人呀，你没听人说吗，屄，屄，惹是非；毬，毬，闯祸头，男人为了那么一件烂东西，把家产荡尽，把脸丢光，把江山丢了，把命送了，刀山火海的，比干啥劲头都大，男人做这没名堂事，总得有女人帮忙不是，这女人也闲不住了，好好的良家女子，手一松，裙子就掉脚跟了，你看看街上班子店里那些女人，没有天生就愿意让千人踏万人跨的女人，如今倒好，男人不上门了，她们站在大街上，还招呼人家拉扯人家呢。六两不知该说什么，在那静静听着，心里却局促不安。马王氏叹息感慨够了，一手将六两扯到跟前，语重心长地说，咱们做女人的啊，难活。最要紧的是第一次，第一次把身子给了谁，一生一世都是谁的。再换了别人，一钱不值了。你看看那些大闺女，没过门前，婆家多看得起，洞房花烛过了，眼睛一睁，你就是旧货了，几个娃生出来，你就是烂抹布了，想咋摆置你都行。你没听人说嘛，闺女的奶奶是金奶奶，婆娘的奶奶是猪奶奶，你看那些大闺女把自己的身子护得多紧，别说看别的了，大户人家的大闺女，别人连人家的头脸都见不着，到怀里抱上孩子后你再看，孩子只要一哭闹，管有人没人，解开怀，揪出奶奶就给娃喂奶，咋哩，娃值钱，自个算啥。

　　马王氏唠唠叨叨说了一大堆，前言不搭后语，驴唇不对马嘴，六两听了，对她的话忽而明白，忽而糊涂，但有一点，她心里是清楚的，自己今晚犯了这么大的错儿，要是搁在狠心的女主子那里，不用多说话，喊几个奴才来，一顿乱棒打死了，扔出去喂狗喂狼也行，随便挖个坑埋了也行，这事多去了，什么叫王法，王法是有钱人胸前的护身符，是穷人头上的催命符，她跟着爹娘流浪那几年，小小年纪早看得透亮了。夫人肯和她多说话，越说越体己，到底啥意思，她不甚明白，但她明白，只要人家肯跟自个说话，事情正在向好的方向转化。马王氏只顾说话，她只顾点头，不料，马王氏突然来了一句："我说的话你明白嘛？"

　　六两没留意，急忙点点头，一想不对，又急忙摇摇头说："回夫人，夫人说话高深，奴才愚钝，道理在心中是明白的，可要换成奴才的嘴，却说不出来。"

"心里明白就好。"马王氏轻叹一声,又相当关切地问:"老爷说没说过,今后要如何待你?"

六两想了一想,马正天说过的哪句话可以对得上夫人的问话呢。噢,是了。她说:"回夫人,老爷说,以后他叫我,我再去伺候他。"

听了这话,当晚马王氏再没说什么,六两仍像以前那样,在大床边支一张小床,两人熄灯睡了。第二天午饭后,马王氏亲自领着六两上街,给她买回许多衣料,还有首饰头面日用体己物,又亲自动手裁布缝衣,又亲自给六两装扮,六两为之焕然一新。她将六两拉到面前细细端详半天,忽然说:"难怪把人家受活的。"

为了不让六两在下人面前过分难以做人,马王氏也给别的丫环赏了衣服和别的小玩意,大家都很高兴。

这一个月,六两在马正天房里歇了六回,有时在晚上,有一次还是在白天。她正在院里忙活,马王氏还在跟前,马正天离老远喊她,她回头看了一眼,马王氏没说话,脸上也没有特别的表情,她就去了。一进门,马正天顺手将门掩上,一把将她掀上炕,就动手扒衣服。男女间有了肌肤之亲后,等级阶层造成的距离会相应缩短的,六两急忙抱住胸怀说,老爷,不要,大白天的,让人看见了,怪羞人的。马正天笑道,你要是不乖乖的,我把你抱到院里,看你羞不羞?六两说,老爷吓我哩,我怕羞,老爷你不怕羞吗。马正天说,让你看看我怕羞不,说着,真的双手一夹轻轻抱起来,一手托住,一手扒衣服,朝门外走去。六两吓坏了,叫道:老爷饶命,我听话就是。马正天嘿嘿笑着,把六两放回炕上,浪笑道,你不是怕羞吗,还怕不怕?六两说:还怕。在外面怕,在房里不怕了。马正天说,不怕就好,顺势往床上一倒说,不怕,就自己动手脱衣服,事情都做反了,哪有老爷给丫头脱衣服的。六两无奈,只好自己脱光了,马正天说,老爷的衣服谁脱?六两又动手把马正天扒光了。完事后,马正天说,好不好,六两不说好坏,只哧哧笑。马正天一口吞住她的一只奶奶,作势要咬,六两忙说:好。马正天又问哪里好,六两

146

又哧哧笑，不说话，马正天故伎重演，六两忙说：哪里都好。马正天又问怎么个好法，六两知道不回答是不行的，又找不到确切的话表达，想了一想说，就像坐船在浪尖上飘那样。马正天说，你倒说的巧妙，你坐过船吗，六两说，我从小就在船上。

六两和老爷的事全家主仆很快便风闻了，开始大家看她的目光有些异样，过了几天，也都正常了，除了老爷和夫人外，别人对六两已经另眼相看了，做不做活路，做的好坏，都没人计较了。名义上，六两还是夫人的丫环，日常跟夫人在一起，遇见老爷召唤，便大模大样兴冲冲去了。马正天是个怪人，爱和女人胡闹，却不愿与女人一被同床，在女人房里做完事情，他便回到自己房里，在自己房里做完事情，又让女人离开。有时候，他半夜来情绪了，便去马王氏房里，原来是要把六两赶到别的房中去的，现在也用不着麻烦了，三人同处一床，他想照顾马王氏情绪，马王氏却不答应，把他往六两身上推，他觉得这样挺好。一个多月了，他再没有出去跟别的女人厮混，马王氏很高兴，每天都要亲手为他熬一碗参汤。

和女人不胡闹了，又胡闹别的了，和官府作对，哪有个好？马王氏心里惊恐，六两心里也惊恐，官府的厉害，她自小已经体验够了，人家不上门找麻烦也就罢了，哪有上门去找人家麻烦的道理。六两把自己看成马家一口人了，刚有了出头的希望，老爷这么一弄，眼见得刚冒出地平线的太阳，要被乌云遮了。六两早想出去把马正天劝回来的，夫人没说话，她不敢造次，现在夫人有令，她可以理直气壮地把人给扯回来，老爷听不听她的劝，正好可以检验一下她在老爷心目中的分量。在往大门外疾走的路上，六两突然想起很小时听到的一句粗话，在深宅大院多年，很少听到粗话了，此时想起来，竟倍感亲切。那句话是：老鼠舔猫屁，找不自在呢。这话用在老爷身上，竟是那样的严丝合缝。放着官府的朋友不当，却要拿跟自己无关的事与人家作对，不正是这句粗话所说的吗？

看见六两出来了，海树理暗暗舒了口气，众丫环下人也看到了回去睡觉的希望，想起此时的热被窝，觉得六两是那样的温暖。六两看不见马正天那伙人的影子，却听见了他们的叫闹声。西峰城虽不算小，却是方方正正的，西城门放屁，东城门听响，南城门号丧，北城门抹泪，要是绕城转一圈，可得耗费半天的工夫呢。到底是寻声追去拽回马正天，还是在这等他转回来了，再把他劝回家？这是一个问题。追上去吧，她不能确定老爷给不给她面子，那个人任性起来，是头犟驴，而且匪夷所思，就在前两天，他与她做那事时，他突发奇想，让她在他上面，她当时被惊得面如土色，这算啥事呢。她虽只经过这一个男人，可她坚信，男人一定是在上面的，换了位置，老天爷都不会答应的。她也是有点个性的，事有可通融不可通融之说，颠倒乾坤的事如何做得？见她再三不肯，他倒火了，要起了老爷的威风，她是哭着就范了的。明明是自己错了，还给别人发火，老爷要是不讲道理起来，天底下就没道理可讲了。她又想，要是老爷这趟子转回来，不想再转了，那她与别人的特殊性又在哪里体现呢。踌躇再三，六两决定冒险一次，幼年随爹娘流浪时，她常听说书先生讲，不入虎穴，焉得虎子，那些敢于冒险的人，后来封侯的封侯，拜将的拜将，哦，原来是这么回事呀。她暗暗提足一口气，整整衣袂头脸，威严地说：

"海先生，跟我来，把老爷劝回来！"

海树理愣了片刻，一时反应不过来，几个丫环和男女下人一干家丁也愣在那里，仿佛天外之音突然传来，耳朵还不大适应。

"杵到那里干什么，难道老爷不是你们的老爷！"六两加重了语气。

海树理率先反应过来，朝大家喝道："耳朵叫驴毛塞了，没听见六两姑娘的话吗？"

众人这才呼啦啦动了。六两是大脚板，大踏步走在前边，冷风将头发扬起来，将裙摆揭起来，大有志士赴义之慷慨。六两听海树理称她姑娘，这可是了不得的称呼，先前都是直呼其名，除了比她小的丫环称她六两姐外，像海树理这些脸面大的下人，在她们面前至少是半个主子。姑娘是多么尊贵的称呼？主子家对姨表姑表兄弟姐妹家女儿的称呼。众丫环下人听了这话，个个使劲呆了呆，这是出自海先生之口的，非同小可，脚下不由得稳重了许多。六两也在心里使劲一呆，继而兴奋莫名，一条通天大道在她眼前伸向遥远，脚步轻如乘风，那些小脚丫环小跑着，仍然被拉下好多步。听声判位是六两的长项，她带领大家从一个小胡同横插过去，刚好挡在马正天前面。这伙人正亢奋得恨不得上九天揽月下四海捉鳖，马正天坐在两名脚户壮汉的肩膀上，手舞足蹈，尖声号叫，后面黑压压一大群人跟着大声号叫，手舞足蹈，脚板狠敲黄土地面，风起土扬，把街道都要掀翻了。六两身子一闪挡在队伍前面，口喊老爷，盈盈一个万福。正在兴头上的马正天厉声喝问："你这贱人，不好好在家待着，黑天半夜抛头露面做什么？"

"老爷且息雷霆之怒。回老爷，奴才有要事禀报。"

"你把屁给我夹得紧紧的，天大的事，爷爷也不管，你给我滚回去！"

六两心有些慌，立即暗提一口气，屏住呼吸，沉着应道："回老爷，奴才本不敢搅了老爷雅兴，只是，只是这事比天还大。"

"讲！"

"回老爷，事关机密，请老爷移步。"

马正天从脚户的肩膀上下来了，他并未移步，怒气冲冲挺立在原地。六两硬了头皮，赶上几步，身子背对众人，挡住别人视线，与马正天当面而立，踮起脚尖，做出耳语姿势，一手却暗暗伸下去，在马正天丹田以下部位轻揣一下，羞红了脸，做出悄声说话的样子，却故意说得身边的人都可听得到："老爷，该煎药啦。"

方才还怒气勃勃的马正天，脸上露出的喜色一闪而逝，厉声喝道："真是烦人，烦人！"

他回头对大伙说："扫弟兄们兴了。以不才浅见，大伙也热闹半夜了，请各自回府休息吧，日月长久，欢乐的光景多着呢。"

"马老爷走好！"数百人呐喊一声，轰的散了。六两挽起马正天的手，一干家丁将二人围在中心，海树理带领丫环下人紧随于后，风风火火回府了。

今夜的马正天太亢奋了，在几百人的簇拥下，闹了半晚上，不但没有把温降下来，反倒火上浇油，他都不知道该怎样闹才可把内心的火焰扑灭。恰好六两提醒了他，真是个善解人意的女妖呀，事情偏能做到人的心坎里。当夜，六两没有回马王氏屋里去，一院子的人都听见了老爷房里传出来的痒人响声，直到天色放亮，才渐渐止息了。

马正天和脚户们疯闹了半夜，西峰街上每家门口都挂上了红灯笼，也都有看热闹的人，全城唯有年如我家了无动静，大门外没有挂灯笼，没有人看热闹，像是一座无人居住的空宅，或者，宅子里的人于这一夜来临之前，突然死绝了。西峰城里最大的宅院是马家，下来是知府衙门，再下来就是年家了，别的小户谁家挂不挂灯笼一点关系都没有，这三家，有一家不挂，半条街都黑了。年家让西峰街在那个元宵之夜黑了一大片。马正天他们几次经过年家大门，故意把脚步踏得震天响，故意大声喧哗，这样大的吵闹声，就是没长手的牲口，也得想办法把耳朵捂上，可是，年家始终一点动静没有，人不说话倒还罢了，鸡也不叫，狗也不咬。这倒让马正天心下有些恐慌，邱十八、牛不从，嘴上脚上闹得凶，心里却没底儿，越闹得凶，心里越没底儿。事先，邱十八和牛不从联络马正天时，马正天慷慨答应了，说了一会儿话后，马正天把过了火的烟锅在鞋帮上敲敲说："二位兄弟，不是我马正天担不住事，跳蚤虮子成群结队，是因为它们弱小，谁见过老虎狮子搭伙伙儿？可是，话又说回来了，西峰街上要人的就是马年两家，如今马家动起来了，年家如果不动，食盐生意照做不误，卡不死官府脖子，话再说透点，年家如果趁机抢占地盘，马家的损失倒是其次，弟兄们就得受大熬煎了。"

邱十八听了这话，当即大惊失色，偏头看了一眼牛不从，牛不从也是一脸沮丧。他们事先没有考虑这一层，只想着有马家撑腰，官府就得低头让步。马正天说这话，绝非推托之词，这人才大气粗，又天性中带有豪侠气息，为人行事好独立担当，一般是不会说小话的。他说的是实情。马年两家为了争夺食盐市场，明争暗斗上百年，才勉强划分出了势力范围，划分的结果，马家明显占据上风，而年家向来与官府靠得近一些，这也是自保之策，免得被马家吞并了，年家会不会趁马家与官府交恶之际，坐收渔人之利呢。要是这样可就糟透了，为了穷兄弟的利益，坑了马家，将陷大伙于不义，大伙所依靠的马家这棵大树倒了，所有的脚户都将完全受制于官府和年家，市场被彻底垄断了，大伙的活路也就断了。可是，凭感觉，年家不会以损害自己的利益为前提，替大伙冒风险的。说良心话，给谁谁都会跟着官府走的，做生意

嘛，从来都是将本求利，官府的政策向自己倾斜，这是烧高香都求不来的好事，哪有见利不求，还冒着杀头风险与官府对着干的道理呢。这种傻事，天底下，也恐怕只有马正天去做了。一听马正天有打退堂鼓的意思，可把邱十八吓得不轻，他嗫嚅说："马爷，你说得完全在理，我要是你，闭上眼睛都会跟着官府走的，兄弟知道这是为难你老人家，坑你老人家，是为了上千户人家的活路，逼你老人家剜自己身上的肉喂别人的肚子哩。你老人家要是不愿意做，兄弟不怪你，兄弟敢保证，没有一个人怪你的，相反，有你刚才的慷慨应诺，大伙儿就是饿死了，心里也是温暖的。"

"就是，就是。"牛不从跟声儿说。

邱十八说这些话时，马正天装满了一锅烟，拿起火镰，丁吃丁吃打着火，脸色越来越凝重，狠抽几口，一团烟雾腾空而起，他的脸色在烟雾弥漫中，像一张墨笔画儿。他冷冷地说："兄弟，你说的这啥话，老哥咋有些听不明白？是不是我的耳朵出了毛病，听来听去，你不但没有把我马正天当兄弟，简直没当人嘛！"

邱十八浑身一颤，从椅子上站了起来，惶恐道："老爷千万别多心，兄弟心是人心，嘴是猪嘴，不会说话，虽然说的是心里话，听起来也是猪哼哼狗汪汪的。"

马正天脸仍然冷着，说出的话冷得像冰碴子。他说："你仔细想想，我刚才说的话是你理解的意思吗？"

牛不从尴尬一笑，接过话头说："老爷，你大人大量，跟我们计较什么呀？我们本来嘴就笨，二百斤的盐担子终日压在身上，早把会说的那几句人话从屁眼儿压出来了，虽是人话，听起来仍然屁烘烘的，你就权当人话听吧。"

几句话把马正天逗笑了，他笑着用烟锅指一指牛不从，和缓了口气说："你明着是糟践自己，暗里是骂你老哥嘛。咱兄弟间，不要再扯闲淡了。我说的意思是，最好拉上年家一块行动，他家要是坚持不参与，也不勉强，保持中立也行，等于咱给他打招呼了，要不然，日后要是出了咱们现在就能想到的结果，他的理比咱还长。你们说，是不是这个道理？"

"是，是，是这个道理，老爷终究是老爷，眼光就是高远！"邱十八心下豁然开朗，动情地恭维了马正天几句。

"我说马老爷和穷兄弟是一条心，穿一条裤子嘛。马老爷义旗一举，振臂一呼，穷兄弟就有饭吃了，大伙儿穷命穷骨头，没啥报答老爷，只有一颗心向着老爷，风里风里去，火里火里去，世世代代，生死与共，这是穷兄弟的福分啊。"牛不从热泪长流，眼看要泣不成声了。

马正天烟锅一挥，断然道："扯淡话再不要说了，多言无益，行动要紧。我看这样吧：邱兄弟赶紧回去联络大伙儿，一个不能少，人心齐，泰山移，法不责众，大家的事情大家做。牛兄弟嘴头子灵便，去通传年如我那老杂毛，话有三说，巧者为妙，能把他拉上，再好不过，拉不上，让他把门关严，嘴夹紧了，别趁机坏咱的事，也是好的。"

"好！先谢过老爷。"邱十八和牛不从应一声，起身慌张作势走了。

两人前脚走，海树理后脚像蛇一般窜进来了，马正天的心思还沉浸在他预想的电闪雷鸣中，没留神，一团黑已阻挡在眼前，第一反应将烟锅横挡在胸前，却认出是海树理。他心下气恼，正待发作，海树理却先发作了，他大叫一声老爷，便扑通跪下了，马正天说，海树理，你这是干什么，起来说话。海树理不起来，把头昂得直直的，脖子拧得硬硬的，一副视死如归的神情说："老爷要是不收回成命，海某将跪死在这里！"

"到底咋回事吗，谁又惹了你这把老镢头？"马正天温言劝道。

"我海树理虽是下人，多蒙老爷抬举，除了主子，再谁敢惹我？"海树理涨红了脸，说话有些吃力。

"这么说，是哪个少爷小姐了，你起来说说，我捶他狗日的。"

"不用牵连别人，少爷是好少爷，小姐是好小姐，老爷，醒悟吧，悬崖勒马，亡羊补牢，还来得及！"

"到底咋回事吗，你云里雾里河里海里一大堆？"

"咦，咦，咦，"海树理牙痛似的倒吸几口凉气，一跃而起，脚后跟着地，咦一声，后退一步，退出几步后，脑子才想出要说的话，他说："闹了半天，老爷还不知道自己在做什么？事到如今，我也不怕得罪了老爷，古有因愚忠而丧命，而满门抄斩，而夷灭三族九族乃至十族之人，大雅久不作，忠良无处寻，海某虽不堪，愿以身殉道，死而无憾，士为知己者死，也不枉与老爷缔约一场。官府实施青白盐引，傻子都看得出，这是拱手让利于我家，作为商家，此乃千古难逢之良机，理当顺风扬帆，憋足了劲，扩大市场占有份额，奠定百年不易之基业。我知道老爷豪侠仗义，仁义立身，这也说得过去，不去趁火打劫罢了，干吗要把自己的头往马蜂窝里塞呢。可知，聚众闹事，对抗官府，那可是杀自己头灭满门的罪过，老爷倒是威风耍了，高迈了，奈祖上基业一族性命何？老爷掂量掂量啊，这是不难掂量的。"

马正天哈哈一笑，猛抽几口旱烟，叫道："我以为什么了不得的事！好一个满口仁义道德齐家治国平天下的读书人！我倒要问问：金钱与仁义孰重孰轻？一家荣辱与千百家性命孰重孰轻？眼前蝇头小利与家族百年安全孰重孰轻？"

马正天咄咄逼问，海树理一时辞穷，一肚子的道理，出口全被堵死了。终于，他找出了一句话，他强打精神说："老爷眼界深远，非常人可及。可是，老爷把心掏给穷人，把祖上基业全家性命做赌注为穷人谋出路，不是我以小人之心度君子之腹：人家未必记着老爷的好。把话说透了，一有风吹草动，起来倒老爷戈的，必定是那些穷人。信不信由你，咱今日个先把话撂这儿。"

马正天没说话，默默抽了几口烟，幽幽说："海先生说得是至理名言，我何尝不知道。可是，你没有感觉到吗，山雨欲来风满楼，黑云压城城欲摧，内忧外患，天要变了，变了的天，必然是穷人的天，也就是说，当下的富人都是坐在火山口上的，越富离死越近，与其这样，何如主动为穷人伸张利益，风险虽大，算是积点阴德，到时候，盼望有谁良心萌动，马家坟头只要有一线香火延续，就会有咸鱼翻身的机会，总比被一网打尽要好得多。"

一席话，说得海树理五内翻腾，四肢酸麻，给马家做了十几年账房，只知马正天粗粗拉拉，撒尿不抓毡，是个大撒手，别人常说，马正天机谋深远，神鬼难测，可他并不觉得，认定这是别人看见马正天在生意场上纵横捭阖，便以为他满肚子都是什么锦囊妙计，而说的顺水话，今日看来，怀里还真揣了一副铁算盘呢。"不过，"他在心里冷笑一声说，所谓人无远虑，必有近忧，而思虑过甚，闹得风声鹤唳草木皆兵，就不好了。眼下是内忧外患，这没错，可大清这么大，二百多年基业，说散就能散得了吗。红毛洋人闹了几十年，江南的长毛又闹了十多年，西峰地界也大乱十几年，后来如何，城头上飘扬的还不是龙旗？就算江山换了新主人，可谁听说过，哪朝哪代江山是穷人坐的？得江山前是穷人，得了江山还是穷人吗？这个老爷，简直鬼迷心窍了。他深知，马正天要是拿定了主意，任何人是不可以言语说动的，眼看一场大祸要从天而降了，而这大祸是老鼠舔猫屁自己送上门的，从古以来，覆巢之下无完卵，灭门之日，从来不分良贱，这一刻，海树理心眼咯噔一动，把要说出口的话强咽回去，说出来的却是："老爷所见极是，令海某茅塞顿开，惶恐无地，于今之计，当如之何？"

"是福不是祸，是祸躲不过，该死的娃娃毯朝天，随他去吧。你去做好自己的事，就别趟这股浑水了。"

"老爷如此说话，令海某愧死羞死！海某虽不才，却一心追随老爷，立誓生死与共的，人常说，大难来临各自飞，而今却好，大难来与不来，我倒撇下老爷独自飞了，这让海某日后如何抬头做人嘛！"

马正天大笑数声，闭目抽烟，不再言语，海树理心怀忐忑，躬身退了。

邱十八马到成功，鸡毛令帖发到每一家，获得的都是热烈响应，听说有马正天参与，人们不仅看到了胜利的曙光，连胜利后的生活都规划好了。按说，即便官府收回成命，大家今后的日子顶多也是与先前一样，可人们都不这样想，觉着先前的日子已经被剥夺了，就像丢了的钱不再是自己的钱了，突然又捡了回来，这钱便是赚的。人们怀着这样的想法，男人们白天睡觉，养足精神，准备大闹一场，因是与官府作对，什么后果都会有的，免不了全家相对而泣，把后事安顿妥了。婆娘娃娃打点能随身带走的财物，准备路上的干粮，万一官府耍起横来，以便在第一时间远逃他乡。脚户人家，家家都是凄惨，邱十八心下颇觉不忍，他挨门挨户反复劝说，事情没有想象的那么严重，只是一次完全和平的请愿，官府听得进去，咱就像以前那样活着，听不进去，权当大伙在一块热闹了一回，不让贩盐了，活下来的命大，饿死了，活该，还能咋的。大家随口应承着，手脚却不闲着，该准备什么还在紧锣密鼓准备，二十岁以上的人都是经历过大乱的，见识过那种血流成河死亡山积的恐怖，为了不泄邱十八的气，脸上都绽露着轻松的笑容。邱十八却看见了，那一张张笑脸背后，都隐藏着一层晦暗的死光。

牛不从遇到了麻烦，从马家出来，他就去了年家。年家大门紧闭，等了半天，狗大一点的人都没等着一个。他觉得事不宜迟，便去敲门。敲了一会，一点动静没有，他加大了劲道，还是无人应声。他又改为擂门了，咚咚咚，哐哐哐，手都磕肿了，门丁才将大门拉开一条缝儿，睡眼惺忪道："谁呀，黑天半夜的？"

牛不从赔笑道：

"老爷敢是把觉睡颠倒了，天刚才黑嘛。"

"何方强徒，擅闯民宅，说头倒还不少！天黑天明，老爷说了算，还是你说了算？"

"当然老爷说了算。黑天半夜打扰老爷，死罪死罪，只是事情比天大，必须要禀报年老爷，还望老爷周全。"

"你承认是黑天半夜了？"

"当然，小人哪敢承认不承认，本来就是黑天半夜嘛。老爷火眼金睛，还能看错天色？"

"这就对了，看得出，你还是一个乖觉人哩。"

"谢老爷夸奖，劳老爷大驾，带小人去见年老爷吧，事情紧急，还请老爷多行方便。"

"你谁呀，口口声声要见我家老爷，黑蚂蚁夹住一条人卵子，好大一张嘴！"

"哦，是小人唐突了。小人是牛不从，西峰街上的贩盐脚户。"

"牛不从，牛不从？老爷我没听说过，老爷只听过有什么公牛母牛。你是公牛还是母牛？"

牛不从强压怒火，赔笑道："老爷的眼睛是雪亮的，隔山都能看见兔卵子哩。老爷明镜高悬,说是公牛就公牛,母牛就母牛。"

"那就不公不母,二尾子牛吧。可是,年老爷不在家啊。再说啦,老爷即使在家,赏脸见面的都是什么人,岂是你这种非公非母的货能见得着的?趁老子还有一点闲心情,快点滚吧,迟了,皮鞭可是不认公母,更不认二尾子的。"

牛不从是个靠出卖苦力讨生活的粗人,心底的火早已蹿到天灵盖了,可是,事关重大,他在强忍着,只要进了门,见到年老爷,完成使命,嘴上吃点亏,没啥。眼看门丁要把门关上了,他急了,一掌推开沉重的木门,门丁没防备,门扇磕了鼻尖,他惨叫一声,顿时血流如注。牛不从一不做二不休,抬腿就跨了进去,大叫道:"牛不从请见年老爷!"

门丁也大叫道:"反了,反了,歹人擅闯府门,还打伤了人,快来人呀!"

丁丁锵锵一阵乱响,从各个角落涌出十几条大汉,长枪大刀火器,应有尽有,三下五除二,便将牛不从放翻在地,捆了手脚。牛不从不是来打架的,站在那儿,没有动手,任他们折腾,心想咱目的是为了见到年如我老爷,暂时的委屈不算什么。他被一路推搡着,关进了后院一个废弃的猪舍里。他是喂过猪的,夜色暗了,眼睛看不见,鼻子立即知道他身在何处了。他大喊大叫,口口声声要见年老爷。刚才那个门丁见他叫得凶,吼道:"你们谁有顺手的家伙,管住他的屁嘴!"

"小人有!"一家丁提起一只脚,把羊毛袜子脱了,一股羊臭喷薄而起,他双手将毛袜团起,笑嘻嘻地走到牛不从面前。牛不从不敢张口叫了,那人一手撕开他的嘴,一手将毛袜狠劲塞进去,腥臭、疼痛、愤怒,牛不从一口气差点上不来。那人笑着,卖弄道:"你那东西还能夹多紧,女人的大腿没有你的嘴紧?老子还不是一个个照样拾掇了!"

众团丁哄笑着,打闹着,远去了。牛不从心里那个气呀,长这么大,虽说每天出的牛马力,吃的猪狗食,可从没受过这种侮辱。他恨不得一把火把年家烧了,当着年如我的面,把他家女人挨个糟蹋了,还想用一根带刺的木棒,从刚才那个家丁的屁眼捅进去。在他的印象中,年家人不这样呀,老老少少，男男女女，主子下人，待人都是一团和气，今天是咋的了？说良心话，与年家比起来，马家人倒显得霸道，马正天不知睡过多少良家妇女了，马家的几个少爷，还有马家的下人奴才，个个耀武扬威，虽无多少恶行，但从不把别人放在眼里。反观年家，年如我持身谨慎，没听说过与哪个女人有染，平时见了任何人都是一脸笑模样，下人奴才更是低头走路，笑脸开口。是了，是了，牛不从脑子飞快转了一个大弯，一定是年家听到了什么风声，为了把自己与闹事的人彻底撕利索，故意施了这种下三烂的狠辣手段。他心里不觉一紧，一种不祥的预感从心头升起。牛不从很生气，却不敢生气，呼吸稍急促点，羊毛袜子的臭味就直往喉咙深处蹿，他只好装出心平气和的样子，于丹田处奔突上来的气流，又堵塞于胸口，让他翻肠倒肚，万分难受。大约挨过子夜时分，听得外面脚步响，好似还不止一人，他心里涌上解脱的希望，继而又被莫名的恐惧覆盖了。脚步声杂沓渐近，他倒心气平和了，心里道：多大的事！要吃牛肉牛滚沟，活在世上难肠事太多，为了一副臭皮囊，自小整日间东奔西走，没个消停，看够了人的脸色，经遍了世间风雨，活着只是个活着，死了也就是个死，没什么分别。正在胡思乱想，破木门带着木头的破音，开了，一只大红灯笼先戳了进来，朦胧灯光中，他看见手提灯笼的是账房年梦柯，他认识这人，幼年入庠，少小时一举中了秀才，可是再考，却连战连北，到老也没再往前跨一步，就降尊纡贵当了年家账房。当然，这是他的说法，按年老爷的说法却是，唉，一笔写不出两个年字，读书是好事，读出息了是好事，半桶水害死人哩，手不能提，肩不能挑，脚不能走，一肚子的酸水，百无一用，毛病百出，罢罢罢，给碗活命饭吧，总归是年家人呗。其实，年梦柯在账务上是有一套的。不说他了，他好坏能干与我毫毛相干，还是关心自己眼下的事吧。

年梦柯进门后，闪在一边，转过身来，把灯笼伸向门外，牛不从便知道年如我来了。他突然将喉关放松，憋在肚里的闷气鼓荡而出，一下子激得他面色青紫，鼻涕眼泪四向溅射，全身颤抖，把捆在身上的皮绳绷扯得吱吱乱叫。紧跟着的果然是年如我，他一见牛不从，便丧魂落魄，回头嘶吼道："谁干的？这是谁干的！狗日的活泼烦了？滚出来！"

门丁慌慌张张从门外钻进来，一头扎在地上，口称老爷饶命。年如我目光如电，在门丁身上一扫，冷笑数声，狞笑道："马秃子呀，你这狗日的果然不是好东西，难怪马正天老爷像狗一样赶了你。我见你恓惶，冒着得罪马老爷的风险，收留了你，你却瘦狗死不改吃屎的病，给我戳了这么大的乱子。好啦，我也不处罚你，你是哪只狗爪子捆上牛老爷的，就用哪知狗爪子解开牛老爷，至于该死该活，我说了不算，全凭牛老爷发落。"

马秃子急忙爬起来，先从牛不从嘴里抽出臭袜子，三缠两绕，解去身上绳索，又忙跪在牛不从面前，抬起右手狠抽了右脸几个耳光，又抬起左手，狠抽左脸几个耳光。他不是演戏，他是下了狠茬的，与抽别人没什么两样，两面脸蛋眼见得红了，紫了，又胀起来了。又被横溢的鼻涕眼泪糊了一遍。牛不从气涌如山，面对这种情形，心下却有些不忍。他大声咳嗽一阵，气息顺畅了，却不知该如何处置这个混蛋。他早听说马家赶出去过一个不学好的本族兄弟，却不知道竟是此人。年如我拱手道："牛老爷受惊了，千错万错，都是在下的错。在下治家不严，冒犯牛老爷了。在下出门有点闲事，回来得晚，听下人说，后院关了一个擅自闯院的歹人，心中自思，在下虽不才，却也从不与人交恶，平日驭下甚严，奴才下人都知道夹紧尾巴做人，又会是哪路高人上门赐教呢，心中老大不放心，水没顾上喝一口，火急赶来，却是牛老爷，不用说，这是下人瞎了眼了，还望牛老爷格外大度，恕在下不察之罪，也请牛老爷不必客气，年家的奴才就是牛老爷的奴才，该怎样处罚，万不可手下留情。"

听了这话，牛不从还在沉吟，马秃子慌忙俯下身去，梆梆梆，在地上摔了几个响头，地上腥臭的尘土被激起来，牛不从和年如我同时打了一个喷嚏。年如我恼极，却听马秃子急口急舌说："年老爷牛老爷，二位老爷饶命，奴才虽做了天大的错事，杀一百回，剐一万刀也是该当的，可奴才死得冤哪！二位老爷想想，做奴才的主子指使去做什么，能不去吗？"

年如我、牛不从、年梦柯同时一惊，牛不从盯了年如我一眼，迅速瞥开眼神，年如我也瞥了牛不从一眼，要躲开眼神时，四束目光正好相遇中途。年如我气得双手乱摇，却说不出话来。年梦柯赶上一步，一脚踏在马秃子屁

158

股上，厉声喝道："你这不逞之徒，明明自己做错了事情，还敢胡乱攀比主子！真真是朽木不可雕也，粪土之墙不可圬也，用心何其毒也！真真是非我族类，其心必异，子系中山狼，得志便猖狂！来人，拉出去给我使劲捶，看他还敢不敢满嘴念野狐禅！"

院外闻声冲进两条大汉，一人扯一条胳膊往外拖，马秃子大叫饶命，眼看要拖出门了，年如我心有所动，挥手大喊："慢！"

年如我走到牛不从跟前，满面羞惭，嗫嚅说："牛老爷，你看这事，在下跳到开水锅里烫一遍，也洗不掉身上的垢甲了，我年如我虽然不堪，却是一个来去清白敢作敢当之人，既然被人诬为贼，索性把贼做到明处吧。"他转身对马秃子和颜悦色说："秃子兄弟，一边是咱们的人，一边是牛老爷，有啥说啥，你不用怕任何人，只要说的是实话，我保证不怪罪你，当着牛老爷的面，我给你一百两银子，你爱去哪去哪，我发誓，我要是秋后算账，让我家男人都去做强盗，女人都去做婊子，至于我与牛老爷的事，任凭他老人家处置，绝无二话！"

"不是的，不是的，老爷！不是老爷指使小人做的，是马老爷指使小人做的。"

"你说什么？"年如我赶上一步，飞起一脚踹在马秃子腰上，一下子滚出了几步远。年如我气得浑身抖颤着，颤巍巍伸出右手食指骂道："你这丧家的断了脊梁的癞皮狗！你要是诬赖我，还说得过去，奴才恨主子，世上多去了。可你竟然在我家空口白舌攀扯马老爷！马老爷是何等人，谁不知道他老人家仗义疏财德高望重？你这狗才当年被马老爷赶出家门，不思改过，却心存报复，有本事你自己找上门去闹罢了，却在这里乱嚼舌头，这不明摆着挑拨两家关系吗？真正是是可忍孰不可忍，拉出去，给我往死里打！"

那两名大汉又动手往外拖扯，却被牛不从挡住了。他回头说："年老爷暂息雷霆之怒，有道是，无风不起浪，有风浪三丈，说话听声儿，锣鼓听音儿，年老爷与马老爷的恩恩怨怨，那是你们富人间的事，我是穷人，没有资格理会。在下想知道的是：马老爷如何指使牛老爷的人对在下出黑手？"

年如我沉吟半晌，万分为难地说："牛老爷，听在下一言行不？事情发生在我家里,由我一力担当。天下事,说复杂,复杂得神仙也纠缠不清,说简单,简单得如同碟子舀水,一眼看得透亮。就算是我治家不严,说成是我纵奴行凶也行,只是不再牵扯别人好吗?"

牛不从笑道:"难得年老爷一身爽气,可是,我牛不从也不是不问青红皂白的人呀。"

"哎呀,这活活地难死人嘛。"年如我一脸痛苦。

马秃子往前爬一截,昂起头来,断然说:"二位老爷,多有得罪了。我马秃子虽是下人,却知道好坏,也是有肝胆有良心的人。马老爷向来待我不薄,直到现在还派人给我家里送吃送喝,可年老爷待我更厚,牛老爷又是走路能带起土坷垃的痛快人,小人我,做人做鬼,从今后,只捡一样做,不再白天做鬼,晚上做人了,那样我也受不住了。实话实说,我投奔年老爷门下,完全是苦肉计,我是马老爷给年老爷脖子下垫的一块砖。我负责打听年府发生的一切大事小事,向马老爷报告,根据功劳大小,将来马老爷答应了给我一处宅院,还答应把身边头脸齐整的丫环配于我为妻。今日之事,便是马老爷授意的,目的在于嫁祸年老爷,引起年老爷和脚户不和,马老爷趁机收买人心,挤垮年家。该说的我都说了,压在心头的石头终于搬走了,是杀是剐,无所谓了,我说的是真是假,你们爱信不信,过不了几天,自然会水落石出的。你们再别问我,从眼下到事情水落石出,我是哑巴,死,可以,说话,不可以。"

年如我问了几句话,马秃子闭眼一言不发,又踢了几脚,仍一言不发。牛不从说:"年老爷别费心了,在下今晚登门本来是有要事请教的,看来,我还是少啰唆为好,余下的事再说吧,告辞。"

年如我留不住牛不从,转身回来,大喝道:"把这狗日的狠敲五十棍,给我赶出家门去!"

牛不从边往大门外走,边听着木棍打在皮肉上的黏腻的响声,还有马秃子杀猪般的号叫声。一阵凉意直蹿心窝,他拿定了主意。

年家大门口传来一声高叫:"牛老爷慢走,恕不远送!"

年如我微笑道:"闭幕了。"

正在奋力抡棒的两个大汉收了棒,分别抬手揩去额头的汗,一个顺手揭起铺在草袋上的猪皮,笑道:"秃子兄弟的皮不咋结实嘛,没几下,就捶出花来了。"

马秃子一手捂了腰,从另一只草袋上艰难站起来,龇牙咧嘴追打把他比作猪的人。年如我笑道:"踹疼了吧?"

马秃子说:"说实话,老爷脚上的劲道不小。不过,大事当头,挨老爷的踹,小人光荣。"

"别耍贫嘴了,你们都下去领赏吧。不过,一月之内,今晚之事,不可走漏半点风声,谁要是管不住自家的嘴,还有,马秃子你既要管住嘴,还得管住腿,我不希望你们的那份家当需要别人替你们管!"

"小人明白,请老爷安心!"

马秃子和众家丁答应一声,呼隆下去了。

牛不从出了年家大院,径直进了马家大院,两家隔着三个街区,徒步是要走一会儿的。牛不从是脚户出身,挑着二百斤盐担走山路,脚力不好的人空着手,也只可勉强跟得上趟儿。可这一段平坦的大街,他整整走了一个时辰。他的心拖累了他的脚步。一会儿马家,一会儿年家,一会儿官府,一会儿众多脚户兄弟。年家的话不可全信,可他看到的经历的又不可不信。与马正天打了多年交道,这人优点很突出,说当世无双也不过分,急公好义,敢作敢当,在当今人情纷扰的时代,确实难得一见,而他的毛病与他的优点一样多,同样出乎其类,拔乎其萃,比如好色成性,见是个母的就摇头晃脑,还有,二杆子病发作了,与羊角风发作没什么两样。年家呢,打交道不多,尤其脚户的心离马家近些,马家与年家虽未刀兵水火地发生冲突,却是较了几辈人的暗劲的。表面上马家占据上风,生意上的声势,家族的地位,左右地方的能力,出头露脸的场合机会,明显都盖过了年家。而年家属于那种温吞水,不张声势,不争地位,平声静气,乃至装聋作哑,但,却像一块老牛身上的顽筋肉,吞进嘴里嚼不烂,只好又吐出来。马年两家争斗多年,马家取得的都是面子上的胜利,事后一合计,马家没多出一根针,年家没少了一条线,马家打的是外家拳,先声夺人,场面占优,年家练的却是太极,绵里藏针，能否一招制敌倒是其次，先保自己全须全尾也算不胜而胜。官府呢，现如今朝廷懦弱，山河板荡，地方官员朝不虑夕，心黑胆大手疾眼快的，趁机给自己捞一票，万一改朝换代了，手中有银子，还可做一个安乐公，那些呆头呆脑的，还在做疾风知劲草板荡识忠臣知其不可为而为之的志士之梦，知府老爷就是这样一个不识时务的俊杰。铁徒手这人啊，要是搁在太平盛世，绝对是一个难得的清官好官，可惜他生错了时代，在末世做官，像他这样脑子一根筋的，要不，会让老百姓雪上加霜，要不，会让自个身败名裂。你说说，他做的都是些什么事呀，官府缺钱花，狗眼睛都看得出来的，你得另想良策呀，怎可在穷人身上动刀子呢。对穷人，你可以断了他的活路，此处不留爷，自有留爷处，人命如蚁，蚂蚁是长着腿儿会跑的，生死自在天命，可你万万不可断了人家死路，连死的路都堵死了，那只有拼死一搏，寻求活路了。我牛不从是从小在穷人堆里混大的，我比谁都了解穷人。平日里，穷人当牛作马可以，吃糠咽菜可以，给人当孙子可以，但你要给他一个盼头，有了这个盼头，就会这样一辈子一辈子模糊下去了，可一旦连牛马也做不成了，连糠菜也断顿儿了，连孙子也做不成了，那他就是洪水猛兽，就是爷，他就会把人肉当饭吃，把人血当酒喝的。可是，话又说回来，官府就是官府，百足之虫，死而不僵，看起来气息奄奄了，咬起人来，仍然一口一个嘣儿脆，穷人又是散漫四处的，你在往前赶，他在往后扯，很难成了气候，即使最终成了气候，你看看那些两脚踏在穷人血泊里收庄稼摘桃子的又有几个是真正的穷人？就说这些脚户兄弟吧，生死交关之际，只要有人挑头，肯定会一哄而起的，可是，只要真的大难临头，肯定又会一哄而散的，被掐了头的，是那些挑头的人。牛不从盘算来，盘算去，他早已被推到了挑头的位置，眼下又是非常时期，他必须做得像个挑头人的样子，他要是缩了头，无论结果如何，在几方面人那里，他都会像一条丧家的癞皮狗那样，随便谁都可抬脚踹他，只有继续撑头，把自己搁在浪潮中心，他才可见风使舵，游刃有余。

牛不从在用踩死蚂蚁的步子走路，可还是禁不住走到了马府门前，门丁迅跑进去，又迅跑出来，说我家老爷快请牛老爷。马正天一手端烟锅，吧滋吧滋抽烟，踢踢踏踏踱步，进了大门，牛不从快走几步，脚板用了力，腰腿都用了力,走得急,走得猛,赶到厢房,便有些气喘。一进门,便火急叫道:"老爷,大事不好了,在下无能,没有办成事情。"

"先喝口茶,润润嗓子慢慢说。"

六两早备好茶了,牛不从真有点渴,羊毛袜子的臭味黏到嗓子眼上,他恨不得用手去抠,加上又急又气,见了温度刚好的香茶,手一扬,一碗茶连根儿差不多都下肚了,马正天哂笑道:"看把兄弟劳累的,慢慢喝,天塌不下来。"

六两急忙赶进来,又添满一碗,很快退了出去,牛不从轻呷一口,清理了嗓子,神情沮丧地说:"我真是无用,年老爷不在家,听下人说出门收账了,我不信,哪有大正月天跟人讨账的?我装作参观年府,前后院转遍了,连牲口圈都看过了,不信,老爷闻闻,现在还满身牲口味儿呢,可是,就是没见到年老爷的人影儿。我就等,那些下人恨不得拿眼睛把我夹死,等到这会儿了,等不着,才回来了。"

马正天嘿嘿一笑,不说话,又嘿嘿一笑。他嘿嘿一声,牛不从心里咯噔一声。牛不从是不大会撒谎的人,对他来说,撒一个谎,比挑着二百斤盐担走出二里地费劲多了,尽管路上把谎反复编圆了,临到头,一个圆滚滚的谎从口里挤出来,仍感到棱棱角角的,把脸都憋红了。马正天又嘿嘿一笑说:"牛兄弟,你也不必太在意。年如我躲了,他躲得对,按道理说,我也该躲,但我不躲,这就是人和人的不同。他躲了也没啥,离了他那泡狗屎,咱照样种白菜。你安心去休息吧,正月十五,闹他个底儿朝天。"

牛不从走了后,马正天用烟锅在墙壁上敲了三下,挂在墙壁上的一张巨幅饿虎扑羊图忽然动了,一虎一羊缓缓朝旁边移去,都在动,速度却是一样的,虎并没有追上羊,羊也并没有被虎追上,画的后面是一扇小门,门开处,里面钻出一个人,他叫黑娃,是年如我家的园艺工。他扑通跪在马正天面前,急口分辩道:"老爷,千万不可相信那个姓牛的,前前后后都是我亲眼所见,若有半点虚言,甘愿让老爷碎刀子剐了!"

"起来!"马正天轻声一个断喝,黑娃忽忽悠悠站了起来,又要急口分辩,却听马正天说:"你说的什么话?我要是信不过你,哪能把天字第一号的重大差事交给你？实话给你说吧，你是我最信任的人。我问你，今晚年家给你分派了活路没？"

"回老爷，眼下还是寒冬，园子里并没有多少活儿，奴才只是打扫维护后院，管得并不紧的。老爷有何指令，奴才粉身碎骨，也不敢辜负了老爷的信任。"黑娃很激动，一脸志士赴国难的慷慨。

马正天抽了几口烟，悠闲地转身拉开一个抽斗，从里面捡出一把散碎银子，顺手递给黑娃，随口说，大概是五十两，凑合着花吧。黑娃满脸的诚惶诚恐，双手伸出去了，接住吧，他不情愿，不接吧，又怕把人家手冷了，只好先接住，急忙说，老爷以前所赏银子还没使完，小人并不需要银子的，为老爷办事，奴才上无老下无小，吃喝有年家管，并不需要老爷破费的。马正天笑道："你逛窑子的钱，年家也管吗？"

黑娃扑通一声又跪下了，急忙说："老爷明察，奴才就那点出息，好久再没去了，以后再也不敢去了。"

"起来！"马正天威严地断喝一声，黑娃又忽忽悠悠站了起来，两腿还在打战。马正天和悦了脸色说，真是榆木疙瘩脑瓜，老爷我追究过你做的那没出息事了吗，从来没有啊，对吧？你再想想，上次你逛窑子的钱是谁给的？人嘛，嘴上进来，下面出去，进来的路只有一条，出去的路好几条哩，不光是拉屎撒尿，那根肉橛子长在身上，就得给它找去处，你没媳妇，良家妇女是有主的，不可轻易下手，在这点上，你做得很好，这也是老爷我信任你的其中一点。窑姐儿是天下男人公用的媳妇，银子就是她们的男人，你不去逛，他也不去逛，她们岂不是独守空房衣食无着的寡妇了？黑娃者，忍心人也！

黑娃站在那儿，听马正天这样比前比后一通说，眼前似乎豁亮了，心中却没底，像一个巨大的空洞，扔进去一块石头，听见了遥远的回音，却不知石头到底落哪儿了。马正天抽了几口烟，品了几口茶，慢悠悠地说："听风楼近日来了一个西域窑姐，名叫什么洛娃，生的金发碧眼，肌肤胜雪，更兼精通律吕，琴声一起，翩翩起舞，那肚脐眼甩的，满世界的人都装了进去，那屁股抡起来，只听得头顶艳阳晴空中霹雳声声，撩拨的你热血沸腾，上了床后，那个浪！你还以为天塌了，地陷了，满天下的牲口都疯了，满天空的飞禽都遇到了鹞子,你简直不知道自己是死了又活过来了,还是活着正在咽气呢。你听说过吗?"

黑娃咽口唾沫,黯然说:"不敢瞒老爷,下人们晚上无聊,胡说八道过嘴瘾,都是道听途说,老爷思量一下,我们这些下人,猪狗一般的,哪见得了如此天外人物?"

"又是胡说了,天外的也好,天内的也好,给了钱,她就是窑姐儿,都得从天上下来,乖乖地躺在男人的身下。不敢夸口,那妙人儿在老爷我身下躺了好多个晚上呢,真是不错,不敢夸口,老爷我还真是长见识了。"

"老爷说的倒是实情,以老爷这等富贵,天下最好的自该是为老爷生就的才合情理,如奴才这般的,听人说说,饱了耳福,就算是不枉在世上走一遭了。"

"你这奴才,真是天生的奴才!为什么只可听,不去瞧瞧,不去磨叽磨叽?"

"回老爷,老爷有所不知,听说那妙人儿自居奇货,没有五十两银子连面都见不着的。不瞒老爷说,五十两银子在老爷眼里,只不过是零花钱,在小民百姓那里,可是一家人几年的吃喝用度啊。"

马正天哈哈一笑说,老爷喜欢的就是你的明事理。他连续抽了几口烟,在地上悠闲地踱步几圈,回头突然问:"你家共几口人?"

黑娃一呆:老爷早知道我是秋天的桐树光杆一条,为何还这般问,不是听到谁递了什么歪曲言语吧?又一想,不管谁嚼了什么蛆虫子,总不能在鸡窝里说出来一只凤凰吧。他说:"老爷明察,小人自父母同时遭难后,从来只是一个人过活。"

"老爷何尝不知道啊。老爷要问的是:你一个人活好了,是不是就等于全家活好了?"

"回老爷:是的。"

"你现在明白老爷给你五十两银子的用意了吧?"

"回老爷,老爷太过高明,奴才太过愚钝,请老爷明示。"

马正天突然一个虎扑,闪电一般晃到黑娃侧面,弯腰伸手,稳准狠,逮

Qingbaiyan

住了黑娃脚裆一件硬挺挺的东西，黑娃惨叫一声，想萎下身子，却萎不下，只得老老实实站着，马正天笑道："你狗日的还敢哄老子！老子这双贼眼睛隔山看得见兔卵子，驴尾巴一翘，便知道驴要拉干屎橛子，还是稀屎汤子，快去吧，今晚上那个什么洛娃闲着呢，是老爷派人叫她闲着的。"

"谢老爷，老爷大恩，奴才永世不忘！"黑娃爬下磕头，膝盖还没挨地，一骨碌爬起，像受惊的贼一般冲出门去，闪眼不见了。

六两低头慢步走进门来，低头添了茶，转身又要出去，却不快走，步态蕞蕞惺惺的，一转身那一闪而灭的眼神也意意思思的，马正天抓女人这种神态，用他自己的话说就是：裤裆里抓毡，把把不放空。他故意装作不省得，悠闲地哼了一句酸曲：

　　正月里来女儿望想娘，
　　婆婆说起来正月待客忙。

已经走到门口的六两脚步顿了一下，又启动了，一只脚要迈出门槛时，又顿住了，一只脚杵在地上，一只脚跷在空中，马正天装作惊喜的声调说："啊呀呀，六两都学会金鸡独立了哎！咱家可真是藏龙卧虎，藏母鸡跑凤凰呀，你再练练，让老爷开开眼界，好不？"

六两把跷起来的那只脚落下来，落到了门里，她噙着眼泪，回头惨然一笑，幽幽说："老爷取笑奴婢了，奴婢哪里会练什么金鸡独立。又哪敢糟践了金鸡凤凰，连母鸡都不敢比，母鸡是要下蛋的，不下蛋，就该杀了吃肉了。"

"呵呵，闹了半天，你想下蛋了啊，那就下嘛，咱家下蛋的窝多了去了，你看上哪个窝就在哪个窝下吧。"

六两悄悄擦了眼泪，硬着头皮，轻声说："奴婢虽然愚昧，却知道母鸡下蛋是要公鸡给踏的。"

"呵呵，老爷我不是公鸡吗，不是也踏过你好几次了嘛。"

"踏过是踏过，可奴婢心中明白，奴婢只是一只又土又丑的母鸡，哪比得上人家的洋母鸡，那肚脐眼儿甩的，那屁股抡的，那浪的……"六两模仿马正天的神态语气一板一眼在地上比画了一回。马正天眼泪笑出来了，六两的眼泪终于忍不住，也出来了。这一出来，便如江河决堤，霎时脸上的坑坑洼洼都弥漫了。马正天不觉心下受到震动，收住笑，撂下烟锅，赶过去，双手捧起六两的脸，柔声说："哟，六两会吃醋了？"

"奴婢是哪个牲口槽里的草料，敢吃老爷的醋？"六两想放声大哭，还是忍住了，眼泪却无论如何忍不住，从两眼喷涌而出，喉头哽咽，胸部起伏如浪涛澎湃。马正天展开双臂将她拥入怀里，双手在她后背轻轻抚摸。六两稍稳定了些，马正天说："想不到你还是个有心的女子呢。我对你也挺好的嘛，怎么吃起醋了，我这人就好这一口，你是知道的嘛。"

眼泪流得差不多了，六两心气平顺多了，她偎在马正天怀里，轻声说："老爷千万莫要误会了奴婢的意思，奴婢知道老爷怜惜奴婢，心里是一千个一万个快活，又哪里顾得上吃老爷的醋？"

"不吃醋，你哭什么，又把那个洋姐儿的事抬出来？"

六两低下头，在马正天怀里磨蹭了一会儿，羞赧地笑笑说："奴婢也不知道，也不该想老爷和别的女人的事情，可听见老爷和别的女人在一起，还是忍不住要流泪。"

"这就对了嘛。今晚咱们痛痛快快地踏一回蛋。"

马正天说着双手一掬，六两双脚就离了地，她双手死死搂住马正天的脖子，挂在空中的两脚滴答作舞，口里却叫道："老爷，人家不嘛，快快放了奴婢，老爷晚上还有要事，要是因为奴才耽搁了，奴才死都没地儿死了。"

马正天掬着六两一边往床边走，一边说："晚上有啥要事？晚上的要事就是给我的六两踏蛋，踏出一颗六两重的蛋来。"

六两舞起双拳，轻轻擂着马正天，到了床边，她不再擂了，软瘫在床，四仰八叉躺在那里，任马正天熟练地施展脱女人衣服的本领。她喃喃道："老爷，奴婢想听老爷的心里话：究竟奴婢好，还是那个什么洛娃好？"

"那还用说，六两好嘛。谁还能有我的六两好。"

六两卖力地配合着马正天的行动,到了嘴有了间歇时,抽空说:"奴婢知道老爷是在应付奴婢,可老爷说出这种话来,奴婢还是高兴。"

马正天一边喘着粗气,一边说:"这你就不知道了,女人没有绝对的好,没有绝对的不好,好女人也不是在任何时候都好,不好的女人也不是在任何时候都不好,这一会儿,你就是天下最好的女人,就是拿那个什么洛娃来换,十个洛娃也换不走一个六两。"

马正天是练武之人,身躯庞大,力道十足,身上每一处都像是刚淬过火的铁疙瘩,六两又是刚经人事没几回的新手,身上到处都还嫩,在马正天猛烈地冲撞下,骨架子快要散了,被冲撞到的地方一概火烧火燎的,她把种种不适强自埋在心里,鼓起平生勇气迎接着马正天,直激得马正天如疯如癫,不觉把老底儿全数掏了出来。听马正天这样说,六两感动得想流泪,可她知道现在流泪是很败人兴的,再说,她真的很感动,她只不过是人家从班子店买回来的窑姐儿,不,窑姐儿是够不上的,当年,老鸨娘连十个铜板都不肯掏,连一口活命饭都不肯给,老爷却掏了六两银子,这六两银子不但救了她的命,也救了她全家的命,可以说,她和她全家的命都是老爷的,老爷啥时候想要,还给人家,一点都不冤。她永远忘不了她头插麦草棍儿站在西峰街上的那几天,她也永远忘不了老爷领她回家的那一天,那时,她在心里就发了狠,这一生,她的一切都是老爷的,为了老爷,她随时可以舍得一切。可当老爷与她有了这种事后,她发觉她的心里起了变化,她把老爷看成了自己一个人的,老爷晚上出门从不干别的事,他一脚迈出门槛的那一刻,她的心口便忍不住隐隐作痛,她硬了心,决心不想老爷和别的女人的事,非但不济事,还引来心口一阵阵炸痛。她由马正天和她在床上的事体联想到今夜他和别的女人也这样颠三倒四,胡天胡地,心口那个绞痛呀。她知道自己产生独占老爷的念头是多么的荒唐,连夫人都不管人家,你一个伺候人的丫头也不怕舌头大了把嘴压扁了,是脚不是脚的都想往鞋里塞,人常说,马槽里添了一张驴嘴,说得恐怕就是自己当下这种情况。她已经度过了好几个不眠之夜了,自从与老爷第一次有了那事后,她睡在夫人房里便睡不踏实,只有偶尔老爷叫她陪睡,她才可睡个做出梦的觉。临近过年的那几夜,老爷都是在外面过的，听下人偷偷说，老爷和一个大洋马好上了，听到这话，她的嗓子眼，嗝儿一声，一口气上不来，差点没把她噎死。以前听到这话多了，她只感到过一丝失落，觉得这是与自己无关的事情，而且，她从心底认为，老爷该过这样的日子，天天都该不是皇上的皇上，不是新郎的新郎，要不，挣那么多的银子干什么，谁能挣这么多的银子，谁就该过这样的日子。那几夜，她多少次都产生过同一种冲动：去看看那个洋女人到底是啥样子，难道女人的那个孽障是金子做的不成？可是，打死她她也不敢去，犯了老爷的忌，这辈子别想再见到老爷了。先前，老爷每次在外面过夜回来，都是一脸的无所谓，这几天，可不一样了，满脸都是笑嘻嘻的，身上散发着一种浓烈的味道，她仔细嗅了嗅，认出那是骚味，是男人想做那事时发出的特别味道，这几天，每当太阳西斜时，老爷便魂不守舍，时不时地要看一眼太阳，坐卧不宁，转出转进，百无聊赖，她知道是那个洋女人勾走了老爷的心。她自然不敢说老爷的不是，把一腔怨恨都撒在了那个女人身上。她心里一遍又一遍恨道：都快过年了，你还到这卖肉，腊月二十三，俺大清国的老驴老马都要歇一天哩，你洋女人难道连俺老驴老马都不如吗？你那东西又不是铁打的，又不是在青石板上凿出来的石窝子，难道都不让它歇歇吗？钱有多少得够，挣一点够吃够喝够买衣服胭脂口红就行了，人要紧。什么话丑，什么话脏，什么话狠，她就用什么话诅咒那个她没见过面的洋女人。年关看看临近，她想，这下好了，洋女人该回家过年了，听说洋女人的家离这里比京城离这里还远好多呢，说不定，她回去再也回不来了。可是，后来，她听说洋女人不过年，她的心一下子沉到了脚后跟。还好，腊月二十五那一夜，老爷再没出去过夜，直到现在。这段时间，老爷也没叫她陪夜，他显得很疲惫，天擦黑，就上床睡了，睡得像死猪一样，呼噜打得房顶的瓦片哗哗作响。她有点担心，夫人却说，那个老不德行的，也不知道省点劲儿，把那个事情嘛，当酒席的吃哩。她不敢接口，但她知道了，男人做那事时是很累的。累，为什么还那样贪，有的把家产荡光，有的坐牢，有的连命都搭上了？这男人呀，真是个说不清。其实，不光男人说不清，女人也说不清，从去年开始，见了老爷怕极了，生怕她的手不小心碰着老爷的身子，更怕老爷碰着她，当有了那事后，却既怕老爷碰她,又怕老爷不碰她,睡在一块,她满身不舒服,老爷与别的女人混在一起,她心里又万分难受。

苦了一场,癫狂了一场,六两近一个月积聚的怨艾,忽地一风吹干净了。眼泪洗净了一腔的尘埃,癫狂使她浑身舒坦,如同在热水盆里泡了一个透澡,所有毛孔里散发出来的都是幽香。此前,在做这事时,从来感到的都是疼痛和不自在。这就怪了!马正天躺在身边喘粗气,她悄悄用身子挨一挨他的身体,发觉到处都是软绵绵的,像是新宰的、刚被剔去骨头的鲜猪肉,皮肉湿津津的,全没了刚才的铁骨嶙峋。怪了耶!男人家的身子不简单哩。她正在暗自惊诧,正在胡思乱想,黑暗中,忽然传来马正天的声音,她知道他就紧躺在身边,声音却来自遥远,如同在大雾地里隔沟喊人,声音晕晕乎乎的,又好似在暴雨中呐喊,声音被撕扯得断断续续,只听他说:"六两,你在想啥?"

"没想啥,老爷。"

"想了。"

"没想。"

"我说想了。"

"老爷说想了就想了。"

"想啥了?"

"想那个洋女人。"

"洋女人有啥想的,我都不想了,你还想,你想不是白想吗。"

"白想也要想。"

"你想你的想。你想她什么?"

"老爷说那个女人多好多好,到底有多好?"

"年前确实好,一过年,就不好了。"

"年前到底咋个好法嘛,老爷说说,也让奴婢开开眼嘛。"

"就像你现在这么好。"

"那么,过了一个年,咋又不好了呢。是不是再过一个年,奴婢也不好了呢。"

"不是的。不要再问了,你不懂的。给你说吧,和那女人睡一夜,就像中药煎过一遍,铁打的男人也招架不住。"

六两似乎明白了,心里踏实了些,胆子也大了些,便捂着嘴吃吃笑个不住。马正天说:"你这疯丫头,平白无故笑个什么?"

"奴婢没笑什么。"

"没笑什么你笑什么?"

"奴婢真的没笑什么。"

"没笑什么你还笑?"

"奴婢忍不住要笑,可没笑什么。"

"笑什么?说!"

"没笑什么,老爷叫奴婢说什么?"

"你说不说?不说,你可不要后悔。"

马正天把手搭在六两身上最怕痒的地方,六两害怕了,忙告饶说:"奴婢说,奴婢说,老爷把手拿开,奴婢马上说。"六两又笑了一阵,才说:"奴婢记得,中药只需煎三遍就剩药渣了。"

"对啊,这有什么好笑的?"

六两实在忍不住了,由吃吃笑,改为咯咯笑,又改为哈哈笑,在马正天那只手的威胁下,她说奴婢说了,老爷可不许怪罪,在得到马正天的承诺后,她终于说:"据奴婢所知,老爷已被那女人煎过至少四遍了哎。"

马正天终于听出了六两设套骂他是药渣,且是被煎过四遍以上的,心里一下子生出无比的快感。确实,那个洋女人把他折腾得够呛,她身上的一切与他所见到的女人都判然有别,块头、肤色、行事方式,都不一样。原来人说这个女人浪那个女人骚的,和洛娃比起来,都该给她们每人立一方贞节牌坊的。这个洛娃,第一夜让他狂喜,第二夜让他喜过之后,忧从心来,第三夜,让他力不从心,第四夜,让他感到恐惧,一种从来没有过的恐惧。她简直是一个没底坑嘛,从太阳落山,到日出东方,他耗尽气力,一遍又一遍,人都累虚脱几次了,却发现,人家非但若无其事,还好像刚尝着味一样,浑身上下,都喷射着饥渴的信息。这让他沮丧,在这方面,他从来都是自负的,从来都是女人向他反复告饶哀求，他的仁厚宅心被启发出来后，他才肯放过她们的，他获得的从来都是对方逃过一劫的感恩和庆幸。可是，洛娃不是这样，她虽没有明显的怨艾，却有着一顿饭只吃了半饱的遗憾，多亏她不会说汉语，她只会说几句简单的汉语：马，银子，五十两，很好的，我等你。但他懂得她身体发出的信号，懂得她的眼神，多少次，他已筋疲力尽，装作不明白她的意思，躺在那儿装糊涂。她说话太吃力了，又不能表达准确意思，她不耐烦，就用手说，她的力气大得惊人，他感到，他俩要是角力，很难说谁输谁赢，两人平躺在床上，这是最难用上力的姿势，可她伸出一只手，像揭一张狗皮褥子那样，使劲一扯，他就不由自主地平地飞起，铺展在她的身上。活动了大半个晚上了，他的身体便不肯配合，她有的是办法，三捏弄两捣鼓，又照常开展工作了。多亏遇上了过年，休息将近一个月了，他除了与六两有过几次，再都是养精蓄锐，做好准备后，再去会会那个洛娃。现在精力恢复了，对她的恐惧感却没有消除，每当想起那几个恐怖之夜，他用手去摸丹田那儿，感到凉飕飕的。他还没有足够的底气走进听风楼，近来，又要干一件大事，这种玩的事情还是往后放一放为好。他知道那个黑娃天生好这一口，听说功夫也不错，像黑娃这种人，见了女人连命都不要的人，你要让他干卖命的活儿，就给他钱，让他去找女人，一次把瘾过足了，至少在半年之内，他的命都会牢牢握在给了他嫖资的人手上的。马正天暗笑一声，年如我纯粹不会用人嘛，一次给那么一点散碎银子，嫖好点的名头正盛的窑姐，嫖资不够，只好嫖差一点的，他心里又不十分快活。累加起来，年如我给下人的赏金要比马正天多许多，可他那些下人却不肯真的为他卖命，为啥呢，银子都撒了胡椒面了。马正天舍得下赌注，一下子让你吃个贼饱，日后任何时候肚子饿了，首先想到的都是那一顿饱饭，不用喊他逼他，他自个就回来了。马正天就是这样对待下人，对待女人，对待所有人的。他在外面勾搭的那些女人，一年半载得不到他半点好处，偶尔得到一次，用来买衣服，够半辈子穿，用来买粮食，够几年吃，用来盖房子，基本材料也差不多少了。所以，与他好的女人从来不跟他张口要东西，哪怕明天就要断顿儿了，也不会开口的。她们知道马正天最反感女人拿这事跟他搞交易，她们需要什么，他

都知道，他会主动资助她们的，她们一开口索要，性质就变了，就变成嫖客和窑姐的关系了。马正天希望与他好的女人都是出自感情，都是因为喜欢他这个人，而不是冲着他的银子才跟他好。哪怕是去找窑姐，他也希望她们首先喜欢他这个人。西峰就这么大一点地方，十几家班子店的鸨娘龟头跟他熟络的像熬到家的米粥似的，他和他的那一帮生意上的伙伴，是各班子店最重要的客源，窑姐在从业之初，早把马正天的喜好死死记在心里了，别说开口问他要这要那的，他有时候喜欢谁了，来兴致了，要来一次千金买一笑的潇洒，窑姐为了不驳他的面子，当场会接了他的财物的，过后，留足自己应该得到的，又会派人将多给的部分送上门去。这让马正天感动莫名，谁都知道，窑子是宽无边际深不见底的火坑，把一个锦绣江山填进去，连影儿都找不着的，何况是一个人。他也知道，婊子无情，戏子无义，这些欢场上的人，眼里除了钱，连天空和大地都看不见的，与他们讲情义，他们把你摺进火坑烧焦摺进水坑淹死，他们还会骂你是个天生的猪脑子的。可他一入她们的港，就不知该把自个的船泊在哪里合适了。脑子一热，手中的银子口袋底儿就掉了。她们越是跟他客气，他越是觉得她们可爱，挖空心思在她们身上使银子，她们实际得到的比她们应该得到的和想得到的多多了。马正天是生意人，算盘打得无比精明，可这样做，他高兴，我的胯子我的腰，我爱摔几跤就几跤，有钱难买我乐意，唉嗨嗨，谁让人家有钱呢，有钱不花，还叫钱吗，把河滩里的石头疙瘩捡回来，把库房堆得满当当的，不一样嘛。

"老爷，你生奴婢的气啦？你可是答应不生气的哦。"

正在遐思无边的马正天猛听得六两这么一说，飘飞的风筝又回来了。他是想得起刚才与六两做过的事的，也想得起他们说过什么话，具体说了什么，一时却想不起来了，为了不让六两觉出他的心不在焉，他漫应道："我的六两这么这么的好，老爷宝贝还来不及呢，怎么会怪你呢。哎，刚才你说了一句很有意思的话，老爷还想听一遍，你再说说。"

六两又说了一遍，马正天大笑数声，一个鱼跃骑上六两的身子，笑道："老爷可是一根百年老参，漫说煎上三遍四遍，再煎三十遍四十遍，药力还大着呢。老爷就用你的新砂锅儿煎老药吧。"

此后,煎药,成了马正天和六两之间的绝顶私密话儿。

正月十五晚上,西峰人是在百感交集中度过的,官民冲突看起来当下是和平解决了,而且,官在民面前服了软,但,常识告诉人们,严重的危机正在酝酿中,从古以来哪有官给民服软的理,暂时无奈服了,只是为了腾出手来,到秋后算账,但那时利息就高了。脚户其实不是西峰最穷的人家,他们的日子虽过得辛苦,挣的却是活钱,每个月从塞上到西峰往返两趟,从塞上南下西峰时,每人挑盐二百斤,上缴完各种费用,可以获取七八钱或一两银子的利润,从西峰北上塞上时,盐担是空着的,勤快点的,眼道活络点的脚户,会在西峰趸一些从西安转运上来的洋货捎带上,走一路,卖一路,赶到产盐地,也就卖光了。其实,做这种生意是不费事的,常年走这条商道,沿路就地打尖,与六百里路上的居民大体都是熟悉的,每个人都有自己相对固定的歇脚点,谁家缺少什么,便委托他们代买,有的付了本钱的,有的货到结算。也没什么贵重货物,无非是针头线脑洋布洋糖洋火洋碱等等日用百货,要娶新媳妇的人家,会让脚户们代买一些洋花布洋炕单洋镜子洋脂粉之类。陇东地区转运塞上食盐的商路就是震烁古今的萧关古道,西峰北上,下了董志塬到庆阳城,或沿西川环江谷地一路北上,过山城堡、甜水堡,出蒙城,到了塞上,穿过大戈壁滩,就是产盐地了;或由庆阳城走东川,沿柔远河到悦乐、柔远城,过长城梁,抵达陕北吴起镇,继续北上,看见戈壁滩时,也看见盐了。两条路都夹在两山中间,最宽处也不过一里地,大多都是百步宽的河边台地小路,临近塞上时,都有高山阻隔,马车牛车是行不通的,只有靠人力。沿路居民稀少,都靠耕种河边台地过活,也为来往客商提供歇脚之地。大商家是不在农家吃住的,两条路都是古驿道,每隔四十里,必有一处驿站,借着驿站,慢慢兴起小镇,每镇都有几家客栈,支应来往行旅,当然,也少不了烟馆茶馆赌场班子店。脚户们本小利薄,是住不起客栈的,他们都选择在路边农家歇脚,一来二往成了朋友,店钱饭钱往往就免了,往西峰走时,他们会给房东抓几把青白盐,往塞上走时,随身给他们带有货物,房东把货物的本钱付了也就罢了。脚户们无论北上南下带的东西与妇女的关联最

是紧密，她们认为是他们帮了她们的忙，歇脚时吃吃喝喝，又都是妇女们支应的，她们对他们伺候得便格外尽心，两条线上，人烟都稀，人口少了，人便爱惜人，沿路居民都住土炕，冬夏春秋都是要烧热炕的，柴火又奇缺，一家人通常挤在一面土炕上，客人来了，不论男女，也都在一张炕上歇宿，俗称一炕滚。常年来往，互相帮助，日久生情，脚户们一般都生长的雄壮有力，又是常年奔走的人，见多识广，谈吐不凡，便颇得沿路妇女芳心，每个脚户大概都是有一个相好的，活泛一点的，还不止一个。男人把相好称之为干妹子，或娃他干妈，女的把相好称之为干哥哥，或娃他干大。这里民风淳朴，丈夫们也不太在意妻子与客人的暧昧关系，反倒认为，人世间多了一门干亲，是一件好事，在晚上歇宿时，主动让妻子与娃他干大睡一个被窝。

这样说来，脚户的生活其实是相当浪漫的。在正月十五那一晚回家后，已到后半夜了，牛不从给婆娘纽纽安顿说，让她把面发好，晚上备好干粮，正月十七，他要上路的。正月十六这一天，他一直睡到午时以后，爬起来，吃了两大老碗热腾腾的羊肉泡馍，一下子感到浑身有使不完的劲儿。他带上十个铜板，悄悄来到公刘庄洋布店，扯了两段蓝底碎花布，让店家用红布边料分别包好，揣在宽大的袖筒里。他与别的脚户不同，上路时，他穿短衫宽幅抿裆裤，为的是行动利落，也符合自家下苦人身份。日常可不这样，在夏天，他身穿一袭粉底暗花府绸长袍，热风一过，飘飘洒洒，绸香袭人；冬天，他身穿一领灰布棉袍，倒像一个引领新时尚的恃才傲物的教书先生。自从他把那块璞玉卖给马正天得了一百两银子后，翻盖了房屋，买了一个他给起名为金谷的丫环，还给自己置办了这两样行头。有人劝他说，这种行头与他的身份不匹配，他却不这样看。不过，他穿这种衣服的机会很少，一年四季大都奔走在商道上，一单一棉两件袍服置办得有些年头了，还与新的一般无二。他的这两段花布是送给两个干妹子的礼物。他常走的是萧关道，他的一个干妹子在洪德城，名叫胡素花，男人姓叶，死了好几年了，胡素花带着七岁的儿子和五岁的女儿守着几十亩山地和一群山羊过活，与牛不从好上后，她又生下一个没有名正言顺父亲的女儿，名叫叶天换，都两岁了；一个干妹子在甜水堡，名叫廖喜鹊，丈夫也死了，她也带着一个八岁的儿子和一个六岁的女儿,守着几十亩山地和一群山羊过活。她与牛不从好上都快五年了,肚子却未见变化,每一次相会,在情浓意浓时,她都要趴在牛不从的耳朵边,痴迷万端地说:娃他干大,我想给你生个儿子,像你一样的儿子!每次牛不从都说,生嘛,生嘛,你放开肚皮生,生一大堆小牛娃子,我不贩盐了,跟你一块放牛多好。可最终廖喜鹊连一个小牛娃子都没能生出来。不过,这并没有影响两人的感情。两个干妹子虽都是拖儿带女的寡妇,生活压力却不大,这里地薄民瘠,两年一小旱,三年一大旱,小旱减产,大旱颗粒无收,可土地广阔,走的是广种薄收的路子,收一年,三年也吃不完,还有一群羊补贴,日子过得胜过了平原人家。牛不从无论歇到谁家,都少不了羊肉吃,胡素花一见他来了,全身像着了火,满院子大喊:杀羊,杀羊,给娃他干大杀羊!廖喜鹊也一样,当即把手中正做的活路扔下,如果儿女在跟前,给他们些许馋嘴的食物,哄他们出去玩,屋门咣当一声关上,先把自己脱剥清爽了,嫌牛不从下手太慢,又帮他脱剥利索了,嘴里还在嚷嚷着:你个挨刀子的,房子眼看着火了,还不快点浇水灭火!有时,牛不从会故意耍赖说:人家挑着重担走了几十里山路了,也不让人歇缓歇缓,胡萝卜塞屁眼,只图你的眼眼儿圆哩!廖喜鹊会撇嘴说:虽都是出力,出的力是不一样的,还拿你那二两臭肉勒掯人哩!牛不从争辩道,不是二两,是四两,也不是臭肉,是五香的!廖喜鹊说,好好好,是四两,要是四斤多好,不是臭肉,是五香驴肉,行了吧?接着,便是杀羊,肥肉精肉花肉,挑着拣着吃,管饱吃。牛不从每想起他的这两个干妹子,心里便涌上一股股潮乎乎的温暖。可是,官府却要断了脚户的生活,别的不说,与这两个干妹子从此天各一方,他都是不能答应的。好在,事情得到了圆满解决,又能与她们正常交往了,他满心欢喜。

过年的前几天,牛不从已给全家老少换了新衣服,正月天,也没有添置衣服的风俗,这时候扯布回来,都是当礼物送亲朋好友的。婆娘纽纽见他拿了两段花布回来,脸突地阴下来,恨声道:又要孝顺你哪个婊子妈了?纽纽是脚户家出身,从小什么脏话丑话混账话都听过,也说得顺口了。牛不从也是从小听惯说惯了这种话的,先前并不在意,有了一点钱后,他先从自身做起,这种话忌口了,要从嘴头上,成为上流社会的人,他也这样严厉要求纽

176

纽和家里人，为此，纽纽没少挨打，有些改进，不留意，又顺嘴出来了。其实，她说这话时，一点不带脏字，脏字在这里早失去原来的意思了。正满心想着甜蜜事情的牛不从，兜头被浇了一盆又冷又脏的水，心火轰的一声，蹿出了几丈高，他扬手就要扇过去，带着凌厉风声的手掌却停在了空中，他咻咻说：到底是上正半月的，要不然，我一巴掌扇烂你的臭屄！过年期间不可吵架打架，否则，流年不利，这是老规矩。免了打的纽纽扑哧笑了，她笑得浑身䐴肉乱颤，伸出一只胖手，指着牛不从说：你还嫌人家说脏话了，你呢？牛不从也颇感失口，又不肯服软，仍然黑了脸，火眼灼灼地瞪着纽纽。纽纽笑够了，上前亲热地拽住牛不从的衣袖说：娃他爹，咱是啥人就说啥话，是啥人就摆啥样子，学人家的也不像。你看看马正天，钱没谁多，脸没谁大，张口就往女人的脚裆跑，人家还不是人家了？纽纽的一句话把牛不从由云端打到了地宫，他早就意识到了这点，心里很是不服，经了纽纽的嘴说穿了，他的底气也泄了。他胳膊一甩，抢开纽纽，夺过花布，就要去内屋。纽纽却并未罢休，跟在屁股后面嚷嚷道，我就是想知道你要孝顺你哪个干妹子嘛，我只是想知道，又不是要剜谁的心头肉。牛不从停下脚步，回身笑道：该操的心不操，不该操的心瞎操！我一个下苦的，湿妹子都没有，哪来的干妹子？这是给人家捎带买的，你要是不嫌丢人，自己做件花衫子穿去。纽纽是一个头脑简单有口无心的女人，嘴使劲一撇说：我穿？日脏！回头忙活自己的去了。

　　牛不从兴致很好，他已成功走向西峰社会的漩涡中心，他的言行将会影响到许多人的日常生活和今后命运。拥有对别人的支配权，真是一件很让人惬意的事情，曾几何时，他一直像一头不知疲倦的牲口，把盐从几百里外担回来，缴给马家或者年家的盐店，领取少许酬金，又上路了，改变命运的是他那次豁出性命运回来的璞玉，百两银子的报酬固然让他喜出望外，打了一个经济翻身仗，要紧的是，马正天满眼看中了他，认为他有脑子，这一来，在脚户中，他赢得了尊重，穷弟兄们有了难处，都愿意向他讨主意。邱十八与他不同，他几乎是脚户中最穷的，上有二老，下有一大堆未成年孩子，可这个人天生不是属于哪家哪个人的人物，自己穷的精光溜响却经常把自个的事放在一边，一门心思在帮助穷兄弟，缺钱的，想方设法给人筹钱，缺力的，自个力气用完还不够，就去发动大伙一起上，要是谁与外人发生了冲突，他二话不说，挺着胸膛就上去了，要是穷兄弟间出了言气不和，他跟前跟后，婆婆妈妈，八八九九，给这家说好话，给那家赔不是，直到说和了算事。时间一长，马家见他这人做事靠谱，就把一些重要事交由他做，也经常明里暗里接济他的生活，大家也视他为主心骨。对邱十八，牛不从从心里是佩服的，可他不会那样去做。他的原则是，对自己有利也对大家有利的事，努力去做，前提必须是对自己有利。如果对自己没利，反而有害，说得比唱得还要好听，他都会坚决不做。这次与官府抗争，虽然风险极大，但他已成功把马正天推到了最前头，万一天塌下来，有马正天这个大个头顶着，如果不出什么祸端，他又是这次行动的主要组织者之一，功劳簿上至少位居次席，一举而正式成为脚户领袖之一，到那时，我牛不从就是在西峰说得起话的人物了。他渴望尽快出发，把自己的英雄业绩亲口说给两个干妹子，再给她们送上自己的新春礼物，她们会把他当神一样敬着，当宝贝一样宠着。人上世来，不就是为别人的眼睛活着吗？别人的眼里有你，你活着，没你，你就是活着，也是活死人。

　　牛不从的心很热，在家里待不住，又来到大街上。刚才从街上回来，他全部心思都在花布那里，都在即将与干妹子见面的喜悦中，没留意街上的光景。在家里，看不见街上的情况，也听不到街上的声音，但他觉得有些异样。再出得门来，只眺望一眼，就证实了他在家中的感觉。往年，从正月十五开始，到二十日，这五天是西峰最热闹的日子。西峰人有个久远的传统，从老辈那里，人们便认定，过年其实是过忙哩，过关哩，人来客去，人需要招呼，神鬼也得敬奉，家口大点的，一个年过下来，老少都累垮了；日子过得富足的，年头要催债讨债，年下，要礼尚往来，蛇粗窟窿粗，格外要繁杂些，小户人家真是过年关哩，按老辈规矩，债务不可拖过年，年头欠债，来年还得受穷。婆娘娃娃身上得好坏添一件喜兴衣服，锅里多少得有点油水，屋里屋外，多少得显出新春气象。这都是要使银子的啊。正月十五一过，所有这些事办理的好坏都是陈年旧事了，留下来的是轻轻松松欢乐几天，过罢年，才

开始过年了，过的是真正属于自己的年。今年这个时候的西峰街上一片冷清，听不见炮仗喧天，看不见小孩打闹追逐，每年都要进城随喜的各村秧歌社火队，这时早闹翻天了，也不见踪影。二十年前的那场大变乱牛不从是亲身经历过的，征兆其实早有了，只是人们的眼睛被眼下的生活所蒙蔽，没有发觉罢了，待到发觉时，刀已架在脖子上了。提起那场大灾难，他不由得从内心深处佩服人家马正天，别看人家整天花里胡哨的，脑子却无比清晰，眼界无比高远。我的爷爷马登月给我说的话，证实了牛不从不是在拍马正天的马屁，马正天在生灵涂炭遍地死尸的乱世，把一家人的性命留了下来，把一个家族的财产大部分留了下来，做到这一点的，整个西峰，也就是他了。

马登月说，人说你老太爷是二杆子，我这样说可以，别人这样说可以，你不能这样说。乱兵还在关中呢，离咱西峰还有几百里地呢，你老太爷就密遣心腹，在深夜，押送金银细软，护送家小，躲到了百里之外马莲河边咱家的祠堂了。哦，你这个瓜毬娃，啥都不懂嘛，给你说话真费劲。咱家的祠堂就是咱们现在住的村子，他挥手一划拉，骄傲地说，如今村子里的地，还有邻近十几个村子，那时全是咱一家子的，就拿咱员外村说吧，四百六十八亩平展展的河川地，数不清的山地，雇了七家逃荒客，是专门给咱家守护祠堂的，你看看，村子三面临河，一面有高山阻挡，与平原隔着二十几里山路，随便掐断一截子，谁要想过来，除非他长了翅膀。万一打到村子，还有办法，你看看河边那座山头，那是咱家修的土城，几十米高呢，里面储存了够上百人吃一年的粮食，滚石擂木刀枪弓箭土炮，应有尽有，谁能攻得上去。半年后，乱兵打到董志塬了。董志塬是远近闻名的粮仓，官府调兵遣将组织民团要坚守西峰城，你老太爷知道乱兵正在势头，城是守不住的，仗打得越大，官民的损失就会越惨。他把咱家的粮食一下子从库里提出几万斤，拿出三千两银子，又去游说年老爷，年老爷与马家不合，可在大事上，脑子是清楚的，也准备了很多粮食，很多银子，只不过他家没有基地，你老太爷便让年老爷带领家小，押送金银细软，躲到咱家祠堂土城了。乱兵打来了，官军在城外打了几场硬仗，双方死伤那个惨哟。随后，官军抵挡不住，退进西峰城，守了一天一夜，撤了。在破城的那一夜，你老太爷也走了，留下海树理全权处理后事。乱兵一进城，见房就烧，见人就杀，见女人就奸，全城都遭了祸殃，唯独把马年两家放过了。海树理看见事情还有转机，便找着乱兵的头儿，替西峰全城百姓求情，答应由马家出面，为乱军筹集粮食和军饷，好歹才打发走了。事实上，大多数粮食和银子都是由马家代大家出的。你老太爷嫖风浪荡一辈子，为啥没人说人家呢，一，人家有钱；这二呢，人家有恩于大伙，人家与那么多女人有染，双方都是自愿的，你老太爷可从不干欺男霸女那种缺德事的。

我那时候，正如马登月所说，纯粹是一个瓜毯娃，整天只知道和哈娃没明没黑地疯玩，哪有闲心理会那些陈年旧事，有关马正天的长长短短，跟我是毯上挂镰刀，离心口还远呢。不过，关于牛不从的根根茎茎，我还是挺感兴趣的，因为据马登月透露，他是叶儿干妈的爷爷。我当时有些不大明白，叶儿干妈姓叶，牛不从姓牛，我问马登月，这老家伙不怀好意地嘿嘿一笑说，真是个瓜毯娃，给你说你也不明白，你把种子撒到别人家庄稼地里了，长出来的庄稼自然是别人家的。弄不明白的事我懒得理会，我才不动那类没意思的脑子哩。总之，那一年的正月十六这一天，牛不从像一头第一次上路不知天高地厚的驴驹子，心里想着与他的两个干妹子会面的来劲事儿，在家里心浮气躁，上街散心来了。

一街都是清冷，一街都是无趣，转悠到老城壕时，他突然想起西峰的所有班子店全在这里，他是从不来这种地方的，他与女人说不上有多干净，但他坚持和良家妇女来往，不与窑姐打交道，是他做人的底线。但他听说这地方不错，是男人的销魂地。想起班子店，自然想起了那个洋窑姐儿，那些好这一口的人，把那个什么洛娃说得神乎其神，一天接十个客人仍然谈笑自若，一派余勇可贾的架势。一天十个男人是什么路数呢，一个人五十两银子，十个人，就是五百两，乖乖！简直是一个银子冶造局嘛。有人说，一天接十个如狼似虎的男人，水滴石穿，绳锯木断，铁打的女人也招架不住的。可听过了招的嫖头们说，败下阵来的是男人，每接待完一个男人，她都轻蔑地抿起猩红的好看的嘴唇说：你的，不行！这方面的话，从马正天嘴里说出来最是靠谱，后来，他给人透露，那洋姐儿确实厉害，咱西峰的好男人，在她那儿，把脸都丢光了。他扬言，谁要是有本事伺候的那洋姐儿告饶，给咱西峰男人把脸面挣回来，我马正天情愿出一百两银子为他庆功，而且，他愿意预支五十两本钱。银子是好东西，一百两银子，有的人一辈子还挣不回来呢，何况这么好的事，又能挣这么多的银子。这一段时间，西峰街上的男人走起路来，个个抢胳膊撂腿儿，在老城壕窜来窜去，可是，敢去马家领本钱的人一个也没有。也有那些做事稳当的人，翻箱倒柜，或东抓西借，凑够本钱，偷偷溜进去，先试一回，如果可以，再去马家那儿报名，再连本带利捞回来，把西峰第一男人的美名夺过来。可是，一个个昂首进去，一个个低头出来，白白耗费了五十两养家糊口的银子，那些男人从听风楼出来第二天，是光棍的，都低眉顺眼，涎着脸，这家进那家出蹭饭吃了，拖家带口的男人，第二天全家就揭不开锅了，娃娃哭闹，婆娘跳井上吊，弄得一塌糊涂。马正天做人还是仗义，及时给一些资助，让这些虽败犹荣的英雄暂时渡过难关。牛不从想到这里，不觉心热了，丹田以下火烧火燎，他真想立即冲进去，会会那个洋姐儿，听说西洋人的火枪火炮厉害，身子总还是人吧，不会是什么狗屁机器吧。可是，他没有五十两银子，家里满打满算只有二十两了，房子卖了是凑得够的，但他不是那些脑子不整齐的二杆子，他是不会下这份赌注的。去马正天那儿申请这笔本钱吧，一是面子拉不下来，要做人上人的人，咋可靠这没名堂的手段呢，二来，他在听风楼门口抖擞了半天身子，觉得底气不足，为了争脸，倒把脸丢了，算啥事嘛。

　　牛不从心里想着事儿，脚下踱着碎步，在空旷冷清的西峰街上一连走了几个来回。猛然间，听见锣鼓唢呐从老城壕方向响起来，朝城中心渐行渐近。这是演的哪出呢？他心下有些疑惑，又有些鼓舞，便迎头蹀躞过去。面前来了一群人，排着整齐的队伍，最前面的那个人骑着高头大马，得意洋洋，身披红绸飘带，风吹带舞，煞是威风。一左一右是两个吹鼓手，两筒唢呐喇叭朝天，吱哩呜噜，呕哑啁哳，把天上的浮云都搅和乱了。跟在马后的是锣鼓手，破锣发出难听的破碎音，牛皮鼓旧得不像样子了，响声沉闷，一声声震得街道两边的老房子灰尘四扬。定睛看去，骑在马上的好像是黑娃，在身后使劲擂鼓助威的却是那个死不了的混混乏驴。牛不从心下大惑，这些混混子今天要干什么？神仙卧在家里当乌龟了，头蹄下水出来当大王了？马上的那个人就是黑娃，他不就是年家的园艺工，立什么大功了，这样威风的？他觉得有趣，跟在队伍后面看热闹。刚还死气沉沉的西峰，让这一帮人闹活了。家家户户大门哗然开了，老老少少涌出来，男人和大点的男孩子跟在队伍后面，吆吆喝喝瞎起哄。

队伍走到马家门前停下了，锣鼓唢呐一齐戛然停了响动。乏驴一瘸一拐，闪出队伍，清清嗓子，对龚七大声喊道："快去通报马老爷，乏驴有话要说！"

龚七心中不乐意，却不敢怠慢，向前躬身道："大侠请稍等，小人这就去。"

一会儿，马正天摇摇摆摆出来了，离老远，黑娃慌忙下马，缩身而立，乏驴抖擞精神，把弯曲的脊梁努力地挺起来，又挺不太直。在马正天一条腿迈出门槛时，乏驴迎上一步，双手抱拳道："乏驴给马老爷拜年！"

"不敢当，不敢当！马某也给大侠拜年。请问，有何见教？"

乏驴拱拱手说："见教不敢，乏驴只是想问问老爷，老爷说话算数吗？"

马正天一笑说："请问大侠，马某有过说话不算数的行径吗？"

"回老爷：没有！"

"那么，就请大侠示下。"

"乏驴听过一个传闻，说是老爷发话了，谁要是把那个洋姐儿拿在马下，让她服气，就是给咱西峰的男人争脸了，老爷情愿奖赏一百两银子。请问老爷，此话是真是虚，是真，请老爷兑现诺言；是虚，乏驴给你老人家磕头赔罪，转身就走。"

马正天呵呵一笑，说："是真的。"

乏驴近前一步，随手往后一指说："如今，英雄来了，特地前来领赏。"

"哪位？"

黑娃往前赶一步，跪下磕一个响头，说："黑娃给老爷拜年了。"

"就你？"黑娃本身又黑又瘦，弯腰驼背，活像一只大号的黑蚂蚁，全身

182

搜刮干净，也没有几斤肉，可名声在外，他经常给人说，他逛窑子，从来都是进门掏出一两，出门挣回二两，人问钱是谁给的，他说是窑姐的私房钱，人说你要钱没钱，穷得毬眼眼儿冒穷气，要人没一些儿人样儿，长相顺溜的老母猪都不愿搭理你，窑姐又是专门挣皮肉钱的，谁肯给你钱？你把牛吹得跑进你家祖坟了。黑娃深沉一笑说，你爱信不信，你不信，我不少挣银子，你信了，我又不多挣银子。人们追问半天，他才说，窑姐儿让他折腾得受不了，一个劲催他快快完事，他就是完不了，她们实在受不了了，给他降价，求他快点，他还是快不了，她们又答应免了他的一切花销，只求他快点结束，他还是不结束，直到她们告饶，给他倒找一倍的嫖资，他才见好就收。没有人相信他的话，这话太离谱了。可是，几个常逛窑子的老嫖头证实，那些经过黑娃手的窑姐儿，提起黑娃的名头，个个立即皮肉紧缩，脸上的脂粉被挤得纷纷飘落，身子像老母猪筛糠似的，当下立脚不住，呻吟连天，说那简直不是个人嘛，谁家的牲口圈没关严实，把一头配种骡子跑出来了？马正天听人说过，却不大相信，这次看来，这小子还真是个人物哩。他盯视了黑娃几眼，见他不卑不亢，一脸得色，便有些相信了。他说："谁能给你作证？"

"回老爷，小人愿意给黑爷作证。"

"你是谁？"

"老爷真是贵人多忘事，连小人都不认识了？"

马正天认得那是听风楼的龟奴，故意这样问的，不料这龟奴却是这番回答，显得他是窑子的常客了，他虽不隐晦这个，可当着下人的面，他心里怪这龟奴脑子让驴踢了，连个弯儿都不会转。他厉声喝道："大胆奴才，敢这样跟本老爷说话！你是哪里的猪狗，老爷如何认得你？"

龟奴话一出口，就知道今天的近乎套砸了，拍马屁拍在了马蹄子上，立即改口说："老爷恕罪！老爷误会了，小人不知自重，自以为先前在街上碰见向老爷请过安的，就顺嘴胡诌出来了，掌嘴，掌嘴！"

龟奴真的狠抽了自己几个嘴巴子，马正天摆手道："罢了，罢了，你也不必太自责。说说怎么回事？"

龟奴便把黑娃如何前天夜里来到听风楼，洛娃小姐如何陪他一天一夜，直到今儿早上，还不放手，洛娃如何昏晕过去，一摊子难以启齿的事儿说了个涓滴不漏。听得众人都呆了，马正天也瞠目结舌，好半天缓不上气来。他脸色苍白，喃喃说："这事儿有些玄乎。"

乏驴接口说："老爷说得没错，按常理说，这事不止玄乎，太玄乎了也。可这是真的。听风楼已火急请去了向惠中向老爷，正在给洛娃小姐诊脉呢。这是小人亲眼所见。哦，对了，向老爷的高徒于少爷跟师傅一块去的，现在也来了，老爷不妨问问。"

队伍里又闪出一个面目清癯的年轻人，马正天认得这是向惠中最得意的徒弟于进阶，少年有成，还未婚娶，已是西峰街上的名医。于进阶款款走上前来，向马正天一揖，说："老爷听禀，此事千真万确，小徒随家师一起出诊去的，洛娃小姐病势沉重，家师不愿小徒在那种地方多待，小徒出来后，承蒙乏驴大侠盛情邀请，特地前来向老爷报告这一特大喜讯。"

"于少爷病看得好，说话也十分有趣。这算什么特大喜讯？"马正天哈哈大笑。

于进阶一下脸飞红云，嗫嚅再三，才说："小辈听人说，马老爷曾悬赏来着，说是谁……服得住那个洋女人，便是为西峰男人争回了脸面，小人只是听说，不知有这事也无？"

"哦！"马正天大笑数声，慨然道："话确实说过，虽是说着耍的，既然说了，一概算数。"他回头招呼海树理回家取银子，把黑娃拉到一旁，两人说了一会悄悄话，马正天一脸都是惊诧和艳羡。海树理带着两个伙计用一只白瓷盘端着十锭大银和一些散碎银子出来了。马正天宣布，给黑娃奖赏百两大银，给报喜的，每人赏一两酒钱。接到银子后，队伍里面的，围观的，欢声雷动，西峰街上马上有了往年这个时候节日的气氛。

看到黑娃夺魁，牛不从甚感失落，听说洋妞儿病势沉重，他的心里又生出一疼。咋说人家也是天涯沦落人，无论西峰人，还是西洋人，也无论穷富，远离家门，日子难过。刚才还为洛娃日进五百两银子愤愤不平，此时，又觉得人家哪怕日进斗金，都是该当的。咋说呢，没有天生的自甘下贱的女人，

谁不想当皇后娘娘呀，既贞节，又排场，穿金戴银，一呼百应的。可这是想当就当得了的么。你看看那些窑姐儿，眉眼长的那个顺溜哟，可她们却是被千人踏万人踩的烂女人，而去糟践她们的又是哪些男人呢，真是好肉都让狗吃了。要是生到官宦人家，或是马家年家这些大户人家，别说去糟践人家了，面都见不着的，瞅空子瞭人家一眼，被主人知道了，挖你狗日的眼珠子哩。人的命运啊，真是说不清，连鬼神都说不清的。别的不说了，你看马正天家那个丫头六两，要是当年被窑子收留了，现如今还不是遭千人踏万人踩？要是当年被哪家穷人收养了，如今还不是一个穷村姑？偏偏让乏驴这个好事之徒给碰着了，又偏偏遇上了马正天这个二杆子货，如今再看看人家，在不可一世的马家，也不可一世起来了，昨晚海树理在寒风中等了半夜，求人家回去，人家连脖子都没给他，可六两一来，马正天像是被勾了魂，立马喧天跟上回家了。眼见得，已经不是一般的伺候人的丫头了。

　　牛不从不是一个爱想事的人，可今天怪了，进了脑子的事情真多，一件没想出门道，一件跟屁虫似的又来了。这都是谁的事呀，想破脑子也不关你半点事的，可他忍不住还想。他想黑娃这狗日的，没家没业的，哪来的五十两嫖资？偷的？抢的？拣的？借的？谁送给的？都没有道理嘛。可这家伙把好事干了，还得了一大笔银子。日他妈！这世道真邪了门了，他黑娃凭什么！想当年，我挣那一百两银子出的什么力，受的什么罪？六百里山路，六百斤石头，吃不上，喝不上，野地里睡觉，荒沟里喝水，差点把命没搭上。你狗日的，把洋女人睡了个昏天黑地，倒得了一百两银子，你是保驾有功了，是浴血疆场了，是千里献宝了？一样正事都挨不上嘛。你是逛窑子了，自古做这事的男人都是要遭人戳脊梁骨的，你倒好，嫖风还嫖成开国元勋了。乱了，乱了，世道乱了，乱得没章法了嘛。你马正天做事本来是有主张的人，西峰街上，除了知府老爷，就是你了，大家都在看你的眼色行事呢，你的行为就是大家的榜样，你倒好，你好这一口，也就罢了，你有钱，你对大伙有恩，你是特殊人，可你不能胡闹呀，悬赏一百两银子让人逛窑子？传出去别人会拿屁股笑话你的。还说是给西峰男人争脸呢，西峰男人的脸那么不值钱，西峰男人的脸难道长在洋窑姐儿的裤裆里？什么话嘛。要是普通人胡闹倒还罢了，可你是马正天，多少双眼睛在看着你，多少人在效法你的言行，说句不得体的话，你要是明天站着拉屎，让人看见了，传了出去，不信你看，后天会有多少人都在站着拉屎，都会认为，这是最时兴的拉屎姿势呢。牛不从的思绪像断了线的风筝，而此时罡风正烈，风筝在无边无沿的天空随风飘荡，眼见得收不回来了。

"牛老爷，太爷请你叙话，请移尊步。"

正在低头漫游的牛不从一呆，抬眼看，只见一个人站在面前，双手向他拱着。牛不从诧然说，阁下是给我说话吗，请问在何方恭喜？那人一笑说，牛爷贵人多忘事呀，在下是知府衙门捕头袁征三，是有幸与牛爷谋过面的。牛不从定睛一看，可不是，这就是绰号风中鬼的袁征三，因其手脚快捷无伦，行走如风，眼慢的人难辨其踪影，而得了这样一个恶狠狠的名头。这恶魔从来都是藏形隐迹，没有大案不出手，出手必有斩获，今天一身便服出来找人，可见非同小可。牛不从心下暗吃一惊：大正月天的，落到这人手里，可不是什么风雅韵事。有昨天晚上的事情在身上，不由得牛不从胆战心惊。大伙的事，大伙纠合在一起，显得声势浩大，落了单，就是挨宰的羊羔了。可这算什么事呀，我在前面张牙舞爪，可实际领头的是马正天和邱十八呀，他们倒好，事情做了，缩在家里不露头，把我一个撂在大街上，眼前也没有一个应手的人去传递消息，眼睁睁要被人使暗手拾掇了。唉，也怪不得别人，没有人让我上街呀，都是自己心里毛躁，坐卧不安，出来散心的，可见，凡事都是有预兆的，为何今天在家里说甚也待不住？这不，癞蛤蟆跳到了蒜窝子，不是找上门挨砸的吗？他定了定神，开颜一笑说，呵呵，大正月天的，太爷还在日理万机呀，袁大爷也不在家陪陪嫂夫人，看得出，都是在下给爷们添麻烦了。风中鬼一笑，嘴刚咧开一条缝儿，牙只露出一抹白影儿，便迅即收了笑，抿了嘴唇，那笑便格外阴惨惨的，牛不从头皮不禁噌噌噌炸了几炸。风中鬼说，牛爷切莫误会，太爷真是想念牛爷了，趁着正月闲暇，叙叙家常，别无他意。牛爷请吧。牛不从心下有一百个担心，一千个不乐意，一万个小九九，在风中鬼面前，都不好再说什么了。他呵呵一笑说，难得太爷大爷有如此雅兴，在下是狗肉上不了席面的粗人，今天也充一回细人，大爷先请。

186

风中鬼不露神色，淡然道：恭敬不如从命，牛爷请便。说完，竟大步流星前面走了，脖子都没往后转一下。牛不从心中火气轰地蹿了上来：这鬼头，太把人不当人了嘛，也太自以为是了嘛，真以为你是什么鬼，老子真的跑了，你未必逮得着！火气上来了，豪气也上来了，头掉了，碗大个疤，毯割了，也不够你一顿下酒菜，你家妹子一心想当寡妇，我也就豁出这条命不要了！风中鬼在前面如风而走，只见一个人影在稀疏的人群中，忽而明朗，忽而暗淡，却总是在牛不从的视野里晃悠。牛不从也知道了，风中鬼虽不曾向后张望过，但他始终在他的视野中。这人了不得，他心下极为吃惊，此前对他早有传闻，看来百闻不如一见。

风中鬼的来历倒是明确的，当年陇东大乱时，他是乱军一个小头目，打仗凶悍之极，每到一座土堡前，先脱光上身，口含一把短刀，身背一把长刀，率先登城，伙伴踩着云梯往上攻，被城头上的滚石檑木，砸得死的死，伤的伤，他却手脚并用，用短刀扎入土墙，作为全身支撑，像壁虎那样贴在墙上，一截截噌噌上蹿，城头上的重武器三下两下砸他不着，就来不及了，他一跃上城，插上短刀，拔出长刀，见人就砍，无人能敌，伙伴乘机登城，大事差不多就了了。后来，他是投奔了官军的，不为别的，头领每破城，总要屠城，男女老幼不留活口，他多次劝解，头领非但不听，有一次，还当众亲手抽了他二十马鞭，他觉得这样下去，作恶太多，于心难安，况且这样的队伍绝无好下场，正好官军遣人暗中来收罗他，他便带领他的小队反水了。后来的战事果如他所担忧的，官军缓过劲后，大举反攻，他原先的队伍被各个歼灭，每仗下来，几乎没有活着的。战事结束多年了，他带出来的弟兄不愿继续从军，都被遣散了，他被安插在知府衙门做捕快，可听人说，因他是反水的，乱军头领在最后失败前，将一切责任归罪于他，向江湖下达了铁血令，声言所有活着的弟兄都有追杀袁征三的权利和义务，后来，他确实也遭到过几次暗算，幸亏他机警过人，且身手了得，才侥幸逃得劫难。经历过血与火，多次从死人堆里爬出来的他，倒不怎么害怕，但，铁徒手还是很看顾他，除非有特别案犯，才差遣他出手，特地让他看管在押犯人。

这差事是极好做的，陇东知府衙门牢房设在一座地坑院里，大平原的原面上,挖下去一个四方大坑,四方崖面均有三丈高低,凿有数十孔窑洞,每孔窑洞扎了山墙,只留下通风口,每天放风两次,不用特别警惕,最能飞的公鸡,即使后面有狐狸追,也是绝对飞不上来的,况且,在四面崖畔,又修了四座围墙很高很厚的土堡,居高临下,平原广阔,十丈以内的兔子,都可分得清公母的。每座土堡里,有五名牢头把守,火枪弓箭一应俱全,互为声援,里面的自然出不来,外面谁想劫狱,只能是关起门来独自瞎想一会儿,就此罢手。地坑院留一处地道作为通道,厚重的大门反锁了,有几名狱卒看着,放风的时候开饭,用一只柳条篮,盛上饭菜,从崖顶吊下去。他喜欢这个差事,每天把事务安排妥帖了,与属下喝喝小酒,掷几回色子,乐得清闲自在。衙门要是遣人叫他,必是有重要案犯缉拿的,干这活儿,他不怎么为难,多年来,都是马到成功,在当今陇东这块地盘上,还没有他拿不回来的人。昨晚衙门里闹的大乱子,他是知道的,他已做好准备,把看管犯人的差事都交接明白了,专等衙门来人,可等了一夜,竟无动静,他纳闷,难道衙门的一应人等都遭遇不测了?他想不等召唤就去看看的,可擅自离岗,这是犯大规矩的。他苦等一夜,仍无动静,天麻麻亮,他就换了便衣,城门一开,便潜入进来,溜到衙门一看,除了大门外留下一片杂沓的脚印,一切如常。午饭过后,衙门来人叫他,他不用准备,当即去了。铁徒手特意安顿他,不要惊动别人,把牛不从请进衙门来。他换上便衣,从衙门后门溜出来,他知道西峰街上真正见过他真面目的人并不多,便在街上闲游闲逛,思忖如何神不知鬼不觉,把牛不从弄进衙门去。真是瞌睡来了遇枕头,他发现牛不从也在街上溜达,心中不觉好笑,便知此人正当魂不守舍之时,他跟在他后面转了一会,瞅准机会亮明了身份。他不便与他同行,更不可提拎着他走街串巷,他断定牛不从这类人是聪明人,不会与他为难。果不其然,他乖乖地跟他进了衙门。

原以为有多大的事呢,其实一点正经事没有,在大门口,风中鬼等牛不从赶上来,面无表情说:"牛爷请便,在下失陪。"

风中鬼一晃不见了人影,牛不从正在纳闷,林如晦从偏廊转出来,言笑殷殷说:"呵呵,牛爷驾到,有失远迎,太爷正在后堂恭候,快请!"

进了衙门，牛不从心安了，是福不是祸，是祸躲不过，既来之，则安之，一切听天由命吧。林如晦在前面晃晃悠悠走，他晃晃悠悠跟在身后。绕过几个回廊，到了后院，牛不从扫视一回，眼不见华丽，却处处透着儒雅，再回想在马家和年家的所见，心想，这大约就是读书的没钱人和不读书的有钱人的分别罢。仔细一思量，铁徒手毕竟是知府，有钱没钱，只是与商家的计较，比起小民百姓来，钱海了去啦，又想，年家是纯粹的商人，他们不好文墨，也自自然然的，不去往这条道上靠，马家与有钱人相比，摆置上，多了一些文墨，多了一些儒雅，可与正份的读书人拉到一块，到底还是缺了点什么，缺什么，他一时说不上来，总感到一种缺。牛不从今天就是爱想事情，看见什么都可勾起一通乱想，这当儿，脑子又跑得远了，他摇摇头，苦笑笑，赶忙把心思收拢了。知府衙门倒是进去过，后院却从未涉足，看看到了一栋大约有三间大小的琉璃苫顶的房屋跟前，林如晦回过脸来，和颜悦色道："牛爷稍等，待林某通报老爷。"

一瞬间，林如晦又来到面前，闪至道左，伸出右手说："牛爷，请！"

牛不从大步进了屋门，一股墨香扑面而来，他忍不住打了一个喷嚏，张眼一望，四面墙壁上，两面各立一排古铜色书架，一函一函的书立地接天，摞得满满当当，另两面墙壁，字画纷纷，如蚂蚁，如蜘蛛，如蛤蟆，如龙如凤，竹梅松柳，牡丹月季，看一眼，竟有了醉意。他不觉肃然起敬，暗道：这读书人当真是非比寻常，手足无力却心神通天，言笑殷殷，却威严自在，而这位太爷却既是读书人，又是官太爷，真正让人心生敬仰。眼睛适应了屋内光线，却见铁徒手一手执笔，攒眉伏案，笔如龙蛇游走，林如晦指着茶几边一把竹质圈椅，悄声说："太爷公务正忙，牛爷先请坐用茶。"

说话间，泡泡双手捧着一只乳白茶壶飘进门来，两袖一舒，露出两只羊脂玉般的小手来，乳白的壶，嫩白的手，淡绿的茶水汩汩泻入白底蓝花茶杯中。沏茶时，泡泡的脸上似笑非笑，嘴不笑，眼笑，眼不笑，眉目间却隐隐含笑，宛如画中人，又如清晨似醒非醒的含露芍药，醉态媚态真让人后悔不该睡醒的。牛不从当即呆了，心想，我牛不从也是走州过县之人，好东西不见得吃过，却见过不少，好女人未必跟我有关系，雾里看花吧，也是见过几朵绝色的，却从未见过纯粹不染尘埃的女子。人把超世脱凡的女子好比天仙，其实，这是人的嘴里实在没话可说了，拿一个糊涂词儿搪塞糊涂人的。真的天仙是什么样子，恐怕谁也没见过，画上的天仙却是见过的，权当那是真的天仙吧，眼前这个女子天仙哪里可比，画上的天仙无论画的多么云里雾里，却离不开女人的形态，只不过是比寻常女人看上去曼妙一些，眼前的这个女子，站在跟前，看得见人，闻得见气味，却如梦中人，不敢睁眼去看，一看犹如大梦忽醒，眼前净是虚空，又如清水中的人影儿，如轻烟，如薄雾，如晨露中的幻影，只可屏息敛神静观，心眼稍有骚动，或仅是一声轻咳，眼前的一切霎时便会化为乌有。跟在风中鬼后面往衙门走时，牛不从心存赌气，多少有点明知山有虎偏向虎山行的慷慨，进了府衙后堂，他略微感到心虚，不是因为胆怯，而是自卑，见了泡泡，他心里仅存的那点傲然，像一只灌满水的猪尿脬被戳破了，一下子泄露无余。人说人比人该死，货比货该扔，他曾为他有两个体贴他的干妹子心里美滋滋过好几年，和人家一比，什么呀，一个是羊脂玉，两个是土坷垃，而人家仅仅是个丫头。他刚才还雄赳赳地坐在那里，此时，化为一摊糟肉，堆放在竹质圈椅里。在干燥的西峰，这种椅子本是不大适用的，坐在里面，稍一动弹，便咯吱咯吱乱响，发出一种难听的声音，动静大一点，那声音简直就听不得了。他使劲想把腰挺得直一些，像一个昨晚还挑头围攻知府衙门的好汉，他使的劲儿够猛了，腰没有挺起来，椅子轻微地响了一声，却静声了。这让他感到丢脸和沮丧，刚坐上去时，他生怕弄出什么不雅的响声来，显得他心绪不宁如坐针毡，也显得他坐没坐相的没教养来，现在他想弄得它们响一响，在官家面前体现自己心豪气雄，并非是见官就腿软的人。可是，竟不能够。和知府老爷没说上话前，他已经被人家一个粗使丫头击溃了。他又羞又恼，为自己坐井观天没见过世面而羞，为自己在关键时刻的不由自主而恼。

　　这时，铁徒手停了笔，长长地打一个呵欠，长长地伸一个懒腰，睁开一双迷惘眼，有气无力漫不经心说："哦，牛先生来了？怠慢怠慢，冗务繁杂，胡天胡地，还望见谅。"

　　牛不从赶忙把自己从圈椅里拔出来，他原想是要费很大劲儿才可精精神

神站起来的，不料，竟没费什么劲儿，用力猛了，险些跌一个前扑。泡泡双手捧着乳白瓷壶就俏立在门口，她不动声色，装着什么也没看见，但他知道，她把一切都看在眼里，越是装看不见，越是表明，看在她眼里的是不忍目睹的。他刚被这丫头击溃过一次，这下，又被她彻底歼灭了。他双腿一颤，不由自主就跪了下去，梆梆梆，一连向铁徒手磕了三个响头，额头撞在青砖地上，三九寒天的，丝毫没有冰凉的感觉，一头都是灼热。他几乎是拖着哭腔在说："奴才给青天老太爷磕头请安了！"

铁徒手稳坐书案，眼皮耷拉着，一只手像诸葛亮轻摇羽扇那样，晃一晃，淡然道："免了罢。昨晚承蒙眷顾，年节算是拜过了啊，起来吧。"

牛不从最怕提起昨晚的事，如果大伙都在，谁提、怎么提，都无关紧要，大家的事大家担着，在他一人面前说这事，不用说，他是要独自面对的。牛不从双膝刚离地，双腿半屈，双手还垂在胸前，一听这话，原样又跪了下去，跪得有些猛，双膝磕在青砖地上，他感到了格外的痛。脏腑一经反复激荡，忍不住悲上来了，愧上来了，痛上来了，惧也上来了。他额头抵地，痛哭流涕说："青天大太爷明鉴，所谓箭在弦上，不得不发，奴才身处局中，由不得自己啊。"

"呵呵，牛先生果然心底纯良人也，不欺不瞒，不推不拖，自夸一句：本府看人的眼光到底是不差的呀。不过，先生做事向来自有主张，算得上敢作敢当，或者自作自受，不可与无主见跟风走之人相提并论的，正因为如此，本府也没有过问你昨晚的所想所做呀。本府只是喜好与纯良人交往，日常忙于冗务，恰逢正月闲暇，先生有闲，本府也偷出半日闲来，别无他事，更不谈公事，只与先生拉拉家常，轻松话，轻松说，万望先生不必拘泥于常礼。"

铁徒手所说，乍听言辞恳切，细品，话里有话，绵里藏针。牛不从畏怯怯坐回圈椅，泡泡适时迎上来，给茶碗里添了水，手捧乳白瓷壶，也去给铁徒手添了水，又原样站在原地。牛不从双手捧起茶碗，喝了一大口，心神稍定了些，细一琢磨铁徒手的话，忽地有了柳暗花明又一村的欣喜。原来，知府太爷是把我区别与他人的。这是一个令人鼓舞的信号，但是，经验告诉他，有重大把柄捏在他人手里的人，对他人发来的和解信号，千万不要喜形于色，不要手舞之足蹈之，反应太过及时，傻子都可觉察得到，你是急于解脱自己，说的话，言不由衷，做的事，身不由己。主意一定，他把半扇屁股从圈椅里挪出来，用屁股尖儿担住身子，做出谦恭卑琐的样子。这一挪动，效果倒非他所料，干燥的竹椅一片声大叫，铁徒手一惊，完全抬起了眼皮，泡泡也把一双美眉完全投射在他身上，他初始吓了一跳，马上将错就错，屁股尖儿暗里一拧，竹椅夸张地叫了起来。他受到了鼓舞，昂起头来，拿出掷地作金石声模样，慨然说："青天老太爷在上，牛不从虽是粗俗人，不知书，不达礼，却是明白人情道理的。老太爷明察秋毫，体察到了奴才的难处，但凭这个恩典，即便赶今天太阳落山前，被老太爷千刀万剐了，奴才记住的还是老太爷的恩典。可是，这并不意味着，奴才就可一死恕万罪了。有些罪是可恕的，有些罪是不可恕的，奴才所犯，是不可恕之罪，老太爷不必为难，有道是，一人做，一人担，奴才虽不敢以好汉相许，却也不屑于背着牛头不认赃，把自个洗刷的跟没事人似的，奴才到哪里都会承认，到知府衙门请愿，牛不从是发动者之一。"

"好好好，"铁徒手站起身来，边鼓掌叫好，边离开书案，踱步出来，叫道："壮哉！勇哉！信哉！此人也，将以有为者也哉？回首向来萧瑟处，也无风雨也无晴，众里寻他千百度，蓦然回首，那人却在灯火阑珊处，大快朵颐，朵颐大快！"铁徒手步子渐渐急促，说话失了节奏，两手张舞着，跟戏子似的，在地上碎步急走着，碎口紧说着。

铁徒手的话，牛不从听得糊里糊涂，多年来，他用心模仿识文断字言语考究的人如何说话，也得了不少皮毛，在很多情形下，说得像模像样，让根本不通文墨之人云山雾罩，不明所以，所以也常常对他生出肃然起敬的心来，可他毕竟只念过《百家姓》《三字经》《幼学琼林》三本书，先生教他背会了，到讲文析义的关口，战乱起了，他爹拽住他的耳朵把他拖扯出学堂，避难逃荒，流落江湖，待战乱平息，这一来，就是十年有余，他已是过了弱冠之年，匆忙从业，匆忙娶妻，匆忙生子，匆忙奔波，把那一腔幼承庭训长遇名师饱读诗书文治天下的梦生生地压在心底，只做长夜无人时的浩叹。只是

192

近几年，世道有了承平的气象，他呢，日子眼看也有了眉目，那一颗被压抑久了的心，如野火烧不尽的离离原上草，借了春风春雨，又勃勃然萌动了，发芽了，破土了，眼见得，作势要茁壮成长了。只是当年跟先生记诵了口诀后，仅来得及把几句口诀在书中找见对应的字词，又历年颠簸，把那混沌未分的口诀也洒漏殆尽了，而今人到中年，依稀忆起当年先生所授若干口诀，竟如久违的儿时玩伴，脑海里历历如画，若要口述起面貌行状来，南朝四百八十寺，多少楼台烟雨中，不过似曾相识而已。铁徒手说的不过是稍文些的白话罢了，他竟然明白一半，糊涂一半，糊涂的是真糊涂，明白的是半明白。唉，年过三十五，半截子入了土，如今不惑之年都过了，生命只算得是一息尚存了。罢了，牛不从就这样了，两个儿子还算争气，都在马家资助的新学堂读书，考论起字词文章来，老秀才一个劲地摇头叹息，可听说新学堂学的是什么洋玩意儿，主讲的先生对两个儿子都还满意。这也罢了，听说江南的一些无聊文人咋呼要废了科举呢，这不明摆着是要断了天下士子的功名进取路吗，听说皇上非但不治这些人的罪，圣意还有纳谏的意思呢。这不，京城和江南已经立了不少新学堂，连偏僻的西峰都有了，学的尽是这类洋玩意，说是天下兴亡都要寄托在这些喝了洋墨水的人身上的，也罢，皇上总是对的，马正天做事总是比人早一步，咱跟着走罢了。天下兴亡，那是大事情，不是谁想担当就让你担当的，也不是谁想担当就担当得起的，读书兴家，大概总是不差的。虽然说，街上的几个老秀才书没读出息，倒把人读坏了，手不能提，肩不能扛，一开口就酸水横流，日子过得一塌糊涂，却是在人面前活人的人，地方事务，大家小户的大发小送，不读书的人都是黑水汗流跑腿的，穷秀才们却是抽烟品茶说嘴的，这就是分别啊。人嘛，说到底活了一个面子，是活给人看的，穿金戴银是为啥的，天热不解暑，天寒不送暖，不过是穿着戴着给人看的，自己掏钱，替他人愉悦眼睛呢。那么，寒窗苦读又是为了啥呢，说是朝为田舍郎，暮登天子堂，别人怀宝剑，我有笔如刀，学而优则仕，经邦济世，光宗耀祖，如何等情，都对，可有这种幸运的人又有几个呢。说到底，还是活给人看的，你一开口，山猫野雕，我一开口，锦绣文章，你说的，我懂，人都懂，我说的，你全然不懂，半懂不懂。不懂，半懂不懂，你就得听我说，就得听我摆布，什么叫劳心者治人，劳力者治于人，这就是了。

铁徒手嗟叹连连，在房间地上欢快地倒腾着步子，也沉浸在胜算在握的遐想中，忽而回过神来，恍然忆起，他说了半天，却久不见牛不从应声儿，他蓦地停下脚步，哂笑道："牛先生好雅兴，身在魏阙，心存汉室呀？"

"呵呵，呵呵，老太爷取笑，取笑，取笑。奴才确实在想一件事。"

"什么事，敢不是想起阁下那两个风情万种的干妹子了吧？"

"老太爷取笑，取笑，取笑。不敢瞒老太爷，小人确实有两个干妹子，可她们只是见了小人脱光衣服，平时是穿衣服的，并不光的。还请老太爷谅察。"

"你说什么？"铁徒手一下子僵待在原地，两片嘴唇好似中间被一根干柴棍儿顶住了，合不拢，也张不更开，他是侧向牛不从说话的，一只眼看牛不从，一只眼扫描墙上字画，这一僵呆，便造出一个奇怪的型来，事情没想明白，他就那个姿势立着，看起来，有滑稽的成分，更多的却是恐怖。俏立门旁，双手捧乳白瓷壶的泡泡，两片好看的嘴唇像是要盛开的花儿，一翕一合，五次三番，终于忍耐不住，飒飒笑了。她的笑与那些无趣的女子自是不同，她笑起来，像小金鱼的嘴，倏忽一翕，倏忽一合，看似有声，听却无声，说是巧笑，巧笑却是刻意的笑，她的笑如花初胎，如丝荡空，自然而然，流畅通顺，说是窃笑，也不是，窃笑有掩口葫芦的乔模乔样，她的笑却是向天向地向人向自己，笑天，笑地，笑人，笑自己，笑给天看，笑给地看，笑给人看，笑给自己看，说是坏笑，更不是，她是真诚的笑，忘我的笑，笑就是笑，笑只是人的一个普遍的表情，不表示善恶倾向。然而，她的笑别是一番风光，在她笑时，是听不见笑声的，是看不见笑容的，她笑过了，笑声方才弥漫于她的身体和身体四周，她的笑容方才荡漾在她已经笑过的脸上和身上。牛不从顾不得尴尬，偏脸去看泡泡，一时僵呆了。他屁股尖儿担在圈椅边上，两手按膝，正脸朝铁徒手，偏脸向泡泡，铁徒手听见泡泡笑，把落在字画上的那只眼挪过来看泡泡，另一只眼仍在牛不从的正脸上，泡泡飞眉一扫屋子里这两个僵呆的人，忍不住又飒飒一笑。这次，铁徒手听到了她的笑声，看见了印在她脸上的一左一右两个笑窝儿，牛不从也听见她的笑了，也看见她的笑了，那一笑，如艳阳天的一道闪电，牛不从两眼哗的一眩，慌忙收回目光，低头看自己那一双生牛皮打制的靴子。这一看不打紧，再悄悄瞟一眼泡泡穿的那双绿缎红花绣鞋，顿觉自己从上到下都是丑的，从里到外都是俗的。他感到空前的气沮，呼吸不由得粗重起来。

"泡泡，你这丫头，平白地笑什么？"

"回大人，奴婢自有可笑，却不敢说。"

"说。此处并无外人，牛先生乃本府至交，谅也不致见笑。"

"不见笑，不见笑，老太爷不必顾虑，小姐无论说什么，对奴才来说，都是聆听天音。"牛不从听铁徒手称他为至交，心底咕嘟一下翻上一股暖流，把暂时的拘束、尴尬、惶恐都冲散了，又听铁徒手命这个叫泡泡的女子说话，他的心底又涌出一股清流，这真的是天音啊，鹂声婉转，燕语呢喃，涧谷幽泉，古寺风铃。一瞬间，他感到全身绷紧如拉满的弓弦，生怕她说出与自己有关的话来，又怕她说的话与自己完全无关，生怕她言语间嘲讽自己，又怕她视自己如无物。牛不从一时不知该采取如何坐姿，如何神态，面向泡泡吧，给知府太爷一个侧身，坏了官民礼数，还容易让老太爷心下起疑，你这个累不死饿不瘦的牲口，眼里只有女色，没有官长，圣人说未闻君子有好德如好色者，那么小人整个是一肚子羊杂碎，一些德行全无了。但他觉得侧面甩给泡泡仍然欠妥，一者，敬主子仆从尚且如敬主子，可知主子在心中又是何等分量，再者，他也实在想正眼瞧瞧这个天人的天音究竟是如何发出来的。一作如此想，牛不从自感庄严起来，读《出师表》不流泪者，必不忠也，读《陈情表》不流泪者，必不孝也，读《祭十二郎文》不流泪者，必无情也，与主子交，不五体投地，必不敬也。他一下有了幼小流散、中年遇母的感觉：我牛不从有主子了！他就势跪了下去，失声叫道："奴才跪听主子训示，也请小姐不吝芳教！"

泡泡对此没有丝毫精神准备，朱唇将启，心思还在好笑和羞涩中，突遇此情景，也僵呆了。铁徒手一眼扫去，只见牛不从全身铺展在地，头脸紧贴青砖硬地，嘴角掠过一丝鄙夷，向泡泡眨眨眼，轻笑道："牛先生迷途知返，真义士也，朝廷栋梁也，前程远大辉煌不可限量也。泡泡，你刚笑什么，说说吧。"

泡泡怀抱茶壶，盈盈一个万福，羞怯怯地说："奴婢告罪，老爷刚才说的是干妹子，牛老爷听的却是……光妹子。"

"哦！"铁徒手眼珠子飞速转了几转，身子顿时放松了，他拍拍脑门，大笑数声，连声道："言语误事，言语误事，难怪古人说，仓颉造字，天雨粟，鬼夜哭，原来是非如此重大，不可等闲视之呀。"铁徒手在西北生活多年，南方老家的有些乡音总也改不过来，一不留神，又会用南方乡音去听西北方音，笑话着实闹了不少。他把牛不从说的干妹子复述为光妹子了，牛不从也当光妹子听了，他也不禁笑了起来，再看泡泡，一手将茶壶揽在怀里，一手捂嘴，脸飞三月桃花，嫩白的手捂上去，好似一朵梨花缀在了桃树上。铁徒手近前双手扶起牛不从，恳切道："牛先生客套了，你是贵客，咱们宾主自在说话吧。"

牛不从惶恐爬起，又像原来那个姿势坐在竹椅上。铁徒手没有料到牛不从会是这种景象，他已设计好了软硬兼施苦口婆心七擒七纵美人计苦肉计多种策略，下定决心，把牛不从当作突破口，瓦解脚户队伍，割断脚户与马正天的联系，孤立从而剿灭马正天，把青白引推行开来，把盐业经营权夺归官府掌控，借机把马家的财富没收入官，如此，做上三五年的清知府，天天高枕无忧，夜夜红袖添香，官做到这种程度，实在是人生一大造化。在琢磨推行青白引时，他已料到脚户对此肯定有强烈反应，他一方面做好武力弹压准备，一方面见机行事，把脚户各个击破。他早盯准了牛不从，据线人提供的消息，这个牛不从功名心甚重，发家愿望强烈，在脚户中又有一定影响力，如果事有不谐，将投其所好先把他拿在手中。马正天的掺和并成为事实上的首魁，让他一下乱了方寸。推行青白引的最终目标是搞垮马家，但，必须打迂回战，七绕八绕，绕到马家头上，待他发觉脖子上有绳套时，已经解不开了，他只可选择与官府合作，否则，身家不保。他的主动出击，不知是出于惯常的急公好义，还是像人们说的二杆子病大发作，抑或是他事先看透了官府的机谋，先下手为强？不用说，马正天这步棋走对了，走得极为高明，哪怕是误打误撞，也是一步高棋。按说，马家只是家大业大，要与官府武力相

抗，一者，他没有这个胆子，再二杆子，也二杆子不到这个程度，一者，他也无法与官府对阵，就那几个家丁，吆喝起小百姓来，吹胡子瞪眼，威风八面，与官军交起手来，连半个时辰都支持不了。可是，事不可这样做，刚经历过十几年大乱的陇东，百业刚刚复苏，人情表面波澜不惊，实际扰攘浮动，非止一日，稍有不慎，一把火就可引发燎原大火，战端一起，官残民破，他这官自然是当不安稳了，把身家性命丢了，也不是不可能。所以，稳定压倒一切，既要让官府度过眼下的财政危机，还要维持地方表面的风和日丽。马正天是个厉害角色，对他绝不可掉以轻心，正月十五晚上错估了他，造成局面被动，今后所有的行动最后的矛头都要指向他，但，未到最后时刻，决不可让他察觉半点形迹。

　　铁徒手一摆手，泡泡上来给两人添了水，退了出去，牛不从仿佛孕妇十月怀胎一朝分娩后，心里一下子被掏空了。他感到头重脚轻，习惯了用眼睛的余波欣赏令他醉生梦死的风景，突然间风景消失得了无踪影，而风景犹如梦境，还存留于原地，他的眼睛失去了目标，不知该把眼神搁在什么地方合适。他的屁股已经习惯于那样别扭地搁在圈椅里，现在不得不恢复正常的坐姿，那样坐下，令他实在不舒服。今天，铁徒手叫泡泡来书房伺候牛不从，是有深刻的机心的。他知道牛不从在外面交了两个情人，便知他一定是好色的，再说，不好色的人，乍然遇见泡泡这样的绝品女子，如果不动心，那只能说遇到圣人了。他是要把泡泡当诱饵的。这令他万分惭愧，当他做出这个决定时，他在心里反复咒骂自己，铁徒手啊，铁徒手，你黔驴技穷了么，何以要用一个弱女子挽救你官场的危局呢？即使奏效了，你的红顶子戴在头上，不觉得你在顶着一只屎盆子行走在天地间吗？他的心里不只是惭愧，更是痛。泡泡是他奔走多年唯一的红颜知己，知己刚刚到了做知己的年龄，他才从婢仆贱役中擢拔出来不久，他俩的关系刚渐入佳境，他的飘摇着的心刚有了安放之地，就得狠心把她送给一个莫名其妙的粗俗人，而他这样做，也许才可出奇制胜，挽回事业颓势。他也曾安慰自己，也曾给自己的心找了一块躲藏的角落，他认为，国难当头，大厦将倾，是男人就得为挽救危局抛头颅洒热血，是女人，也得分担河山责任。泡泡，难为你了，不是我铁徒手不懂得怜香惜玉,你要明白,我这是剜出自己的心喂狗呢。

铁徒手看出来了,泡泡一出现,牛不从已经是泡泡甘心情愿的奴才了,计划越是顺利,他的心里越不是滋味,就像他为了捕得恶狼,豁出去用自己的爱子做诱饵,狼不上钩,他心急上火,狼上钩了,他心如刀绞,咋都没个好。幸好,牛不从暴露得太快了,他及时发现,这个在江湖上赢得不小名头的人,原来不过是一条见主子就投怀送抱的贱狗。这样的人是没资格享受泡泡的,泡泡跟了他,如同明珠暗投,生不如死的。纯粹从做生意的角度讲,投入太大,收益甚小,不合算。贪色,贪财,贪功,啥都贪的人,其实是最不值钱的人。这种人只可用一次,用完,弃之如敝屣罢了。铁徒手适时地支开泡泡,怀着深深的鄙夷,决定与这人摊牌了。他笑笑说:"牛先生好雅兴,真是神仙的日子,自由自在,我行我素,听说还有两位红粉知己,就是你们说的干妹子,不知确实否?"

"回老太爷,确实。老太爷切莫听别人取笑之语,哪里是什么红粉知己呀,粗蠢村妇而已。"牛不从红了脸,不过,此时,他说的却是真心话,见过泡泡后,他确实觉得他的那两个干妹子实在不足与人道的。

"呵呵,要是干妹子听到这句话,会伤心欲绝呢,还是红颜一怒呢。"

"回老太爷,这个,这个……此一时也,彼一时也。"

"此一时如何,彼一时又如何?"

牛不从心里是要说,自从见了泡泡小姐后,深感天下女子无颜色,我的那两个本来就粗鄙的相好,真是扔都没处扔了。可他绝不敢这样说,他说:"回老太爷,人道是,人往高处走,水往低处流,先前未曾聆听老太爷教诲,身在化外,不明是何以为是,非何以为非,以至于身陷歧途,做了无君无父无上无下的游民浪子,如今一朝遭遇老太爷点化,真个是拨云见日,抬头遇佛,痛感昨日之非,洗心革面,重新做人,正当其时也,老太爷便是重生父母,再造天地,奴才鞍前马后驱驰,虽肝脑涂地,不仅无怨无悔,当视为平生幸事。当此人情汹涌之日,正是奴才倾力报效之时,老太爷若有差遣,奴才虽有自不量力之嫌,却存了一腔视死如归之念。"

牛不从说的顺嘴,把自己多年修炼揣摩到的文辞尽数端了出来,他自感

得体，铁徒手也暗暗惊诧，这个人万不可小觑了，有的人为了往上爬，只知见缝就钻，见树就攀，有的人为了利益，见钱眼开，有奶就是娘，这样做，得手的人很多，但他们忘了打铁要得本身硬这个基本道理，把机会当本事使了，侥幸往前爬了几步，或得了些许银子，可总是底盘不稳，其兴也勃，其亡也忽，终究是成不了大事的。眼前的这个人，听说六百里路上，硬生生翻山越岭，弄回了一块玉石，赚了一笔银子，又由此攀上了马家，今日看来，他不光是肯下死工夫，还知道给自己补充文墨呢。可惜，他仍然急于求成，暴露得稍早了点，再周旋一杯茶工夫，泡泡就是他的了。泡泡一落入他手，主动权就不得不交给他了。幸亏我沉得住气，幸亏他沉不住气，铁徒手暗自庆幸，不由得心里一阵浩叹，原来与人相交，竟如战场上的刀光剑影，谁占上风，谁受制于人，不过眨眼工夫。牛不从确实心急了点，他不明白，铁徒手当下正处于被动，他的心比谁都急，他有求于牛不从，他急切要找到打破马正天和脚户联盟的缺口，牛不从又是这个联盟中很重要的一环，牛不从要是明白时势，拿捏得紧些，把泡泡弄到手不在话下，还可得陇望蜀，获取更多的现实利益。可是，他太傻了，他不是真傻，是精明过头的傻。如同一个快要饿死的人，乍然遇见许多食物，贪一时之饱，结果把自己撑死了。在铁徒手的棋盘中，牛不从已经是一枚弃子，牛不从自己把自己由要津桥梁变成垫脚石了。铁徒手算计已定，他漠然道："牛先生，如今陇东盐业谁是龙头老大？"

这不明摆着吗，铁徒手为何还要这样问？哦，风是雨的头儿，屁是屎的头儿，他有话要说的。牛不从算计已定，脱口道："回老太爷，当然是马正天了。"

"那么，他的龙头老大地位是靠什么支撑的，除了银子？"

"脚户。"

"对，脚户。脚户把盐从塞上运来，他的盐仓才可能充足，脚户把盐分运到客户手里，他的盐仓才不可能积压，一出一进，银子就像流水一般进来了。"

"老太爷说的正是。可是，进货是要本钱的，他的本钱最足，所以，他是龙头老大。"

"理是这个理,假如脚户不把运来的盐交给他,又会如何?"

"老太爷金口金言,自然说得不差。可是,不把盐交给他,脚户手中的一点本钱就无法运转,要让脚户产销一体,恐怕没有可能,因为销售网络掌握在马家手里,靠脚户自找销路,脚程就担不起了。虽有年家与马家分利,他们之间驴踢马咬,争斗了几辈人,可是,在对待脚户上,他们却是穿一条裤子,谁也不会单方面让利的。"

"这些,本府自然是知道的。不过,要是西峰出了第三家足以与马年两家抗衡的盐业经销户,又肯让利于脚户,又会是何等情形?"

"那当然好了。可是老太爷,恕奴才心直口快,那是需要雄厚的本钱才可做得到的,就眼下说,西峰还没有具备这样财力的人家。"

"呵呵,呵呵,"铁徒手冷笑几声,回身在书案上双手捧起茶碗,猛喝几口,陀螺一般转过身来,正色道:"牛不从啊牛不从,你混了多年江湖,也算是见多识广的人了,为何如此目中无人呢。"

牛不从这一吓,非同小可,心里痛悔的了不得,刚与官府搭上桥,一言之失,眼看要风吹黄瓜凉了。他在心里把自个的老先人挨个埋汰了一回,一片声怨怪牛家老先人笨头笨脑笨嘴笨舌,养下了他这头笨牛。他想就势跪下去,动作都有了,却收了势,他是个务实人,有奶可吃,我认得你是妈,拜天拜地拜鬼神都成,哪怕拜窑姐儿也行,只要你有奶给我吃,难道窑姐儿的奶不是奶,吃了拉肚子? 没有奶,拜你个毬! 没有奶,还给人当妈,你好意思你! 铁徒手把路堵了,无新路可走,咱走旧路,跳起来和躺下一般高,咱原当咱的脚户去,把铁徒手的打算透给马家一些,再透给年家一些,得到的赏钱,还不顶累死累活贩几趟盐! 打老虎没打着,打一只狐狸也不错嘛。此念一生,牛不从心里一阵快乐,身体一阵快乐,说话也从容了。他说:"大人教训的是。可是,不是在下目中无人,西峰街上真的没有可与马年两家抗衡的人啊,还请大人明察。"

铁徒手听出来了,牛不从由一口一个"老太爷"换成"大人"了,由一口一个"奴才"换成"在下"了,见利忘义,见风使舵,过河拆桥,撂下扁担打卖柴人，正是小人本色。罢罢罢，本只是让你做个过河卒子，把对手的车顶死了，想办法让你置边儿，这盘棋赢了，论功行赏，输了，算你一个孤臣孽子，名誉上不亏待你，谁知你是真正的小人！是小人正好，小人做小人的事儿，比君子力气大多了。成功了，说明天下要时新小人了，毁灭了，正好为人间除去一个小人。铁徒手笑道："本府说你牛不从目中无人，你还不愿承认，好，不承认也罢。那么，本府问你：倾堂堂一府之财力，抵得过马家年家乎？"

"老太爷高论，奴才茅塞顿开。马家年家有钱，只是私人一点家当，比普通人家雄厚罢了，怎敢与堂堂国库相比？简直是拿天比地，拿神比人。"

"呵呵，你心中还有本府啊。那么好，官营盐业经销局近日将挂牌营业了。"

"恭喜老太爷发财，真是天子洪福，老太爷洪福，我等奴才洪福啊。"牛不从由圈椅跃身而出，鼓掌雀跃一番，又坐了回去。

铁徒手踱步几个来回，叹息数声说："做生意来银子是快捷些，可毕竟是下里巴人的事情，由堂堂知府亲操贱役，成何体统？唉，当此用人之际，本府不觉想起了本朝文士龚定庵先生的一番浩叹：左无才相，右无才史，阃无才将，庠序无才士，陇无才民，廛无才工，衢无才商，抑巷无才偷，市无才驵，薮泽无才盗。此一番浩叹，真可谓古往今来之浩叹。本府此前总觉此乃文士语不惊人死不休，夸张惯了，如今到了用人之际，举目茫茫，方知前辈是何等远见卓识。"

牛不从对铁徒手的引经据典，听得不大明白，却听出来了，官府要插手盐业经销，苦于找不到合适的主事人。他的心像是皮球落到了硬地上，蹦蹦跳跳，一时管束不住。他双手按住胸口，涨红了脸，轻声问："敢问老太爷需要哪方面的人才呢？对这方面的人才又有什么要求呢？奴才虽愚钝之极，却甘愿替老太爷跑跑腿，说不定还可物色一个合用的人呢，如此，也算奴才对老太爷的一份孝心。"

"经销盐业嘛，自然要熟悉盐业，头脑灵活，忠实可靠，在脚户中有相当号召力喽。"铁徒手还是浩叹连连，踱步不停。牛不从怯声说："老太爷如果不是十分挑剔,奴才倒可以充数。奴才头脑自然不够灵活,可不灵活有不灵活的好处,足可保证奴才对老太爷忠心耿耿,抵消不灵活的缺欠。别的,奴才虽不是上佳人选,试试倒是无妨的。"

"你有此意?"

牛不从啪的一声,跪倒在地,叫道:"万请老太爷赏奴才一个报效的机会!"

"好吧,见你情真意切,就这样定了,起来吧。"

牛不从从地上爬起来后,脸上涕泗交流,一片模糊。铁徒手说:"为今之计,你如何打算?"

"一切听老太爷的差遣。"

"什么事情都靠本府筹划,要你何用?这样吧,你先暗中联络脚户,把本府的意图解说明白。再者,你去租借民房,用作库房,物色盐店伙计,谈定价钱,到府库支领本钱,争取在第一趟盐到西峰后开张营业。"

"敬遵老太爷法令!奴才办事去了。"

牛不从快要出门时,铁徒手又喊他回来,淡然道:

"刚才仓促,首要一件事,应该是把这个消息告诉马正天。"

牛不从闻言,一声嘶叫,就地跪下说:"老太爷何出此言?所谓用人不疑,疑人不用,此等特大机密,如何可以泄露?老太爷要是怀疑奴才与马家勾扯不清,就请就手剐了奴才!"

铁徒手摆摆手说:"本府自有本府的主张,你去做罢了。"

牛不从没有随脚户队伍出发,他把两块花布分别托人捎给了两个干妹子。

我的爷爷马登月这个人,在他的心里,天下皆好人,遍地皆君子,天下无贼,风清月明,大兵压境也从不设防,黑云压城也不会带伞出门。而在他的嘴里,世间没一个好东西,人人皆小人,他看人从不看人家的脸,眼睛盯的是人家肚肠里面的臭屎烂粪。他一辈子得罪了所有他认识的人,但他却没伤害过任何人,他没占过任何人半文钱的便宜,却把天下的便宜占尽了,他

占的都是人家的口头便宜。一份庞大的家业让他一手荡尽了，那么多的人靠占他的便宜发了家，可那些人并没记着他的半分好，记住的都是他占了人家的那些嘴上便宜。他骂遍了天下人，包括他的老爹马正天，可有一个人，他一辈子都在顶礼膜拜。这个人就是铁徒手家的丫头泡泡，马登月的生身母亲。在马登月这个一辈子不说一句讨人喜欢话的臭嘴里，泡泡不仅是一个无与伦比的母亲，实际上，她是观世音菩萨的化身。马登月常常给我说，你瓜毬娃这一辈子白活人了，你没见过你的老太太，你要是见上一面，你碎狗日的就有资格目中无人了。我是见过泡泡的，她嫁给马正天没有几年，西峰已经有了洋人开的照相馆，马正天在员外村听说了，在她回家看望他时，他让她照一张相，带给他，这样，他就一直可以看见她了。对马正天百依百顺的她，这次却严词拒绝了，她不去，坚决不去，她认为洋人手中那玩意儿，是用来攫人魂魄的，一个女人的魂魄被洋鬼子攫走了，只给自家夫君剩下没有魂魄的躯壳，成什么体统！她找有名的画师给她画了一张像，送给了马正天。这就是我家祠堂墙壁上挂的那张。在她的晚年，她终于让人抓拍了一次，一张黑黢黢的黑白照上，有一个黑白的女人，盘髻高耸，脑后横别一根一丈青，金光闪闪，长颈丰颐，凤眼修眉，一袭湖蓝暗花旗袍衬托得腰身凹凸分明，起伏有致。仅此而已。在我的眼里，出现在黑白照片上的女人实在都是一般般，包括被抬举了一个世纪的旷世明星，充其量不丑罢了。我对人都是公平的，不以亲而美之，不以疏而丑之，我家老太太泡泡是一个不丑的女人。那张照片是她给政府捐献抗战爱国善款时，被记者抓拍到，登在报纸上的。她当时五十多岁，可那已经是她的晚年了。

马登月对马正天这个人有一个经典的评价，我想这一定是经典的，知子莫如父，知父莫如子，也是讲得通的。他说，马正天这个人，一辈子做了无数聪明绝顶的事情，人便以为他真的绝顶聪明，时时事事，都把他往绝顶聪明处想，想了许多绝顶聪明的招数对付他，整治他，可这些绝顶聪明的招数在马正天那里又显得愚不可及，人更坚信马正天确实绝顶聪明，他人万不可及，又处心积虑，去想更绝的招数。你看看，人不识人，做起事来，差的码子会有多大，所以，古人说，知人者明，与马正天打交道的人都是些糊涂蛋子嘛。其实，马正天非但算不得聪明，简直是一个大混蛋，大糊涂蛋，大二杆子。你瓜毬娃可要把话听明白了，我说的是大混蛋，大糊涂蛋，大二杆子，关键在一个大字，没有这个大，那真的就是混蛋糊涂蛋二杆子了。一个只要不是瓜毬娃的人跟马正天打交道，随便耍一个小小的手腕，就可把马正天当三岁小孩哄了。可说也怪，哄来哄去，哄他的人得到的都是一些皮毛小利，他得到的却是大实惠，他的家就是被人哄得发起来的。原先，咱家也是有些老底子的，主要是地多，银子不多，在西峰街上有一个铺面，雇了几个伙计，经销青白盐，每年赚千儿八百两银子罢了。咱老祖先说，盐只是调料，盐能当饭吃？经销食盐，也成了咱家全部家业的调料。年家的土地没有咱家多，但他家的食盐生意比咱家大得多，银子也比咱家多得多。马正天掌家时，二十岁还不到，年家要扩大盐业经营，本钱不够，花言巧语哄马正天合伙做生意，马正天问需要多少银子，年老太爷说，二万两就足够了，马正天搔搔头皮，难为情地说，我把老底连根拔出来，满打满算也不到五千两。年老太爷嘿嘿一笑说，你不说，我也知道，可见，你们马家，人都知道是有钱人，其实拿不出来几个活钱。侄儿给我交了底，老叔也不瞒你，年家随手拿出十万两银子，松松活活的，连眼睛都不带眨的。马正天不服气，说我家比你家地多。年老太爷笑道，我知道，可是，我随身可以把银子带到兰州、西安，什么好吃吃什么，什么好耍耍什么，你这几亩薄田，从你老先人时候就在这撂着，现在还原样撂着，说到底还是一堆黄土嘛。马正天这人就是这样，得理不饶人，没理嘴立即软了。他说，年叔说得对，可是怎样把死土地变成活银子呢。年老太爷不假思索地说：卖地！把地卖给需要地的人，换回你需要的银子。马正天说，现如今需要土地的都是穷人，穷人哪来的银子呢。年老太爷说，这娃，不是老叔说你，脑子缺一根筋嘛，谁叫你卖给穷人了？谁买得起卖给谁。马正天说，那我卖给你。年老太爷说，行啊。事情就这样定了。当天，两家各自叫来中人，划定地界，年家用两万两银子买走了马家一千亩平展展的田地。马正天是背着母亲做这件事的，等母亲知道，已经无法挽回了。母亲颠着小脚，抡起黄杨木拐杖在马正天屁股上抽了二十下，马正天硬撑着，不躲避，不告饶。母亲抽得累了，回到自己房间，一会儿，只听丫环

204

像被疯狗追着，满院子大喊大叫，马正天出门一问，原来母亲上吊了。马正天当即吓得尿了裤子，一脚踹开房门，把母亲放下来，边哭号，边揉捏，一会儿，母亲缓过气来了。但她的死心已定，说你狗日的总不能时时刻刻守着我，我要找你爹去，让你爹把我打死也比被你狗日的气死要好，我生了你这个败家的孽种，你爹尸骨未寒，你就敢把家业荡了，赶明儿，你还不敢把你老妈卖给班子店里？马正天的犟脾气上来了，他说，妈，儿子哪里把家业荡了，不是换回了两万两银子吗？母亲挣扎着甩手一个耳光，怒斥道，亏你说得出口！一千亩良田就卖两万两银子？去，你再给我拿两万两银子，只要买得回两百亩地，我给你磕头赔罪。马正天说，两百亩？我给妈买回来两千亩。但，不是现在。五年之内，我要是买不回两千亩好地，用不着妈给我甩命，我自己死，死了，你把我和牲口埋在一起。母亲见他说得斩钉截铁，半信半疑，暂时收了死的心，她说，儿子娃说话哩，我不死了，我不要你的两千亩，我不是贪人，我死了，能给你爹交代就行了，我只要你换回咱的一千亩，我看你狗日的到哪里给我变出一千亩地来。马正天说，妈，不是一千亩，是两千亩，儿子娃说话哩。

四年后，马正天通过盐业经销，已积累了十万两银子，经销网络遍及陕甘宁三地，在生意上已盖过年家一头，并在远离西峰的马莲河川置得一处祖产，把家族祠堂挪在那里，招募了七户逃荒客经管。这时，战乱从关中向陇东蔓延，董志塬可以闻到血腥味时，年家打听到，乱兵所过之处，大户人家无不家破人亡，他准备举家逃难。可是，大片的土地带不走，带不走就跟没有一样，好坏兑些活银子随身带上保命是正经。可是，这年头谁还掏钱置不动产呢。辗转反侧一夜，终于思得一个妙策。第二天一大早，他找到马正天说，贤侄呀，老叔最近手头有些卑贱，急缺银子使唤，只得拉下老脸，到你这儿抓借一点，也不白借，将来还你利息的。马正天说，年叔呀，不是小侄说你老人家，你这是大年三十借蒸笼，你蒸的吃，让我烙的吃呀？年老太爷心中有事，当即红了脸。陇东地界过年是要蒸馒头吃的，烙饼子属于日常凑合，过年不蒸馒头而烙饼吃，那是不懂得过日子的懒汉生活。马正天是小辈，自感话说得重了，嘻嘻一笑说，小侄看见年叔亲切，便口无遮拦，说笑的，年叔有困难，小侄哪怕自家日子不过，也要慷慨援助的。年老太爷叹息一声说，老叔知道是为难侄儿哩，可有什么办法，几年前，为了帮助侄儿筹本钱，从你这儿挪用了几亩地，害得你受了我老嫂子好一顿埋怨，老叔心里实在过意不去，你看这样行不行，我手头实在太紧，也实在没办法，只好出此下策，当年你拿地换银子，现在我也拿地换银子，如何？马正天说，怎个换法？年老太爷流泪道，本来地是家业根本，钱多少都是不可出手的，可如今事拿住人了，只得随行就市。马正天早打听好了，董志塬到处都是卖地的人，一亩地由一个月前的二十两，半个月后，降为一亩十两，六天前，降为一亩五两，这几天，成一亩二两了，和白送差不多。一个月前，母亲让他趁机买地，他不动手，直到前天一亩二两时，母亲见他无动于衷，又要打他，他答应了，却不动手。他在等待年家登门，他不愿从零散小户那里东买一片，西买一片，他要连片的大平原。年老太爷见他傻乎乎真上钩了，心里觉得亏欠，本来要把三千亩土地一次卖给他的，临到头又忍住了，留下五百亩，马正天以五千两银子买回了平展展的二千五百亩土地。年老太爷怕马正天变卦，马正天怕年老太爷变卦，两人当即叫来各自中人，划定地界，写了地契，都发誓，这是一桩公平交易，永不反悔。

　　事情了结后，马正天把地契拿给母亲看，母亲不识字，死活不相信，叫来娘家弟弟，确定真实无疑，她的脸上露出了灿烂的笑容，儿子都娶妻生子了，她仍一把搂在怀里，说了一声：这才是我的好娃！有别人在场，马正天羞得不行，急忙拱出头来，红着脸说：妈，我答应把咱家的地赎回来的，现在好歹赎回来了，可是，有一件事情我必须给你老人家说明白了，乱兵快要打来了，咱得撂下土地逃难。母亲的态度让他大吃一惊。母亲说，我知道，你以为我老糊涂了，没有大乱子，二两银子买一亩地？人家疯了，还是你疯了？娃，你做得对，乱兵可以烧房杀人抢东西，却搬不走土地，他们总有走的时候，他们走了，咱再回来，地还是咱们的。母亲抡起拐杖将站在一边伺候的马王氏狠抽一下，厉声说：给你男人擀臊子面吃！母亲的见识真让马正天没想到。他只是想从年家把土地赎回来。当年因为他的卖地，家里人和乡邻们可没少说他，他成了败家子的代名词，人人都认定他是二杆子，脑子不

整齐，鼻涕下来拿拳头往上捅的半心子人。

　　做完这笔生意，马正天感到良心不安，虽是两相情愿，而且，又是年家以坑他为目的的，但他觉得做事不可过分。念起年老太爷为了不把他坑死，少卖了他五百亩地，人有一念之善，就该有一善之报。在年家准备举家逃难时，他去年家了。年老太爷以为他要反悔，起初装病不愿见他，在他的坚持下，见了。见了面，年老太爷面色像刚从冰窟窿里捞出来的，他说，兵荒马乱的，这娃还有心思串门子啊？马正天笑笑说，听说年叔要走，来看看。年老太爷说，都啥光景了，你不走吗？马正天说，我要走的，年叔你准备去哪里？年老太爷怅惘许久说，我能去哪里，走到哪里算哪里呗，到处都在打仗。马正天说，侄儿正是为这事来的，侄儿听说，千里方圆都在打仗，死了的人把大路都堵了，我们到哪里还不一样？年老太爷说，总不能在家等死吧？马正天把自己在马莲河川的根据地说了，并邀请年家一同去避难。两家共同逃过了一场劫难，战乱平息的当年，年老太爷回到西峰一看，自家的宅子虽然留了下来，也已经残破不堪，往日繁华的西峰城万户萧疏鬼唱歌，举目都是荒凉。他当即昏倒在地，当夜在弥留之际，把几个儿子叫到炕前说：今后你们要夹紧尾巴做人，不要与马家较劲了，气数在马家，不在年家，把咱们的祖产能够保住，祖坟不断香火，就算是贤孝儿孙了。他把家政大权交给了稳重笃实的大儿子年如我。

　　陇东地区的一场绵延十几年的战乱让马家一举三得，一者，占据了财富制高点；二者，占据了道德制高点；三者，占据了智慧制高点。人们相信，马正天树大根深，跟着他，他手指头一松，一家人一辈子吃用不愁；马正天急公好义，危难时机能替他人着想；马正天聪明绝顶，料事在先。有了这些，跟着他，没错的。

　　铁徒手上任不久，就把抑制马家的财产扩张提到了议事日程，不知是马正天嗅到了什么气味，还是他果真有什么过人的聪明，短时间内，他一连推出了几项重大的攻守战略，办学校，年头节下为孤寡幼残送温暖，拓宽市区道路，修补战乱被损坏的城墙，救助战乱伤残者和战乱孤儿，等等，还有许多。这些都是面子工程，人都看得见的，受益面较宽，马家率先赢得了民心，官府再与人家过不去，就要失去民心了。再说，马正天这人还真别说，他究竟是聪明，还是天性慷慨，他从未有过偷税漏税行为，铁徒手派得力干将暗中调查过多次，一点破绽都没找到。他又试图在人家男女事情上做文章，派人风示几名与马正天来往密切的妇女首告，结果碰了几鼻子灰，一个泼辣妇女对官差跳脚大骂：你官家把官家的事管好就行了，你倒黄鼠狼越过地界偷鸡来了，我的屄是我的，我想让谁日就让谁日，只要我男人不说啥，你管得着？能得很，把我的屄剐下来，挂到你们老爷的脖子上，保证没人日了！陇东妇女与陇东男人一般口粗，那天执行这项公务的是一个家在本地的男人，当时，听见这里有人对口，立即涌上来一群围观闲人，公差挨了臭骂，面子上下不来，不觉斗嘴欲望熊熊燃烧，心想再不要脸的女人也是女人嘛，他一跳老高，指头指着那女人骂道：我把你这个挨毬货！人群轰的一声爆笑，他心中暗自得意，心想这个女人这下得败退了，没想到那女人也一蹦老高，双脚落地后，她笑嘻嘻地指着公差说：不愧是从我的屄里溜出来的乖蛋蛋娃嘛，太了解老娘了，老娘就是个挨毬货，老娘挨过的毬，比你娃吃过的米颗子还要多哩！人群中又一阵爆笑，几个闲人蹦起来，高叫道：狗日的把驴日的给我骂！挨毬的把婊子养的给我好好骂！公差再也招架不住了，灰溜溜的，脚不点地，风也似的消失了。公差回去原原本本给铁徒手说了，铁徒手是读书人，耳根子干净，又是初来陇东，对市井语言一无所知，哪听过这么残忍的话，而且还是出自女人之口，说实话，他当时被惊得面如土色。他死活不肯相信，认为是公差没有完成任务搪塞他，把他派出去的几个人都问遍了，另几个人的遭遇比这人还惨，只是回来向他汇报时，实在张不开口，偷工减料了。下层公差大多都是本地人，在乡间野地，在城镇里弄长大的，对陇东民间语言从小熟得透了，看见大人有兴趣询问，便把各种方言土语，尤其是骂人话，挑拣常用的，独特的，学说了一遍，铁徒手直听得脸上冷汗横流，衰弱无力地挥挥手说：罢了，罢了，罢了，下去吧。

　　铁徒手是怀着济世拯民之心寒窗苦读，又千里赴任的，他以为，天下之所以衰败，根本原因不在于政不清，兵不精，财不广，国不强，而是因为王道衰，礼义废，然后导致了政教失，民心乱，因而，治理地方首要的在于移

208

风易俗，矫正人心，官知荣辱则官风正，民知荣辱则民风正，以知荣辱之官民，经夫妇，成孝敬，厚人伦，美教化，移风俗，如此苦心经营数年，以知荣辱之官民，对外，何方强敌敢犯我华夏，对内，太平盛世何由不致？可是，一接触俗务，他便知道了什么叫作纸上得来终觉浅，绝知此事须躬行。在身体力行一段时间后，他又知道了什么叫作大厦将倾，人力何为。最初的激情和梦想，一次次陷入无所不的泥坑之中，看不见对手在哪儿，却时刻被对手投射过来的明枪暗箭击中，看不见谁在后面紧紧地拽着后襟，也看不见谁在前面顽强地狙击，但，无论你怎么卖力地走，仍然裹足不前。那种拖扯力和狙击力，并不使人感到疼痛，那是一种感觉很黏稠的力，双脚像是陷在沼泽地里，拔，拔不出来，走，迈不开脚步。如此，原地不动好不好？不可以的，身子在缓缓下陷，失重，失重，身体无处依托，双手无处拽扯，身体在下沉，心在下沉，明知这样要不了多少时间，就会遭受灭顶之灾，却束手无策，在肉体死亡之前，意志力已经被摧垮了。更致命的是，有时候，感觉脚下产生了异常，低头一看，双脚踩进了一堆新鲜的狗屎中，热腾腾的，臭烘烘的，黏糊糊的，那种新鲜的黏和臭，很容易使你联想起曾经吃过的某些美味佳肴。致命的正在这里，它让你处在丑恶时，无法畅想美好，而在美好时，却自然而然联想到了丑恶。经过反复碰壁后，铁徒手警醒道，如果自己无法变得丑恶，或者，不愿意变得丑恶，那么，自己并不能改变什么，自己只能改变自己。在这种世风下，最佳的生存策略，便是完成自己的麻木。以麻木消解上压下挤，以麻木应对悠悠岁月。这一招是管用的，几乎算得上唯一管用的一招。对来自上司的命令，如果是一般的命令，满口应承，慢慢执行，如果是严令，雀跃赞同，雷厉风行，但，要雷声大，雨点小，或者，干脆只打雷，不下雨。他知道，官府的任何事情不过都是一阵风，万不可顶风，顶风必然被呛着，甚或呛死，也不可一味顺风，揭屁股风来了，再顺风疾走，收脚不住，非跌跤不可。原来，他想在陇东知府任上，干三年五载，做出一些显眼的政绩，谋求升迁，升迁不了，平调于离权利中心近些，或物资繁盛人文活跃之地，也行。谁料，三年无动静，五年无消息，如今十年过去了，他成了一个被遗忘的化外藩臣。公文照常往来，上下交通照常进行，但，每一级官员都是路过，都是过客，都是例行，没有人当真的，上面来人明明看见某些不和谐的作为，听见了不和谐的声音，却一律装聋作哑，事不关己，高高挂起。他终于明白了，谁都在自保，谁都不愿与己不利的事情发生。这样也好，无灾无难的，得逍遥且逍遥。幸好，他发现了泡泡，他的生活有了前所未有的情趣，他甚至不再有功名之念，日日辞赋，夜夜红袖，不正好嘛。可是，钱粮倒不开手了，这东西是硬的，一分银子，一粒粮食，虚与委蛇混不过去。硬挺挺的钱粮无情地击碎了他的逍遥避世之梦，他本来就是陇东千里地界上处在最前台的人物，这一次，他必须无条件地站在他应该站在的位置上。没想到，一出手就遭到马正天的强力阻击。也罢，既然阵势拉开了，那就像模像样地打一架吧。

　　铁徒手决定撒出一张大大的好比天网的网，把马正天网进去。

　　泡泡病来如劲风，病去恍如一梦，病势已沉重了，人还没有把她与病人对应起来，病已痊愈了，人还在把她当病人对待。当天中午，向惠中走了以后，铁徒手和乌兰在书房说话，丫头们煎了汤药，给泡泡服了，泡泡便沉沉入睡，铁徒手和乌兰五次三番去看，怕睡得久了，更怕出了什么岔子，却见泡泡神色安详，鼻息匀称，活脱脱一个贪睡少女景象，铁徒手暗思，自己这半年心里生了毛病，常常通宵胡闹，连累得泡泡也累得很了。乌兰也是念及这些的，两人心下便都生出不忍，悄悄在床头坐一坐，悄悄又走了。仅过片刻时光，还是不放心，又轻手轻脚潜入房间，看看泡泡仍旧睡得正香，心下还是不忍，在床头悄悄坐一回，又悄悄出去。主子待下人是不会这样的，再有脸面的下人在主子眼里都是一件东西，只是有些东西稍珍贵罢了。几个下人见男女主子对泡泡如此关心，揪心，涌上心头的都是感动。少主子有时生病了，女主子也是这样坐卧不宁，出出进进，男主子却不这样，遣人请来郎中诊视了，安顿了看护人员，就不大再管了。她们知道，男主子与泡泡其实是冰雪干净的，两人之间只是互相倾慕，绝无苟且之事，说到底，泡泡仍是一个下人，是一个主子喜欢的下人，再喜欢，主仆之分是逾越不了的，可主子却这样把泡泡当回事，下人们从泡泡身上联想到自身，眼睛就有些潮湿了。

主子待她们虽不如待泡泡那样用心,与别人家的主子待下人来说,她们简直就是逾越主仆间的常礼了,主子吃什么,她们吃什么,主子很少打骂她们。女主子是个随和散淡的人,凡是过得去的事情就过去了,男主子更是一个百事不问的人,坐堂回来,只知道呜呼呼嗟读他的书。铁徒手夫妇为泡泡揪心了一天,下人们感动了一天。早晨发现泡泡病了后,女主子便对豌豆说,你不用伺候我了,也不许再做别的事,一心看护泡泡吧。豌豆就这样在泡泡床头坐了一天,双脚不出泡泡房间。看护泡泡如看护自己,在泡泡身上,豌豆看见了主子对自己的重视。

一个泡泡病了,全家上下都失去了欢乐,连正是贪玩时节的少爷小姐都消停下来,悄悄地躲在自己的房间里读书游戏,他们知道父母心里有事,别愣呆呆地自讨没趣。日落黄昏时,豌豆突然奔出房间,高喊道:"老爷太太,快看泡泡!"

铁徒手闻声撂下书,一个闪电,冲出书房,奔来了,正在给小女儿缝制贴身小棉袄的乌兰一手扔针线,一手把头发顺一顺,跟声也奔出来了。铁徒手边跑边喊:何事!何事!乌兰边跑边喊:快,快!男仆们不便靠近,都躲在花园边瞧动静,女仆们从各个房间麻雀一般飞出来,唧唧喳喳,边连声询问,边跑了过来,几个少爷小姐也被惊动了,也跟了过来。铁徒手一手摁住豌豆的肩膀,声调都变了,大声说:"泡泡怎么了?"

"回老爷,泡泡醒了,要吃饭。"

一听是这事,铁徒手只听心里咕咚一声,好似一个沉重的东西跌入幽谷,好半天才听到了回声。他扬起巴掌就要扇过去,在空中却凝滞不动了,他缓缓收回手,笑道:"你这个死丫头!"

全家人都笑了,乌兰笑说:"老爷快进去看看吧。"

"夫人也请。"

泡泡躺在床上,见主子进来了,挣扎着要坐起,铁徒手和乌兰同时说:"躺下别动!"

泡泡只好不动,把脸面转过来,侧身向外躺下。乌兰把住泡泡的手,抽泣道:"你这小妮子,怎么搞的吗,吓死人了,老爷和我大半天心里长长短短的。"

"奴婢让老爷太太操心了,真是惭愧得紧。"泡泡红了脸,两汪泪水如晨露,忽悠,忽悠,终于滚落下来。脸色本来苍白如雪,一害羞,立即有了红晕,那颜色便格外有景致了,在铁徒手眼里,好似落日时节的茫茫雪原,一位身披红色大氅的骑手,乘一匹白马,马蹄溅雪,如飞而至。铁徒手一个激灵,发觉自己走神了,此时是不便于走神的,他估计乌兰和泡泡已经看穿了他的心思,脸上便有些发烫,偷眼瞧去,乌兰双手握住泡泡的一只手,在轻揉轻搓,泡泡用闲着的那只手,捏住乌兰的袖口,两人如母女久别重逢,不胜唏嘘。铁徒手知道两人都在躲避他的尴尬,便没事找事说:"泡泡,豌豆说,你想吃东西,你想吃什么?"

乌兰钩起食指,在泡泡腋下轻轻挠一挠,笑说:"泡泡快说,你想吃什么,老爷要给你亲自下厨做饭呢。"

泡泡的脸更红了,长长的,略带卷曲的睫毛忽闪忽闪耷下来,盖住眼帘,微笑不语。铁徒手说:"我哪有做饭的本事?不过,泡泡你想吃什么,不必客气,咱家做饭的人还是有的嘛。"

乌兰万分怜爱地剜一眼铁徒手,笑说:"老爷倒是有心人呢,还知道饭是要有人做的。不过,等老爷安排人给泡泡把饭做出来,泡泡怕是早饿扁了。"

"哦,"铁徒手羞涩一笑,说,"没听见夫人安排人做饭嘛。"

乌兰笑道:"泡泡你听听呀,老爷还以为居家过日子像是在公堂一样呢,把一支竹签扔在地上,令谁谁谁去做什么什么,那样倒是热闹,只怕竹签不够用呢。"

乌兰说完,便吃吃笑起来,泡泡把脸用被角捂住,也吃吃笑起来,缎被一抖一抖的,忽忽悠悠,涟漪荡漾,蜿蜒出一段美妙的曲线来。铁徒手有些痴了,叹息道:"先贤说,治大国如烹小鲜,理家与理政,原来道理是通的。"

这时,豌豆在院外喊道:饭到了。喊声未落,一手便揭起门帘,从一个小丫头手里接过一副梨花木盘来,盘中只搁了一只白底蓝花细瓷碗,碗里腾腾冒着热气。铁徒手伸头一看,见是稠烂的小米粥,惊道:"这么快,就熬好粥了?"

豌豆低头巧笑不语,乌兰说:"是啊,托老爷的福,咱家的日子过得红火,柴火也格外有劲儿,说话间,就会熬一锅烂粥的。"

"不可能的呀?"铁徒手一手弯上去搔头皮,眉头也锁得紧了,急切间想不通这个道理。乌兰笑道:"好叫老爷得知:郎中刚走,熬药时,就开始熬粥了。"

铁徒手搔搔头皮说:"难为夫人想得如此周全。"

乌兰笑道:"好叫老爷得知:不只是你铁家娘子想得周全,谁家娘子都会想到这一层的,如其不然,早被一纸休书休了。"

"你怎么得知病人要吃米粥?"未等乌兰回答,他已经有了答案,他说:"哦,对了,《三国演义》诸葛亮舌战群儒时说,人染沉疴,当先用糜粥以饮之,和药以服之;待其脏腑调和,形体渐安,然后用肉食补之,猛药以治之,则病根尽去,人得全生也。若不待气脉和缓,便投以猛药,欲求安保,诚为难矣。说部之语,难免有说书家的添油加醋,未必是诸葛原话,可道理却是极通的。可叹啊可叹,我原以为,自己是千里地方的老大,又自忖熟读经史子集,在人情道理方面也当之无愧为一方老大。向郎中开出几味普通草药后,我嘴上没说,心里颇不以为然,泡泡病势如此猛烈,几味草药工夫未免慢了些,只想这老先生,人越老,胆越小,而今,夫人乃女流,虽不通医理,却尽得医理之妙,可叹啊可叹,可喜啊可贺!"

铁徒手一席话说得乌兰心如蜜甜,脸却羞红了,看见丫环们都在瞅着她嘻嘻笑,更难为情了,娇嗔道:"主子说话没个轻重,你们也全不知些轻重。还不快点伺候泡泡喝粥,没来由笑什么?"

其实,豌豆和另一丫环早已在伺候泡泡喝了半碗粥了。铁徒手全没在意乌兰的忸怩,仍自顾自在那里长吁短叹,一会儿天,一会儿地,一会儿古圣先贤,一会儿今世君子,直把他忙乎的思绪纷披,无法归纳。泡泡喝了一碗,还要喝,乌兰知道要再过一会儿喝好一些,却不忍拂了她的意,便对豌豆说:"豌豆,你去看看,还有没?"

豌豆聪慧明敏，应一声，端起碗，扭头就跑。眨眼间，便来了，说："回夫人，只剩小半碗。"

"怎么搞的吗，熬一次也不知道多熬一些？罢了，先让泡泡垫补一点，不饿就行了。"

铁徒手不明就里，一听泡泡没吃饱，没饭了，脸色立即变了，一片声催赶丫环们去通知厨房，马上为泡泡熬粥。一个丫环悄声道，怎么会呢，敢是那几个馋嘴喝了，刚才明明还是有半锅的嘛。乌兰使眼色，不顶用，拿眼睛剜，仍不顶用，那个丫环把她想说的都说完了。泡泡见老爷对自己如此关切，夫人又如此呵护，又有热粥下肚，精神顿时起来了，她笑说："老爷夫人不必费心了，其实一碗就够了，怕是肚子空的久了，总觉得饿，刚才的半碗，险些吃不下去。"

乌兰心里十分快活，豌豆和泡泡，都是她从娘家带来的两个陪嫁丫头，一个比一个聪慧，一个比一个善解人意，而泡泡的聪慧又胜过豌豆，更兼姿容曼妙，超凡脱俗，她心下更不愿泡泡离开自己了。铁徒手听泡泡这样说，一颗心方才放了下来，他说："这倒也是，饿得久了，会产生空腹感，觉得饿着，其实饱了。大家都出去各做各的事，豌豆留下来陪泡泡，让她饭后歇息一会儿，养养神。"

到了第二天午后，泡泡已经可以正常吃饭、正常活动了，念及她病时，老爷太太的恩典，前去请了安，乌兰赏了她许多洋糖，她想众人这么照顾她，有好吃的不可独享，便将花花绿绿的糖块装在一只小巧的柳条篮里，挨门挨户分发了，大家都一脸的高兴。那时候，铁徒手与乌兰在厢房关起门来说话，乌兰对豌豆说，你出去玩吧，这里有我伺候老爷。听见外面泡泡与大家笑声盈耳，少爷小姐都掺和进去了，近来公务不顺的铁徒手颇多感慨，他说："要是不当这个劳什子官，一家人其乐融融，该有多好。"

乌兰安慰说："不打紧的，走路总有崴脚的时候，不能因为崴脚，就不走路吧。"

"夫人说的是，拙夫虽身在官场，却免不了文士情怀。有一件事，我早想说了，却难以启齿，又拙于表达，甚是为难，不知怎样说才算得体。"铁徒手磕磕绊绊说完时，脸已红了。

"你我夫妻，有什么不可以说的？哦，对了，公事你是不用问我的，牝鸡司晨，大为不祥，一定是家事吧？"

"夫人英明，正是家事，可我张不开口啊。"看铁徒手的脸色，真是难为情了。

乌兰狡黠地笑道："看来夫君如此为难，拙荆只好冒充一次贤妻了？其实，我早有此意，我说过，我不愿泡泡出门，与我前半生为主仆，后半生为姐妹的。"

话说开了，铁徒手表情倒自在了，他幽幽地说："不瞒夫人说，夫人所愿，亦我所愿。可是，事情为难就为难在这里。一者，我与夫人伉俪情深，不愿他人分享，哪怕是我们共同喜欢的泡泡，夫妻之情从来都是自私的，排他的，非如此，不足以言人性。二者，宦海沉浮，前途未卜，你是发妻，有道是，跟上秀才当娘子，跟上杀猪的翻肠子，你我夫妻同命，乃天地造就，而泡泡何辜？我们爱她，给她寻一个好下场，便是真爱。拙夫连日来愁肠翻滚，决断不下，正是为此。"

没想到铁徒手心中是这种主意，乌兰明知他把泡泡已当作心头肉，解语花，忘忧草，而仅仅为了夫妻情爱，便要痛别割舍，心下所受震撼非比寻常，她一时动了真感情，五味俱全，她一把抓住铁徒手的衣袖，决绝地说："夫君，此事与你无关。泡泡是我从娘家带来的，我有优先处分权，我要把她留在身边，吹吹打打，明媒正娶，成为咱家一口人。"

铁徒手一手按住乌兰的手，一时语塞。他知道乌兰是真心的，乌兰对他从来都是百依百顺，自从嫁给他后，把一切都和盘交给他了，未来的命运，人生的荣辱，还有自己的灵魂。可她越是事事顺着他的意，他越是事事为乌兰考虑。他知道，他离不开泡泡，乌兰也离不开泡泡，他离不开泡泡是因为泡泡那里可以寄托他的心灵，乌兰离不开泡泡，也是因为泡泡那里可以安抚自己夫君受伤的、倦鸟一般的心灵。她的一切都是以自己夫君为出发点和落脚点的。念及此，铁徒手顿时心明眼亮，读书人惯常的优柔寡断患得患失，在这一刻烟消云散，剩下的全是一个手握重权官员的坚定和霸道。他猛地松开乌兰的手,突地站起身,在地上急走几步,一个豹子回头,断然道:"乌兰,你说的这是什么话?你要是真的在乎你的夫君,你就应该设身处地为他一想,你要是真的怜惜泡泡,就该为她的一生担责,你要真的顾惜咱们夫妻情义,你就不该只图眼前的圆满,斤斤于眼下的欢乐,而要站得高些,看得远些。你是女人,但不真正了解女人,我是男人,我却深知男人。嫉妒争宠是女人的天性,不如此,便不是真女人,喜新厌旧见异思迁,是男人胎里带来的毛病。你所以现在怜惜泡泡,只因泡泡是你的下人,你可以完全左右她,而泡泡对我充其量只是朋友而已,给你,给我,给我们全家暂时能够带来安全的朋友,泡泡之所以对你百依百顺,只因为她的身份是丫头,身份变了,她还会这样吗,你还会这样以平常心待她吗?你听我说,这不是谁的反复无常,这是所有人的本性。所以,泡泡不可留在这个家里,人各有命,你别以为泡泡是天生的丫头命,她的福报在你我之上,我们应该尽力成全她,才是一片仁爱之心。"

"夫君教训的是,贱妾头发长,见识短,虑不及此,还望夫君莫要多心。"乌兰心里委屈、羞惭、惶恐、感动,五味俱全,不觉泪流满面。铁徒手一时兴起,只顾雄辩滔滔,却忽视了乌兰的感受,猛然看见她不知所措的神态,心下颇觉过意不去。他上前重新握住乌兰的手,恳切地说:"乌兰,原谅夫君一时粗鲁,俗话说,亲不见怪,不要放在心里去。"

"哪里呀,"乌兰羞怯地说,"乌兰哪里敢怪夫君呢,感激还来不及呢。做闺女时,母亲常对我说,男怕进错行,女怕嫁错郎,夫君的一腔疼爱,乌兰时常自感,德或有之,却无花容月貌取悦夫君眼目,更无才情慰藉夫君书房寂寞,闲来思想,深感惭愧,便想出失之东隅收之桑榆的下策来,真让夫君见笑了。"乌兰说的羞涩,触动的却是真情,她偎在铁徒手怀里,仰起脸说:"我只怕泡泡离开咱家,托身如夫君一般的有道君子倒还罢了,若是相反,你我一辈子都会心里不安的。不知有哪个幸运儿,享得了泡泡的福?"

"马正天!"铁徒手一脸自信地说。

"马正天?"乌兰着实吃了一惊,"他固然家大业大,一者,他有原配夫人,二者,年龄相差好像大了些,这三者呢,听说,听说……贱妾也只是听

说。"

"听说此人花里胡哨是吗？呵呵，要是没有这个毛病，哪有泡泡的插足机会呀；至于原配夫人，马家的原配夫人只是生孩子的，马正天缺的却是掌家的内助，泡泡堪当此任；至于年龄，马正天也不过四十出头，像这样大的财主，古稀之年娶及笄少女并不鲜见，这样一比，两人是没有年龄差距的。"

"可是，马正天有无此意，夫君已经托人说合了吗？"

"这倒没有。不过，我有十足把握，一句话而已。"

"可是，马正天儿女众多，所交女人也很多，泡泡去了，恐怕是要烦恼的。"

"夫人不必顾虑，以前的马正天固然有种种的不是，那是因为没有见到泡泡，泡泡去了，一切都会改变的。"

"贱妾是足不出户的厨娘，外面的事夫君决断吧。"乌兰神色凄惨，言语幽幽，铁徒手拍拍她的手说："夫人不必忧虑，我敢向你保证，泡泡吉人天相，你我会心想事成的。"

在这件事情上，铁徒手还是向乌兰隐瞒了他的核心机密，他是要以泡泡为筹码给马正天撒网的，这是他整个禁锢马正天计划中最关键的一环。当然，他不是要把心爱的泡泡往火坑里推，相反，他坚信，以马正天身上的痼疾，见了泡泡不会不上钩的，以泡泡之秀外慧中，在马家是不会只做花瓶的，如果天不灭马正天，马家的实际权力将归于泡泡，天若保佑马正天，马家的一切将尽归泡泡，总之，泡泡将无往而不胜，无往而不利。但，这份心机是万不可向乌兰透露的。他承认，此策下作之极，不足为任何人所道的。他为此烦恼了好一阵，心灵备受煎熬，这与他的做人志趣大相径庭，与他的德行教条格格不入，但他最终还是说服了自己：身不由己，只此一次，下不为例。还有一层他不但原谅了自己，对自己甚至生出了敬仰之意：原计划是要先把泡泡许给牛不从，把他撩拨得如痴如狂时，再暗中许给马正天，挑起他们的不和，最好是互相残杀，然后自己再适时出手，收拾旧山河。这是《三国演义》王允以貂蝉为饵，假手吕布除董卓之计。他反复思量，此计启动起来，十拿九稳，只是太过狠毒，有可能连泡泡也毁了，这是他绝对不可容忍的结局。再说,他见了牛不从后,发觉动用泡泡为此人设计,完全是杀鸡用牛刀,便以一件不值钱的功名套死他,让泡泡直接面对马正天。

从知府衙门出来,牛不从感到两只耳朵忽然不平衡了,一只死命下垂,一只死命上翘,别看两只薄肉片没什么分量,却倒腾的牛不从像是在大风中飞翔的乌鸦,老是斜着翅膀。他看见了自己的走路姿势,真是要多难看有多难看,他试图纠正,却纠正不过来。咋回事呢?街上的闲人渐渐多了起来,一个个双手缩在袖筒里,拢在肚子上,一个个弯着腰,以这样的姿势躲避寒风的侵袭,一个个脸色乌青,那是寒冷的结果。牛不从忽然想起一句俗话来:灵人快马天生的,愣种脸上乌青的。还有一句俗话:癞蛤蟆不长毛儿,是种的过错。其实这两句话,就是人们常说的:老子英雄儿好汉,老子卖葱儿卖蒜。龙生龙,凤生凤,老鼠生的儿子会打洞。为什么会想起这些话呢,他刚才在铁府里见到的所有人,男男女女,每一个脸色都很正常,白净光滑,红润可人,尤其那个叫泡泡的丫头,简直是吃奶孩子的脸色嘛,鲜嫩得不用掐都在滴露水呢。也许你要说,咱下苦的人怎可跟人家比,可是,你看看马家的人,看见年家的人,贫寒人家的子女进了他们的门,马上就变样子了,与他们的兄弟姐妹马上有区别了,说明他们原本就是生错地方了,富贵人家本来就给他们准备好一碗饭了。牛不从比起街上那些闲人穿着体面些,经了一阵寒风,却不由得弯下腰来,拢起手来,嘴里吸溜吸溜的,他看不见自己的脸色,伸手一摸,冰冷冰冷的,僵硬僵硬的,估计比闲人差不了多少。这令他沮丧,愤怒。为什么?凭什么?闲人在街上久无风景看,正无聊得眼睛里麻雀乱飞,忽见牛不从走路姿势特别,一个个便像惊霜寒雀,鸠立街头,不怀好意地,不错眼地看。越看,牛不从越不会走了。他瞅准一个认识的闲人怒喝道:你不去做正经营生,到我脸上能看出来你妈的臭屁?骂出口了,牛不从为自己的失口颇感后悔,果然那人笑嘻嘻地回击道:牛爷说的没错儿,爷的脸上正好有一个臭屁,只是我认不出是我妈的,还是你妈的,我怎么看怎么不像是人的,倒像哪头老母猪的。斗嘴他是斗不过这些人的,听见这儿有热闹,呼啦围上来一群人。牛不从见势不妙,打个哈哈,拔腿就走。这一

218

走，他的耳朵平衡了，步子也正常了。

走出闲人的包围圈后，牛不从长出一口气。心想刚才是咋回事呢。哦，对了，他的一只耳朵眼里装着泡泡给他说的为数不多的几句话和她的笑声，另一只耳朵眼里灌满了铁徒手的话，一个是色欲肉欲，一个是功名利禄，这两个都是好东西，一个占据一边，在互较高低呢。寒风凛冽，他混浊的脑子渐渐清亮了。泡泡小姐，永别了，我牛不从是癞蛤蟆想吃天鹅肉哩，今生有幸谋得一面之缘，已是奢侈了。他幡然醒悟，有了钱，就像马正天那样的，什么样的女人还不是招之即来挥之即去？有了功名，就像铁徒手那样的，还愁没有绿围翠绕？牵牛要牵牛鼻子，挖药要挖药根子，关键问题还是自己一无所有嘛。铁徒手为他开辟了一条通向富贵利禄的康庄大道，机会来了，说什么也得抓住。铁徒手让他把这一消息说给马正天，他当时没有想通，此时依然没有想通，这样做，分明是打草惊蛇自找麻烦嘛。且不理会这些，铁徒手让我给马正天说，我就说，不但和盘托出，还要添油加醋说，小人物生存在大人物的夹缝中，只有使劲撑开、扩大夹缝，用利刃划开大人物之间的缝隙，小人物的气儿才可喘得通畅一些。要弄就往大的弄，要让两只老虎打起来，老虎只顾得了打架，野羊啊，兔子啊，獾呀，狍子呀，这些美味就该狼消停享用了。对，就在那个泡泡丫头身上做文章，把马正天的骚劲儿调动起来，他是一定要打这个主意的，铁徒手一定是舍不得的，就让他两个掐吧，使劲掐吧。狗咬狗，一嘴毛，母鸡咯咯蛋，公鸡唔唔唔，公鸡翅膀扇，母鸡膀子摇，一下撑进烂土窑，公鸡要踩蛋，母鸡高声叫，公鸡掐住了母鸡毛，好好好，真是个好，一下把事情做成了，再来一个要不要！

牛不从脑海里全是铁徒手和马正天为泡泡死掐的图画，画面是那样的真切，如同在眼前发生一般，他为自己卓越的想象力得意万分，他甚至想，如果要他领兵打仗，说不定还会成就一代将才呢。什么美人计拖刀计连环计隔岸观火声东击西树上开花明修栈道暗度陈仓，等等，别说三十六计，就是三韬九略，他都会运用之妙存乎一心的。一作如此想，他的腰板挺直了，凛冽的冷风钻入怀里，也有了暖风熏得游人醉的况味。他觉得自己已是统兵百万领将千员的天下兵马大元帅了，双臂甩起，把裹身而来的寒风驱赶得四散逃命。他径直去了马家。到了大门口,他的心思正沉浸在塞外秋风马鸣的犷悍中,刚劲的步伐正迈出惯性来,都没有看见两个门丁正手持木棒当道而立,那个叫龚七的门丁头儿躬身道:"牛爷要见我们老爷吗?请稍等,在下立即去通报。"

牛不从目视高天,双腿生风,一下子将龚七撞了一个趔趄。马家的门是随便可以进的么,马家的门丁是随便可以冲撞的么,要是别人,十步开外,就得笑脸赔上,好话说上,有时候还得意思意思的,念你牛不从跟我家老爷熟络,给你个面子,你还把桃红当大红使了,还敢冒犯你家大爷,龚七一声喊叫,另一门丁眼疾手快,手中木棒趁势往前一送,便顶在了牛不从丹田偏下部位,龚七把木棒伸进牛不从两腿间,双手使劲,左右一搅和,牛不从两腿一阵钻心痛,立脚不住,趴展在地上了。弟兄们,给我上!龚七一声喊,守候在门里的几个门丁饿狗抢骨头一般冲出来,眼见得几根木棒同时顶在牛不从后背上了。牛不从被木棒顶住丹田的一刹那,脑子便反应过来了。只是还没等他做出解释,就已经趴平了。龚七知道牛不从现下是主子的常客,下手自然是斟酌了分量的。牛不从身子被几根坚硬的木棒顶着,勉强把一张被尘土染脏的脸拱出来,笑道:"龚七爷,不认得在下了?大冬天的,地上实在太冷,让在下起来说话好不好?"

龚七冷言道:"在下自然是认得牛爷的,可牛爷不认得在下。认不认得在下倒不打紧,兄弟为马老爷办差,兄弟人不大,老爷的门脸儿大,兄弟的职权不大,老爷的家法大,牛爷可是知道?"

"知道,知道,兄弟心中想着马老爷托付的大事,一时走神,冒犯了七爷,还望海涵,兄弟一定向马老爷当面领罪。"

牛不从一口一个马老爷,话音里暗藏机锋,龚七心下不由得不忌惮。事情已经做出来了,虽然是牛不从违背规矩在先,可他做得实在有些如临大敌。为今之计,只有将错就错,先把罪责全部推在他身上,让他哑巴女人遭人强奸,有口说不出话来。他说:"牛爷就是有天大的事,也得等小的通报了,老爷有了招呼,才可进门的。再说啦,小的并没有接到老爷吩咐,说牛爷来了不必通报,若遇拦阻,可以横冲直撞,把那狗日的看门狗一个个撞死。"

听了这话，牛不从果然面露惶恐之色，赧颜道："七爷取笑了，是在下不知自重，犯了规矩，也算是自作自受吧。"

"如此说来，牛爷果然是给我家老爷办差的。弟兄们，罢了吧，快扶牛爷起来，待我去通报老爷知道。"

一会儿，龚七出来了，他说："牛爷这就是你的不对了，你给我家老爷办差倒是不差，可并没有与老爷约定时间呀。老爷正在睡觉，还是小的硬了头皮，求老爷身边人唤醒老爷，把事情说了。老爷让你进去呢。"

龚七说的没错，牛不从与马正天并没有约定时间，马正天也并没有给他安排什么具体的差事。倒是铁徒手嘱咐他给马正天传话来了，所传的话是要损害马正天的利益的。他明白像龚七这类大户人家看家护院的狗，眼睛比贼的眼睛还要尖，鼻子比瘦狗的鼻子还要灵敏，隔山就可闻到干屎橛子的味道。到了这份上，他自知理亏，也只好自认倒霉，赔笑道："七爷，几位爷，都是小的莽撞，坏了规矩，又给诸位添麻烦了，改日，小的一定请大爷们喝酒。"

"喝酒倒不敢当，小的们给老爷当差，只知尽心尽力，别的倒不敢放在心上。牛爷请吧，小的给你带路。"龚七不冷不热撂下几句话，手持木棒，扭头大踏步走在前边，一路上，没回过一次头。牛不从恨得前门牙脱了一层皮，眼下无奈何，权且暗记在心。

龚七没有撒谎，马正天确实睡眼惺忪，一副萎靡不振的样子。马正天昨夜跟六两闹腾得凶猛了，睡到半早上，起来活动了一会腿脚，吃过午饭，觉得身子瘫困，喝过马王氏熬的让六两端来的参汤，又睡了。躺在床上，看见六两憨敦敦的可爱，又摸摸揣揣地逗引她，却被她挣脱了。她站在他够不着的地方，红了脸说："老爷也不顾惜自己的身子，倒让我里外不是人。"

"谁说你了？"

"没有人说，是我自己说自己的。"六两欲言又止，一句话中出了几个漏洞。

"呵呵，自己说自己，长大没出息。你好好说，谁说你了，说你什么了？"

"我不敢说。"

"说说嘛，闲话闲说，嘴在人家身上长着，每个人都有说话的自由，我又不会吃谁的奶去。"

提起吃奶，六两想起马正天昨夜的种种胡闹，脸霎时变得通红。她扭捏了半天，说："夫人骂我了，骂我是贪嘴的半大母猪，咋吃都吃不饱，刚吃了，又满院子哼哼唧唧乱叫。不过，奴婢觉得，夫人骂得对。"

"半大母猪！"马正天眼泪都笑出来了，还收煞不住笑。终于止住笑了，他说："这死婆娘，说话还有些趣呢。她骂得对？怎么对了，你说说。"

六两说："夫人是爱惜老爷的身子骨，才这么骂奴婢的，奴婢也是要这样劝老爷的，只是不敢。"

"你劝我什么，你难道不愿跟我睡觉了？"

"愿是愿的，隔三岔五的，还好，多了，损害了老爷身子骨，就不好了。"

马正天看见六两一脸淳朴，一脸真诚，心中甚为感动。他说："唉，我的六两会体贴人了，我没有白疼你一场啊。你不愿意就耍去吧，我要睡觉了，身子骨要紧啊。二八佳人体似酥，腰间仗剑斩愚夫，纵然不见人头落，定叫君身成枯骨。身子骨要紧呀。"

马正天说着，便沉沉睡了。

美梦正做得有趣，却被六两叫醒了，说是牛不从牛老爷有要事拜访，她已经让龚七把牛不从放进大门，在客厅等候了。马正天一只手刚抓住一个从未见过的超凡美丽的女子的奶头尖儿，蓦然醒来，两手空空，空手掌在眼前摊开好大一会儿，左看右看，空空如也，而那种绵软的，渗入心脉中的美妙感受还留在手上，沮丧之余，便生出愤恨来。一看，身边躺着他的那根又粗又长的黑羊毛裤带，便一手抓起，用力一挥，裤带像一只出击的蛇向六两飞了过去，即将击中六两脸蛋时，他心一软，手上卸了劲，裤带划出一道黑色的闪电，缠在六两腰里，他顺势一提，六两像一只大风中的花蝴蝶，惊叫着，被提上炕来。看看六两面无人色的样子，这一刻，马正天的满腔怒火像一个喷薄而出的屁，一下子泄尽了。他一手按住六两的胸脯，笑道："你坏了我

222

的好事，还我！"

六两告饶说："老爷放手，奴婢一定会还的，会加倍还的，只是现在不行，真的有正经事呢。"

"这就不是正经事了？老爷最正经的事就是做这种事儿。"马正天嘴上虽这样说，手上却没有进一步的动作，他无论白天晚上睡觉，都是要脱得精溜溜的，他说："你说还我的，别的先欠着，你得给我穿衣服。"

马正天平躺在炕上，六两一件件给他穿衣服，他又不配合，故意捣蛋，要手，脚来了，要脚，手来了，时不时地还要在六两的敏感处抓挠一下，六两吓得胆战心惊，一边护住自己的身子，一边哄着他，好歹把衣服给穿上了。两人精身子睡过许多场觉了，六两却没有这样真切地、全面地见过他的身体，大约是因为害羞，每一次，马正天都是急吼吼地先将她覆盖了。她发现马正天虽是人到中年了，却有着小伙子都不常有的好身板，腱子肉一块一块的，像是谁把石头片一片一片地镶到了一堵墙上。她在给穿衣服时，他的裆里那根多余的肉条儿不失时机地昂扬起来，目测过去，粗细长短足与小孩胳膊相似，她不觉童心大起，原来就是这个坏东西把自己折腾得既害怕又喜欢。她见马正天眯着眼睛躺在那儿装死耍赖，便悄悄蜷起食指，对准了那个物件的尖梢儿，飞弹出去，只听嘣的一声，马正天哎呀惊叫，双手护住那里，坐了起来。六两本来是要的，却不知那里对男人的要紧，弹一指头，比在别处敲一棒还厉害，看见马正天脸色变了，也吓了一跳，怔怔地不知所措。马正天在女人那里是个极有趣的人，他知道六两不知轻重，强忍下难受，直挺挺跌在炕上，双手抱住命根子，紧闭双目，叫道：六两把我废了，我是个废男人了，我不活了，最好的东西废了，我活着还有什么趣味。六两拨开他的手一看，那个东西还原样挺着，虽还不明究竟，心想这东西大不了跟人差不离，人要是还站得起来，就不大要紧的。果然，当她在他的身上温柔地捏捏揣揣一顿后，马正天睁开眼睛说：哈，闹了半天，我又活了。

上下都穿妥帖了，六两拉过那根羊毛裤带，提在手里沉甸甸的，她不解，这么一根软兮兮的玩意，在他手里，怎么会像钢鞭一般，缠在腰里骨头都要被勒断了，敢是抽在脸上，脸皮一定是被揭得五花六花的，抽在脖子上，头怕是要滚在地上了。她给马正天系裤带时,感觉系紧了,她的手还没离开,裤带却松了,一连系了几遍,马正天笑说:真笨,这样笨的丫头将来生了孩子,手上屎尿怕是洗不干净了。六两颇感惭愧,低头不语。马正天见六两没有瞧破机关,笑说:呵呵,哄你耍的,你系裤带时,我用了内力,你松手时,我卸了力,你当然系不紧的了。六两心下释然,老爷与她亲近,才跟她瞎闹的,这道理她懂。她说,软软的羊毛裤带,在老爷手里怎么像钢鞭一般?他呵呵一笑说,那自然了,老爷走南闯北,靠的就是两件如意兵器,一杆烟锅,一根裤带,烟锅失手了,用裤带,谁能想到裤带竟是极厉害的兵器,谁又能防得住?六两感叹道:老爷真是天下少有的男人,奴婢有幸追随老爷左右,哪怕只有这么一天,都会笑着咽气的。马正天瞪她一眼说:娃娃的耍话!什么死呀活呀的,你要是愿意,咱俩就厮守一辈子。稍停,他笑道:不过,我得警告你,我身上所有地方你都可以随便动,只要不拿刀子剜,任你小手小脚的,搧也行,踢也行,都没什么要紧,可是,我的那个东西你可千万不要乱拾掇,真会废了的,你刚才真的弄痛我了。六两明白了事由,才真的害怕了,她说,我看硬邦邦的,还以为和别处一样呢,奴婢再也不敢了。马正天笑道,不知者不为罪嘛,再说,那东西万一坏了,你就不待见我了,咱俩在一起也无甚趣味了。

　　牛不从在客厅已喝光了两碗茶,到了这时,他才意识到今天来的不是时候。凭经验,一个人与另一个人话要说得投机,与各自说话时的心境关系巨大,无所谓对谁有利无利,自己乐意了,无利也是有利的,相反,你是一心一意伸长舌头要为他把屁股舔干净的,他却误以为你要咬他的毯,人世间的多少阴差阳错,不就是因为一场又一场的误会吗?可是,来了,不见着人,是不能走的,走了,这条路永远不通。终于听到了马正天的走路声,这个人是练家子,脚步声却老让人当成了老态龙钟的人。牛不从早站起来,在门口迎接了,马正天还没进门,声音早冲进来了:"牛兄弟久等了,失敬,失敬!"

　　一听这声音,牛不从悬着的心彻底放下了,那声音爽朗、热烈,好似干

224

柴在艳阳下燃烧，无论离多远，人都有被点燃的感觉。

"打扰马爷清修了，由事不由人，实在抱歉。"牛不从此时由衷地觉得过意不去。

"呵呵，大白天睡觉，本来错在睡觉者嘛。牛爷有何见教，在下洗耳恭听。"

"见教不敢当，这个，这个……"

随马正天进来的六两急忙给两人茶碗里添了水，给马正天装好一锅旱烟，用火镰丁吃丁吃打着火，点着，转身掩了门，守在门外两丈远近，防备有人偷听或突然闯入。凭感觉，牛不从此来，必有机密事要说的，她不敢，也不愿知道，更不希望走了风声。

牛不从欲言又止，马正天机敏，猜到了他的心思，笑道："牛兄但说无妨，走不了风声的。"

牛不从抖擞精神说："大事不好了，老爷可能还蒙在鼓里。老爷对小人恩重如山，要是知情不告，就不是东西了。"

"何事嘛，这么要紧的?"

"老爷，铁徒手要搞官盐了，目的在于抑制、排挤、打击，最终摧毁马家。"

"什么路数，难道要动用强权?"马正天心里起了波澜，外表却不动声色。

"那是下一步，或最后一步。当下只是动用官股，开设官盐经销局，抑制盐价，蚕食私盐市场，打破私盐对盐业市场的垄断。"

"哦，这个消息十分要紧，咱得用心应付。不过，只要不动粗，按生意的路数来，咱也不惧他。"

"马爷说的是。有马爷支撑局面，我们这些在大树底下乘凉的人，就不怕断了活路了。"

"这个嘛，请牛爷把心安安稳稳放在肚子里，也劳驾牛爷转告弟兄们，该做什么，照常做什么，天塌下来，有我马正天顶呢，我碗里有饭吃，弟兄们就没有饿肚子的理。"

"老爷明断。兄弟正想着请示了老爷后，就去招呼弟兄们的。在下是这样想的，因为老爷名头太大，而官府的挤兑对象又主要是老爷，假如老爷去活动弟兄们，一者，有失老爷身份，哪怕是派遣下人去活动，这二者呢，难免会给官府留下妖言惑众混乱地方的口实，虽然，老爷并不怕这个，可是，以在下看来，多一事，不如少一事，不到与官家撕破面皮时，还是维持表面的来往要好一些。在下没见过世面，只是心里这样嘀咕，就顺口说出来了，让老爷笑话。

"好好好，牛兄果然见识高超，谋在人先。不瞒牛兄说，兄弟正有此意，只是恐怕多有劳动，难以启齿，正所谓英雄所见略同啊。这样吧，牛兄暂缓出门，暗中联络弟兄，巩固运盐队伍。无论谁来做盐生意，都离不开运销二字，咱把这些牢牢抓在手里，他铁徒手又能有什么作为。"

"正好，铁徒手也有此意，让我广泛联络脚户弟兄，目的在于先掐断老爷的盐运。咱们何不将计就计，我明着为他做事，暗中却在巩固咱们的队伍。"

"好，就这样办！"马正天当即去了书案，在一张专用的便签上，龙飞凤舞地写了几个字，拉开抽斗，取出名章，在上面使劲哈一口气，重重地按了下去。他把便签递给牛不从，说："你先去海账房那里支领二百两银子。"

"老爷，这是干什么，把兄弟当外人？"

"牛兄切勿见拒，这不是纯粹给你的。这是活动经费，怎么使用，是你的事，不用走账。"

马正天把话已说得很清楚了，不明说是赏金，这是给他面子，又不用走账，花多花少，一文不花把事能够了结，更好，说到底，还是赏金。他心想，马正天这个人真是了不得，在他面前，里外都是透明的，一点点心思都会被他看穿的。他心底打了一个寒战，不动声色接过便签，轻声说："在下知老爷的意了，只有把事情干得漂亮，报答老爷。"

话已说到这份上了，牛不从该走了，可他居然把便签搁在茶几上，嗞嗞噜噜喝了几口茶水，并没有走的意思，马正天便知，最要紧的话还没说呢。不说，目的在于奇货可居，之所以成为奇货，又在于人有所求，求的人越多，求的越急，货越显其奇，价格便越昂贵。这是商家的惯用伎俩，马正天才不上这个当呢，你越是拿捏，说明你越急于出手，我便越是要稳坐钓鱼船，直

226

到鱼自己憋不住了,跳上船来。他神定气闲,装满一锅旱烟,吧滋吧滋抽几口,笑说:"牛兄倒是洁身自好的人呢,不抽烟,不喝酒,不嫖,不赌,算得上是乱世君子了。"

"哪里,哪里,老爷过奖,过奖,不敢当,不敢当,万不敢当!"

"事实如此嘛。"

牛不从嘴唇有些干燥,好几年了,每逢人说起他的这些优秀品质,话音未落,哪怕他刚灌满了一肚子水,嘴唇立即就要干燥的。他不知这是为什么,但他知道这与他的有口难言有关。真个是站着说话腰不疼,哪个男人不想五花六花的,哪个男人不想早上倚红晚上偎翠,哪个男人又不想春风得意马蹄疾,一日看尽长安花?我还想像鸟儿一样,站在树梢上往下撒尿,体验那种黄河之水天上来飞流直下三千尺的豪迈奔放洒脱不羁的人生情怀呢,可我做得到么,一大家子人跟在我屁股后面,张嘴要吃的,伸手要穿的,我总不能将他们的嘴挂在柳树上,让他们喝风撒屁去,我总不能让他们精屁股满大街跑,我一天却吞云吐雾吃香喝辣狂嫖滥赌去?什么人嘛!不过,他在心里狠狠地说,离这一天不远了,你等着瞧好了。他端起茶碗,扎实地喝了一大口,把碗底咂得嗞嗞响,显然是没水了。马正天咳嗽了一声,六两风车一般旋了进来,给两只碗里都添满水,又转身去了。牛不从灵机一动,找到了话头,他哈哈一笑,驱散了脸上刚才有可能浮现的阴云,调侃道:"马爷家法严明,驭下有方,不才刚进大门时已经领教过了,看见这个丫头来去有度,动静合时,不得不叹服啊。"

"牛爷过奖,这个六两是手中使唤顺了的,别的,也有不知眉高眼低的,小人嘛,夫子说,唯小人与女子难养也,远之则怨,近之则不逊,古今同理,概莫能外啊。"

"老爷想必是感同身受,不才身为小人,也未曾使唤过小人,就不敢妄加评论了。可事有例外,近的如刚才这位,远的嘛,哦,听老爷刚才叫六两,难道她是……"

"没错,就是当年六两银子买回来的那个逃荒丫头。"

"哎呀呀,光阴似箭,日月如梭,我们平时都当成口边话了,并未曾留心其中真意。不用谈古说今了，单看看眼前这些孩子，昨天还是孩子，一错眼，就是大人了，谁还敢再做少小梦呢。难怪古人要说今朝有酒今朝醉，原来却是明日有酒明日想再醉一场，已然来不及了。可见，世间一切道理，都让古人说完了。"

"谁说不是呢。"马正天是留心听牛不从说话的，牛不从说了一大堆话，有一个话头他牢牢抓住了，他说："牛兄刚才说起例外的丫头，没来得及说完，让别的话搅和了。除了六两，牛兄走南闯北，自是阅人甚多，还有哪家的丫头例外些，不妨当笑话说说？"

"呵呵，老爷什么人没见过，在老爷面前说道所见人物，无异于负暄献曝，闹笑话了。"牛不从刚才故意把话说了一半，果然马正天来了兴趣，他便添油加醋一番鼓吹。他说："不过，既是笑话，说出来，能博得老爷开心一笑，也不算罪过。先前听说铁徒手家有一个叫泡泡的丫头，简直是古往罕有，今世绝无，说什么西施王嫱飞燕玉环，要是遇见那个泡泡，一个个都羞得出不得门了。在下私心揣度，定是那些无聊无知之人，平生只见过碟子大的天，便把盘子认作天外天了。谁知今天乍然一见，坊间传闻并非完全虚言，古代美女咱没见过，不好空口攀比，当今活着的女人，却是找不到第二个的。不只风度夺人魂魄，听说诗词歌赋样样来得，铁徒手是科班出身，投过名师的，也佩服的了不得。更了不得的是那丫头居然有过目不忘之才，这种人，咱在《三国演义》中见过杨修、张松，当世并无一人，女人更是听都没听过，真所谓十步之内必有芳草，也算是咱西峰的杰出人物呢。只可惜，她是一介女流，又是下人，听说铁徒手就不止一次感叹过，他要是有泡泡之才，状元帽是稳戴在头上了，那么，他现在的功名何可限量呀。铁徒手是个自负的人，他都肯在自己的丫头面前甘拜下风，不怕丢面子，大约不全是传闻了。"

牛不从一边滔滔不绝，三分实情里面夹带七分浮夸，一边在观察马正天的反应，当他看见对方的脸上泛起红潮时，他知道得手了。果然，他话音一落，马正天便迫不及待地说："不瞒你说，先前我也听人闲话过那丫头，心里颇不以为然，心想咱西峰寒天苦地的，夏天热死人，冬天冻死人，风头又高，女人脸上印着两坨太阳红，要多难看有多难看，就是仙女下凡到这里，

用不了几年，也是这样子。泡泡丫头虽然生在南方，肤色大概比咱西峰土著女娃要好些，可这么多年了，又能长出什么好模样来？未料想，土窝子还真当得了凤凰窝呢。先前去过几趟铁家，并没有见过什么出色的女人嘛。究竟怎么个好法，你给咱学说学说。"

"嘿，老爷，你老人家这是赶鸭子上架把老驴当千里马使唤嘛。学说女人那是如老爷这类识文断字人的专利，我是个驮盐苦力，从头到脚都是咸的，飞出来的唾沫星子都是腌得了咸菜的，和别的女人睡一回，害得人家要撒三年的咸尿水的，满肚子只装了沉鱼落雁闭月羞花这几个字，西施从我嘴里学说出来，让人一听，闹了半天，比牛不从家的老婆还丑嘛。老爷要是有雅兴，抽空去看看，说不定还能想出来几个古书上没有的学说女人的新鲜词儿呢。"

牛不从的几句趣话，逗得马正天哈哈大笑，他的胡子在抖，双手在抖，两腿在抖，胸前后背都在抖。牛不从知道剩下的事不用他再管了，头朝外忽然一望，叫道："呀，见一次老爷总是想多赖一会儿，天色不早了，再不敢打搅下去了。"

"不妨的，不妨的。"马正天看见牛不从离座站起来了，虽意犹未尽，却不便再留了。他一直把客人送出大门，一路喜气洋洋的，牛不从的背影都消失了，他仍目送着，全身都是喜气洋洋的。

有缘人是不愁相逢的，真的有缘便自有牵线人，牵上线了，那线便将两人牢牢地拴在一起了。事情过后，回头看，原来一个是在等待一个的，两人在互相隔绝的空间下，各自徘徊着，怅惘着，跋涉着，一朝打了照面：呀，原来是你！我家老太爷马正天和我家老太太泡泡的相逢便是这种景况。

马登月经常一只手按在我圆滚滚精光光的头皮上，语重心长地说，瓜毯娃，你要记住，人上世来，长了两只手，什么事都有可能做的，但，亏心事不要做；长了两片嘴皮子，什么话都要说的，但，亏心话不要说。老天是公平的，你在这头占了便宜，在那头一定是要吃亏的；你可能躲过报应了，子孙后辈则必遭天谴；你在这头吃了亏，在另一头，一定有一个便宜在等着你占的，不是你，那就一定是你的后辈儿孙。那时候，我奶奶已经死了，这世界对我完全是空白了。马登月给我说什么，我听什么，这个耳朵进去，那个耳朵出来。只有在他说起我家老太爷和老太太的事时，我还多少有些兴趣。但，我又怕他一旦打开话匣子，就收不住了，我还要和哈娃一块玩呢。我们通过长期的观察，已经完全掌握了赵五能的活动规律，每天在太阳离西山顶大约有两丈远的光景，给牲口们拌了草料后，他一定要双手将一副大号木桶架在骡子背上，他自己再挑起一副小号的木桶，一瘸一拐，赶着骡子，去水沟的山泉里，给骡子灌满一驮水，给自己舀满一担水，然后，日乎，日乎，骡子在前面日乎着，他在后面日乎着，不时有清水从两副木桶里溅出来，黄乏的夕阳乘机把光晕涂在飞溅的清水上，那光景也是有趣的。他到沟里取一趟水，大约需要一小时。这段时间，饲养室无人看守，大门虽被他锁了，院墙却是锁不住的，我与哈娃便乘这个空当翻过墙去，在石槽里，与大牲口小牲口抢黑豆吃。黑豆是炒熟了的，扔进嘴里，一嚼，嘎嘣脆。驴吃了，驴长力气；牛吃了，牛生耐力。人是吃黄豆，不吃黑豆的。吃黑豆的是牲口，人骂人时常说，你是吃黑豆长大的。就等于骂人是牲口了。我与哈娃都不是牲口，但，我们实在饿得难受，便走上了与牲口争食的康庄大道。无论大牲口，小牲口，要是比力气，我与哈娃联手，也对付不了一头小牛犊子。可是，在抢牲口料这个领域，牲口的嘴无论多么贪婪，多么灵巧，也绝对比不上我们那风卷残云的双手。不过，牲口也有优势，黑豆是与草拌在一起的，牲口大嘴一张，来回一呜啦，连料带草都卷进嘴了，我们再饿得难受，还不至于吃草吧。我们得在草多料少的石槽中，把黑豆一颗一颗拣出来。又高又宽的石槽将人和牲口隔在了两边，牲口就是满怀阶级仇民族恨，也奈何不了我们。哈娃这个我爷制造出来的坏种，他用左手在草料中拨拉黑豆粒儿，用右手扇驴和牛的耳光，啪唧，啪唧，水淋淋的、温暖的声音一声连一声。牲口就是牲口，力气比人大多了，智商却远逊于人，要不然，还指不定谁奴役谁谁欺负谁呢。哈娃每一巴掌扇出去，牲口必然要躲闪，牲口的头很笨重，躲开，再返回来，工程量是很大的，哈娃便用这个空当抢黑豆，边往兜里塞，还忙里偷闲，朝嘴里扔一颗，嘎巴嘎巴嚼着，又去抢黑豆。牲口的愚蠢恰好在于此，如果说，开始不知道哈娃巴掌的分量有多重，出于自我保护的本能，必

230

须躲闪的话,那么挨过一个两个巴掌后,就完全没有必要躲闪了,任何牲口的皮都是很厚的,包括脸皮,脸皮最厚的人也比不过牲口的脸皮。一个再简单不过的道理,哈娃手上的皮是没有牲口的脸皮厚的,以薄手皮击打厚脸皮,吃疼的肯定是薄手皮。所以,哈娃比牲口聪明,他并没有使劲,他虽然是我爷马登月种在别人家地里的庄稼,但却继承了原产地的优秀品质,明显的亏还是不肯吃的。牲口上了一当又一当,槽里的黑豆眼看被黑娃掠夺光了。牲口以为凡是耳光肯定都是很疼的,黑娃便是利用比牲口聪明这么一点点儿,在一遍一遍占牲口的便宜。我是马登月根红苗正的孙子,我知道与牲口抢料吃,在我家二百年的光辉历史上,是绝无仅有的,我为家族的沦落感到万分羞耻,我是不得已而出此下策的。我做任何事,哪怕是坏事,是决不会突破道德底线的。我知道,在这个年代,牲口与人一般惆怅,都是天涯沦落人,相逢何必曾相识,煮豆燃豆萁,豆在釜中泣,本是同根生,相煎何太急。哦,言多必失,说错了,牲口与牲口同根,比牲口还不如的人也不可能与牲口同根,当然,比人活得无论多滋润的牲口也不可能与人同根。我想说的是,那个年代,人和牲口活着都不容易。人每天吃六两粗粮,前半夜出工,后半夜收工,两头顶着星星走,一句话说不到地方,或者干脆没说话,甚至没有像牲口那样空喊过,动不动就要被什么什么的铁拳专政的。牲口也一样,白天耕地拉车,晚上拉起石磨,一圈一圈,没完没了。不过,人一年四季没有闲的时候,牲口在冬天除了拉磨,地里没事可做了,便可安心养膘。每头牲口每天定量八两黑豆,看似比人多出了二两,要拿体重平均,牲口是不如人的。这让我既兴奋,又感动,毕竟还不是人不如牲口嘛。我正是怀着这样的一颗仁厚宅心,在抢吃牲口的黑豆时,没有像哈娃那样把牲口料抢吃了,还把牲口侮辱了。一条大石槽上拴着三头牲口,黄昏这会儿,赵五能给每头牲口上料大约四两,也就是说,每口石槽里大约拌有一斤二两黑豆,我知道牲口日子的艰难,每次最多掠走二两黑豆,也就是说,每头牲口只需为我分担六钱多一点儿,我想,这不是什么大问题,每头牲口的损失满打满算也就是一大口黑豆。多大的事情,少吃一口,发扬一下大公无私的牲口风格,就瘦了你,死了你?我以肚子饿得不难受为原则。我不像哈娃那样贪,每次,他至少可以将一口石槽中半数以上的黑豆当即喂进自己的嘴里,揣进自己的兜里。好几次,我说,你这个驴日的简直长了一颗驴头,你把牲口料装回家里,让干妈看见了,还不捶死你,要是让别人看见了,要连累干妈遭民兵专政的。哈娃怯怯地望着我,两手死死地捂住装黑豆的那个衣兜,不说话。

后来,我知道了,哈娃装在兜里的黑豆是为他的妈妈我的叶儿干妈留的,那一刻,我内心所受的震撼是无与伦比的。叶儿干妈用自己的身体给儿子换糖吃,儿子不惜背上贼名偷牲口料给妈妈吃。我暗下决心,这一辈子,无论别人怎样编派叶儿干妈,她都是我永远的干妈,哈娃以后无论做什么事情,哪怕沦落为汉奸叛徒,他都是我生生死死的朋友。

奶奶死的那年,我已经读小学二年级了,如今奶奶已经死五年了,五年的时间,世界是会发生许多变化的,我的变化也很明显。最耀眼的变化便是,我在呼呼蹿个儿,我的嗓音变粗了,我已经是十二岁的初二学生了,这是你能看见的,只有我能看见的变化是,我的牛牛根儿那里,长出了茸毛,我开始留神女人,在马车底下再也找不见叶儿干妈和年干部了。但我知道两人还忙里偷闲在做他们的事儿,偶尔在村中某个无人的场合碰见叶儿干妈,她会四周张望一番,满怀爱怜,悄悄把手塞给我,我在那只温柔的小手里,可以接过来几颗洋糖。为此我幸福了很长时间。可是,这一次,当我接过洋糖,准备剥开一颗往嘴里塞时,看见被剥得一溜光的糖块,忽然想起了一溜光的叶儿干妈和年干部,一种恶心的气味从糖块上喷薄而出,我将已经剥光的那块和还套着糖衣的三块糖狠狠砸在地上,充满恶意地喊了声:"日脏!"

我掉头不顾一切而去,走出很远了,那四块糖始终都在诱惑着我,我忍不住回头看去,叶儿干妈原地站着,秋风吹拂着乱发,洗得快要糟烂的衣襟随风轻轻舞动,那一刻,叶儿干妈完全不像一个在男人眼中依然风韵犹存的女人,活像一只老得快要脱光了毛的麻雀。我内心一阵悸动,我想起了我早死的母亲,想起了五年前死去的奶奶,我想起不久前刚在内心发过的誓言,我太想回去双手抱住叶儿干妈的腿,然后,趴在地上把糖块捡起来,和着泥土吞进肚去。我不是嘴馋,我知道只有这样,才可复原被我撕得粉碎的叶儿干妈的心灵。我没有这样做,我可以因此背上对叶儿干妈一辈子的愧疚,我

可以明天就去给叶儿干妈真诚地道歉,可是,现在不可以。我的眼里全是叶儿干妈和年干部那肮脏的触目惊心的光身子。我只是呆愣了一霎,毅然走了。那种决绝,多年以后,每每想起,仍感到心口扎痛。我无法想象叶儿干妈当时心中的那种痛楚。走出几步,我拔腿便跑,一口气跑到了山尖上。我目送夕阳依依落山,迎接月儿高挂天空,夕阳涂抹下的山川壮丽非凡,百年前,马正天为我家筑起的土城,虽被一伙又一伙臂戴红袖章口号连天的人破坏过多少次,但气势仍在,三面紧挨马莲河,一面接在高山腿上,咋看咋都是一处凶险之地。送走太阳,迎来月亮,放眼望去,银白的月光披满黔黑的城头,四周的高山明显要高于城头不知多少倍,但天地间,只剩得一座孤城,威威赫赫,镇守一方。一座城给我的先辈,还有远近的乡邻,带来了无尽的安全,却给我爷爷到我这一代的三代人带来了无穷的灾难。其实,我爷爷只是用这座城带领家人和乡邻躲过土匪,到我爹手里,再也没用过,我只是到里面玩过,捉过猫猫藏,仿照电影打过几次仗。我打别人,别人也打过我,使用很小的土块打的,落在身上一点也不疼,双方都没有伤亡,说到底,都是玩的,日本鬼子,黑狗子,国民党兵,轮流当,从来没有把谁给固定了。

　　我无法认识这个世界,我与这个世界隔了一堵墙,我与这个世界上的每个人都隔了一堵墙,原来,我与奶奶相依为命,可她死了,我又与爷爷相依为命,但,这只是无奈的选择,爷爷自己与世界,与他人格格不入,怎么可能跟我心灵相通呢。我与叶儿干妈在心灵上有贴近之感,起因当然在于她可以源源不断地给我提供甜嘴的糖,后来,我一直用她做蓝本复原我没有任何记忆的妈妈的形象,每逢此时,一种遥远的温暖便会弥漫身心内外,可现在这条路也断了,我品尝到了她的糖,让我嘴上是甜的,心里却堵得受不了。我唯一的朋友只剩下哈娃了,大概这条路如今也要断了。

　　清冷的月光撒在地上,这个世界真安静。遥远的地方,偶或传来一声狗叫,两声狗叫,有时还可以绵延十几声,声音很远,远得跟我一点关系都没有。也有秋虫的叫声,离我很近,我很想听清楚,到底是什么虫儿在叫,可它们只叫一声,声音极其微弱,我必须得多听几声,才可判断出它们究竟是哪种虫子,可它们只叫一声?到我对那一声记忆已经模糊时,又叫一声,这样，今夜虫子的叫声对于我，都是初次听到。难道，它们也要在我们之间打一堵墙吗？别这样嘛，我还是挺留恋挺热爱这个世界的。我希望与这个世界上的任何人交流，希望与这个世界上的所有人成为朋友，你看，我不是与死敌杏娃都和好了吗，虽然不能说是朋友，见了面，总不再你死我活了吧。可能你会说，那是因为你贪吃人家的猪下水，他希望你能在学习上帮助他，你们只不过是互相利用，酒肉朋友是天下最可耻的人际关系，表面看来确实是这样，你这样诟病我，我无话可说，我也不想再说，多言无益，可是，有一点，请你不要视而不见，自从我成为初中生后，我的思想觉悟，我的行为方式，与你们已经拉开了明显的档次。读书和不读书，书读得好坏，就是不一样。你不要以为，我家的人个个都能读书，我故意说这种噎死人的话。不是的，你没看见，现在的读书人都在遭什么罪吗，我这话其实纯粹不合时宜，我只是实话实说。

　　这个时候，我仿佛听到了脚步声。我使劲甩甩头，两只耳朵扇子像两只振翅欲飞而没有飞起来的鸟儿。这是一种调节听力的方法，耳朵使用得久了，容易出现幻听。你想想，这么晚了，荒天野地的，谁还会像我这样莫名其妙。可是，脚步声是真实的，我回头看去，一个黑乎乎的人影朝我奔来。这么远，光线又这样暧昧，再好的视力也是不可能认清来人的面目的。可我认清了，他是哈娃。

　　我的激动无以言表，忍不住眼泪唰地满脸都灌溉了。哈娃，哈娃，我的哈娃！我的心像是一只砸在硬地上的皮球，蹦蹦跳跳，要不是我沉着，几次差点从嗓子眼里蹦出来掉在尘埃纷扰的地上。万一那样，可就糟了，我的脸脏了可以洗，心如果脏了，怎么办嘛。我拔腿去迎接哈娃，近了，近了，就是哈娃，我的哈娃，我永远的，生生死死的朋友。我们像电影中久别重逢的战友一样，他张开双臂，我张开双臂，在即将拥抱在一起时，我的下颌遭到了重重一击，我像一袋入库的粮食，粮库到了，被人从肩膀上摔到地上。我忍住剧痛，四顾无人，居然是哈娃这狗日的干的！但我不相信，他的拳头哪来这么大的劲道？我说，哈娃，是你打我吗？他说，就是的。我说，哈娃，你狗日的。他说，你说对了，谢谢你抬举，人都说我是嫖客踏下来的野种，你说我是狗日的，狗比嫖客高尚多了。我已经学过一年被称之为哲学的东西了，哈娃这狗日的初一生居然也哲学了，难怪拳头上力道这么足。我说，哈娃，我日你妈，你打我？我看见他身形一闪，我的屁股上挨了重重一脚，那一脚刚好踢中了尾巴尖儿，我感到有一股黏稠的温暖的东西立即聚集在那里，等待着最后一道关口的开放。我禁不住钻心的疼痛，我一手捂着屁股，挣扎着说：哈娃，我把你妈日了，你打我？哈娃飞脚又要踢，脚在空中，却悬住了，他一把揪住我的一只耳朵厉声说，走，日我妈走，我妈谁想日都行，是人不是人都想日我妈，走！我双手护住耳朵，挤出一脸笑容说，哈娃，你这是干什么，我就是那么一说嘛，还当真了？确实只是这么一说，那时候，我已经知道鲁迅先生的国骂理论了，在日常言谈中，这句话其实已经没有实际意义了。哈娃当然没有我这么高深，但他是懂得的。他松开我的耳朵，哇的一声，就势蹲在地上，掩面大哭。

我吓坏了，我把疼痛都忘了，我顽强地站起身，走到哈娃跟前，用手摸着他的头说，哈娃，你没良心，是你打我，屎都快让你踢出来了，耳朵都快让你揪下来了，我都没哭，你还哭，你妈还是我的干妈哩。哈娃一手捂脸，一手从兜中掏出几颗洋糖来，狠狠地砸在地上，说："日脏！"

我似乎明白了，但，更糊涂了。难道是我得罪了叶儿干妈，她回去给哈娃说了，哈娃找我算账的？我自知理亏，却不知亏在哪里，我一时默默无语。哈娃说："你咋不说话了？"

"哦，哦。"我说。

"我要杀了年干部那狗日的！"哈娃说。

"杀！我帮你。"我说。

我说的是真话，我早想杀那狗日的了。哈娃的一句话让我心明眼亮，稍一走神，我便想起，第一次在马车底下见到年干部不穿衣服将同样不穿衣服的叶儿干妈压在身下时，我便有了把刀子捅进年干部屁股的念头。那时候，我太傻了，我不知道人的什么部位致命，我看见年干部的屁股恶心，便想着刀子从这里插进去，他一手捂着流血的屁股，龇牙咧嘴，嗷嗷乱叫，那简直太好玩了。可是，我终于没有，甜嘴的糖覆盖了我心中并不明确的仇恨。后来的一段时间里,我还讨厌年干部,但我觉得只要叶儿干妈愿意,只要哈娃有糖吃,关我什么事。爱一个人,就要尊重他的一切选择,我爱叶儿干妈,哈娃是我最贴心的玩伴,我不能因为我恶心年干部,而干涉他们的自由。

"各做各的。"我说。

"萝卜白菜,各有所爱。"我经常这样说。

"猪往前拱,鸡往后刨,各有各的招数。"我不断地用这种话安慰自己。

"鸡不撒尿,各有去路。"每看见哈娃口中含着洋糖,我便这样为自己解脱。

今天,哈娃说要杀了年干部,从十岁到十二岁,深埋于心底这么多年的仇恨一下子被激发出来了。我霍地站起,起得猛了,下巴颏和屁股一前一后一上一下同时一痛,我差点跌倒在地,我像电影中那些已经中弹的英雄一样,顽强地站起来,哈娃见状,一个健步过来伸手要扶我。我一把拨开他的手,凛然道:"我一定要杀了这狗日的!你说,什么时候行动?"

哈娃满脸横溢着泪水,伸开双臂抱住我,哽咽着说:"蛋蛋,你真是我的好战友。可是,我居然把拳头对准了我的战友!"

哈娃抡圆了巴掌要朝自己脸上扇去,我一掌隔住他的带着凌厉风声的巴掌,喝道:"有完没完!来劲了你?"

哈娃说:"我实在没脸活了,我妈今天又给我糖吃。你是知道那糖的来路的,我把几颗扔在猪圈了,我嫌日脏。我一定要做一件事给人看看,要不,我只有把脸装裤裆了。"

我拍拍他的肩膀,没说话。

我说什么好呢。

两人坐在山头,月光如银,山川一派暧昧,远处的狗偶或叫一声,两声,十几声,听得出并不是因为什么重大事件而叫,也许是饿了,也许是刚睡醒,困乏无力的,懵懵懂懂的,纯粹是为了制造一点响声。交过夜的秋虫好像倒有了些精神,叫声连贯了,昂扬了,不过,还是稀稀拉拉,有一搭,没一搭,造不出什么阵势。那一晚,我想出了大约二十个除掉年干部的计策,哈娃也想出了大约十几个,但都被一一否决了。我们都是初中生了,不再是捡一斤搣半斤的毛头孩子了，做任何事得有章法，得显出是读过书的人。

鸡叫三遍时，我们在战略战术上都达到了高度的统一，共同认为杀人是犯法的，杀人偿命，自古亦然，虽然我们杀的是坏人，可是我们并没有对坏人执行死刑的权利，我们既要除掉坏人，还要不露形迹，做到神不知鬼不觉。年干部每周六，也就是我们周六回家取干粮时，他要回家过周末。有时候，我们会在路上遇着的。他是驻村干部，别的干部都是在一个村子驻半年一年，又跳到别的村子驻半年一年，又调换。他不，他认准了员外村，他说这个村子不通公路不通电，出门不是翻山越岭，就是涉水过河，连自行车都没法骑，离县城二十里，离最近的镇子十五里，又是全县数得着的穷村，他决心扎根员外村，与广大贫下中农同吃同住同工同酬，苦干加巧干，发扬一不怕苦二不怕死的革命精神，落后面貌不改变，他决不换地方。他的豪言壮语感动了全县所有干部，所有的干部都坚决支持他的革命行动，这样，别的干部就不会被轮换到这个鬼也不愿光顾的穷地方。谁又能知道，他乐意留在员外村的心思。他曾给他的一个铁哥们卖弄说，你知道我过的什么日子吗，员外村的女人真便宜，给她们的娃娃吃几颗水果糖，就可以日她半个月一个月几个月，只要你想日，一直日下去，日到全人类得解放都没事的。我和哈娃都知道，他不光与叶儿干妈睡觉，他同时与许多女人睡觉。他吃的是派饭，那一天在哪一家吃饭，晚上就住在哪家，那家的女人如果对他的胃口，有时候把女人带到野地谈心，做思想工作，有时候，就直接钻进被窝了。不过，年干部这人其实不算太坏，他下手的对象都是年轻媳妇或中年婆娘，对大姑娘，他从不多说一句话，从不多看一眼。他虽不是年如我的亲孙子，他爹却是给年家顶门立户的，在他身上保持了他亲爷爷牛不从和干爷爷年如我基本的、优秀的品德。他说，婆娘媳妇的奶奶是猪奶奶，女娃子的奶奶是金奶奶，婆娘媳妇都是老树杈子了，被人剁过多少斧头了，也不在乎我这一斧头，动了女子娃，就等于把人家一辈子毁了。当然，那些被他动过的婆娘媳妇的男人也不乐意让他动他们的婆娘媳妇，可是，愤怒之余，静下心一想，也就没什么可愤怒的了。工分，口粮，还有政策，都在人家手里捏着，谁要是有个眼色不顺，他手中的政策会让那人脱几层老茧的。员外村的男人也达观，自己的女人让别人搞了,他们先把自己的女人痛揍一顿,然后说:"权当让狗日了。"

我和哈娃不这样看,尽管我们都不知道男人和女人那场烂脏事究竟有多么重要,重要的是,我们村的女人与我们村的男人睡觉天经地义,绝不允许外人染指。这是有关一个村的主权问题,颜面问题,大是大非问题,这个问题不解决好,我们的脸皮就被人揭了。我的愤怒与哈娃的愤怒都出自同样一个原因。这几年,我们与外村的孩子打架,他们张口就来这么一句:"员外村的女人都是烂货!"

听听啊,这是什么话,难道员外村的女人都是烂货?一个老鼠害一锅汤,一个巴掌扇翻一村人。作为新时代的员外村男人,是可忍,孰不可忍,这种现象再也不能继续下去了。我与哈娃商定,利用一个周六,我们事先埋伏在河边,等年干部脱了衣服准备涉水过河时,趁其不备,推进河里,让滚滚马莲河洪流吞没这个给我们俩、给员外村带来无尽耻辱的坏蛋。

可是,没等我们动手,年干部已经离开了村子,县上派了两个人,问村上要了一头驴子,年干部双手捂嘴,骑着驴,那两个人一个牵驴,一个在旁边帮衬,把年干部带回县上了。

他的舌头被人咬断了。

咬他的是叶儿干妈。

星期一那一晚,年干部一手抓着自己跌落在叶儿炕上的半截舌头,一手捂着血淋淋的嘴从叶儿家里跑出来,满村疯跑,惨声号叫。他已发不出声来了,发出的是那种唔哇唔哇的声音,如吹奏石埙,苍凉幽远,一声声渗到大地深处,渗入人心深处。全村被这奇怪的叫声惊醒了,吓坏了,民兵马连长责任在肩,哗的给他那支半自动步枪上了刺刀,呐喊着冲了出来。他向全村大喊:"大家不要慌,关紧屋门,不要出来。全体民兵迅速集合,投入战斗!"

此夜月亮是有的,但天空浮云缭绕,光线黯淡。他寻声而去,只见一个人在野地里没头没脑地奔跑,他的好身体,他的非凡勇敢,和训练有素,派上了用场。他一手提枪,猫腰快速抵近,只有几米远了,那人仍浑然不觉,

238

马连长一个纵跃,刺刀尖顶住那人后背,厉声喝道:"不许动!举起手来!"

那人只举起了一只手,另一只手似乎还有什么动作。马连长透过朦胧的光,看见那人背影异常熟悉,他已认出了是谁,但事已至此,必须做得更像一回事儿,便手上使了劲儿,怒喝道:"举起手来!转过身来!不然我挑了你!"

年干部缓缓转过身来,捂嘴的那只手被全部染红了,血涌出指缝,滴滴答答,下巴颏、胸前,都挂满了,像农妇手工染制的红丝线。马连长收了枪,双脚啪的一碰,敬了一个标准的军礼,大声说:"员外村民兵连长马四儿奉命前来报到,请首长指示!"

"唔哇,唔哇。"

"请首长指示,坚决完成任务!"

"唔哇,唔哇!"

"首长,首长,我是民兵连长,请明确指示!"

"唔哇,唔哇!"

村里沸腾了,民兵们听见连长的喊声在这里,敌情似乎已经解除了,有枪的持枪,没枪的手持长矛,呐喊着从这边冲过来,不只是民兵,连胆子较大的村民,也手持各种劳动工具,呐喊着,从四面八方围了过来。

"咋回事儿,咋回事儿?谁把年干部伤成这样了,阶级敌人也忒猖狂了,抓住了没有,抓住了,把狗日的砸成肉酱喂狗!"

人们你一言,我一语,吵翻了天。马连长大喝一声:"把屄都给我夹紧!听首长指示!"

人们哗的安静下来,都把目光投向年干部。

"唔哇,唔哇。唔哇,唔哇。"

大家面面相觑,心说,年干部平时在大会上念文件,念大半天,连一个结儿都不打的,讲话做报告,手里一片纸都不用拿,一个晚上就像倒核桃似的,咣啷咣啷,睡着的人硬是一遍一遍被他咣啷醒了,要说骂人,那口才真是世上少有,前七辈子,后八辈子,翻过来,倒过去,挨个儿日一遍,没有重样儿的。今儿个这是咋的啦?

年干部这个时候大概意识到了，他说的话大家听不懂，灵机一动，把手心摊开，伸到马连长面前。马连长凑过去，一看没看明白，又凑得更近些，看似一坨肉，又觉得太过离谱，便把拇指和食指撮起，把那物儿撮过来，手心软软乎乎，黏黏腻腻，像是一根蚯蚓。他什么都不怕，不怕虎豹熊罴，不怕武装到牙齿的帝国主义，不怕暗藏的阶级敌人，但他怕虫子，哪怕是根本不可能伤人的小虫儿。他手一颤，那物儿掉在地上，混入泥土中。"唔哇，唔哇"，年干部闷叫着，飞起一脚，踢在了马连长的肚子上，他食指指地，"唔哇唔哇！"马连长不知所措，一个民兵机灵，明白了年干部的意思，对马连长说："连长，首长可能是害怕把重要东西丢了。"

"唔哇，唔哇。"年干部频频点头。马连长立即弯下腰寻找，还好，一下子就找着了，但那东西在泥土中滚了一回，不再鲜红。他在衣襟上揩揩，双手捧还年干部。年干部接过那东西，撮起食指拇指，捻一捻，泪水刷地涌出来，长叹一声，扬起胳膊，嗖的一声，那物儿划出一道虚线，落在远处，可是，谁也没有听到落地的声音。年干部一手捂嘴，一手向四处挥一挥，看似像首长视察完毕向群众挥手告别，但，挨了一脚的马连长，这次心明眼亮，他知道，这是让大家散开的。

年干部当夜砸开赤脚医生向二杆子的门，他一手捂着嘴，对向二杆子说："唔哇，唔哇。"

"哦，年干部，你说啥？"向二杆子还没睡灵醒，边揉眼睛边问。

"唔哇，唔哇。"

"哦，我婆娘在家呢。哦，她身子不方便。"

向惠中家这个孙子向二杆子糊里糊涂听年干部问他婆娘在吗，他如实说了，他婆娘与年干部平时明铺暗盖的，没有这层关系，村里高中、初中毕业生好几个呢，每天都在挑牛粪担子，他一个只读过三年小学的社员怎么会被送出去学医呢。在地区红专学校学了三个月，他回来就当医生了。他刚娶媳妇三天就被年干部派出去学习了，学习完毕，他一大早从地区出发，赶回家已是半夜了，兴冲冲一步踏进家门，却发现，媳妇光着身子正在上气不接下气呕吐，年干部只穿了一只裤头，在旁边给他媳妇揉背，看见他回来了，年

干部从容说，正好你回来了，不用再麻烦我了，快看看你媳妇，是不是吃的不合适了？他一想，这正是向领导汇报学习成绩的机会，当即穿上白大褂，戴上白口罩，从药箱里取出听诊器，像模像样地检查了一会儿，问媳妇，你吐了多长时间了，媳妇说，半个月了。他问，你想想，半个月前你乱吃过什么吗，媳妇说，没有乱吃什么。他又听了一会儿，说不要紧的，我诊断清楚了，是你吃过剩饭，对不对，媳妇说，吃过，天天吃呢。向二杆子说，我说嘛，你还说没乱吃什么，患者要配合医生呢，你不配合也不要紧，我不是诊断清楚了吗。这当儿，年干部已穿戴整齐，夸奖道，看看我的眼光不错吧，把你派出去学习派对了，那些高中生初中生还说我走后门呢，走就走了，给村里能走出一个好医生来，这名声我背了。你准备准备，明天，你就是正式的医生了。向二杆子一个立正，响亮应道：是！坚决完成任务，决心以优异的成绩向领导汇报。年干部说：好，这样我就放心了。说完，大摇大摆出门而去。

此后，媳妇还呕吐不止，向二杆子给开了一些治痢疾药，媳妇偷偷藏了，给他说她吃了，半个月后，她不吐了，他很兴奋，到处给人宣扬他的医术有多高明。村里人都知道是咋回事，便不叫他原来的名字了，改叫他向二杆子，年干部也这样叫，叫他时，脸上笑笑的，显得很亲切。过了不长时间，他发现媳妇肚皮隆起来了，他说，你肚子怎么大了。媳妇娇羞地搊他一拳说，你说怎么大了？他摸摸头皮，恍然大悟，嘿嘿笑了。当医生最初的兴奋劲儿过后，他猛然想起，他学习归来那一晚，媳妇是光身子，年干部也是光身子，村里人也风言风语地胡说，他觉得不对劲儿，问媳妇这是怎么回事，不料媳妇大怒，骂道，你这没良心的货，那天，年干部在咱家吃派饭，我不小心把人家衣服吐脏了，人家不但没怪罪，自己把衣服洗了，还一晚上不睡觉照顾我，要不是人家，你狗日的非打光棍不可，人家送你出去学习，又给你照顾家，你当了医生，不感谢人家，还听别人嚼蛆，你的良心让狗吃了？向二杆子再也不敢提这事了。年干部也很自觉，除了向二杆子去县上进药，他一般不去向家。

那是两年前的事了，如今向二杆子的儿子都一岁多了，虎头虎脑的，很可爱，人说，这是年干部的种，向二杆子说，真胡说呢，我一把脉，就诊断清楚了，百分之二百是我的种，我是医生，难道还不如你们？他也很爱自己的这个儿子，如今媳妇的肚子又大了。向二杆子隐隐觉出媳妇和年干部关系非同一般，但捉奸捉双，没抓住现行，不算数的，他也不愿揭穿这层关系，揭穿了，他这医生就当不下去了，他只是留了神，不给他们机会。黑天半夜的，年干部上门来找他媳妇，这很让他为难。年干部看来很着急，一手捂嘴，一手把他往门里推，嘴朝他又来了一句："唔哇唔哇。"

"年干部，我说的是真话，我婆娘真的身子不方便，都六个月了。"

"唔哇唔哇。"年干部这时才反应过来，他挪开捂嘴的那只手，向二杆子这才看清楚了。他大叫一声："血！"年干部点点头。向二杆子忙返身回屋，点亮煤油灯，双手端起灯，年干部张大嘴，向二杆子朝那里一照，差点把灯扔了。他看见那里面只有半截舌头。向二杆子还算镇定，突然想起，一个月前，村子河边的台地上，挖出了龙骨，他听说这东西止血效果非常好，他问人要了一些，回来用小刀把自己手割破，把龙骨末撒上去，立竿见影，血马上止了。他从药柜中取出一片，研成末儿，小心地撒在年干部舌头的断口上，三分钟不到，血止住了。年干部用手指一下药房的那一张病床，做了一个睡觉的动作，向二杆子马上明白了，说：年干部，你休息一会儿吧，明天再上县医院。年干部接受新生事物是很快的，他抓过一张处方签，在上面写了一行字，向二杆子就前一看，写的是：不要给人说。这么快，他已经学会另外一种交流方式了。

县委工作组进村后，只问了问情况，原来人们都担心是要把叶儿抓走的，却没抓。工作组的人把全村人集合起来说，年正雄同志是个好同志，工作踏实肯干，为了多干工作，饭吃得急了，致使舌头受了重伤。全体社员同志请注意，以后无论谁问起，都要统一口径，维护革命干部的光辉形象，谁要是乱说乱动，就要以散布反革命谣言对待，让他尝尝无产阶级专政的铁拳。

村里人这才知道，年干部原来名叫年正雄。

我与哈娃不知道这些情况，那个周末，我们早早偷跑了，一路狂奔二十

里山路，埋伏在河旁年干部必经之地的路边草丛中，小路在石崖边上，不到二尺宽，石崖下是一个深潭，他一露头，我俩一跃而出，将他推下去，便万事大吉了，谁都会认为，这是失足坠崖摔死淹死的。我俩紧张的全身冒汗，从太阳偏西，一直等到夕阳西下，也不见年干部从河里过来。哈娃说，那狗日是不是今天走的早。我说，不可能。哈娃又说，那狗日的是不是今天不回家了。我说，这倒有可能。天已黑透了，还不见年干部出现，我俩只好取消这次行动。哈娃咬牙切齿说，躲过了初一，躲不过十五，不信三年等不住他一个闰腊月！我说，就是的，让他狗日的多活几天！除掉年干部的决心已经下定了，我们是不会改变的。

　　回到家，爷爷马登月在灯下，面前摊开一本书，他朝我努努嘴，我知道是让我自己盛饭的。锅里是剩饭，小米和洋芋杂拌闷出的干饭，这种饭要是热的，就咸菜吃，是很不错的。当然，有肉炒菜更好。一年半载吃不着几次肉的，这类美事想了白想，我便不经常想。想咸菜是有前提的，在吃饭时，我便忍不住想咸菜。今天想对了，一盘咸菜是专门给我留的。我吃我的饭，马登月在做自己的事，互不干涉。马登月一会儿右手五指撮起，嘴里嘟嘟一阵儿，一会儿左手五指撮起，嘴里嘟嘟一会儿。我吃完饭了，他的事也做完了，扭过头来，不怀好意地说："怎么这么晚了才回来？"

　　我虚应道："路上耽搁了。"

　　"什么事耽搁了？"他的神色越发不怀好意了。我心下恼怒，搪塞道："闲事儿。"

　　"闲事？恐怕是忙得不得了的事吧？"

　　我心虚极了，不愿与他纠缠，便说："爷爷，我跑乏了，想睡觉。"

　　他嘿嘿一笑，说："你怎么不问问年干部哪去了，心病不去，睡得着吗？"

　　"那你说吧，年干部哪儿去了？"

　　"嘿嘿，年干部回县上了。他只剩下半截舌头，念不了文件，作不了报告，骂不了人了。"

　　"怎么会呢，上一周我还见过，骂人连草稿都不打的。"

"这就是天有不测风云,人有旦夕祸福。一天都要发生多少事呢,何况一周。"

"到底咋回事吗,你想说就说,不说,我睡觉了,反正跟我没关系。"

我将了爷爷一军,他这人表达的欲望强烈的经常像是稀屎憋在屁眼上一样,天下只剩下我这一个忠实听众了,从我星期日离家,他就在盼我回来,直到星期六,攒了一肚子话,可正经让他说吧,他又拿拿捏捏。我才不吃他那一套呢。果然,他急了,一个健步横在我面前,嗔道:"瓜毬娃!急地吃老母猪奶呀?我给你说,舌头让你叶儿干妈给咬的。"

"爷爷,你要不说正经话,我真的睡觉了。"那时候我与女人还没接过吻,亲嘴我是见过的,比如母亲亲自己的小宝宝,在嘴上啵嗞一下。但亲嘴其实与接吻是有区别的,亲嘴用的是嘴唇,做的是表面文章,接吻很容易导致舌头突破嘴唇防线,突入对方嘴里,遇上不怀好意的,咬掉你的舌头太容易了。我们把亲嘴、接吻行为统称为:吃包子。当然,后来我才明白其中的机关。那时候,我想,年干部又不是大热天的狗,舌头伸得老长,叶儿干妈嘴再馋,也不会把人家的舌头当肉吃的。我以为马登月又在给我说那类有天没日月的淡话了。马登月显然受到了极大的侮辱,他的那张老脸突的红了,嘴唇哆嗦着,嘶喊一声:"你给我站住!"

我站住了。他坐回炕边,装满一锅老旱烟,猛抽几口,剧烈地咳嗽几声,眼见得脸色正常了。他朝地上的条凳努努嘴,我坐在那儿,他一五一十把事情本末讲了。在讲述过程中,我的内心被强烈震撼着,讲完了,我却出奇的平静。马登月见我好像对此事不感兴趣,便说:"你知道你叶儿干妈为什么与前后几任干部都不清不白吗?她难道是天生的烂女人?"

我摇摇头。马登月长叹一声说:"娃,你记住,你叶儿干妈虽是女流,却是一个大义人呢。她是为了保护我,为了保护咱马氏家族少受欺负才这样做的。娃,人要有良心呢,我是快要死的人了,你叶儿干妈还年轻,还要活人的,你是男人,不要只顾抡起毬头子找女人,要知道爱惜她们呢,这和种庄稼一样,要爱惜土地,地里才可长成好庄稼。"

我的心里波涛汹涌,却无语以答。马登月长叹一声说:"你叶儿干妈以

前哪怕被人说得多么难听，毕竟都是闲话，这一次，名声彻底毁了。你想想这是什么事情啊，淫妇咬断奸夫的舌头，旷古少有啊，虽然政府拿捏得紧，可这种事拿捏得住么，用不了一月半月，方圆几百里都知道了。"马登月两眼紧闭，两片嘴唇欢快异常，一口一口咂旱烟锅，油灯下，烟雾在头顶铺了厚厚一层。他突然从嘴里抽出烟嘴儿，睁大眼睛，有些气急败坏地说："都是你这狗日的闯的祸！"

我大惑不解，我这人从小是能担得住事情的，我做的事，哪怕天大的坏事，只要是我做的，我不否认，不是我做的，哪怕是天大的好事，我绝不承认。我说："我又没让她咬别人舌头。"

"我说你狗日的没良心，你还嘴硬。你要不想去杀年干部，她能做这种事吗，还不是为了断了你狗日的这想头？"

"啊？她怎么知道？"

"若要人不知，除非己莫为。不过，你狗日的做这事虽然孟浪了一些，却算得上男人作为，不愧是我的好孙子。你还愣在这儿干什么，不去看看你干妈？"

我一时五内俱焚，拔腿一头冲出门去，跌跌撞撞，和身撞开哈娃家的柴把大门，撞进里屋，只见哈娃在地上跪着，叶儿干妈手持捅火棍，怒气冲冲，泪流满面，坐在炕边。见我来了，她说："来得正好，给我跪下！"

我忸怩了一下，不跪。我这人从小有个怪脾气，人说男儿膝下有黄金，上跪天地，下跪父母，我不是讲究这个，我没有这么高明，我只是觉得把头杵在地上，屁股高高蹶起，身子一抑一扬，像饿狗吞泔水一般，贼难看。我爷爷这么古板的人，过年时，还要给比他年龄小、辈分比他高的宗族长辈磕头的，我不磕，给谁都不磕，开始受过一些责骂，不管用，后来也没人管了，长辈们都说，别理那狗日的，受他一个头，能高能低，顶吃顶喝？叶儿干妈见我不跪，一跃跳下炕，捅火棍抡圆了，在我的腿弯处狠狠斫了一下，我扑通与哈娃并排跪下了，我双手撑地想站起来，她双手扬起捅火棍，哈娃悄悄扯一下我的袖口，朝我严重一瞥，我知道好汉不吃眼前亏，乖乖跪下了。叶儿干妈出去关了柴门，回来又掩了屋门，手持捅火棍，坐回炕边，厉声喝道：

"说！杀人的主意谁出的？"

"我！"我挺起胸部说。

"我！"哈娃同时挺起胸部豪迈地说。

"是我！我俩在一起的时候，坏主意都是我出的。"我骄傲地说。

"可是，这一次的主意是我出的。"哈娃不甘示弱，傲然说。

"你才是一个烂初一学生，还能给初二生出主意？蚍蜉撼大树，可笑不自量！"我一脸的不屑。

"有志不在年高，自古英雄出少年！再说，我与你同岁，只是比你低一年级。"哈娃红脖子涨脸，嘴唇都哆嗦了。

"哼哼，你承认低一个年级就行了，我不跟低年级学生争高低。"我干脆抿了嘴唇，表示这是我就这个问题的最后发言。

哈娃嗫嚅了半天，一句话也说不出来。叶儿干妈却扑哧一声笑了，她笑起来是很好看的，两个酒窝一忽闪，我感到了晕眩。她长叹一声，眼泪立即濡湿了脸面，两个酒窝里贮满了泪水，在昏暗的煤油灯光下，波光潋滟，一派凄然。我心里一松，想跟着笑一下，她却挥去泪水，收了笑容，两个酒窝马上被紧绷的脸皮抹平了，她说："无论是谁出的主意，我要问你们：怎么会想出要杀人的主意来？人是随便可以杀的吗？"

"好人不能杀，坏人难道杀不得？"我说。

"谁是坏人？"叶儿干妈说。

"年干部难道不坏？"

"他是坏人，人家怎么坏了？"叶儿干妈说。

我胸部一挺，一句话差点从嘴里蹦出来，又让我死死咬住了。我想说，我见过多少次他压在你身上，你又不是他婆娘，他凭什么压你？但我没说出口，我知道这个问题很复杂。叶儿干妈见我语塞，她冷笑道："我知道你要说什么，可那是你杀人的理由吗，这种理由可以杀人的话，这世上活着的男人女人剩不下几个了。再说，那是国家的事情，你个人有什么权利杀人？"叶儿干妈说到这里，竟然放声大哭起来。我吓坏了，哈娃也吓坏了，我扑上去抱住叶儿干妈的一只胳膊，急切地叫了声："干妈！"

与此同时，哈娃也扑上去抱住她的另一只胳膊，急切地叫了声："妈！"

哭了几声，叶儿干妈收了哭声，一手揽住我，一手揽住哈娃，幽幽说："你们两个都是好娃。"她两眼瞅着窑顶，过了片刻，她把目光收回来，盯紧了我，轻声说："可是，你知道你邱家干大是怎么死的吗？"

"杀了人，被枪毙了。"我嗫嚅说。

"你既然知道，还要去杀人？"

冷不防，叶儿干妈扬起巴掌，啪啪两声，一声是哈娃的脸蛋响，一声是我的脸蛋在响。

"都给我跪下！"

哈娃立即跪下了。这次，我不敢怠慢，也立即跪下了。叶儿干妈说："你两个坏种给我听着，任何时候都不许杀人！"

那么，我长大当了兵，或者，敌人打进来了，我要保家卫国，我眼睁睁看着敌人杀我的亲人，杀我，我就像绵羊那样，把脖子伸得长长的，等着他杀我？我心里想了一大堆，抬头看见叶儿干妈的脸色，把满肚子的话强咽下去，没有说出来。哈娃说："妈，我知道错了，再不敢了。"

"干妈，我知道错了，再不敢了。"

那一晚，我们三人睡在一个炕上。叶儿干妈和我们说了许多话。在说话的间隙，我在想，我和哈娃这么重大的机密叶儿干妈是如何知道的，我肯定没有向任何人透漏半点风声，哈娃也不可能故意向人透露，无意中说漏嘴倒是有可能的。我想问叶儿干妈，又不敢问。后来，我问哈娃，他说，他也不知道是怎么回事，他问过他妈，他妈说，你两个狗日的整天干的啥心里想的啥，我都知道哩。

天亮了，我穿上衣服，双脚刚站到地上，我发现，我真的长大了。

我爷爷马登月一辈子的经历太复杂了，脑子堆积的记忆太多了，他又是一个急于表达的人，而在这个世界上，没有一个人愿意听他说话，作为他的孙子，我也不愿意听他说话，可是，我这人面软，不忍心让一个老人对着旷天野地自言自语，便成了他的听众。虽然，在大多数情况下，我都保持着，让他的话从我的一只耳朵进去，在第一时间里，又从另一只耳朵飞出去。可是，正如洪水过后，河道里总会残留一些污泥浊水一样，我无论如何抵抗，马登月的话还是有不少积存于我的记忆中，而他又是一个话很多的人，一百句话留下一句，要让把这些话重复一遍，都是一个庞大的工程。这还不是问题的全部，他这人说话本身颠三倒四，正说吃饭的事情，也许马上就会扯到拉屎那儿去，再加上我不可能把我记忆的他说的话归整得有条不紊，只能想起什么说什么。这不，本来是要说缘分这件事的，却跑题了。实在不好意思，现在我们回头说缘分吧。

牛不从走后，那几天，马正天魂不守舍，一个叫泡泡的姑娘占据了他全部心灵空间。泡泡，泡泡，他在心里一遍又一遍呼唤。刚与铁徒手闹了别扭，又到了一年开张营业的要紧日子，脚户们人心浮动，牛不从这家进，那家出，秘密串联，说马家开罪了知府老爷，皇上如何龙颜大怒，提督老爷如何正在调集重兵，要一举剿灭马家，皇上旨意大概是，首恶必惩，胁从不问，如今只有与马家划清界限，与知府老爷合作，不但一家人的人头还可以安然无恙，生意还可继续做下去。每走完一家，说完以上机密话，都要再三安顿：我与你是亲弟兄一般的，才冒着杀头危险说给你，要是走漏了风声，大军一到，你我都会被满门抄斩的。情况如此危急，马正天还被蒙在鼓里，他一门心思都在那个未曾谋面的泡泡身上。他在苦思冥索与铁徒手如何恢复交往。他一连想了四天，绝大多数脚户都出发了，他们最快需要半个月才可返回西峰，这段时间无事可做，马正天的心更安顿不下来。几个晚上他都睡不着觉，只好把六两叫来解闷，可在忘情时，好几次，他居然把身下的六两泡泡泡泡地乱叫，六两知道泡泡是谁，只得把眼泪和不满咽下心底。几个晚上他都是这样打发了漫漫长夜的，白天则昏头大睡，海树理几次想见他，都被六两无可通融地挡了驾。海树理说，我有要紧事，六两说，再要紧，还能要紧过老爷的身子骨？吃了几次闭门羹，海树理不觉老泪横流，顿足长叹：罢了，罢了，春宵苦短日高起，从此君王不早朝，古人故事，于今乃见，于今乃见啊。他不知道马正天的近况，把问题看在六两身上了。

其实，马正天知道泡泡也不过四天时间，但对他，已不知道过了多长时

间了。以往遇到大事，他都是很有主张的，即便一下拿不定主意，问问海树理和别的人，主意也就有了。可眼下这件事是不好问别人的，他越是心浮气躁，越是没有主意，只有在六两身上使劲儿。晚上忙活的没有空闲思考，白天又迷梦沉沉，好主意又不会自动飞到他的梦中。四天后的那个午后，乏驴来了，他手持两封烫红请柬，一瘸一拐走进马府。他来了，门丁都知道他的脾气，没人敢拦挡他，为了安全，龚七亲自将他带进内院，守候在门外的六两照常挡驾，乏驴冷笑道："哟嗬，几年不见，六两姑娘长出息了？"

六两上前深深一个万福，含笑道："大恩人的恩德，小女子死不敢忘。只是眼下老爷确实不便见客，若不嫌小女子愚蠢，等老爷醒来后，我定当如实禀报。"

"走开！爷爷的路也敢挡？"

六两吓了一跳，正不知所措，马正天醒了，他一腔混浊地问："六两，你在外面嚷嚷什么？"

乏驴高声说："六两姑娘正在鞭打乏驴玩呢。"

马正天闻声披衣出来，大笑道："大侠光临，有失远迎。任何时候看见大侠，都是一派爽朗，真是自在神仙呢。"

"穷快乐，富忧愁。把你的银子全部赏给乏驴，老爷你就快活了，让乏驴烦恼几天吧。"乏驴一脸坏笑说。

"好主意，好主意。"马正天也回了一脸坏笑，两人肩并肩去了书房。

乏驴是代铁徒手送请柬的，一份是铁徒手邀约马正天的，一份是林如晦给海树理的。聚会的理由很简单，请柬上也说得分明，铁徒手的老家人要西去经商，顺便带来若干状元红和女儿红，他认为好酒当与豪客共享，而放眼西峰，堪与铁某同醉者，唯马正天也。真是瞌睡来了遇枕头，马正天手捧华柬，喜不自胜。他懂得铁徒手假手乏驴送请柬的意思，两人毕竟闹了别扭不久，面子上有难为情之处，心里免不了芥蒂，乏驴是个江湖人士，特立独行不偏不倚惯了，让他代劳，既表示诚信，又声明这是私人交谊，大可不必郑重其事。六两沏茶上来，乏驴笑道："马爷不愧为商界奇才，当年六两银子购入的丫头，如今恐怕至少也值六十两、六百两吧？"

六两懂得乏驴是在讥刺她，她的身份是下人，自然什么话也不敢说，她也为刚才的不礼貌颇感内疚，真是猪油塞了心窍昏头涨脑了，对主子忠诚，哪能这样上不顾眉眼下不顾腔沟的，惹人笑话事小，误了正事事大。大户人家的事体是有讲究的，小门柴户吃就是吃，玩就是玩，干活就是干活，大户人家有时却是在与人交杯换盏中，杯底风云乍起，抬头天色已变。她颇为愧悔，作为抱歉，她向乏驴盈盈一笑，深情款款说："侠爷，请用茶。"

乏驴是何等机敏之人，早已懂了她的意了，他本来还准备再说几句风凉话的，便嘿嘿一笑，打住了。马正天全看在眼里，只当是六两感念乏驴当年相助之恩，神态上与对待别的客人亲切些，他非但没有在意，倒觉得这丫头知轻知重，一义存心，不避嫌疑，是个可以托付大事的女子。当下，他也笑道："大侠要是觉得值六十两、六百两，咱们弟兄，也不说生意话了，就原价吧，兄弟忍痛割爱，如何？"

乏驴笑道："呵呵，马爷真能忍得了痛啊，在下猜测，马爷这会儿比关公爷刮骨疗毒还难耐吧？在下心软，还是不要马爷忍痛太久，一句话说死了，好让马爷放心，六两姑娘要是随了在下，别说给马爷脸上抹黑了，就是天地也被抹得黑漆漆的。六两姑娘也放宽心，我这个火坑捂了铁盖子了，你是跳不下来的。"

马正天大笑，六两嫣然一笑，说老爷侠爷慢用茶，转身出去了。

乏驴喟然叹道："不是在下恭维老爷，什么人一经老爷调教，真个是脱胎换骨了也。当年在下不过是恶作剧，找老爷的晦气，谁曾想，一个半死不活的黄毛丫头，如今里里外外都是一派大家气象。"

马正天听得出乏驴说的是真诚话，也实话实说："不瞒大侠说，兄弟游手好闲惯了，还真没有怎么调教过下人。再说，兄弟向来以为，人各有命，富贵在天，定数如此，人力何为啊。当年接纳六两，确实仅仅是为了不驳大侠面子，带回家搁在丫头伙里，别人都是光鲜鲜的，百伶百俐的，早淹死她了，哪能找得见她呀，别的丫头恨不得生八百个心眼儿，想方设法往主子身边贴，她呢，纯粹稀里糊涂的。可到头来，还是她的造化大。"

乏驴说："老爷算得上了身达命之人了，在下高处也曾上去过，低处也

下去过，对天地间的事儿，也略知一二。虽然有时候给老爷找茬混闹，但心里是有数的。不怕老爷不高兴，作为商人，老爷非但够不上精明，简直是糊涂了，可精明事让老爷做完了，作为大家掌门，老爷非但够不上敬业，实在是胡闹至极了，可家和万事兴这句话，古人好似专门说给老爷的。在下也曾想过，表面看来，这是老爷的命好，其实不然，老爷乃大智若愚之人，不算计，是大算计，不精明，是大精明，小亏是老爷自愿吃的，大便宜是别人送上门的。所以，要想跟着老爷混得出人头地，就得不算计，不精明。老爷也许听过这样一个偈子：你强由你强，清风拂山冈；你横由你横，明月照大江。听听啊，传神写照，字字句句，都与老爷相仿佛。"动了真情，离开游戏场合的乏驴，内心了悟着实不少。

马正天静静听着，细一思量，有根有据，字字有来历，句句有着落，凭感觉，他早知乏驴并非凡人，表面游戏人生，没个正经，但西峰的许多事务其实是握在他手中的。但，他不会与乏驴这类人有过多交往的，他也知道，乏驴也不可能与他打成一片，分则相成，合则相伤，人世间本来是由无数不同材质的板块拼接而成的，板块间是要留有缝隙的，有些人是板块，有些人是在缝隙中游走的边角废料，哪里板块相撞了，他们挤进去，作为缓冲，哪里缝隙开裂得过于大了，他们又去填补弥合一番，人世间就这样凑凑合合遮遮掩掩运行着，人就这样胡子眉毛芝麻西瓜，由生到死，再生再死。一念及此，马正天颇觉凄然，又一腔慨然，话说透了，天地皆空，人生皆空，天地人生无所不空。他说："难得大侠高屋建瓴，为在下指点迷津。"

乏驴从宽袖筒摸出两份烫红请柬，双手递给马正天，显得有些意味深长地说："知府大人命在下跑腿，在人家治下苟活，不得不从命啊。去与不去，小的只是跑腿，并无片言相告。刚才说了，人各有命，不过，还有一句话叫作事在人为，二者不要偏废，可能要好些。据在下所知，牛不从近来挺忙啊。"

"哦，兄弟曾托付他一些事情，想必是忙些。"马正天双手捧着两份请柬，目光迷离，一脸茫然。

"哦，原来如此。在下打扰得久了，该告辞了。再说最后一句话：老爷要是有什么跑腿的差事,不必客气。小的腿虽然废了,还是可以跑一跑的。"

"那是自然。不知会有多少事还要劳动大侠的。"

马正天知道乏驴的为人,也不挽留,咳嗽一声,六两应声进来,双手托着一只白底蓝花瓷盘,上面用红布封了两锭大银,马正天双手捧起银锭,递给乏驴,笑说:"区区二十两碎银,权充大侠酒资。"

"好好好,送两份请柬,赚得二十两大银,呵呵,看来,日后要多给老爷跑腿了。"乏驴大笑,也不推辞,接过银子,揣入怀里,手舞足蹈去了。一路格格拐拐地走,还磕磕绊绊唱出一阕元人的《青玉案》来:

春寒恻恻春阴薄。整半月,春萧索。晴日朝来升屋角。树头幽鸟,对调新语,语罢双飞却。

红入花腮青入萼。尽不爽,花期约。可恨狂风空自恶。晓来一阵,晚来一阵,难道都吹落?

马正天全部听见了,在那里呆了一霎,很快便沉浸在乏驴送来请柬的喜悦中,对乏驴苦心给他的几次暗示浑然不觉。六两心里对这两份不期而至的请柬所隐含的玄机有所感觉,前几天晚上事情闹得那样大,官府没有动用军队弹压,一定是手头不怎么方便,但,这事儿却不会就这样稀里糊涂罢了,这几天,她一边尽心伺候马正天,眼睛耳朵却没闲着,她在时时观察新动向,她觉得,眼下马正天越是少出头露面,接触的人越少,便越安全,把正月十五晚上的事放凉了,双方都好下台。她便以自己的特殊身份,晚上将他羁縻在她的身上,白天把他留在床上。她知道她这样做,一定会招致大家的厌憎,也因此会给她带来灾难。但,她已顾不得这么多了,滴水之恩,当以涌泉相报,以死报恩的人多了去了,马正天在她人生的关键时刻救了她,他现在可以说也到了人生的关键时刻。马正天双手抚摸着给他的那份请柬,两眼迷离,心旌摇荡,一时忘乎所以。六两心中苦涩,却不便明言。她怕他怀疑她因为嫉妒在搬弄是非。但她心中实在不是滋味。她重新沏了一碗热茶,碎步走近,将茶碗轻轻搁在茶几上。马正天毫无察觉,微闭眼睛,双手轻柔地抚摸请柬,

252

一遍又一遍。她知道他此时的心里在想什么,忍不住醋意萌生。她轻声道:"老爷,请用热茶。"

马正天常年练武不辍,本能机警,反应奇快,六两话音未落,他已离座闪避在一旁,他揉揉眼睛,看清是六两,飞向遥远的心思又回复自身,他意识到了刚才的失态,他怕六两瞧破他的心事,便无话找话说:"六两,你看请柬好看么?"

"当然好看了。请柬不好看,哪里请得动我家老爷。"六两一脸平静地说。

马正天自己心虚,似乎听出了六两的话里话,看见她的脸色也无风雨也无晴,比正常还正常,越觉得心虚了,竟然说:"知府大人请我去喝酒,海先生也要去的,要不,你跟我一块走?"

六两正色道:"老爷想想这样做,可以吗?去知府家赴宴,带一个丫头,是要向人展示老爷家大业大,有丫头可带呢,还是表示老爷跟丫头之间有特殊关系呢?这都不说了,男主子出门带一个女丫头,是不是等于给人说,咱家内外不分,家政不清,上下不明,或者还有女人主家的嫌疑?这都罢了,女人主家的不是没有,如果让人说成丫头主家,那就难听了。"

马正天早已红了脸,他自知失口,可说出去的话,泼出去的水,只得忍受六两的好一番奚落。他知道,六两这丫头聪明,对他近日的蠢蠢欲动,了如指掌,又不便干涉,正好借天下雨,把心中的不忿发作出来了。将心比心,都是人,都是女人嘛,两人正热火朝天,没黑没白地卿卿我我,说过的情话余香仍挂在嘴角,温暖的被窝余温犹存,互相传染的身上的尴尬气味还没有消散,另一人心里却有了另外一个人,藏着掖着倒也罢了,可现在就要急头急脸地要去会面了。对方要是身份辉煌的女子也说得过去,咱当丫头的,迈不过身份这道门槛,可对方仍然是丫头,虽说相府的丫头比得上七品县令,那只是个说法,还是丫头嘛。马正天替六两比前比后想了一个透彻,放飞的心却再也收不回来了,他讪讪道:"你不想去便罢,话倒说了不少。"

六两嘿嘿一笑说:"圣贤说,女子和小人是最难对付的,近不得,远不得,我既是女子,又是小人,离老爷近了,害怕,离老爷远了,心里又慌乱。"

马正天见六两虽在说笑，但难掩满脸的凄楚之色，心里不觉也咯噔响了一声。但，拨动了他心弦的事情，他是不会轻易放弃的。他故作轻松，像没事人似的，笑问道："六两，你这鬼丫头，说话越来越刁钻了。你好好说，为什么离我近了害怕，离我远了心里又慌？不老实交代，今晚你就别想睡觉。"

六两撇嘴说："不睡就不睡，老爷明日有天字第一号的美事儿等着，都不怕，老爷不在，我百事没有，放展了睡觉，我怕什么。"

马正天心中有事，与六两斗嘴底气不足，只好耍赖。他一个旋风，已将六两揽入怀里，双手按在她的痒痒处，说："我倒要看你怕不怕！说还是不说，自己决定。"

"说，说，老爷放开手，我说。"

暂时脱了危困的六两又要耍花招，马正天食指弯作钩儿，比画了一个挠痒痒的动作，六两忙说："老爷不要心急嘛。人家还没想起刚才说什么来着？哦，对了，老爷是名动一方的武林高手，别的也曾练过三招两式的武林人物都怕，六两是弱女子，怕是自然的了；可老爷不在时，又怕遭人欺负，没人撑腰壮胆，所以心慌。"

马正天知道她在拿虚话应付，便作势又要挠她，六两双手抱紧胸怀，装作可怜无助的模样说："咳，现如今人真是难活，说了真话，人家不信，逼着人说假话，假话不愿意说，还不得不说，有人爱听假话嘛。我只好说假话了。前些日子，天黑时分，最怕老爷传唤了，近些日子，天黑时分听不见老爷传唤，心里又觉空落落的。这分明是假话，老爷一听就听出来了，可六两自从随老爷来到咱家后，老爷什么规矩都教过，就是没教过说假话，今日个奉老爷命，说了几句，肯定是说得不好了，还请老爷不要责罚。"

马正天要听的就是这些话，事业上的成功固然给他带来了巨大的成就感，但，当他拥有这些时，却满目都是欠缺。犹如一座恢宏的、美轮美奂的宅院，外表看起来让人惊艳不已，住进去了，却显得空旷，除了房子还是房子，除了摆设还是摆设，人却被淹没了。多年来，他也曾遵循圣贤的训示，一日三省自身，是否人心不足蛇吞象，是否饱汉不知饿汉饥，是否玩物丧志，忘了天道轮回？不是的，确实不是的。细细思量，他对人生仍然充满热情，他对事业仍然不遗余力，对他人依然一腔关怀，可是，心里为何从来没有充满感呢。可是，当他在生意伙伴的纠合下，逛了一次窑子后，他发觉天地如此之大，寄托心灵的安乐窝原来在女人那里！回到家里，自家的婆娘，所有的丫环仆妇对他都是毕恭毕敬，走在街上，所有的女人对他都是一脸灿烂，那笑容好似永远不落的太阳，白天晚上都可在他的心田撒出一片明媚，他浑身上下内外一直暖洋洋的。这让他无论身边有无女人，在回到家后，那种空寂感消失得干干净净，事业上的成就感因此变得真实了，每逢这时，他的心里涌上来的便是一种志在四方的济世情怀。他也知道，家人和外界对他与许多女人的不干不净颇多微词，多少次，他产生了站在大街上向众人宣示志向抱负的冲动，但，他一次次严厉地否决了自己：锅里蒸的究竟是黑馒头还是白馒头，揭开笼不就一清二楚了，有什么可说的？他坚持只做不说，多做少说。多年来，他嫖过的女人不计其数，他资助过的穷人不计其数，他捐助过的公益设施遍及西峰城乡，这一次，他又冒着杀头破家的风险，不为到手的利益所动，为穷苦弟兄撑头请命，不是自我标榜，虽不敢与古圣先贤比拟，环顾当今天下，也算过得去了。我不过就是多交往了几个女人嘛，我是一个大俗人，我不是圣人，我也做不了圣人，我做一个对他人有益的大俗人也不坏嘛，总比那些满口仁义道德，一点实际事情不做的人要好吧。有一些时日了，马正天的脑子里竟然产生了一条让他无法辩驳的奇怪思想，他认为好女人能给他带来奋进的动力，能带来好运气，能使他找到发家致富的诀窍，他的财富越多，他便为别人能做更多的事。因此，他喜欢女人，他想拥有更多的女人，非但不是什么肮脏的丢脸的事情，非但不是仅仅与自己有关的事情，而是与许多人的荣辱苦乐有关。这个奇怪的逻辑在这个时候又占据了他思想的制高点，六两的话外话，他不是听不出来，他连她藏得很深的心里话都听得出来，她表面在埋怨他，甚至在讥刺他，那只不过是女孩子在自己喜欢的男人面前惯用的小玩意儿，她分明是在说，她已经离不开他了，不仅在居家过日子方面，在女孩子羞于启齿的肉体关系上，她也离不开他了。这给了他信心，刚才泛出的一点羞耻感,马上被成就感和荣耀感淹没了,他要一如既往地一个一个追逐女人,一个个征服女人。想到这里,他灿烂一笑说:"丫头,我听得出你话中的意思的,不过,我可以肯定地告诉你,你这一辈子跟了我,算是跟对人了,好日子还在后头呢。"

六两笑道:"这还用老爷说?不过,六两并没有别的奢望,只想着能像现在这样早晚伺候老爷,有朝一日,老爷看着不顺眼了,随便赏一个安静角落,最好有一座小小的佛堂,让六两朝夕供奉,为老爷祈福求平安,便心满意足了。"

马正天心下颇为感动,他知道六两表达的是真实愿望,而疏远六两也许是为期不远的事情,恐怕也是不可逆转的趋势,他为自己在女人问题上的缺少自制力感到羞臊,但,他坚信,他不会亏待任何一个与他亲近过的女人,尤其曾如此强劲地拨动过他心弦的六两。他将她揽入怀里,安慰说:"不要想得太多。在这个世界上,每个人都是一个匆匆过客,无论是老爷,还是下人。没有你的世界和没有我的世界并无两样,你离开了我,每天的太阳照常升起,该刮风,该下雨,都是老天爷的事情。我离开你也同样,太阳该升起时就升起来了,该落下时就落下了,我们只能管好自己当天的事情,明天的事连想都不用想,也许今夜好好地钻进被窝了,明天别人千呼万唤,你已经到另外一个世界了,也许你想的好好的明天要吃什么好东西,要穿什么好衣服,一觉睡醒,天塌地陷,全部计划都落空了。早知三日事,富贵一千年呢,神仙可能也算不出,咱们二人居然会遇到一起,神仙同样也算不出,咱俩以后究竟会是什么结局。过一天说一天话,做一天事,天天过得快活就行了,六两。"

六两耳朵贴在马正天胸口上,她感觉到了,他说这番话时,心口冰冷得如同水底被冷水浸泡了千年的青石板,一点波澜,一点温度都没有。她的心在下沉,下沉,直到跌入千年冰窟。好像还是昨天,她从内心深处对马正天都没有过多的奢望,她做的一切,主旋律都是为了报恩,只是间或,她的思绪游离于主仆的轨道之外,觉得正是这个男人带给了她人生的转机,给她带来了安全、荣耀,还有身体的痛苦和愉悦,在身体欢娱的间隙,她渴望永久占有这个男人，或者，让这个男人永久占有自己。但，一旦离开他身体的强有力的压迫，离开他坚如磐石的怀抱，哪怕他只是离开自己独自缓一口气儿，她马上感到的是永久失去的迷茫和恐惧。这是在夜晚，到了白天，她马上变得理智了，她深知，她的一切都是这个男人给她的，好像借来的钱一定要还一样，她的义务和责任仅仅是还债，把自己全部还回去，别的任何额外的想头，都是可耻的，不合情理的。但，天色一暗，她的信念便不由自主动摇了，她渴望这样的日子永远不要改变。可是，预感往往是最真实的，人常说，疑心生暗鬼，她只是没有想到，暗鬼来得这么快，这么带有摧毁力，一下子将她还没有燃烧起来的火苗彻底浇灭了。也罢，一切都是命中注定的，人不可与自己的命较劲，这个时候，她在意识中，很快将两人的关系恢复为主仆了。她确切地感到，自家的主子正在卷入一个巨大的阴谋中，这张阴谋的网已经将他兜头罩住了，网正在一节一节收紧，她已经感到呼吸的急促了，可怕的是，他却浑然不觉，甚至伸长脖子主动朝网里钻。牛不从与马正天说话时，她留了一个心眼，悄悄在外面偷听，她知道这不但严重违反家规，而且行为肮脏卑鄙之极，可是，主子整天昏头涨脑的，对世界几乎完全丧失了判断力。这个心，我得操，被主子打断腿，也得操这个心。牛不从的话她没有听全，她却听出了他话中的主要意思。果然，乏驴跟脚就来了，他是一个极其乖觉之人，她不敢偷听他说话，但，两份请柬已经说明了一切。我糊涂的老爷啊，你也不想想，知府老爷凭什么请你喝酒，你给人家立了大功了？人家的丫头是专门给你养大的？乏驴明明在反复暗示你，你却听不进去，满脑子都在想好事，我要是把话说透，你一定会怀疑我是别有用心，不说透，你又听不进去，我良心难安。罢罢罢，我宁愿背一个在主子面前拨弄是非的坏名声，也要提醒你别往火坑里跳。女人豁出去了，比男人更有决断，六两假装害羞，钻出马正天的搂抱，等到笑得灿烂了，才从容说："老爷，你还记得乏驴大侠临出门时念叨的那些什么古词儿吗，六两愚昧不知书，只是在陪少爷小姐进学时，学得一句半句文字，老爷学富五车，想必听懂了大侠的意思。他究竟说的什么，倒是怪好听的。"

马正天笑道："那人胡说八道惯了，只是嘴闲得发慌，随口吟哦罢了，咱们用不着操那份闲心。"

六两知道此时马正天的全部心思早走进岔道了，多言无益，只好听天由命了，但愿好运还会一如既往眷顾他。

当夜，吃完晚饭，马正天在后院练了一会儿拳脚，六两烧了热水，伺候他洗了，他说他想早点睡，没有让六两陪他的意思，六两本来已做好了准备，他要是叫她陪他，她要以恰当的理由脱身，明天他要赴宴的，晚上休息不好，乏塌塌的，不像样子。可是，他居然没有留她的意思，她准备好的一套装聋作哑撒娇弄痴硬推混赖手段，一个都没用上。夜里伺候马王氏已经有人了，六两单独住一个房间。这几夜，她都宿在马正天那里，土炕几天都没有烧了，她以为今晚也是不用烧的。一连几天屋里没有动烟火，推开门，好似大冬天乍然打开了水窖，阴冷的气息只一下便穿透了她所有的衣服，她剧烈地打了一个寒战。她现在是有头脸的丫环了，是有小丫环体替她烧炕的，可午后小丫环问她烧不烧炕时，她说，烧炕干什么，晚上又没人住，不是白白浪费柴火嘛。现在喊小丫环来烧坑，当然，她会屁颠颠奔来的，可她觉得没面子，再说，她也没有心情。说起来，烧炕并不难，她烧了多年炕，早已驾轻就熟，填一把柴火，燎一燎，把瘆气赶赶，再盖一层柴火末子，一晚上都是暖突突的，可她没有这份心境。她没有点灯，拉开被子，刚揭开大襟棉袄的几个绊扣，冷气已趁机钻入怀中，她一赌气，干脆和衣钻入被窝，想用自己的热身子把炕暖热。在被窝躺了一会儿，她才猛然惊觉，今晚她干了一件最最愚蠢的事情。这土炕比不得木床的，再冷的天，人躺上去，不一会儿，被窝就会生出温度的。睡冷土炕，别说大冬天，就是大夏天，身体再好的人也承受不了。这玩意越睡越冷，刚睡上去，自身还有一些温度，越睡，自身的温度越低，土炕本身不产生温度，还像吸血鬼一样，张开大嘴，猛吞人的温度。人在形容土炕之冷时，说成是鬼脊背，鬼脊背到底有多冷，大概人都是凭想象说的，恐怕比青石板暖和不了多少。还有一层，睡土炕是不可和衣睡的，不懂的人，误以为身上穿得越多越保暖，错了，其实，衣服穿得越厚越冷。为什么，衣服将被子撑起来了，盖不严实，冷风从四面八方灌进来，那个冷啊。

很快，六两意识到了自己的错误，如果立即跳下炕改正，也不费什么事儿，可这会儿，她居然生出了一股怪脾气：冷，再冷些，把我冻成冰坨子，让你心疼着去！她在给马正天赌气。她想着，明天一大早，他见不着她的人影，在她的门口溜一遍，不见人，又溜一遍，还不见人，他心急火燎，在地上像一条尾巴让人拴了火绳的瘦狗，嗷嗷叫着，团团转着，却干着急，没办法。后来，他终于支持不住了，亲自撞开门，发现她冻僵在土炕上，她看见了他的心疼，大喊大叫，喝这个，喊那个，叫郎中的叫郎中，烧炕的烧炕，熬姜水的熬姜水，全家上下乱成了一锅粥。这样的场面在她的眼前一遍遍闪过，她冷得身体蜷作一团，上下牙咯咯打战，心里却感到温暖，以至于好几次她被感动得热泪盈眶。大概在鸡叫四遍时，天窗已露出脸大一块鱼肚白时，她迷迷糊糊睡着了。六两醒来时，已到了午饭时分，她全身僵硬，头沉重，身子沉重，腿脚沉重，她跌跌撞撞，拉开屋门一看，已是日上中天。她来不及喊小丫环前来伺候，急忙用洗脸盆里前两天没用完的剩水，匆匆洗几把脸，风火闪电奔到马正天房子一看，早已人去屋空，烟锅烟袋不见了，出门穿的衣服不见了。她知道，他赴宴去了。六两一下子泄了气儿，人家根本没有把你搁在心上嘛，你居然做了一夜的美梦。小丫环听见响动，飞快地跑来了，离老远便喊："六两姐姐，你去了哪里？夫人让我喊你吃饭，我到老爷屋里来过多少趟了，找不见你。"

六两一听，大家还以为她昨夜在老爷屋里歇了，压根儿就没到她的房间去找，这让她心里稍微温暖了些，不觉振作了精神，板起面孔说："乱嚷嚷什么，我跟老爷出去办事了，刚回来。去，打一盆热水来，我要补补妆。"

小丫环一路小跑，将所用一应物事准备齐全了，六两才慢条斯理洗脸、化妆，把脸上的疲惫、寒冷之色遮掩严实了，她命小丫环去回复夫人，说是老爷出门特意安顿的，不许她离开老爷屋里一步，恐怕有要紧客人找老爷，让小丫环把饭菜给她端到老爷屋里来。吃毕，小丫环把屋里收拾利落了，六两伸手一摸被窝，仍然热突突的，她掩上房门，跳上炕，冻僵了的身子很快暖软和了，她猜想马正天现在大概正在与铁徒手家的什么泡泡眉来眼去魂不守舍，心一下凉了，忍了一夜的眼泪像决堤的洪水，再也收敛不住了。

六两猜得不错。

马正天一早上没见六两的人影,知道她心里不爽,也不喊她,自己动手,梳理整齐辫子、胡须,把自己打扮一新,耐到日上三竿,坐了轿子,带了海树理和几个随从,去了知府衙门。铁徒手在一个房间招呼马正天,林如晦在另一个房间招呼海树理,轿夫下人由衙役招呼。铁徒手很热情,宾主寒暄毕,马正天一落座,泡泡双手捧一只乳白瓷壶上来沏茶,马正天目光一瞥,便被钉在那里,好半天错不过眼珠子来,他心里暗叫一声:"完了,完了,这个女子若真的与我有缘,我此生与别的女子便要彻底绝缘了。"

我家老太爷马正天和我家老太太泡泡的婚礼成为西峰人几十年津津乐道的热门谈资,有幸目睹或躬逢其盛的人,在此后几十年的光景中,在任何场合,任何时间,只要说起这件事情,他无一例外都会成为现场的话语中心。泡泡是铁徒手以女儿的名义下嫁马正天的,马正天家中有结发妻子,但他仍然以娶妻之礼迎娶泡泡,时隔百年,当时的现场情景,无论目击者有多么卓越的叙述能力,已无法使情景再现。有一个场景却无论用多么笨拙的口舌说出来,都会让人产生身临其境之感。

婚礼是在农历二月初举行的,西峰的二月天,用一句古诗来说比较确切:二月春风似剪刀。风打在脸上,冰冷如刀,只是在风头过后,细心体察,毕竟与冬天的风有了区别,在风的尾巴上捎带着些许暖意;原野上的树,远看泛绿了,近看却无绿色,只是一抹若有若无的绿意。这场婚礼,人们在艳羡,在惊叹之余,眼睛里,心尖上,也被扎上了永远也拔不去的刺儿,这刺儿,虽然经过了几十年的风淘雨洗,仍让人眼睛迎风流泪,心头触物伤怀。当然,这也成了马正天二杆子病大发作的又一铁证。马登月在说起这件事时,我无法揣摩他的真实心情,他说,你老太爷做的这件事,他倒是风光了,可把他一辈子做的好事都掩盖了,多少年来,他成了贫富差别阶级对立的典型。我说,老太爷大操大办婚礼,花谁的钱?马登月目不转睛盯了好大一会儿,疑惑地问:你说这话什么意思吗?我说什么意思,没有别的意思嘛。马登月似

乎明白了我的话，他说，这个瓜毯娃，真是个瓜毯娃，花自己的钱呗，还能花谁的钱。我说，花自己的钱，给自己娶媳妇，与别人毯相干，管得宽！马登月嘿嘿一笑，摸摸我的头说，我说你是瓜毯娃，你还不承认。这道理现在我把嘴摔成八瓣子，也给你说不清，等你长大了，你注意观察，当你成为一个大富翁时，你看看人们投向你的眼神儿，一束束目光就是一道道火焰，当你沦为一个叫花子时，你再看看人们投向你的目光，你简直是一堆不齿于人类的狗屎堆。恨人有，欺人无，古今通病，概莫能外。人啊，人，人就是这么一群东西啊。

马登月叹息连连，我已经是初中生了，我追求积极向上的生活态度，我反感他这种小资产阶级知识分子的情调。多年后，我重新对我家老太爷当年的婚礼发生了兴趣，这时，我已离开我家的祠堂地，重返西峰几年了。可是，我的爷爷马登月于我初中毕业的前两天死了，再也无人给我讲述家族故事了。当然，关于马正天和泡泡的婚礼盛况，他也只是听说，因为，他是马正天和泡泡的亲生儿子，他不可能躬逢父母的婚礼。当然，他是这桩婚姻的结晶，他听说的事情比别人要多一些，他也更有条件了解许多不足于外人道的内幕。

对我来说，这不能不是一个天大的遗憾，我是学历史出身，对历史有着近乎虚妄的痴迷，我熟悉世界通史，熟悉中国通史，精心研读过许多正史典籍，还有野史杂乘。可是，我家的历史却大雾弥漫，只听原野深处人声鼎沸，却难辨人影儿。马登月也是民国时期北平名校的高才生，主修的也是历史，他对我们家族的历史了如指掌，可以说，我们几百年的家族史全部装在他的肚子里。可惜，他生存的时代，打倒大家族是时代的最强音，他隐居穷乡僻壤，很想从一个家族的兴衰史入手，给人们复原一个地方的行走轨迹，可是，终其一生，没有一个人愿意听他的絮叨，在长达几十年的光景中，他像路边野狗刚拉下的一泡热狗屎，人人唯恐躲之不及。我能听懂人话了，我成了他唯一的听众，他的精神面貌由此大有起色，可是，我只能听得懂他说的脏话、野话、混账话、骂人话，文明话很少听得懂，听懂了，也不放在心里去。当我真正明白他的价值时，他已经死了四年了。这四年中，世界发生了翻天覆地的变化，像他这种老读书人，一个个由臭狗屎变成了香饽饽，可是，他这堆臭狗屎只能以臭狗屎本身的功用滋养家乡的土地了。幸运的是，我天生有着良好的记忆力，带听不听溜进耳朵的话，时隔许多年，竟然还准确记得十之八九。

这样，我的家族史，还不至于完全湮没。

我是十六岁那年离开我家的祠堂地员外村，远涉百里，到西峰修习历史的。我在这块祖先生活过的地方，一口气生活了十八年。我每天都生活在历史中。单身吃大灶饭时，每一次打饭，大师傅都要想方设法把剩饭陈馒头留给我，时间长了，我已经混了一些与人扯旗放炮的资历，我对大师傅的这种行径表示了强烈抗议，大师傅笑着说，你不是学历史的吗，书和文物越旧越值钱，我以为，越是剩饭陈馒头，你越爱吃呢。他是跟我恶作剧的，我们俩就此成了好朋友。他是在西峰生西峰长的人。我向他打听，他认识的还活着的，九十岁左右的老人，他一口气给我介绍了好几位。一年的剩饭陈馒头没有白吃，中断了的家族史又有了重续的可能。我的数学很差，可这道简单的算术题难不倒我。马正天与泡泡的婚礼是在一八九九年的初春举行的，到我二十岁前后，年龄在九十岁左右的老人，当年已经十岁左右了，该懂得的事情未必懂得，该记住的事情一定是记得的。当然，我是拿我自己与他们作比的。果然，他们的记忆力比我差远了，对童年目睹的事情留下的只是点滴的模糊的印象。有这就够了，聊胜于无罢。

几位老人的回忆在整体上证实了我爷爷马登月所言非虚。他们共同说，哈哟，那可了不得，满街都是红的嘛，比前些年的红海洋壮观多了，红海洋用的是红纸红布，马正天那时候，统统用的可是红绸子，那个二杆子货，真是个二杆子，会挣钱，也会花，我老汉活了几个朝代了，哪里见过谁还有人家那阵势，听都没听过。他们不知道我是马正天的重孙子，一口一个二杆子，出来的气比进去的气多了许多的老嘴里，时隔八十年了，仍然掩饰不住那种骨子里的恼恨、艳羡，还有无奈，至少有一点被证实了。当年，马正天用红绸子将西峰街上所有的大树小树高房低屋全部覆盖了。在迎亲队伍必经的几条大街，全部铺上了红布。马正天这人做事向来厚道，红绸子和红布他都交

由几家绸布店办理，按西峰的市价结算。几家绸布店所有的员工集体出发去西安进货，可是，本钱不够，马正天给他们一一垫足本钱，货进回来以后，按西峰市价再买回来。稍懂得点生意经的人为此嘲笑了马正天多少年，说那真是一个活活的二杆子货，你手下那么多的闲人，为什么不让他们直接去西安进货，居然自己贴本钱，又让别人赚差价？马正天当时就听到了这些话，听到了，他也只是微微一笑。而那几家绸布店老板，由马正天的一场婚礼下来，一举跃升为西峰地面上的显赫家族。而且，红绸子、红布盖在谁家房顶、挂在谁家门口的树上、铺在谁家门前的路上，事情结束了，归谁家所有。

　　婚礼完毕后，西峰的闹洞房本来是很粗野的，不把新人折腾个半死是不罢休的，可有资格在马正天那里混闹的人，当时的西峰还没有。年如我与马正天在名义上地位相当，可他天生是个文明人，说说笑话，礼节尽了，推说新人早想睡觉了，看见别人已经是满肚子有气，大家开心地笑着，纷纷告辞。马正天专门派人下西安为泡泡购置了一副豪华的宁式床，他是睡惯土炕的，可泡泡还是江南人的习惯。他绕床转了几圈，心想在这玩意儿上睡觉把人还不难受死。泡泡不愧是官宦人家的丫头，见过大世面的，她落落大方，客人一走，她亲手铺床展被，然后，笑盈盈地说："夫君，辛苦好长时日了，该歇息了。"

　　她亲自为马正天宽衣解带，手法熟练，毫无拖泥带水气象。马正天看在眼里，心里却泛上一股股酸水。他是有充足的心理准备的，大户人家的丫头，又是如此风情万种的美人，哪有不过主子手的？可是，事到临头，他还是忍不住心生惆怅，相见恨晚啊！只能是相见恨晚了。泡泡给床上她睡的位置悄悄铺了一片白布，马正天没有看见。可是，当两人钻进被窝后，马正天伸手刚搭在泡泡身上，泡泡便一声尖叫，全身哆嗦，整个床都在微微颤抖。马正天心想，女人就会装模作样，我娶你是看上了你的人，根本没在乎你是不是完整身子，那是俗人的讲究。泡泡全身痉挛，大声哭喊，直到马正天沉沉睡去。天亮后，马正天起床了，泡泡也要起床，却怎么也挣扎不起来，马正天扶她起来，身下的那片白布红血殷殷，马正天看得呆了，突然泪如雨下，扑通一声跪倒在床边，伸长舌头，将泡泡浑身上下舔了一遍。这时，他才真正承认，世间真是有道德君子的，铁徒手就是活着的圣人，将心比心，钢刀架在脖子上，身边如果有泡泡这样的女人，他马正天宁愿做小人，也不会做君子的。马正天当下受到的心灵震荡无比剧烈，在那一刻，他将自己的一生全盘否定了，他痛感自己不配拥有这么多的财富，不配掌握这样一个辉煌的家族。

三天过后，照例是新人回娘家。马正天亲自抬轿将泡泡送到铁府，跪定在铁徒手面前，恭恭敬敬叫了一声岳父大人，磕了三个响头，又叫了乌兰一声岳母大人，恭恭敬敬磕了三个响头。回到自己家里，泡泡说，夫君，咱家的祖祠虽然路程遥远，还是要去拜的，不可忘了规矩。马正天答应一声，紧锣密鼓准备了一天，由十乘暖轿组成的拜祖队伍，浩浩荡荡出发了，六两以泡泡贴身丫环的身份一同前去。

祖祠在河川，西峰在高原，春色还在天地间酝酿着，而马莲河川却已春意盎然。泡泡对江南故乡还有模糊的记忆，看见冰雪消融的马莲河水，看见青青河边柳，看见冉冉生长的庄稼和野草，泡泡兴奋异常。不觉想起白玉蟾的《早春》诗来，她轻启朱唇，低吟道：

南枝才放两三花，
雪里吟香弄粉些。
淡淡著烟浓著月，
深深笼水浅笼沙。

离开红尘扰攘的西峰，刚娶得美人归的马正天顿感心旷神怡，看见泡泡这样喜欢乡野，听见泡泡吟诗，也想凑个趣儿，无奈整日花里胡哨，把早年装在脑子里的诗词浪荡殆尽了，半袋烟工夫后，他终于想起杨朴的《七夕》来，便放声诵道：

未会牵牛意若何，
须邀织女弄金梭。

> 年年乞与人间巧,
> 不道人间巧已多。

马正天是想借此表达他得到泡泡后对上天造化的感恩心情的,泡泡也是听得出来的,可借牛郎织女说事儿,她的心头不觉一沉。为了不扫马正天的兴,她欢喜笑道:"人说夫君是银子打造而成的雅人,于今乃见啊。"

马正天的闲云野鹤情怀被激发出来了,一走神儿,便决定在这里多待几天,等清明节祭拜祖先过后,再返回西峰。他留下几个心眼活泛的丫头和家丁,让海树理带着其他人等提前返回西峰,照料那里的一应事务。

马正天和泡泡在这里度过了情趣盎然的初春季节。在这段日子里,马正天整日沐浴在青山绿水和清风明月中,想起风尘半生,唯一令他死心塌地的竟是他得到了泡泡。事业正处在巅峰,人生正逢好事连连时,心头挥之不去的,竟是离群索居,退隐林下。在近一个月的日子里,不太顺心的是,六两整天呕吐不止,叫来乡村郎中诊视,说是有喜了。马正天怕泡泡面子上难堪,泡泡却喜笑颜开,说夫君双喜临门,既娶新人,又添家口,可喜可贺。她每天都要亲自下厨,为六两熬小米粥喝,六两一腔感动,马正天感动之余,心里却多少有些难为情。

清明节那天,马正天率领泡泡、六两和看护祠堂的七户长工,挨个儿给祠堂列祖列宗的画像掸去灰尘,焚香设祭,场面庄严隆重,泡泡以马家媳妇的身份给祖先行了大礼。看见几十座祖先的坟头挨个儿排在山坡上,马莲河从面前流过,想起二十年前,他为了躲避战乱,将祖先骨殖迁至这里,死去的先人和活着的后人一夕数惊,终于熬过了那些个慌乱的岁月。如今,活人重返西峰,死人只好永远死在这儿了。人的一生究竟胡为乎来哉,胡为乎去也,他不禁悲从心来,湮没已久的黄庭坚的《清明》诗,又浮出脑海来,他眼望高天,双手抚肩,吟道:

> 佳节清明桃李笑,
> 野田荒冢只生愁。

雷惊天地龙蛇蛰,
雨足郊原草木柔。
人乞祭余骄妾妇,
士甘焚死不公侯。
贤愚千载知谁是,
满眼蓬蒿共一丘。

泡泡瞥眼看去,马正天一脸悲伤,她也听得悲伤,如日中天的马正天到底怎么了,哦,对了,高处不胜寒,人在高处,放眼茫茫,独学无友,独行无侣,铁徒手所患正是这种病。她忽然醒悟,她所遭遇的两个男人都是当世顶尖人物,峣峣者易折,皎皎者易污,对男人来说,脆弱与强大从来都是同义词。一个女人,一个寄身奴婢伙中的下人,一生有此一桩奇遇,已属奢侈了,而她却连遇两奇,真个是天地造化了。她得尊重造化,感恩造化,对于那个男人,她已尽到一个女人的心意了,眼前的这个男人却是她生生死死的伴侣,营养他,呵护他,是自己的责任,也是自己的利益所在。但其个性倔强,又不可庭争面折,只可循循善诱。一念拿定,她回头朝马正天粲然一笑说:夫君内外兼修,格调高迈,古人说,哲夫成城,哲妇倾城,小女子自非哲妇,自然也无胆略倾城,一心信守女子无才便是德的圣训,幸而记得几句古人诗词,瞧夫君雅兴,放胆吟哦出来,聊博一笑,如何?不等马正天回话,她便将双手拢于身后,如浪漫士子一般,眼望高天,朗朗吟出一首高翥的《清明》来:

南北山头多墓田,
清明祭扫各纷然。
纸灰飞作白蝴蝶,
泪血染成红杜鹃。
日落狐狸眠冢上,
夜归儿女笑灯前。

人生有酒须当醉，

一滴何曾到九泉。

马正天听了，呆了一呆，随即明白了泡泡的用意，以一个粲笑，把自己刚才的失态遮盖过去了。

事毕，再没有理由留在祠堂地了，马正天问泡泡想什么时候回西峰，泡泡说，从今往后，夫君就是我的家，一切跟着夫君脚步走。有了这句话，马正天越没有返回西峰的动力了。六两的身子已稳定下来，棉袄脱了，肚皮有些凸现，虽不明显，细瞧，还是能瞧出端倪来的。那一个午后，马正天和泡泡正躺在宽大绵软的胡床上晒太阳。在山村初春的午后，悠闲自在地晒太阳，实在是人生一大享受，西北风让北面的黄土山梁挡死了，阳光打在干燥的黄土崖壁上，再反射于人身，那个暖乎劲儿，直接可以渗入人的心坎去。两人有一搭没一搭地说着小话儿，全身所有的地方都被晒软了。六两近前来，忽然跪倒在两人面前，泡泡翻身滚下胡床，慌忙要扶她起来，六两不愿起来，泡泡回身以眼神询问马正天该怎么办。马正天平静地说："你坐这儿吧，不用劝她了。"泡泡一步一回头，返身在胡床上坐定后，马正天对六两说："这里没有外人，有话你就说吧。"

六两说："奴婢感念老爷救命之恩，只想以一生作为报答。无奈，出身贫贱，不通文墨倒也罢了，做事也欠缺章法，多蒙老爷担待，从未受到责罚。近来，又承蒙二太太不弃，不惜自降身价，多方照顾，大恩大德，六两铭心不忘。今日斗胆打扰老爷二太太清修，六两不揣浅陋，觉得有一事需要禀明，还请老爷二太太勿嫌絮烦。"

马正天见六两面色凝重，知道这丫头在治家理财方面颇有见解，便坐直身子说："起来说吧，都是自家人，何必拘礼。"

六两并没有起身，她从容说："谢过老爷。六两虽是粗使丫头，家务大事本不该插嘴的。可是，六两以为，知恩不报，良心不安，知祸不言，必遭天谴。离开西峰前，六两已感觉大祸将至，屡次提醒老爷，老爷事烦，不及决断。而今，离开西峰已经一月，家里音耗皆无，不知会变成什么样子，但愿老天保佑。六两斗胆请老爷二太太速回。当此危难之机，祠堂地对咱家尤为要紧，六两愿守在这里，用心经营管护，青黄不接时，还可作为全家暂时的落脚地。万请老爷二太太首肯。"

马正天吃惊不小，既而内心恼怒万分，念她身子不便，又念她因为泡泡的横刀杀出，心中毕竟不快，当着泡泡的面，他不想再做申斥，只是冷言道："是不是危言耸听了？我马正天半生光明，慷慨一方，能有什么大祸？你看重祠堂地，倒是独具慧眼，你要是乐意，我给你留几个下人，祠堂地今后就交由你管了。"

六两起身，又跪下去盈盈一拜，垂泪道："谢老爷信任。不过，六两所言祸端将至，并非空穴来风，老爷可以不信，但至少应遣人回去看看，如果一切平安，也就放心了。"

看见马正天脸色越发难看，泡泡忙说："六两姐姐所说，虽非亲见，倒也不可忽视，老爷如果不愿即刻赶回西峰，派人骑快马去看看，倒是必要的。我在过门前那几天，看见知府衙门经常人来人往，个个鬼鬼祟祟，咱家又处在风口浪尖，凡事小心些，也是应当的。"

"那好吧。"泡泡答应了，马正天虽极不情愿，却也不便同时驳两人的面子。六两又是一拜，说："谢过老爷，谢过二太太。"

正在这时，龚七跑来报告，说是邱十八邱爷来了。马正天从来都是机敏过人的人，当下一切都明白了，他经历过无数危机，此时还是禁不住心中一颤，他望了六两一眼，六两读出了其中的深情款款，不觉眼眶湿了。泡泡和六两急忙要去屋里回避，马正天说，邱爷不是外人，一起听听也是好的。

邱十八没来过祠堂地，他是根据大致方位，一路摸索来的。因为是连夜赶路，无法向人打听，走了不少冤枉路，一百多里路程，他走了至少二百里了。不愧是脚户出身，一夜零半天，走了这么长的山路，看上去倒不怎么疲惫，只是渴坏了，一连喝了五碗热茶，说起话来，嗓子好像才利落了。饭已经安排人去做了，邱十八从褡裢中摸出还剩小半块寸厚的烙盔，张口咬出一个大豁子，笑说：饿不着咱家的。马正天连忙阻止道：兄弟，快再别吃干烙

盔了，你再耐一小会儿，说话饭就来了，兄弟一路这么辛苦，让我这做大哥的，心里十分过意不去。邱十八连夜冒险赶来，一定是有要事的，可他居然不着急说，一连瞥了几眼泡泡和六两。虽然一瞥而过，瞥得很隐蔽，很不经意，还是没有逃过马正天的眼睛。他笑道："邱兄不辞千辛万苦，一定是有要事吧？你二嫂和六两是我专门留在这儿的，遭遇大事，让妇人吹吹枕头风儿，也许脑子还会清醒点儿。"

"哈呀，我的大掌柜，你知道出了大事，还在这儿三丈高两丈低地闲话？让兄弟说你是大将风度好呢，还是说你麻木糊涂好呢。"

"死猪不怕开水烫，这样说最好。什么大事呀，六两丫头倒是预感到了，却不知详情。"

邱十八突然脸色通红，嘴唇乱颤，他说："牛不从那狗日的，掌柜的哪一点对不起他了，竟然伙同别人，挖了马家的墙角。还有那个海树理，更不是东西，把掌柜的全部来往账簿、营销网络，交给了那个人面兽心的狗……狗官！"

马正天着实吃惊不小。这时，厨房前来请示邱爷到哪用饭。邱十八烦躁地挥挥手说，火都烧到屁股门子上了，还穷讲究个什么，就在这儿边吃边说吧。马正天依然不动声色地说，邱兄不用心急上火，天塌了，咱就说没天的话，茶消停喝，饭消停吃，话消停说，事消停做，有咱弟兄在。

邱十八不到一袋烟工夫，连下三大老碗臊子面，又灌下一大老碗热面汤，吃得满头大汗，眼见得精神头足了。原来，马正天离开西峰不久，第一趟盐就运回来了，二百担盐照常交给年家，五百担盐却交给了牛不从，马家只收了一百担。往常，马家都是要收五百担以上的。马家盐店伙计慌忙向海树理汇报，他却阴阳怪气说，买卖自由嘛，人家想交给谁，咱管得着吗。掌柜的不在，账房又是这种态度，伙计见势不妙，趁夜去找邱十八。邱十八毫不知情，连夜去问他手下的弟兄，结果大出他的意料，有七成弟兄都把盐交给牛不从了。他们支吾说，牛爷说了，马家很快要被官府满门抄斩了，与马家有关的人都要被杀头的。邱十八跳脚大骂他们没良心，说马爷为了穷弟兄，到手的银子不要，反而为了大家冒险，你们却这样忍心出卖他。挨骂的人要不低头不语，要不强辩说，谁不怕杀头呀，朝廷大军一到，马家人有钱，或者远走天涯，或者买通官府，我们只好伸长脖子挨刀了。邱十八问哪来的朝廷大军，他们一个个说的有鼻子有眼，消息的来源却都是牛不从。邱十八是个没耐心的人，只有跳脚大骂一顿了事，他去找牛不从，几次都吃了闭门羹。他手下只剩一百名弟兄表示，生生死死要与马爷邱爷绑在一起。后来，他从乏驴那儿得知，铁徒手早给马正天设好了圈套，下嫁心爱的丫头，便是最厉害的一招。马正天果然中了美人计，不但放松了警惕，还离开了老窝，铁徒手趁机策反海树理，拉拢牛不从，迫使年家保持中立，许诺从牛不从店里划去一部分业务，马家被掐头断尾斩腰掏心，眼见得要垮了。

邱十八在说这些话时，几次提到铁徒手，几次瞥泡泡，脏话浑话快要脱口而出了，却一一硬生生地夹住，把脸都憋青了。泡泡看在眼里，等邱十八换气时，赧颜一笑说："邱爷要说什么话，尽管说，不妨事的。知府大人虽是我从前主子，又有恩于我，可我现在是马家人，所谓嫁出去的女，泼出去的水，对于女人，婆家才是永远的家。"

在场的人都没想到她会说出这样的话来，而且，说的字正腔圆，情真意切，一听都是心里话。马正天一边听邱十八说话，一边捎眼瞥泡泡，怕她脸上不好看，听了这话，心底波澜涌上脸来，红彤彤与春阳相映生辉。六两心里是嫉恨泡泡的，当然首先是她的横刀夺爱，以目下情形看，泡泡的专宠已然成为大趋势，有这个坚硬的芥蒂存于心中，她便一个心眼认定，泡泡参与了铁徒手的阴谋，她是铁徒手放出来的一条美女蛇，把马正天咬死，把马家搞垮，她的使命才算完成。没想到，她竟说出这样的话来。凭女人天生的灵敏感觉，泡泡并非虚言。对她来说，马正天永远第一，只要泡泡能真心待主，她对她的仇怨也退居次要了。而这又带动了她心中的伤感。也就是说，如果马家不能够逃脱此劫，那么，谁的后果都是不堪设想的，如果马家饶幸脱了此难，那么，泡泡在危难面前的忠诚与坚守，反而会与马正天成为患难之交。此前，马正天因色而动，此后，又有友谊成分的加入，别的女人再想在马正天那里占得一席之地，恐怕难了。想到这层，六两顿感心灰意冷，刚才说要留在祠堂地，多少有些赌气的意思，现在，再看眼前山水环绕，想起到西峰后，将日夜旁观他人缠绵，自己独守空房的凄楚，更坚定了留下来的决心。对邱十八来说，如果不发生铁徒手整治马家这件事，马正天与哪个女人相好，与哪个女人婚媾，完全是个人的事，作为朋友只有祝愿他花好月圆了，可是，当听到泡泡竟是铁徒手套在马正天脖子上的一道绳索后，他对这个女人的厌恶和仇恨达到了极点，只是碍于马正天的情面，暂时隐忍不发。他听泡泡这样一说，厌恶和仇恨当下减轻了，但，在这个特殊时刻，想凭一句话让他相信一个人，那是完全没有可能的。马正天安慰邱十八说："邱兄，古人说，疾风知劲草，板荡识忠臣，你我兄弟一场，在这紧要时刻，我看见了你的心。不过，也没什么要紧，天要亡我，人力何为，天不亡我，其奈我何！我相信，咱们兄弟齐心携手，没有闯不过去的难关。"

　　大家决定，今晚安排妥帖祠堂地的一应事务，明天一大早，一同赶往西峰应付局面。邱十八心急，鼓动马正天连夜出发，马正天笑说，黄花菜已经凉了，就凉吃吧。当夜，他把七家供奉祠堂的佃户招齐，声明原来的地租不变，但今后六两就是他们的主子，要一切听命于她。七家户主听说原定的地租不变，都很高兴，表示掌柜的不在，女掌柜就是他们的掌柜的。这些人也不知道六两究竟与掌柜的是何关系，当然不敢直呼其名，就按乡村习惯，称她为女掌柜的。其实，在马家，除了对马王氏可以这样称呼外，对别的任何一个女人都是不适合的。只是在非正式场合，也不必较真，马正天没做纠正，六两更不会主动纠正，她心里倒有一种甜丝丝的感觉。

　　马正天一行，一路不敢怠慢，天黑前，已赶回西峰了。一进城，马正天就嗅出了于他不利的气息。他令大家散开队伍，悄悄回家。龚七已先期快马赶回家里，马正天一到，主仆老少都齐聚厢房，屋里容纳不下，许多人站在外面。马正天与马王氏坐了主座，泡泡在马正天旁边伺候，邱十八坐在马正天一侧，各路主管分别通报了近况。情形比马正天想象得严重多了，尤其海树理带走了全部账簿和盐业经销网络图，整个业务陷于瘫痪，要想恢复，又漫无头绪，直接是老虎吃天无处下爪。大家正在抓耳挠腮想办法，龚七惊慌失措闯进门来，大叫道："掌柜的，大事不好了，知府衙役前来拿人了！"

"拿谁?"

"拿……拿掌柜的。"

马正天微微一笑,当即站起身,从容说:"大家不要惊慌,目下情况未明,我得去应官差。我不在的日子,一应事务统由二太太处分。二太太的命令就是我的命令,当此危难时刻,我不想听见谁有抗命不遵的行为发生。"

马正天的话让众人大吃一惊,个个面面相觑,喘不得气,做不得声,唯有泡泡款款起身,向大家盈盈一个万福,从容说:"谢过老爷信任。泡泡年幼无知,乍然身荷重任,诚惶诚恐。不过,既然受命于危难之时,再推来让去,便是天大的辜负了,还请诸位鼎力协助,共渡难关。"

下面的呼应声寥落冷淡,马正天将手中抽得正旺的烟锅,梆梆几弹,凛然说:"大家还有什么不同意见,趁我在家,及早说出来。"

"听从老爷吩咐。"马王氏冷不丁冒了这么一句,马府的几个少爷小姐纷纷应和。一应主管下人见状,忙随声附和。马正天看见发妻在关键时刻,深明大义,与自己夫唱妇随,心下喜不自胜。他又对泡泡说:"大姐随我许多年,虽足不出户,却也经历过大风大浪,你有什么不能决断的事情,多向她请教才是。"

泡泡敛眉道:"请老爷放心,这是自然的。"

门外脚步杂沓,龚七满头大汗闯进门了,面无人色。马正天笑说:没出息的货!麻壮鹰跟脚就进来了,门外并排站着一队火枪手,双手持枪,枪口对准屋门。马正天笑道:"麻爷光临寒舍,有失远迎。"

"不客气,兄弟公务在身,还请马爷见谅。"

"好说,好说。公务是公务,自然不会耽搁的。贵客临门,请弟兄们喝杯热茶,也是待客礼节吧?"

"马爷盛情,兄弟本当领情,只是兄弟们手中的火枪容易走火,万一误伤了谁,那就不好看了。"

麻壮鹰面无表情,说出的话如一块块冰碴子,马府上下都感到了寒冷。正月十五夜,马正天让麻壮鹰当众颜面尽丧,今天终于落在他手里了,他要把气势造足了,知府大人只说请马正天来,他理解这与押解是一个说法,虽

272

然，鉴于马正天在地方上的影响力，他不便把事情做得过分，但也要杀杀这个大财主的威风。马正天笑说，不喝了罢，从今往后，我得为节省一杯茶绞尽脑汁了。他伸出双手，笑嘻嘻地向麻壮鹰走出几步。麻壮鹰大惊，往后急退几步，拔出别在腰间的火枪，枪口对准马正天喝一声："不要胡来！"

外面的火枪手，齐齐将枪栓拉得咔咔作响。泡泡一个健步冲过来，挡在马正天身前，大喝道："大胆麻壮鹰，不得无礼！"

麻壮鹰立即收了枪，躬身道："小姐见谅，麻某公务在身，不便见礼。"

马正天大笑着，将泡泡拨向一边，缓缓举起双手，走到麻壮鹰面前，笑道："麻爷这是怎么了？在下伸出双手是让你捆绑起来方便些，你如临大敌干什么？你看你家小姐，我家二太太，身为弱女子，都不怕你手中的破玩意，你还是收管紧些好，免得走火伤了自己。"

麻壮鹰不觉有些气馁，喝道："少啰唆，到了衙门再跟你计较。"

马正天仍笑嘻嘻地说："那就走吧，还啰唆什么。"

说完，大步流星就往外面走。泡泡喊一声：老爷慢走！急步跟上来，把那杆大烟锅和满当当一袋旱烟叶交到马正天手里。她脸色平静，轻声说：老爷保重。马正天笑道：我差点忘了，在大牢里断了烟火，问麻爷讨抽一口，怕是比要抽他的血还难。泡泡也不理会马正天的胡说八道，走到麻壮鹰面前，盈盈一个万福，正色道："麻爷见谅，非常时候光临寒舍，礼节难以周全。我家老爷还请麻爷多多看顾，方便的时候，我自会去给父母亲大人请安的。"

"小的知道了，小姐放心。"

铁徒手成竹在胸，他让麻壮鹰直接把马正天带到府衙后堂。他以为，马正天毕竟是一方领袖，掐他的头可以，别伤他的脸。有些人，只要头没事，有没有脸无所谓，比如牛不从，有些人在头与脸只可选一样时，会毫不犹豫地选择脸。马正天就是这样的人。让他过堂，即便是不打不骂，仅仅是走一遭过场，他也会视为奇耻大辱，除非有把握，或决心要他的命，否则，只要他活着，会不惜一切代价报复的。马正天看见麻壮鹰带他往府衙后堂走，对铁徒手的敌对情绪马上得到了缓解，他甚至对他生出好感来了。新婚之夜对他产生的好感，加上现在的好感，他由衷认为，铁徒手其实够得上一个仁义君子，要不是官民鸿沟，他相信，他们会成为好朋友的。铁徒手一身便服，乌兰也是家居常服，两人站在客厅门口迎候马正天，脸上都是笑吟吟的。铁徒手说："呵呵，贤婿风尘仆仆，你岳母与我心下都十分过意不去。不过，公事公办，身不由己，还望贤婿担待。"

马正天抢前一步，单膝着地，口称："小婿给岳父岳母大人请安了。"

"快起来，快起来，贤婿免礼。"铁徒手和乌兰嘴里谦让着，手脚也没闲着，快步上去把马正天搀扶起来。一手插在腰间，将枪柄已经捏得热汗滑腻的麻壮鹰见状，一脸惑然，向铁徒手眨了一下眼睑，铁徒手也向他眨了一下，他说："大人招呼贵客，小的在外面伺候着，随时听候大人召唤。"

"你去吧。"铁徒手说。

"麻爷，给枪把药上足了，万一有个不尴不尬时，却哑火了。"

麻壮鹰哪能听不出他话里的机锋，当即反唇相讥说："呵呵，多谢马爷为在下着想。不过以在下的小人之心度之，马爷为一方豪侠，还不至于做出不利自己岳父母的事情吧？所以嘛，枪中的药足不足是无关紧要的，只要能打死牲口，便保证能打死那些不逞之徒的。你说是吗，马爷？"

"呵呵，看来麻爷对个人事业相当精通的，愿你百尺竿头，更进一步啊。"马正天仍然那样大咧咧的，好像在自己家里一样。

麻壮鹰心中恼怒，碍于上司的面情，只得暂时隐忍了，心想让你占点嘴头便宜也没什么，反正关在笼中的老虎与关在笼中的鸟儿没什么区别，我心情好了，喂你几粒小米，逗你玩玩儿，顺顺你的毛儿，心情不好，饿你几天，拿一根小棍子，敲敲你的嘴儿，拔你几根毛儿，顺嘴吹出去，毛儿飘飘忽忽，颤颤悠悠，在空中乱飞，你干着急，白生气，拿我一点办法没有。嗨嗨，他佯笑一声，以君子不与小人斗的气度出门去了。

必要的礼节过后，乌兰回内室去了，客厅只剩下铁徒手和马正天两人。豌豆沏了一壶茶，给每人斟了一碗，转身出去了。马正天环视客厅，无话找话说："哎呀，到了岳父大人这里，小婿才知道什么叫君子之居，什么叫土鳖之巢了。"

"怎么说？"

"岳父大人的客厅朴实无华，一件珍宝都没有，却满眼珍宝，一进门，书香墨香扑面而来，堪称君子之君。小婿下处，奢华有余，儒雅不足，一看就是土鳖。"

"贤婿客气了。我虽然没去过你那里，但听别人说，虽是富豪人家，却讲究诗书传家，难得，实在难得。小婿若是对文墨之事感兴趣，等这场事了了，我带你去到我的书房看看，客厅是接待士农工商五行八作之地，俗了，俗了，书房也许还值得贤婿一观的。呵呵，喝茶，喝茶。"

马正天再不敢接这个话头了，与真正有学问的人相比，他是最有钱的，与有钱人相比，他是最有学问的，他早就有经验了，在真正有学问的人面前，闭口不谈学问，谈生意经，在真正有钱人那里，绝不谈生意经，谈学问，献丑不如藏拙，田忌赛马，避强就弱，避实击虚，无往而不胜，无往而不利。他改口说："岳父大人刚才说等这场事了了，敢问是哪场事，与小婿有关么？"

"有关，有关，呵呵，有点关系。那是公事，暂且不谈，多日不见，咱们叙叙旧，说说亲情。小女嫁与你，大概还不算辱没你吧？"

"岳父大人这么一说，真让小婿无地自容，是小婿辱没令爱了。"

"也算是天作之合吧。既然这样了，就好好过日子吧。可是，出了点儿麻烦，贤婿是铺天盖地之士，没有过不去的坎儿，唉，我只担心小女是否扛得过去，她可是从小在风和日丽中长大的。"

"不劳岳父大人格外操心，令爱既然嫁给了我，便是夫妻一体，我扛得过去，她一定扛得过去，万一我扛不过去，我哪怕把命搭上，也会让她渡过难关的。小婿虽然才德欠缺些，情义却一点不少，请岳父大人放心。"

听马正天这么一说，铁徒手不觉心里一紧：我铁徒手是否正在做一桩赔了夫人又折兵的买卖？那可贻笑大方了。既而心里又一酸：这女人家的，从来都是既嫁从夫的。听说马正天对泡泡这丫头看得很重，抬得很高，本人又天生聪颖，本来是要利用她绊住马正天的，是否恰好给人家配备了一个厉害助手？他的思绪一时走失了，忘了刚才马正天说的什么，无法接上话茬，只得虚应道："好说，好说。"

他这一说不要紧,从祠堂地到西峰,到现在,心里都很坦然的马正天,听了这话,有点沉不住气了。铁徒手这样说,等于认可了他过不了这个坎儿,他不愿再与铁徒手捉迷藏了,他说:"请岳父大人明言,小婿究竟遇到了什么麻烦?"

"不忙,不忙,呵呵,不忙。"铁徒手说不忙,随即还是把麻烦所在说出来了。马正天这才确信了,海树理确实把账簿和盐业经销网络全部交给铁徒手了。铁徒手说,我刚上任,就接到许多举报,说你偷税漏税,巧取豪夺,欺行霸市,不瞒你说,我曾多方调查,证明都是子虚乌有之事,这次也一样,道台、藩台、提督,甚至总督大人那里,都接到了不少举报函,上压下挤,我职责所在,能无动于衷么。"不过,"他长出一口气说,"贤婿还真是人物呢,现已查明,所有这些举报多属捕风捉影,相反,恰好证明,贤婿合法经营,有功地方,桑梓称颂,为一方难得的人才啊。"

"我就说嘛,为人不做亏心事,半夜不怕鬼敲门,是非曲直,自有公论,别说陇东地界在青天大老爷岳父大人手中,即便换一个贪官混账官,又其奈我何,难道要诬赖人不成!"马正天一时忘乎所以,大话说了一箩筐。

"是啊,谁说不是呢。"铁徒手废然长叹,脸上涌出一层凄楚。他端起茶碗,缓缓呷了几口。马正天好半天没抽烟了,话又说得郁闷,心里有些慌,他拿下插在领口的烟锅,抱歉一笑说,岳父大人请勿见责,小婿的这点没出息,到哪都克服不了。铁徒手也报以一笑,说,贤婿请便。他搁下茶碗,又是几个长叹。马正天抽了几口烟,立即精神多了,他说,岳父大人莫非有什么棘手的事情,小婿虽然才疏学浅,为大人效劳,却不敢偷懒。铁徒手又长叹一声说,贤婿果然聪明过人,正是千难万难,活活地难死人啊。他顺手从怀中摸出一片白土布来,沉重地递给马正天,愀然说:"贤婿不妨看看这个。"

马正天以为是什么有趣的东西,顺手接过,嘴里叼着烟锅嘴儿,一手略略扶住烟锅杆儿,一手展开白布一看,惊得从椅子上跳了起来,烟锅嘴儿从嘴里滑出,差点掉在地上。他张口结舌,一手抖着白布说:"这……这……"

"是啊,我难就难在这里。如果仅此一份,倒也罢了,道台大人、藩台

276

大人手中也各有一份，再往上的大人们手中是不是还有，就难猜了。"

"这又是从何说起！"

马正天如一匹伤了蹄子的烈马，双脚在地上跳来跳去，那片白布在像是秦腔丑角手中的道具欢快飞舞。那是一封联名状，状告马正天囤积粮草、私藏军械军饷、广结歹人、图谋不轨、又妨碍邦交、损害地方形象，如何等情。领衔首告者为海树理、牛不从，以下还有年如我等五百人的签名和指印，大多是那些正月十五与他在一起闹事的脚户。缀在最后的是一串像道士画的阴符，他恼极而乐：牛鼻子老道与我从无交往，他们凑什么热闹？他指着那串符号，笑问："大人，这是何方妖孽啊，倒让小婿费解？"

"呵呵，贤婿言重了。那可不是什么妖孽，她是你的老相好啊。"

"大人取笑。哪个老相好？"

"你没看见那是洋文吗？自然是那个什么洛娃了。"

"哦，她是窑姐儿，只知道脱裤子数银子，连人话都不会说，哪做得了数儿呢。"

铁徒手双手盘住后脑勺，靠在椅背上说："唉，贤婿有所不知，那是什么窑姐啊，她是洋人下在西峰的一颗钉子，用不了多久，这里就是洋人的势力范围了。你也知道，现如今是官怕洋人，洋人怕百姓，正是她的附和，上面的大爷们才如此慎重的。你也不想想，妨碍邦交是多么了不得的事情！"

马正天回头再看联名状，这才注意到了"邦交"二字。他又一次恼极而笑，他抖着联名状说："事到如今，在岳父大人面前，小婿也不怕丑了。我掏银子，她脱裤子，与邦交何干？"

"谁说不是呢。可是听说有个黑娃，受你指使，把人家残害得不轻，事情的性质就此变了啊。黑娃现在负案在逃，有你在，这案子嘛，也是可以结的。"

马正天哭笑不得，正不知道说什么好，只觉什么东西在眼前晃了一下。定睛看，袁征三站在面前，好像站了很久一般。多年前，他是见过此人的。时隔二十年，没想到身上一两肉也没增添，一身干骨头一块一块挺起衣服，像谁家婆娘把衣服晾晒在了嶙峋的岩石上。面色还是那样青黄，一点血色都没有,多热的天,都让人感到骨头冰凉。马正天笑说:"哦,袁三爷啊,多年不见,大样子没变嘛。"

"小样子也没变。"袁征三的说话声好像是从千年地穴里传出来的。

"呵呵,今天由袁三爷出手,在下倍感荣幸。想必事情真的重大了?"马正天还是在以满不在乎的口气说话。

"我并不出手的。你跟我走就行了。"

袁征三说完,给铁徒手招呼都不打,转身飘飘然就走。马正天不觉豪情满怀,呵呵一笑,跟在身后,一路朝郊外牢房走去。

马正天离开家以后,泡泡就与邱十八很快拟定了营救计划,泡泡派得力人在知府衙门周围打探消息,密切掌握马正天动向,邱十八联络手下目前还没有倒戈的弟兄,严密监视牛不从、年如我,以及西峰城内的各个场所,谨防马正天被官府或仇家秘密处置。阖府上下内外人等都聚在大厅里外听候消息,听说人被袁征三带走了,泡泡吃惊不小,她知道那里关的都是案情重大之人,没有犯足够大案子的人,想进去也进去不了,进去了,再想活着出来,就像死而复生一般难。泡泡心中发慌,可此时她是全家以及大小伙计们的主心骨,她得沉住气,她从容对大家说:"时候不早了,大家回去休息吧。家里主仆人等,一律听大太太调遣,不得有误;各店掌柜,一律听邱十八邱爷调遣。在此特殊时刻,请务必各守岗位,各尽其职,老爷的事,我自有道理。"

众人各怀疑虑,纷纷散了。泡泡叫她刚选在身边的伶俐丫环虎头火速将龚七传来。正在亲率家丁守护大门的龚七听说二太太叫他,心知事情重大,正是在新主子面前献功劳的良机,三言两语给各小队安排了任务,谁负责看守大门,谁负责院内巡逻,一清二楚。他跟虎头一路跑进大厅,虎头进去通报完毕,出来带他进去。只见泡泡华妆盛服,端坐案头,一手端茶碗,一手持碗盖,碗盖轻轻刮擦碗沿,铮铮有声,两眼盯在案头的一件物事上,声色一点不动。龚七大气也不敢出,不敢贸然相问,眼睛也不敢胡乱张望,心里不免七上八下打起鼓来。泡泡终于开口了,她漫不经心问道:"龚七,你现

任何职?"

龚七心里一紧:二太太明明是知道的嘛。他不敢怠慢,忙说:"回二太太,小的受老爷、大太太、二太太抬举,现任护卫队队长,请二太太示下。"

泡泡抿唇轻轻一笑说:"那是老爷、大太太的抬举。我还没来得及抬举你呢。"

龚七心下更慌了,却不知拿什么话应对。好在泡泡转换了话头,她说:"老爷往日待你如何呀?"

"回二太太,那没得说,除了父母,再没有老爷待小的这般好的了。"

"你倒说了一句实话。有些奴才为了讨主子喜欢,往往会说,主子待他好过了父母,想想看,天底下这种事又有多少呢,可见是假话了。老爷的事你都知道了吧?"

"回二太太,小的是知道的,不敢瞒二太太,小的和弟兄们都在摩拳擦掌,静候二太太的差遣呢。"

"你们摩拳擦掌干什么?"

"万一情势危急,我们愿意豁出命来,把老爷抢回来。"

泡泡笑道:"难得你们如此忠勇,我替老爷谢谢弟兄们了。不过,事情没有那么严重。你尽快想办法把乏驴大侠请进府来,无论什么时候,人一到,立即带来见我。知道为何派你去干这差事吗?"

"回二太太,小的以为是为了机密。"

"去吧。"

"是,二太太请放心。"

龚七很快找到了乏驴,他好像在专等马家的人找他一样,看见龚七走来,还没等龚七开口,他便说,七爷,走吧。这可把龚七意外坏了。离开泡泡后,他一路都在想,该到哪儿才可找得见这头没缰绳的驴,见了又该行什么礼,又该说什么话,这些江湖人士脾气怪,一言不合,事情就搞砸了。这是新主子第一次给他派差,又是用人之时,正是显山露水的良机,平时干的都是顺趟趟儿活,谁能干,谁不能干,谁忠谁奸,很难显示出来,机会来了,一定要抓住。他想先前乏驴屡次来府上，或办正经事，或胡闹，与他个人虽无深交，亦无过节，凭感觉，那人还是讲些义气的，只要礼节周全，言语得当，好歹把他请到府中交了差，就没他什么事儿了。没想到乏驴会这么善解人意，他几乎都不敢相信，走出一段路程后，他相信了，又几乎生出感动来。他觉得两人这样冷冰冰地走路，有些过意不去，便快走几步跟上去，无话找话与乏驴攀谈。乏驴应付了他几句，想把他甩开，却甩不开，便有些不耐烦，回头对他说，七爷，你要是把我当外人，我就不跟你趟这股浑水了，你要是把我当兄弟，你就把嘴夹紧，离我远点。龚七挨了抢白，心里却温暖，暗道，这个乏驴，真是个驴性子。

两人一前一后进了马府大门，虎头早在那候着，乏驴也不客气，跟着虎头，熟门熟路来到大厅外，连日常的通报手续都免了，虎头直接掀起门帘，笑吟吟说："侠爷请进！"

正坐在案头独自沉思的泡泡，闻言立即起身迎候，嗔怪虎头说："这丫头也不早早喊一声，害得我慢待侠爷了。"随即对乏驴歉然一笑说："本该亲自去请侠爷，只是我一介女流，实在不便，还请侠爷见谅。"

乏驴双手抱拳，躬身说："二太太看在我与马爷的交情上，切莫见外。乏驴虽是游手好闲之人，却还识得一些轻重。老爷目下有些困难，我本该主动做些事情，只是不知道二太太如何打算，不敢冒昧行事，如今承蒙二太太看得起，请吩咐吧，我这腿虽然残了，还是跑得动的。"

泡泡眼圈不觉红了，她似乎才觉出马正天在人们心目中的真正分量。朋友无须多，有几个真心的，就足够了。她为她能有这样的人生际遇而自豪。马正天的大名不用说早已轰开了她整肃的闺门，只是她万万没有想到，他会与她有什么关系。正月十五晚上，马正天带人闹事时，她的病还没好利落，内忧外困，害得铁徒手几天没有好声气儿，全家上下自然也就没什么乐趣可言，她生出了讨厌这个叫马正天的人的情绪。还是没想到，仅过了几天，马正天竟然成为座上客，当然，谁进入客厅，与她丝毫没有关系，与她对谁的喜欢和讨厌丝毫没有关系，无论谁，她要做的，就是以极佳的精神面貌支应客人。更没有想到的是，那天，马正天走后，主子夫妇双双来到她房间，说

是马正天看中了她，为了她此生有一个最好的下场，他们已经答应，把她嫁给他。令她至今仍感到在做梦的是，她居然一口答应了，连必要的羞涩和婉拒都没有。直到在乡下度蜜月期间，她似乎隐隐觉出，这桩婚姻里弥散着一股浓浓的怪味。但，生米煮成熟饭了，女人家的，娘家虽好，既嫁作人妇，就不是自己的家了，夫家再不好，也是托付终身之所。近来，与这些经天纬地之士一番交道，又乍然身负大任，不觉得深闺羞涩悄然隐去，豪侠情怀冉冉入于身心，见乏驴行动舒展，言语爽朗，一时受到感染，她也抱拳一拱，慨然道："侠爷古道热肠，令小女子着实心生感动。本不该再说客气话的，却口不由心。侠爷是知道的，我久处深闺，不谙世事，危难之机，老爷又把大事托付与我，我只好请侠爷既拿主意，又援之以手了。"

乏驴笑道："早知道二太太聪明绝顶，不是在下有意要为难二太太，真的想听听高见呢。"

泡泡也笑道："那就献丑了，谁让我家摊上这档子事呢。我思得二策，说出来，请侠爷定夺。其一，劳驾侠爷连夜去郊外牢房，面见袁征三，先稳住他，保住老爷性命，免得让人先斩后奏；其二，我明日一大早去知府衙门，以亲情说动母亲和知府大人。我私下揣度，知府大人未必一定要老爷的命，但，在别的方面肯定是要做出让步的。无论做出多大让步，哪怕倾家荡产，哪怕赔上我的命，我都在所不惜。老爷赚了半辈子钱，用半辈子的积蓄换老爷的命，理所应当。不知妥当与否，还请侠爷明示。"

乏驴茶还没来得及喝一口，一跃起身，哈哈大笑说："二太太真是女中诸葛，在下这就去郊外见机行事了。"

泡泡忙说："侠爷请留步，把这个带上。"

乏驴一看虎头双手托着一只白底蓝花瓷盘，上面蹲着十锭大银，脸色立即就变了，冷言道："二太太这是干什么？"

泡泡忙说："侠爷请别误会，出去办这么大的事情，肯定是要花费的。老爷在的话，还可陪大侠喝一杯淡酒，现如今只好缺情后补了。"

乏驴正色道："在下真心认为二太太说得在理。可是，今天这银子，无论派什么用场，我绝不会接受的。以往老爷在家时，我在这里骗银子混银子赖银子,一是生活需要,二也有恶作剧的成分。可那是可以开玩笑的时候,不可开玩笑的时候我绝不开玩笑。二太太保重,在下去了。"

乏驴告辞后,泡泡一颗悬着的心放下了,晚上她就宿在马正天的书房的土炕上,虎头打横,与她脚抵脚地睡觉。她是睡不惯土炕的,乍然睡上去,身下暖烘烘的,相当舒服。要睡觉了,她让虎头把她那件棉布夹袍拿来,她脱了里外衣服,穿上夹袍钻进被窝,虎头说,二太太,睡土炕要脱光的,穿衣服睡觉不舒服。泡泡莫名其妙地脸红了,她嗔道:死丫头多嘴,难道你也有偷窥女人身子的毛病?虎头心中不服,嘴上不敢强辩,暗笑笑,倒头睡了。睡了一会儿,泡泡感到身上到处都是痒的,棉被盖严实了,热的痒,留出一些空隙,冷的痒。她辗转反侧,不能入睡。干脆躲在被窝里想一些事情也是好的。谁知一打开思维的天窗,就收不住心了,又漫无边际,如大风中的鸟儿,看似天高任鸟飞,其实是身不由己。越想越没有头绪,越没有头绪身上越痒。她索性摸索着点亮豆油灯,爬起来想看看书房有什么好玩的。这时,虎头被惊醒了,她一个骨碌爬起来,双手使劲揉眼睛,懵懵懂懂地说:啊哟,这下闯祸了。边说边手忙脚乱找自己的衣服。泡泡忍住笑说,不用忙活了,赏你一会儿懒觉睡吧。虎头胡天胡地,大礼却是不失的,她说谢过二太太恩典,我可是承受不起,哪有主子忙活丫头睡觉的道理?泡泡只好说,让你睡你就睡,刚交过夜,你急着起床相亲呀?虎头还是小孩,正贪睡的年龄,一头跌倒,刚钻进被窝,觉得不合适,又一个骨碌爬起来呆呆地望着泡泡,泡泡说,你这个死丫头,叫你睡你不睡,你看我干什么?虎头说,二太太你怎么不睡,二太太使唤的东西都在那边屋里,万一要用起来,我去拿也快捷些。再说,我担心二太太身子不舒服,老爷又不在,我再睡着了,那可怎么好?虎头一脸稚气,泡泡感到有趣,她不愿承认是她穿衣服睡热炕导致睡不着,故意逗她说,你不是问我怎么不睡吗,我告诉你吧,有一头小猪呼噜打的把狼都吓得躲进深山了,你说我睡得着吗。虎头光着上半截,下半截拥在被窝里,回环四顾,茫然道:小猪在哪呢,我去把它赶走。泡泡扑哧笑了,说睡吧睡吧,把小猪赶出去冻死了也不好。虎头这才回过神来,明白说的是自己,惶恐道:啊哟,该死,我把二太太吵了。泡泡说,脱光衣服睡觉自然就容易

282

打呼噜了，这样吧，我也脱光了睡，你打我也打，看谁吵得过谁。

泡泡毕竟心中有事，觉睡得浅。天刚蒙蒙亮，就听见外边有轻浅的脚步声停到了门口，接着传来一记轻微的敲门声。泡泡知道是丫环，她怕下人怀疑因为老爷不在，她睡得不踏实，便忍住。等敲到第三遍时，她才迷迷糊糊地问："谁呀？"

"回二太太，龚七爷说有要事求见。"

"这么早，有什么事呢。你让他先在外面候着。"

虎头睡得正香，轻忽的鼻息一缕儿一缕儿，像秋水涟漪一般散出去，泡泡不忍心叫醒她，可还是在她的屁股上轻轻踹了一脚。虎头一个骨碌爬起来，看得出，眉眼还沉浸在梦境中没有出来，泡泡说，刚睡下，你闹着要起来干活儿，该起来了，你又睡不醒，快去打开客厅，招呼客人。虎头飞快起身，眨眼间，已经把自己收拾利落了，给泡泡准备妥帖洗漱化妆用具，撒腿跑了。

泡泡知道是乏驴来了，把大事托付给这个人，她是有把握的，这么早来府上，不用说，带来的一定是利好消息。她不敢怠慢，略事梳洗，表示悦己者不在而不容，或者至亲见面家无常礼，有些面色憔悴花容失色地出来了。果然是乏驴，虎头已沏了茶，在旁边躬身伺候，龚七不敢随便进客厅，在门外迎候泡泡。乍一见泡泡这等模样，嘴脸一下子变得十分夸张，一时恢复不了常态，也忘了该说什么。泡泡有些气恼，又有些伤感，她心道，我便是灰头土脸，也不至于丑到让人惨不忍睹的地步吧。泡泡已走过身边了，龚七错了位的那根筋才回转归位，他忙说，打扰二太太，乏驴大侠有要事求见。泡泡撂一句，跨步进了客厅。看见乏驴一手端碗，嘴搭在碗边，刚要喝茶，便说："怠慢，怠慢，睡得死了，劳大侠久候。"

乏驴像龚七那样，目不转睛盯住他，搭在碗边的嘴唇仍牢牢地搭在那里，既不挪开，也不喝茶。泡泡没有气恼，心下却不由得伤感。闹了半天，任何女人都是一张薄皮，哪怕你是世间最艳丽的花儿，一场风雨过后，都要满地黄花堆积，憔悴损的了。随即又有了一层伤感，人都说我生得美丽，我也颇为自信，原来却得益于装扮之力，稍不用心，本来面目就露出了。忽而又想，自己虽算不得天生丽质，却从来是不刻意修饰的，只是嫁作他人妇后，迎来送往，得给夫君长精神，稍微比当女儿时用心些，今天只是稍显随意些，她是照过镜子的，在这些男人眼里，怎么就会变得如此恐怖呢。她羞涩一笑说："实在抱歉，人说女为悦己者容，如今悦己者身陷囹圄，又出来得仓促，披头散发迎接贵客，实在不得体。只是心急如焚，吓着大侠了，还请大侠格外谅解。"

乏驴也回过神了，他为自己刚才的失态万分懊悔，他美美喝了一口茶，赧颜道："二太太误会了，马爷不在面前，我也只好管住自己的臭嘴了。要是马爷在场，我不知道要用什么样的话夸赞二太太呢。人常说天仙下凡，那纯粹是空口说白话，要是见过二太太此时的模样，敢保把他们震得半死。"

泡泡这才明白龚七和乏驴为何会有那样的眼神了，这一来，她心里甜滋滋的，却更手足无措了，便转变话题说："我一见到大侠，便知大功告成，心里很是得意，在想：茫茫人海，老爷为何就能摊得上大侠这样的朋友呢。老爷为人侠义慷慨，与大侠惺惺相惜，也许是该当的，可小女子如我者，何德何能，叨光老爷，又叨光大侠，是否奢侈了？还有，大侠霹雳一方，为何得了这样一个名号，小女子恐怕冒犯，实在不敢叫出口，敢问高姓大名，以后称呼起来也就方便些了。"

乏驴立起身，呵呵一笑说："乏驴与马爷一个在地，一个在天，与二太太，一个是神仙，一个是鬼魅，按说天地相隔，人神殊途，是不可能走到一起的，却竟然走到一起了，只能说是缘了。至于在下的名号，完全由朋友所赐，朋友爱惜我，赠我以重礼，我当善加珍摄才是。还请二太太不要嫌名儿糙了，以二太太的金口叫出来，在下才觉出，这个名儿实在光华四射，千金不易。"

乏驴的一席话夸得泡泡心里暖洋洋的，心想听说这个乏驴是兵痞出身，又常年混迹地痞流氓伙儿中，不料想，却是一个别有情趣的人呢。她羞涩一笑，鼓足勇气说："既然大侠爱惜这个名号，又蒙格外允准，我只好斗胆直呼其名了。乏……"，才叫了一半，她感到格外夯口，怎么也叫不出来，被乏驴刚才的一番夸赞，心情好，脸上已经红云冉冉了，此时心里一急，脸色宛如三月桃花，油灯昏黄的客厅顿时霞光绚烂。她略一忸怩，立即稳住神儿，笑说:"我还是叫大侠吧。大侠者,侠之大者也,与阁下行为性情正好相符。"

乏驴呵呵一笑,不置可否,多年的铁血生涯,早让他对儿女情长不感兴趣了,事实上,他对俗世间所有的事情都已经很淡漠了,相反,他时常为人们的看不开而深感悲哀。人来到世界上本身就是一桩谬误,从脱离母体坠地的那一瞬间,就在向死亡走去,有的人只不过走得慢了一点,便自夸寿比南山寿与天齐,有的人只不过走得快了一点,便伤悼不已,觉得吃了多大的亏似的。想想看,干什么来着,人生只不过是一趟旅途,谁都是走路过客,旅途长的人多走了一截路,多受了一些风尘之苦,有什么值得夸耀的,旅途短的人,也许少看了一些风景,可也少吃了许多苦,又有什么值得悲哀的。更有可笑可怜者,以为手中有银子便福如东海了,以为头上戴了一顶官帽,便人生不朽了,为了这些无用的东西,最终落得个被自己苦心挣来的银子压死,被自己泼命挣来的官帽把头压得看不见了。阅尽人间沧桑,做人还是要做马正天这样的人,银子永远是自己的奴婢,指使它去勾引女人它不敢不去,挥手让它去为大伙儿效力,它不敢不尽全力。即便如此,他今天依然为银子所累,说起来也没什么,奴才欺主的事多了。有些主子是该受奴才欺的,因为他事实上一直在给奴才做奴才,像马正天这一类把银子不当回事的人,反被银子所欺,确实有点说不过去了。他简单地把昨夜面见袁征三的事说了说。咳,乏驴不由得再次对人世的无常感叹。当年战场上的死敌,劲敌,当年的官如今身在江湖,时常做一些让官头痛的事情,当年的匪如今却是官了,专门对付那些难以对付的匪类。这还不是最荒诞的,那地方除了知府和持有知府手令的人是进不去的,昨夜,乏驴赶到牢房,已经鸡叫二遍了,他怕夜里被火枪所伤,离老远便叫喊:乏驴请见袁征三袁大人!只叫了三声,岗楼的铁栅栏便哗然开了。一狱卒说:大侠请进,袁爷在里面候着。见了面,袁征三仍然把那张死人脸板得跟顽石相似,不等他开口,便说:坐吧,我知道你的来意了,咱们喝酒。于是,两人开怀畅饮,直到东方泛出鱼肚白。其间,两人几乎没一句话交流。酒毕,袁征三说,非常之时,非常之地,不多留了,请回吧。乏驴说,感谢袁爷美酒,等到马爷无事时,兄弟一定博取袁爷一醉。

袁征三说：好的。

关于马正天的事两人始终就这么胡子眉毛提了一句，泡泡听了，心里也胡子眉毛乱糟糟。你去了一趟，一句关键话没说，人家有用的话一句没说，连没用的话都没说几句，对老爷的安全没有做出任何承诺，你倒好像是得了大赦令一般，这让人心里怎么踏实得下来嘛。心里的话嘴上不好说出来，乏驴却懂得她的意思了，他粲然一笑说："二太太放宽心，马爷在袁爷手上，比在什么地方都安全，就是知府有心要害，也得不了手的。一大早叨扰二太太，现在没事了，在下告辞。"

泡泡是何等机敏之人，略一想，便全明白了，袁征三要是有心谋害老爷，是决不会允许乏驴进到那种紧要之地的，放他进去，本身就是尽在不言中。此时无声更有声，原来如此微妙呀，江湖人物为人行事，与我等俗人全然不同，与他们交往，省却了多少口舌，而无论言语如何滔滔，口舌多么雄辩，总是空的，不作数时，一风吹干净了，不留一些痕迹，堂皇承诺又有什么意思呢。到底还是女儿心性，心中疙瘩结得快，解得也快，她笑脸盈盈，向乏驴婉转福了一福，说："大侠恩德，马家阖府永不敢忘。过一会儿，我便去拜见知府大人。不过，当下小女子敢不敢问：等我家老爷回来后请大侠喝酒呢，还是大侠先期独自润润嗓子呢。"

"呵呵，二太太时刻不忘在下的酒事，那就讨些许酒资吧。"乏驴知道这是一桩救命人情，泡泡如果不略有表示，终究心中不安，便愉快应承了。虎头搁下怀中茶壶，快步奔出去，不一会儿便捧着五锭大银回来了，乏驴也不客气，不等泡泡说，便从虎头手中撮起两锭揣入怀里，呵呵笑着，拱手道："一个月酒资有了也！"

说完，转身如风扬长而去。

泡泡决定趁热打铁拜会铁徒手。她知道，真正掌握马正天命运的是铁徒手，关在郊外牢房的马正天除非遭仇家暗算，只要袁征三这一关把好，任谁也无法得手。铁徒手暂时还不会把马正天怎么样，他的命在他眼里一钱不值，他要的是银子。泡泡一连换了三套衣服，都觉得不满意，她每换一套，都要问虎头怎么样，虎头的回答只有一句话：二太太穿上这套衣服再好不过了。第三遍这样回答时，泡泡恼道，你这死丫头，满嘴都是再好不过，到底哪个再好不过吗？虎头说，二太太无论穿什么衣服都是再好不过的，别说这些再好不过的衣服了，就是穿上粗使丫头的衣服也是再好不过的。虎头还小，不会说话，但，泡泡已明白她的意思了，她心中甜滋滋儿的，却假意斥道：你这死丫头越来越放肆了，我怎么可以穿粗使丫头的衣服，在你眼里我是粗使丫头？虎头当真吓坏了，拖着哭腔说，二太太饶命，丫头不是这个意思，打死我，我也不敢生出这些个坏意思来的。泡泡忍住笑，追问道，不是这个意思，又是哪个意思？虎头想了想说，丫头是想说，任什么样的衣服穿在二太太身上都是再好不过的。泡泡继续寻找再好不过的衣服，手不停，嘴也不停，她说，你这丫头越来越胡说了，不好的衣服穿在我身上却是好的，这又为什么？虎头说，其实丫头也不大明白，想来想去，其中的道理就是，二太太的人生得好，衣服也跟人好了。泡泡早明白虎头的意思了，可自己明白，和别人明白说出来，感觉是大不一样的。说话间，泡泡终于找出了一件十分满意的衣服，穿在身上，悄悄瞥一眼在旁边伺候的虎头，发觉这小丫头的眼睛都直了。她碎步走到西洋穿衣镜前，抬眼看，镜子里的那个身穿湖蓝旗袍的少妇也让她眼睛直了。虎头跟了进来，她故意问：你看这身怎样？虎头说：这一身衣服穿在二太太身上，真正是再好不过了，老爷要是在跟前，不知要喜欢成什么样儿呢。

　　阳光已经洒满半间屋了，泡泡不再跟虎头闲扯，带着虎头去向马王氏请了安，把马正天的近况简单说了说，当然没有透露他的行踪，只是让马王氏、少爷小姐们放心。她说她立即要去拜见知府大人，马王氏心想，这个时候了，你还把心搁在娘家那儿，全不把自家夫君的性命当回事儿，可见半路夫妻终究是半路夫妻，总没有结发夫妻的死心塌地。她的脸色忽然沉了下来，相当严肃地说：老二，不是我多嘴，老爷临走，把大事托付于你，可见老爷对你多么看重，咱们都是女人，想念娘家没有错儿，可是要看时候，娘家再好，已经不是自己的家了，婆家再不好，也是自己的家，你是知书达理之人，这个道理就不用我多说了吧。泡泡笑道，姐姐教训得对，妹妹今天回娘家不是回娘家，因为人多嘴杂，晚上回来，妹妹自会给姐姐禀报清楚的。马王氏说，姐姐也知道，你是一个有主见的人，老爷不在，外面的事全靠你周旋了。

泡泡告辞马王氏后回到客厅，让虎头将龚七叫来，又令龚七将各路主管喊来，宣布从今日起，家中一应日常事务归龚七全权负责，龚七单独向她负责，非常时候，非常处置，有作奸犯科者，以家法严惩，一个也不饶恕。然后，带了虎头，乘坐一顶四抬暖轿，由四名家丁护送，拜会铁徒手去了。

谁都没有想到，我会考取西峰的一所末流地方学院，唯独我想到了。老师、同学，所有我认识的和认识我的人，都坚信，我会考到北京上海的名校去，顶不济也会考到省城去。他们对我的坚信毫无来由，有时候，一个人对一个人的怀疑和坚信其实都是毫无来由的。我猜想，他们对我的坚信来自于我的爷爷马登月，在那个兵荒马乱、全民文盲率在百分之九十五以上的年月，方圆百里出一个高小生、师范生都会轰动乡里的，考生家都是要举行家祭的，而他一举考取了北平名校。虽然，在以后漫长的岁月里，他除了倾家荡产抽鸦片、没完没了骂人、没完没了让人骂外，一事无成，但，他为马家赢得的声誉是永远的。因为他，他的所有儿子都变成了另类，尽管他们一个个聪明非凡，他的几个大孙子也顺理成章变成另类，尽管他们的聪明远远超过了父辈，等到身负的家族的耻辱标记不再受到重视时，他们已经过了为个人前途奔波的年龄。幸好，在我十三岁那年，马登月死了。本来，他的死活与时代的变迁毫无关系。他早都是一个与时代毫无关系的人了，是别人让他与时代有了关系的。但，阴差阳错，在他死时，那个时代也死了。所以，人都是有定数的。我们弟兄几个里面，我的脑子最差，身体最差，可我赶上了冰河解冻春风化雨的时代。人们并不懂得隔代遗传的道理，却认定我将有出息，所持的唯一理由便是：我是马登月的孙子。

我让所有的认识我和我认识的人都失望了，也让所有的认识我和我认识的人都获得了拥有先见之明的资本。因为在那个年月考上大学，哪怕是末流以外的大学，都是一件了不得的事情。我参加了恢复高考以来的第四届高考，前三届，全县共有十名考生榜上有名，我那一届稍好些，一次考走了十三名，

我是其中之一。而我所在的公社，我是第一个通过高考改变了人生命运的得意少年。在等待录取通知书的那段时间里，我时刻处在兴奋和苦恼中。我依然不愿意回到父亲身边，我住在爷爷住过的那座土庄院里。偌大的院落，幽深的土窑洞，白天黑夜只有我一个人。爷爷奶奶分居时砌起来的院墙还原封未动地将一座土庄院一分为二，我不断地想起爷爷奶奶在世的日子，他们之间歇斯底里的互相咒骂，如今都变成了亲切和温暖的回忆，留给我的只有永恒的空旷。在那段时间里，我接待过三十六名上门提亲的人，有的是委托媒人，有的是亲自上门的。他们要把他们可爱的女儿许配于我。本来，这些事情是轮不着我管的，他们只需要与我父亲达成一致意见就可以了，几位兄长的婚姻都是这样解决的，无论他们同意与否。可在我这里，父亲却一律对来人说：娃娃大了，他的事情他看着办。那些人只好直接与我交涉了。那时候，实话实说，我对女人是有感觉的，很多次在梦中与不同的女人做那些令人羞耻而愉悦的事情，也曾经梦遗过好多次，我毕竟是十六岁的小伙子了嘛。但真的到了谈婚论嫁时，我的心里像撂荒的庄稼地，野草疯长，鸟雀乱飞。对所有人，无论他们说什么，无论他们的女儿我见过还是没见过，我只有斩钉截铁一句话："不可能！"

"人家娃成气候了嘛，牛皮大的把天装进去都填不满了，哪能看得上咱们的人呢。"从我那里铩羽而归的人都这样说，四邻八乡的人都这样说。

从此，我知道了，从人嘴里说出来的话与实际差距有多么的大，哪怕天底下所有的人都认定了同一件事情，也并不能就此断定，那件事情就是这样的。事实情况是，我当时毫无定亲之念，无论对方是谁。好在我和几位订了娃娃亲的同学还是有区别的，他们考上大学后，把亲事退了，终生背上了陈世美的恶名。我只不过是牛皮大了些惹人讨厌而已。

懂得我心的是叶儿干妈和哈娃。我不知道叶儿干妈那时有多大年龄了，人在青春期时，眼中的世界其实是变了形的，昂扬冒进的生命力，有可能造成对自己的无限放大，同时，在自己青春光华的照耀下，也许一个还处在青春衰退期的人，在自己眼里已经老迈不堪了。自我生命的亮丽导致了自我认识的迷茫，正如视力再好的人，当你仰望头顶灿烂的太阳时，看到的仍然是混沌。回头仔细推算，叶儿干妈当时肯定没有四十岁，在当下那些喜欢自我欺骗的时髦女性眼里，还是可以自称女生的年龄。然而，那时候，在我的认识中，她已经是一位昏惨惨日暮途穷的老女人了。自从五年前的那个秋天，她咬断年干部的舌头后，我没有看见她与哪个男人有过亲密接触，关于她的消息，正面评价当然是很少的，绯闻之类的也已经很少了。在爷爷去世的前一年，我看见过爷爷睡觉时穿的用碎布片连缀起来的兜兜儿，我一眼便可判断出，那绝对是叶儿干妈的手艺。图案的精致，色泽的搭配，针脚的细密，一切都是那样的美轮美奂，除了叶儿干妈，整个员外村，没有一个女人可以做出这样的针线活儿。兜兜儿，要从功用说，相当于现在人们常穿的贴身背心，前护心腹，后护腰背。但，它同时是一件带有暧昧色彩的饰品。小孩身穿兜兜儿，除了养护身体外，还可体现母亲的锦心绣手，大男人穿兜兜儿，讲究就多了，青年男子如果贴身穿着红兜兜儿，多半是新媳妇对新丈夫的格外关爱，如果是另外一个女人给另外一个男人缝制的，那一定是一桩私密爱情的见证了。爷爷在晚景凄凉时，与叶儿干妈重续旧情，我不知道是谁主动的，这已经无关紧要了，紧要的是，暮年的爷爷有一件兜兜儿温暖着他苍老的身体。在爷爷死后的四年间，员外村的变化让人瞠目结舌，最明显的是人们敢说话了，以前只有爷爷才敢说的话，现在谁都敢说了。人们说，员外村的女人如果都像叶儿，年干部那种狗日的，有多少舌头都得喂了野狗。爷爷死后，有人要给叶儿干妈张罗一个上门女婿，叶儿干妈惨然一笑，什么话也没说。当我拒绝了一个又一个上门提亲的人以后，满庄子的人都在骂我，最常用的一句话便是：还没有走出去呢，就忘了自己是谁了。我诚惶诚恐，几乎要做出决定，答应下一个上门提亲的人，无论是谁。这时，叶儿干妈来到了我独居的爷爷独居过多年的窑洞，她手里托着一个红绸小包袱，她塞到我的手里，说：娃，拿着，干妈没有啥送你。我双手接过包袱，要打开时，她说，等干妈走了，你再打开。从我记事起，叶儿干妈在我的心目中，既是长辈，更多的是朋友。我有些恶作剧地打开了包袱。我看见她的脸刷的红透了。包袱里面是一只做工精巧的兜兜儿。我数了一下，是用九十九片不同布料的碎片连缀而成的，我的脸刷的红了。叶儿干妈为何脸红，我当然知道，她赠

290

我兜兜儿，绝不是表达爱情，我还没有荒唐到这种程度。那么，我又是为何脸红，至今我也想不出来可以说服自己的理由，我居然想起了十岁那年做的那个与叶儿干妈有关的梦。叶儿干妈说，娃，你马上就是洋学生了，干妈给你送这种土东西，你不要笑话了。我说，干妈，我会穿上兜兜去学校的。我发觉，我的眼眶湿了，我看见，叶儿干妈的眼眶也湿了。她说，娃，这几天，是不是有人在给你说媳妇，我说是的，好多呢。她说，娃，你是什么打算，我说，我不知道。她说，娃，要走，就走利索，拖泥带水的事情，千万不敢做的。那一刻，我心明眼亮，我说，干妈，我知道了。她说，娃，听干妈一句话，离杏娃媳妇远点儿，她可能要找你呢，你还是个娃娃。说这话时，叶儿干妈刚才红过的脸又刷的红了，我的脸也刷的又红了。她说这话时，我与杏娃媳妇秧歌的事情还没有发生，我只是在路上碰见过她几次，每一次她都说，蛋蛋，你为啥叫这么寒碜的名字，老嫂子给你起一个好听的名字，行不？我只搭理过她一次，我说，你才比我大了两岁，就给我当老嫂子？她说，哪里大两岁，整整大一圈儿呢。这话我听得懂，我就不再搭理她了。但，她搭理我。老远看见我，她便把她胸前的那一对儿活物，抖擞得扑噜乱飞，我努力把眼睛瞥向一边，结果倒成了努力朝那里看。我痛恨我的没出息。我以为叶儿干妈说的是这事呢，就岔开话头说，干妈，哈娃在干啥，我想去找他说说。她的眼泪唰地喷涌而出，她抽噎道，娃，你已经尽心了，各人有各人的命，随他去吧。我说，我再说说看，兴许还有希望。她擦了眼泪，摇摇头说，他不在的，去他师傅家了，说是这个假期不回来了。叶儿干妈一脸凄楚，我不知道该怎样安慰她。哈娃不愿意上学了，他要当兵去。他拜了一个武术师傅，他要把身体练强壮了，秋季征兵他就要报名的。

在爷爷死后的第三年，那个秋天的一个星期天，我正好在家，村里突然来了五个外地人，三男两女，一个风韵袭人的中年妇女，一个花容月貌的妙龄少女，一个浓眉大眼的小伙子，另两个，都是中年男人。我听得出是东北口音，因为我的一个老师是东北人。他们找赵五能。有人将这拨人带进了饲养场，中年妇女和男女青年一见赵五能，顾不得他的一身尘埃，扑上去抱头大哭。男女青年竟然是赵五能的儿女，他们是一家人。等哭够了，一个中年男人从怀里掏出一张盖有公章的纸，当众宣读了一遍。原来是关于赵五能的平反决定。我当时被惊得屁滚尿流，这个拐里拐拉喂牲口的人，居然曾经是东北一个城市的副市长，在东北和朝鲜都受过重伤，立过军功的。我看了一眼赵五能，他也正好把目光投了过来，我忙低下头，不由自主又把目光向他投去，他向我招招手，我心里不想过去，双脚却向他迈去了。他一手按了我的头顶，轻声说：娃，你已经长大了，再不敢胡闹了。你是一个聪明娃，好好读书。我无言以对，只是点点头。他微微一笑说，你怎么不叫我一声大大？我嘴唇动了动，终于没有叫出来。我不是那种顺风而呼逆风避易的墙头草，我无法改变我自己。他一手摩挲我的头顶，轻声说：不愿叫也罢。娃，你是一个有主张的男人，认准了的事情就去做。村里老老少少几乎都涌来了，赵五能面无表情，只和叶儿干妈悄声说了几句话，当天，便随这一拨人走了。

　　不说这些婆婆妈妈的事了。

　　我说过，我对我将在西峰上学，落脚于西峰，是有预感的，只是没有预感到，我会在西峰生活十八年，把青春年华都撂在老祖先辉煌过、落魄过的地方。我不知道是老祖先欠我的，还是我欠老祖先的，或者，究竟是马家欠西峰的，还是西峰欠马家的，反正我把青春年华全撂到西峰了。当我于三十四岁那年，举家逃离西峰，出了那个天高地阔的地界，回头张望时，我发觉我已千疮百孔体无完肤。这个时候，我几乎一下子明白了，当年虽然盐业经营遭受剧创，仍然拥有数千亩平原肥田沃土的马正天，为何会毅然离开家园，隐居于那个与世隔绝的员外村了。我也由此知道了，我的爷爷马登月身为一个时代相当稀缺的人才，为何甘于堕落，为何如此心灰意冷，把自己完全置于无所作为的境地。哀莫大于心死，痛莫过于伤情，看透世情冷透心，识破人心惊破胆，我们都是被人剁碎了心的人。

　　离开西峰后，忍不住时常回头看西峰，看自己走过的路，看曾经与自己有关的人。在一个夜晚，我突然发现，我已经患上了家族心灰意冷病，病势来得如此汹涌，一下子将我全部笼罩了。我变得对任何事情都不感兴趣，财

富,社会地位,名利,他人的评价,还有女人,还有外界的一切事物,外界的一切人。我只想关紧房门读书,我一直嫌房门关不大紧,我不想让一丝风,一丝细小的声音传进来。我读书也没什么明确的目标,不为了人人都为之折腰献身的职称,或者学而优则仕之类,对此生存的必须头衔不上心倒还罢了,要命的是,别说让我去卑辞下礼申请,去蝇营狗苟走门子了,我听见这些名号,心里泛起的竟然是恶心,因为我太熟悉其中的猫腻了。对于有些我看着他们的脚步迈上这个台阶的人来说,一顶顶本该光华四射的头衔,除了能够证明谁比谁更无耻,更无聊,更无赖,离学问更远,丧德行更彻底,头衔本该证明的东西,一样也证明不了。一切原本高尚高贵的东西,都被人用裤带当皮鞭,毫不通融的,一一赶到了它们的反面。我的闭门苦读,甚至也不为了求知,只觉得世上还有那么多的书都没有读过,写书的人辛苦写出来了,我却不去读,这实在是一种天大的辜负行为。我没黑没明地读书,古今中外,经史子集,见书就读,读着不过瘾,又抄,抄了一本又一本,抄着还不过瘾,便背诵,我的天生的良好的记忆力让我颇为自得,几年下来,我已经可以背诵好多文字了。如果说,读书对我来说,还多少有点功利目的的话,那么,就只剩下借助文字怀恋别人用文字虚构出来的世界了。在读书的间隙,我也常出去走走,天南海北,漫无目标,我不是在寻找俗人眼中的所谓风景,我在给我的心灵寻找安放地。我去过许多高山大漠,去过许多寺院道观,可是,我沮丧地发现,原来的远离红尘之地,如今红尘更其扰攘,这世界,连珠穆朗玛峰都在呼吁环保了。还有哪里是我的寄居之地呢?我掐了电话,断绝了一切与外界交通的渠道,可是,我仍然身处红尘,无可逃避。那段时间,我最怕的是听见敲门声,铁门在咔咔作响,我的心像一面破锣,也在咔咔作响,发出一堆破碎音。有时候,我也会受古往今来仁人志士的鼓舞,偶尔心里生出些许济世之念,想竭尽绵薄改良世道人心,想为他人做些力所能及的事情,可是,当我以一颗坦诚之心面对世界时,世界却为我的脚下早已准备了一口又一口陷阱,当我撅起屁股,一门心思真诚地为他人推车爬坡时,我帮助的那个人却溜到我的身后,将打造得如同金兵手中的狼牙棒一般的阳具插进了我的肛肠深处,还要左右上下狠狠搅和几个来回,看见脓血淋漓,一派脏污,看见我在痛苦地屈辱地婉转号叫着，他却笑嘻嘻地把脸抵住我的脸，无比亲切地问我：受活不受活呀，再来一次好不好？

我们家族的上几代男人，都是在不惑之年以后才心灰意冷的，而我在三十四岁那年，就一心要弃绝红尘，这实在是我没有想到，也无法克服的事情。世界对我来说，只是我活着的地方，我对世界来说，只是有一个马家的后人在某个地方活着。这个世界与我无关，我与这个世界仅存这么一点微薄的关系。

我对这个世界彻底闭上了眼睛，闭上了嘴巴，许多人夸赞我脾气好，涵养好，大度能容天下难容之人，呵呵，您让我干什么好呢，这个世界连值得去骂，去生气的人和事都没有了，连值得抽耳光的脸都没有了，您让我干什么好呢。灯下自省，我认为在到处藏龙卧虎或藏污纳垢的世界，我的材质仅及中中，我没什么能耐，更不敢存什么野心，但我却算得上一个典范的好人。长大成人后，我没有对任何人生过哪怕一闪而逝的坏心眼儿，我对人心里从来不存恶意，我没害过任何一个人，哪怕是多么严重地害过我的人，我没占过任何人的便宜，公共的、私人的，上天作证，我没有！我从心底深处，愿意与任何人，任何生命和平共处，包括五畜六禽，包括豺狼虎豹，包括丧家的断了脊梁的癞皮狗。我知道这个世界是包容的，圣人贤达有他们存在的理由，小人走狗同样有他们存在的理由，而他们的存在是互为前提的。我能够被允许行走在这个世界上，已经是天恩浩荡了，我又有什么理由厌憎别的生命呢。在这个世界上，我唯一贪婪，还在继续贪婪，也许还会一如既往贪婪下去的，只有书本和香烟。书是我掏钱买的，买的都是正版的、有益于世道人心的书，盗版书虽然便宜，很适合我这类穷读书人，但我从来都是不屑一顾，我知道买盗版书会损害原著者和原出版者的利益，我读书仅仅是为了读书而读书，并没有与谁争长论短的意思。也许您已经发现了，在读过三本书以上的人那里，我从来都装作自己一无所知，最多只是认得自己的名字罢了，对浅薄得让人汗出如浆而却以满腹经纶自高的人，咱仍然会不露破绽地表示出高山仰止景行行止的样子，满足人家的虚荣，对人家一不留神在一句短语里冒出来的两个以上的白字儿，咱充耳不闻，依旧保持着五体投地的敬畏神

294

态，我真心在以自己微薄之力抬举任何一个死爱面子但又无力给自己挣来脸面的人。这，还不够吗？香烟是我掏钱买的，在不允许抽烟的地方，我哪怕烟瘾发作而死，都会忍耐的。我把对个人的自律做到了极致。可是，在我的生命历程中，居然还有那么一些让我不止一次高山仰止过敬畏过的高人雅士，好像与我有着三世仇似的，挖空心思非要扒了我的裤子察看我的肛门上有没有屎，如果没有，则不惜降尊纡贵，把手伸进肚肠深处，掏出屎来，以此证明自己的冰清玉洁疾恶如仇，证明我肚子里面正如他所料确实是肮脏的。

为什么受伤的总是我，为什么伤着的总是我的心？我招谁惹谁了？日他妈，我招谁惹谁了！

当然，也有更多的人喜欢我，有缘有故地喜欢我，无缘无故地喜欢我。这是我活着，并且愿意继续活下去的理由。而且，我惊讶地发现，那些喜欢我的人，大抵都是有脸面的人，他们的脸面都是靠自己的实力挣来的，并不需要我的甘拜下风为他们长脸，与他们交往，我说我该说的话，做我该做的事，并不需要如履薄冰如临深渊的谨小慎微。他们的脸面使得他们拥有了允许别人活着，从而使自己活得更好的见识和教养。一个喜欢我的人，一个愿意与我，与他人，与所有生命和平共处的人，就是一颗小太阳，阳光从这里不断射进来，我心田中的阴影被不断驱散，我的生活的常态不断被恢复。这，让我感到温暖，让我时常生出感恩的心和济世的志来。我还需要特别声明，我没有说，凡是喜欢我的人就是好人，不喜欢我的人就是坏人，不是的，我没有您想象的那样浅薄，更不敢心存丝毫的霸道，有些喜欢我的人并不一定是好人，有些不喜欢我的人并不一定是坏人。您比我知道得多，这个问题很复杂，牵扯到人的问题的，没有不复杂的。我只是说，对任何人，不要先在心里存了恶意，再用眼睛去看他，对任何人，先要在内心认可他有活着的权利，再去评判他活着的价值。

呵呵，说这些干什么呢。我在西峰生活了十八年，西峰的所有土话我大体都是会说的，有一句土话我牢牢记在心里，在许多时候，这句话几乎成了对我最有力量的安慰。这句话是：

蒸的白馍还是黑馍，揭开蒸笼不就知道了？

我对西峰的留恋，说到底，还是因为我曾在这里探究过家族秘密，而且，也真的发现了一些蛛丝马迹。学院食堂的大师傅帮我介绍了几位西峰的老者，他们是马家衰落时代的见证者，遗憾的是，许多重要的事件他们只是听说，而非目击。只不过，他们毕竟与那个时代等距离，即便是听说，言语间也充满了现场感。他们共同描述了泡泡于那天早晨乘轿去拜会铁徒手的情景。

西峰这个鬼地方，说好好得不得了，说糟也相当糟糕。时近残春了，一早一晚仍然很冷，不是冬天的那种暴冷，而是渗入骨髓的阴冷，有太阳时，屋外春光明媚，几乎要算得上炎热了，屋里却寒意袭人。后来，我描述许多与此近似的情形时，无论是对天气，还是对人生的一种凉飕飕的况味，一个不甚文雅的词语总会脱口而出：阴囊紧缩。西峰的春天就是这样一个让人阴囊紧缩的季节。在若干年前的那个春天的那个早晨，日上三竿时，泡泡一行出了马府大门。四名轿夫都是一身白洋布衣裤，腰里各扎一条红布带，头上缠着红头巾，红顶绿帘暖轿，随着他们的脚步颤颤悠悠，颤颤悠悠，虽然看不见里面的人，但有阅历的人一眼会看出，坐轿子的人，神态是如何的安闲，身形是如何的曼妙。轿子两旁各有一个丫环，一人手中捧着一只小巧香炉，一人手持一支白色牛尾拂麈，两个家丁手持长矛，矛头直刺刺向前，另两个家丁各执一把朴刀，紧随于后。轿子穿过大街时，在街中心行走的人哗地闪避两旁，与本来在街边的人汇合后，纷纷驻足观看。

"哟，一定是马正天的小老婆！"

"快看，那轿子就像船在水上漂，不是人家，谁还能把轿子坐出这种软闪闪的样儿来？"

"那女人和知府名为父女，实际早都明铺暗盖了。这下好了，把马家的银子席卷了，再回去快活，一本万利的买卖！"

"就是，听说那女人漂亮极了，漂亮女人就是官碾子，谁在上面碾米都行的，闲不住的。"

"唉，马正天也着实可怜，聪明一世，糊涂一时，到终了，还是栽在女人手上了。"

"就是，把他整进牢房了，人家风风光光回娘家了。"

"老天爷说到底还是公平的，哪儿来，哪儿去，马正天管不住自己的毬头子，结果真的碰死在自己的毬头子上了。"

"嘻嘻嘻，树倒猢狲散！"

"哈哈哈，墙倒众人推！"

人们七嘴八舌，窃窃私语，声音虽然很小，还是一声声透过轿帘，钻入泡泡耳朵里。她感到愤怒，却愤怒不起来，她感到悲哀，却不知道该为谁悲哀。马正天做过那么多对大家有益的事情，为了穷兄弟的生计，不惜放弃自己的利益，甘冒杀头灭族风险，挑头冒犯官府，如今刚遭难，结局还未定，受过他恩惠的人却在盼着看他的房塌屋漏雨呢。天色甚好，有轿子的隔挡，阳光晒不着人，却把浓浓的暖意尽情地送进来，轿子里暖出醉意了，泡泡却禁不住连连寒战。在这一刻，她真正明白了，在这个时候，作为马正天的女人，在接下来要走的路上会出现多少风谲云诡。在知府衙门前下了轿子，在附近围观的人们才第一次真正看到了泡泡的真面目，她一露头，只听人群中呀的一片惊叫，接下来却鸦雀无声，等到她双脚已迈进大门了，人们才陆续叫出声来，家丁和轿夫挡住了视线，看得真切的其实只有靠近的几个人，稍远处的人只看见一波蔚蓝的湖水一漾，再后来，就只能在人缝的忽隐忽现中，各自尽猜想之能了。

泡泡回府，一大早都由下人通报过了，马正天昨夜给铁徒手说过，他把一应事务都交由泡泡全权处理了。铁徒手听了，初则一喜，既则一忧。泡泡这么快就掌握了马家大政，可见这丫头身手何等不凡，而他一手策划的这招套马计又是何等的雷霆万钧。将马正天押送走后，夜深人静，他突然觉出了不妙：马正天是何等样的人，无论多么好色，也不会把巨大家业轻易拱手送人，何况，他托付的并非知根知底的世交，而是一个刚从对手那里过来的并与对手为至亲的女人。那么，只有一种可能，那就是，泡泡人为马正天的人，心也交给马正天了。这让他心里打鼓一夜，直到日出东方。到后半夜，他几次爬起来研墨命笔，准备给袁征三下手令，及早下手秘密处决马正天。泡泡既然已经手握马家权柄，又断了她的后路，马家的财产他分文不取，全部充实国库，泡泡丧夫回归娘家，还是自己的人。

终究还是文人心性，面软心软，三番五次提笔下令，三番五次掷笔长叹：谋人财，夺人妻，虎狼心肠，禽兽作为，眼下倒是快意恩仇了，难道后半生一直要生活在良心的煎熬中么？马登月后来不停地给我唠叨，什么内圣外王之道，说这是什么什么圣贤的最高理想，可是，圣与王是天生冲突的，成就王霸之业，必然会损伤圣人之道，而心怀圣人仁爱，所谓王霸之业，只是镜中月水中花式的空想。他感叹说，铁徒手其实是真正的圣人之徒，心里好不容易生出一条王霸计策，却过不了良心这一关。呼儿嗨哟，良心这个鬼东西，它从来都是一柄双刃剑，人人都讲良心，这世界早就实现大同了，作为对手就不一样了，失败者永远是有良心的人。可是，话又说回来了，没有良心的人在有些时候有可能战胜有些人，但不可能在所有时候战胜所有人，尤其不能战胜自己，而唯一可以拯救自己的，仍然是良心。就拿铁徒手和你老太爷来说吧，那一次，他要是昧了良心，一定要灭了你老太爷，灭了马家，说实话，就是有十个袁征三，一百个乏驴顶在那里，也不济事，没听说过，几个江湖好汉能抗得住朝廷大军，可是，临到下手时，他动了良心，手软了。

就是这一次的良心萌动，救了他全家的命。也就过了十年吧，朝廷垮台了，改朝换代了，铁徒手全家被革命党拿住，要绑赴刑场满门抄斩的，在大门未被冲开前，铁徒手听说领头人是乏驴，情急智生，从书房找出当年乏驴留下的那张画了一头驴子的画儿，问乌兰要了一根缝衣针，钉在胸前。此时，家人已乱作一团，麻壮鹰率领衙役死死顶住大门，眼看已支持不住，铁徒手断然喝令："朋友来访，拒之门外，是何道理？开门迎客！"

麻壮鹰看知府大人神情坚毅，大有志士赴国难之慷慨，便下令开门。革命党像洪水一样涌了进来，只见一个头戴官帽身穿官衣的人款款立于当院，想一定是铁徒手了。领头人见他胸前挂有乏驴的招牌，也不敢造次，命令士兵对铁府上下好生对待，不可动粗，等候发落。铁徒手走在前面，乌兰与公子小姐丫环仆役紧随其后，麻壮鹰和被缴械的衙役双手用绳子串在一起，一路押送到南门演兵场。演兵场人头攒动，口号声，喧哗声，哭号声，声震九天。押解士兵喊出一条通道，人们一下安静了：今天的主角到了。铁徒手进

到刑场中心，立即傻眼了，现场已是尸体山积，血流没脚。家人仆役当场吓得簌簌筛糠，见过一些阵势的麻壮鹰也不由得心惊骨头麻。乏驴、袁征三、黑娃端坐主席台，威风八面。一群人高喊："跪下，跪下，狗官跪下！"

此时的铁徒手却稳住神了，他昂然而立，抬手捋一把胡须，眼望高天，侃侃言道："江山鼎革，实乃古来寻常故事。汤武革命，逆取而顺守，造就千古佳话。而今，诸位江湖义士改天换地，铁某佩服，但，不分青红皂白，滥杀无辜，以血腥恐怖威慑世人，铁某乃一文弱书生，虽心为之惊，胆为之寒，却鄙夷诸位人格操守。另者，诸位既然举义革命，窃以为，无论主张如何，总是要以公平正义为号召的，哪怕仅仅是用来做遮羞布的。然而不然，诸位口口声声呼铁某为狗官，请问：公平何在，正义何在，良心何在？铁某主政陇东二十年，举措失当之处在所多有，可没贪一文钱，没滥杀一人，铁某身家性命尽在诸位掌握，悉听尊便，但授首就戮之前，有一个不情之请：所谓狗官之论，请当众出示证据，如无证据，请尊人尊己！"

说完，铁徒手双手背挽，挺胸抬头，完全是一副视死如归的派头。乏驴等人心下震撼，面面相觑。乏驴也看见铁徒手胸前那张图案了，想起先前作为，再看现场惨状，一时，竟不知如何收场。他们聚头嘀咕了一会儿，乏驴起身宣布："铁徒手一案，事关重大，理当慎重对待，其他一干人犯，也暂缓执行。现暂押陇东革命军都督府，案由查清后，再行发落！"

那些已经被推上断头台命悬一线的老少男女，乍然峰回路转，举家抱头大哭，乏驴等人脸生愧怍之色。随即，在这些人交了若干罚金后，都释放了。

在被羁押的日子里，泡泡指使龚七出面，联络西峰士绅，联名给铁徒手求情，不但一门良贱毫发未损，家产分文不少，马家派人一直把他们全家护送到西安，然后，由南方会馆派人护送，安全回归南方老家。在去西安的路上，铁徒手将那幅驴画钉在轿帘上，碰上几次强人劫道，还未冲到跟前，只听一声呼哨响起，便哗的退走了。

你听听，人世间的事情复杂着呢，你这个瓜毯娃，不知道学个好，整天上树爬墙的，什么时候好歹懂得一点人事呀。那时候，我太小了，对于我，世界的全部就是把肚子吃饱衣服穿暖和，任何人都不要限制我玩耍。后来，我感到此生最大的遗憾便是余生也晚，或者马登月其死也早，别说在我二十岁以后了，就是在年满十五时，给我讲这些人世典故，我一定会从中受益无穷的。当然，我不会拿着祖先用生死荣辱换来的人生经验去为自己达则兼济穷则独善的，我只是想拷问人的命运到底是前定的还是人为，抑或本身就是瞎子骑瞎马，走哪算哪？也许，真的要相信西方哪个鸟人说的那句鸟话：人类一思考，上帝就发笑？去他娘的，反正一旦生而为人，活起人来，没有不难的。你浑浑噩噩吧，人说你是行尸走肉，形同狗彘，你要是想得多一点吧，人又说你这是天下本无事，庸人自扰之，你随遇而安心静自然凉吧，人说你不求进取，胸无大志，你有所作为吧，人又会说，生不带来，死不带去，何苦来着，如此等等。嘴是扁的，舌头是软的，人的嘴可以嚼烂坚硬的五谷杂粮，可以嚼碎没有煮烂的带血的夹生肉，可以把藏在骨头里面的髓汲出来，还可以用一片软闪闪的舌头把一个任他有多么强大的人压扁，压死，研为齑粉。嘿嘿，生而为人，真不知该说什么好了，该怎么做好了。

　　在那个春天的那一个早上，我家老太太泡泡就是在人们尖利的牙缝中忐忑而过。一宿未眠的铁徒手等了她一个晚上和半个早上了。听说泡泡终于到了，他精神为之一振，一步跨出书房后，头顶春阳一照，非但没有使他的脑子更热，相反，却冷静了些。听响动，泡泡去了乌兰房间。这是普通人家女儿回娘家的礼节。听乌兰一连声说：别磕了，别磕了。他知道这是嫁出去的女儿回娘家拜见母亲的礼节。接着，是乌兰的哭声，她哭女儿的时运不济，她哭天不公地不道。他听见泡泡陪着乌兰唏嘘了一会儿，便听见她破涕为笑了，她阳光灿烂地说：母亲大人，千万不要为女儿的事劳神伤心，女儿虽是女流，从小受父母熏陶，天大的事也担当得起的。一阵凉意像一片湿尿布，贴上了铁徒手的心口，听见泡泡说要去拜见父亲大人，他一个倒退三大步，返回书房，端坐案头，扯过一份公文，铺在面前。

　　乌兰没有跟来，只有泡泡和虎头来了。泡泡进得门来，铁徒手脑子正在高速运转，他想泡泡要是磕头，他该劝她别磕，还是像别的父亲那样安享这份尊荣呢。接着，他便明白了，他想得太多了。泡泡碎步跨进书房，僵硬硬一个万福，口称："民妇马孛儿只斤氏拜见知府大人。"

"马孛儿只斤氏？"铁徒手一个愣怔，她在说什么？哦，对了，泡泡原是蒙古孛儿只斤氏，没落已久的贵族后裔。他早把她的出身忘了，他只记得他给她起的名字。看见她的行礼，听见她的自称，铁徒手一下子气血两亏，在这一刻，他完全明白了：那个名叫泡泡的可爱的女孩永远与自己无缘了。也在这一刻，他决定在不十分为难她的前提下有条件地成全她。他说："哦，马……马孛儿只斤氏，你有何事，请坐下说吧。"

"在大人面前，民妇哪敢放肆。民妇此来，不为他事，只因夫君马正天触犯国法，如果已被处死，求大人开恩，民妇领回尸首，如果活着，民妇求见一面。"

"哪有那么严重，给你明说吧：罪不为不重，却罪不至死，罪不为不轻，却不可放纵。"铁徒手字斟句酌说。

"那么，请问大人：如何可以开脱？"铁徒手模棱两可的话给泡泡吃了一颗定心丸：马正天可以保命了，但，保命是有条件的。她早已准备好了：不惜一切代价。

铁徒手说："马正天的问题涉及四方八面，尤其牵扯上了洋人。按说，给他来一个满门抄斩，都可找出百条千条理由来的。可是，念他是一方豪绅，也为地方做过许多好事善事，因此，本官不惜法外容情，多方说项，意在开脱。至于如何处置，目下并未确定，总的原则是，死罪可免，活罪难饶，要饶活罪，不义家财难保。"

"大人，民妇愚昧，不省得国家法度，便只好与大人说大俗话了：多少银子可以替马正天赎罪？"

"大概……大概……总得十万两吧。"铁徒手向来耻于谈钱，身为地方长官，又为钱所困，终于咬牙做了这么一件他从内心认为是再也下作不过的事情，眼看到了见着银子的最后关头了，他却羞于启齿，挣扎着亮出了底牌。泡泡抬头看去，他已经累得满头大汗。她不觉一个浅笑，随即，便端严了神色说："可以。什么时候交银子，领人？"

铁徒手抬手擦一把汗，也端严了神色说："交银子越快越好，领人越慢越好。"

泡泡立即明白了他的意思,她不假思索说:"民妇揣想,大人恐怕是不愿授人以柄吧。那好,银子明日交割,一个月后的今日放人。可是,民妇斗胆提醒大人一句:我家夫君必须毫发无损,如其不然,民妇情愿倾家荡产打制棺材。"

泡泡说这话时,完全不是一个女人的口气,更不是两个多月前那个鸟语花香的纯情少女了,她的口气比春天西峰的房间里还要阴冷。铁徒手心中明白,泡泡不是在说大话,狠话,马家几代人盘根错节,砍去树枝容易,根却不是一锹两锹就可刨得了的。

"好,就这样吧。"不等铁徒手话音落下,泡泡随意福了一福,扭头扬长而去,铁徒手一屁股跌坐在太师椅里,好半天喘气不匀。先前的软语哝哝,仍旧余音绕梁,忽然间,化为唇枪舌剑,先前的红袖冉冉,仍旧赏心悦目,忽然间,化为巾帼战袍。抬眼望,斯人远去,空余一地落红。他惨然一笑,随口吟出一阙词儿来:

  孤馆愁怵,漏下宵除尽。淡淡烟光,疏影竹影中,鬼语唧哝。久作了昏沉沉,断肠人梦。多管是受凄凉,苦海儿满,泉路儿不通,但见那靠云屏,残灯欲灭,隔纱窗,斜月不明。我这里觅声音,总掀帘栊,他那里立空庭,露冷星寒,泪眼相迎。回首浮生,回首浮生,枉害了春花秋雨悲欢病,枉害了春花秋雨悲欢病。

铁徒手独自伤悲了一会儿,心中颇不是滋味,他想,他与泡泡主仆一场,知己一场,他是不忍心泡泡终身为奴才将她下嫁于人的,其中,虽颇多功利目的,还不至于因此情断义绝吧。将心比心,他处世难,泡泡也难,都有一个由事不由人的不得已在的。于是,他的心绪又好了些,我见青山多妩媚,料青山见我亦如是,他想,泡泡此时一定与他是同样的一腔幽怨,无由诉说。于是,他便代她一吐情怀了。他以泡泡的口吻吟道:

夜深也，月凉凉，凄风阵阵，旧路儿还认得柳影墙根。我须索侧身儿，把重门闪进。满庭中梧飘落叶，苔冷苍痕。见萧郎掩纱窗，病在床头，倚枕频咳，一点灯昏。他为我竟作了断肠人。怎奈我秋林下，鬼语啾啾苦墓门。苦坏了此时心，苦坏了此时心。愿郎君早寻个山无穷水无尽，愿郎君早寻个山无穷水无尽。

事情的进展出人意料的顺利，我家辉煌百年的一刻来临了。在我还小时，马登月反复给我说，我家老太太为了买马正天的命，耗费了五马车的银子。后来，我问过许多年龄比马登月大的人，他们离已逝的时间更近一些，而且，他们许多人的说法大致接近，于是，我便以人都这样说，事情就是这样的，或者少数服从多数，一定要相信群众的这些原理，采信了多数人的说法，否决了马登月的观点。尽管他是我的爷爷。我爱我的爷爷，但，我更爱真理。我在大义灭亲，相信别人，否定爷爷时，思维其实是相当明晰的，我知道，真理这玩意，有时候还真是掌握在少数人手中，你不服都不行的。苍蝇蚊子成群结队，是因为其力量弱小，虎豹豺狼独往独来，是因为有我就足够了。当然，世间事很复杂，我们必须一事一议，切莫非此即彼，凡是敌人反对的，我们就拥护，凡是敌人拥护的，我们就反对，话说得满一点，没有关系，任何话不就是话嘛，真理也不过是一些话的堆积嘛，不过，具体做事时，切不可绝对，绝对害人，也害自己。我相信别人，摒弃马登月的说法，是因为以我的性情爱好出发，别人说得更有趣儿。当然，还有一个重要的前提：他们说的都是十万两银子，只是运输形式不同罢了。这很重要，十万两银子是这条资讯的核心价值，如果在这方面有任何争议，使用这条资讯时都要慎之又慎的。我们都是严谨生活，严谨求真的人。难道不是吗？

西峰的老人说，那个名叫泡泡的漂亮女人，挥手就是十万两银子，买回了马正天的一条命。交割银子那天，马家共雇用了一百名挑夫，每名挑夫都是一身葱白府绸衫裤，腰里、头顶缠一条红绸带，这些都是马家统一提供的。一百人排成一字长蛇队伍，走在最前面的是锣鼓秧歌队。秧歌是陇东地区特有的大秧歌，长袖如风，婀娜如柳，锣鼓是威风锣鼓，从古代军乐中演化而来的，铿锵悲壮，动人魂魄。家丁手持各色武器，在队伍前后游动巡逻，一个个凶神恶煞，喝喊驱赶试图靠近队伍的人群。队伍的最后面是泡泡，她没有坐轿，而是骑了一匹高大白马。那马真叫个白，全身一根杂毛都没有。她没有穿旗袍，也没有穿裙子，而是一身江湖侠女打扮。粉底蓝花短袄，款款束缚酥胸，红绸宽裆长裤，恰恰凸现臀围，神情漠然，眼望高天，马蹄得得，身姿颤颤。用西峰人常用的话说：摇了铃了。意思是说，某人像打铃那样风头健旺。那年月，女人的这种打扮，在大都市的洋人租借区或可偶尔一见，在偏僻封闭的西峰，简直比精屁股女人迈步走在大街上还惹人眼目。何况，这是马正天的女人，理应仪态一方，风化闺门的女人。马正天的大女儿在旁边牵马，龚七在另一旁护卫，虎头和另一丫环双手高举，扯起一幅联语，上面的字与斗一般大小，离老远都可看得笔画分明。写的是：

上联：白银十万两

下联：夫君一条命

横批：天地买卖

百名挑夫一人挑一对儿柳条筐，银锭码在筐里，都没有封盖。那时，春阳明媚，晴空万里，阳光打在银锭上，银光万道，街道两旁黑黢黢的屋宇、黑黢黢的人，都被铺天盖地的莹白笼罩了，眩晕了。

西峰人都知道马正天之冤，当马正天遭受突如其来的打击，并不得不付出十万两银子时，他们心里平衡些了，开始念起马正天的好来。但当看见一个与他为敌的知府的女儿这么快就对他死心塌地时，心底又是四海翻腾云水怒五洲震荡风雷激了。他们实在想不通。这不怪他们，百年之后，我也想不通。说的也是，人世间如果都是常见的事情，都是一想即通的道理，还有什么意思呢。

总之，那一天，泡泡完成了我家最后的辉煌。也许，那也是西峰最后的辉煌。我再也没有听说过，西峰还有哪一家，雇佣百人肩挑十万两银子招摇过市的壮举。

一个月后，马正天如愿出狱回家。一个月的牢狱生活在他身上留下的唯一痕迹，便是他胖了，白嫩了。但是，泡泡却发现，他神情中那种天生的孤傲没有了，时隐时现的是一种淡漠和超然。泡泡为此心里一痛。那一天，前来问安的人川流不息，他一个都不愿见，在泡泡的劝说下，他只见了邱十八、乏驴和黑娃，三个人是结伴来的。听说海树理莫名其妙地死了，马正天默默无语，只是不间断地抽烟喝茶。过了好大一会儿，他对他们只说了这样的话："你们想干什么就干吧，在外面混不下去，就跟我去员外村住吧。"

然后，又是长久的默默无语。

马正天要回员外村祠堂地一趟，泡泡火速安顿了家务，带着亲随一起去了。她有一个预感：他再也不会回西峰了。她暗中令人置备了丰盛的生活用品，随后运回员外村。果然，在员外村住了几天后，马正天催泡泡赶紧回西峰，全权料理里外事务，他说他要在这里修养一段时间。六两在这里收获颇丰，她指挥七家佃户，把周围数十面荒山坡全部圈占了，方圆十几里地面都归在马家名下了。马正天对此，脸上没有露出丝毫的喜悦。六两的身子已经很明显了，她的乖觉于此展露无遗。她跪下说：我永远是老爷的丫头，永远是马家的人。可是，我的父母兄弟如今不知道在哪里，我不忍心让我们赵家绝后，六两恳请老爷二太太再开天恩，赏我一片薄地，腹中胎儿无论是男是女，允许为赵氏一门留后顶门。马正天答应了，泡泡暗中长出一口气，第二天一大早回西峰了。

在那个秋天，六两生下了瘸腿赵五能的父亲。

每隔一个月，泡泡都要回一趟员外村的，她回来向马正天汇报西峰这边的家务状况，马正天不愿意听，但挡不住她一五一十地说道。每一次，马正天只有一句话：你看着办吧。那个冬天，离过年只剩几天了，泡泡生下了我的爷爷马登月。她是专程回来在员外村生产的。她回家时，带着龚七、虎头，还有所有的公子小姐。给马登月过百日那一天，西峰来人急报，一个月黑风高之夜，年如我家、牛不从家遭了大火，牛家满门良贱无一幸免，年家主仆很多，但，大院只发现了几具烧焦的尸体，别的人下落不明。官府怀疑是马家所为，但，马家除了几个伙计家丁，没有一个主人在西峰，此事便不了了之。

赵五能的爹和马登月都是在西峰长大的,长到六岁时,泡泡回员外村将他们一起接走了,员外村没有学校,泡泡要让他们接受新式教育,这也是六两的意思。泡泡在征求马正天的意见时,马正天冷淡地说,随便你吧,上学不上学都是一辈子。都是马正天的种,他们的母亲都够得上顶尖聪明,平时,也看不出来两个孩子有什么明显的差别,可是,进了学校,立即显示出来了。马登月学什么会什么,先生教一个,他会两个,可是,要把一个方块字装进赵五能他爹的脑子里,比把一头老黄牛赶进鸡窝还费劲。过了几年,六两振兴赵家的勃勃雄心黯淡了,她亲赴西峰,领回了孩子。人们都说,谁的种子要撒在谁家的土地上,才可长出好庄稼的,换了地就不服水土了,六两要是把儿子改姓马,马上就好了。六两听了这些话,自从来到马家从来没有说过粗话的六两,狠狠地说了一句粗话:驴屄里蹦出来的驴毬话!

这几年,西峰的变化很大,年如我、牛不从遭了灭门之祸,只剩下一个盐业经销大户的马家,却迅速衰败了,官盐纯粹没有营过业,牛不从向脚户收盐时,自己并没有本钱,打的是白条,他与脚户商量定了,铁徒手收拾了马家,给他支付了本钱后,每担盐他要多付三钱银子的。马家跌倒了,铁徒手吃饱了,可他把十万两银子并没有投入盐业经销,在抵消了财政赤字后,剩下的,全部投入到了道路修建中。从塞上南下,从西安北上,到中间点西峰会齐,陕甘两省正在全力拉通这条大路,因为有一半地界在陇东,陕甘总督府便严令陇东知府筹措配套资金,铁徒手从马家那里诈来的银子当然是不够的,他不得不向四邻八乡士农工商摊派。那些背叛了马家的脚户眼睁睁看着年家和牛不从彻底垮了,官府又背叛了他们,吃糠咽菜支撑了几个月,盐倒是从塞上运回来不少,可是无人收购,这玩意要是不马上换成银子或粮食布匹,很快就消融了,那段时间,西峰街上到处盐水横流,青白盐都化为青白盐水了。马家的盐店规模连鼎盛时期的三成还达不到,泡泡只收那一百家在马正天遭难时没有背叛马家的脚户运来的盐。另外近七百家脚户眼看揭不开锅了,推举出几个领头人上门求见邱十八,请他出面给马二太太赔情道歉,求她看在乡亲的情面上扩大食盐经销规模。请求被邱十八严词拒绝,他说:

我邱十八驮了半辈子盐，可我从来是用淡水洗脸的，我的脸皮没有那么厚。邱十八毕竟心软面软，架不住老弟兄们的软缠硬磨，听不得家家婆娘娃娃的啼哭声，硬了头皮去向泡泡求情。泡泡对邱十八在马家困难时期的情谊念念不忘，可是，她心有余而力不足。她不但不会扩大盐业经销规模，还正在极力收缩呢，计划不久就要永远退出盐业市场的。泡泡听说南北都在修大路，便立即敏感到，西峰盐业靠人力运输的时代要永远结束了。谁再要吃这碗饭，要不，赶紧置办大车，要不，趁早收摊，另寻出路。

泡泡选择了退出。朝廷在洋人那儿打了败仗，此败与先前之败不同，赔款的额度非常之大，这么一个穷省，居然被朝廷摊派了数百万两银子，人均达到一两。赔不起，只好出卖关税权。西峰盐税就这样被洋人控制了，首任西峰盐税监理便是那个洋窑姐的丈夫。在这之前，泡泡已将各盐店的存盐全部出脱了，她将一部分银子解往员外村，让马正天火速将马莲河两岸百里以内的荒坡地全数购入，与官府办理地契文约。马正天无动于衷，无奈，泡泡指使龚七代为办理。泡泡是有识人之明的，龚七不仅是一个打打杀杀的好手，也是理财能手。不久，一切都办妥了。所有的脚户彻底失业了，泡泡主动召见邱十八，问他愿不愿意种地，邱十八说，只要能养家糊口，卖血我都愿意，可我把血卖给谁呢。泡泡说，你去问问那些穷兄弟，还有谁愿意种地。邱十八明白泡泡的意思，这是一桩救命的善举，不是给所有人的。他挨门挨户问了那一百家始终与马家绑在一起的脚户。

这是一个惊天喜讯。

在那个正月刚开春的日子里，邱十八率领一百家，多达数百人的男女老少，浩浩荡荡吵吵嚷嚷，奔赴百里外的马莲河畔，按家口多少，一户得到一面或大或小的荒山坡。几十年前，这里都是有过住户的，战乱过后，再也没有恢复，到处都是破败坍塌的土窑洞。他们都是马家的佃户，邱十八心灰意冷，不愿揽事儿，泡泡便让龚七管理这一摊子。马家借给他们劳动工具和粮种菜种。这些运输工人，有的先前种过庄稼，有的对农活一窍不通。在生存面前，他们变工互助，种上了第一茬庄稼。那一年，风调雨顺，荒芜已久的土地乍然重新开垦，肥力巨大，第一个大丰收降临各家。在西峰的那些生活无着落的脚户迫于无奈,扯起了造反大旗,他们认为,灾难的根源在于眼看要修成的大路,在一个大白天,数百人手持各种工具去挖路,刚动手,便被早已探知消息的陕甘总督府官军包围了,一顿乱枪,热喷喷的人血染红了冰冷的黄土地。

泡泡还在西峰,她已撤退到西峰乡下,经营那几千亩良田沃土,一心课子读书。西峰的宅子还在,泡泡出租给洋人驻西峰的盐税监理,那个洋窑姐在来西峰前,已生了两个金发碧眼的儿子,她将他们也带来了。泡泡猛地想起马正天与这个洋女人还有过一段故事,心里一股酸水泛上来,她想毁坏一样什么物件,想想,都是自家的东西,又舍不得,便令人把那块从牛不从手里买来的石墩搬走了。

洋窑姐做了马府十年的主人。

改朝换代了,西峰地区土匪多如牛毛,隔三间二,总有一桩灭门血案发生。隔三间二,西峰城头总要变换一次旗帜,每支队伍无论路过,还是驻守,都要征粮派款。马家当然首当其冲,泡泡使出浑身解数,在一天天坚持。她靠不断地出卖土地应付种种苛捐杂税。终于,儿子马登月在西峰完成了中学教育,并如愿以偿去北平读书了。泡泡在西峰的事情做完了,她知道世道还会乱下去,四通八达的西峰并非久留之地,她留下二百亩土地和一座空宅子,带领全部家小移居员外村。她连那块石墩子也运来了。

泡泡本来是打算与马正天像寻常夫妻那样过平静日子的,可是,自从他从牢房出来后,对女人纯粹不感兴趣了,两地分居近二十年光景里,她保证每个月回员外村一趟,可他们很少过夫妻生活。她从此再没有怀过孩子。她坚信,他不是对她失去兴趣了,而是还没有从人生的阴影中走出来。为此,她想尽了办法,都不管用。在她彻底绝望时,意外地得知了袁征三、乏驴、黑娃他们的下落。他们的队伍被打散后,三人隐姓埋名,多年没有音讯了。她派人去给他们说,马正天很想念他们。他们结伴来到了员外村。连向惠中都来了,他的那个高徒于正阶娶了向惠中的女儿后,两口子竟然合伙霸占了他的药铺,把他赶出来了。乏驴来时,顺便把海绺绺也带来了,毕竟有些师徒名分,靠他那几手粗劣技艺,是不足以生活的。看见海树理的儿子,马正

天不觉悲从中来，竟然像老婆娘那样放声号哭了一场。他这一哭，把所有的人都吓坏了，惊坏了：谁曾见过马正天掉眼泪呀。人们纷纷解劝，泡泡悄悄摆摆手说，哭一哭，也许好些。果然，哭毕，马正天情绪好转了，亲自安顿了海绺绺后，整天和邱十八他们哥儿几个高谈阔论，其乐融融。说起过去的事情，个个感慨万端，邱十八说，年如我、牛不从绝后了，怪可惜的，毕竟弟兄一场。马正天盯住搁在大门外的石墩不错眼地看，沉思良久，问有什么办法可以补救，邱十八说，牛不从倒是有两个相好的，那个叶家的女人为他生了一个儿子。马正天便派邱十八把那个已长大成人的儿子找来，改姓牛，分给几十亩山地，过自己的日子了。从此定居于员外村，到了叶儿时，她没有兄弟姐妹，招赘了邱十八的孙子邱兴家，没想到出了横祸。乏驴说，年如我其实是一个仁义君子呢，半辈子规行矩步，没想到，只走了一步错路，就成了不归之路。马正天明白他的意思，叹息良久，便问起年家亲族现状，乏驴说，年如我是有一个亲侄儿的，被年老爷赶出家门了，据说是因为与牛不从有什么瓜葛。马正天说，聊胜于无呗。乏驴亲赴西峰找了来，顶了年如我的门。但，不久，他又迁回原地了。

其实，他们哪里知道，当年年家大火，烧了的只是一座空宅和几个留守的下人，年家人知道是要遭人报复的，早躲到外地了。几十年后，天变了，他们带着在租界经商赚来的大批金钱回到西峰，准备开创新生活的。一年以后，家族的主要成员都被当作反革命镇压了。

在给乏驴等人的接风宴上，泡泡在一边作陪，大家说得高兴，乏驴端起一杯酒，对泡泡说："二太太，有一桩事情瞒了你许多年了，先表歉意，再向你分剖明白。我先自罚一杯。"

泡泡愕然说："大侠从来光明磊落，不必自谦。"

乏驴笑道："当年马爷落难时，我受二太太差遣，当夜拜见袁爷，我回来汇报得含混不清，二太太是否有所担心？"

泡泡笑道："不瞒大侠说，女流之辈，方寸已乱，确实有些担心，但想到大侠行事，必有主张，便放心了。"

乏驴说："其实，我与袁爷当时是说过半夜话的，只是别人听不懂罢了。

我俩再给诸位说一遍吧。"

当下,乏驴与袁征三就地坐下,一人持一酒杯,交杯换盏,酒过数十巡,两人整衣坐归原位,始终一言未发。泡泡胡天胡地,不明就里,一桌宾客,如堕五里雾中。马正天却看明白了,端起一杯酒,说:

"马某眼拙,慢待高人多年,万请恕罪。又蒙不弃,得以见识江湖海底,这杯酒,算是以罚代敬。"

乏驴这才承认,他是哥老会"西北山堂"总舵主,袁征三为刑名使,黑娃为钱粮使,此前,互相都不认识,都以海底联络、交谈。

泡泡大受震撼,方知这世界原来人外有人,山外有山,到处藏龙卧虎,从此,不事张扬,安心做起管家婆来了。

泡泡是被马登月气死的。

马登月大学毕业后,泡泡本来准备让他留洋的,他不愿去。泡泡又让他在外面找事做,他还不愿意。他回到了西峰,在省立中学当了两年教员后,他说校长是不学无术的党棍,发动学生闹学潮,被解除了教职。从此,他不愿意做任何事情,一个人关在空荡荡的大宅院里,半个月一个月不洗一次脸,高吟低诵,不舍昼夜。让他去员外村,他更不愿意,回去了一趟,他说,那是不适合人生存的地方。抗战军兴,设在西峰的国民政府专员公署动员他为抗战大业做些事情,他出山了,他被委任为专员公署高级参议,出入于各种场合,给报纸电台写文章鼓吹抗战,给新兵宣讲保家卫国的道理,给这些刚撂下锄头的农家娃补习文化课,他手中的铁戒尺让这些准备慷慨赴国难的铁血男儿个个望而生畏,他整日忙得脚后跟打后脑勺。西峰让鬼子的飞机轰炸了一次,泡泡听到消息,连夜赶到西峰,这一次,鬼子只有两颗炸弹撂在了城区,损坏不大,马登月毫毛无损,泡泡对现代战争缺少了解,以为飞机不过就是鸟儿和鹞子的关系,便问儿子,我们要是有铁鹞子就好了,放出去,把飞贼掐下来,多好的,马登月说,铁鹞子当然是有的,可咱中国的鹞子不行,厉害的都在外国,要花巨资买的。泡泡问一只外国铁鹞子多少钱,马登月随口说五万两银子。泡泡当时没说话,第二天便亲手送来一张五万两的银

票，马登月大惊失色，但也正好与他的毁家纾国难的理想相吻合，母子俩一起将银票交给了专员公署，泡泡言明要专款专用，这些银子是要专门用于购买外国鹞子的。听说泡泡亲自前来捐款，亲自接待她的专员，一听这话，一头雾水，看见马登月偷偷向他使眼色，便虚应道：兄弟一定不负掌柜的一片爱国赤诚，鹞子买回来后，兄弟将亲笔给铁鹞子翅膀上写上一个大大的"马"字，让马家鹞子翱翔蓝天，掐死一切来犯飞贼。泡泡脸上露出了久违的灿烂笑容。半年以后，西峰又被炸了一次，这次损失很严重，大火将城西南角的民房全部焚毁了，泡泡赶到西峰，问马登月咱家的鹞子怎么还没买回来，马登月怕母亲伤心，撒谎说，买鹞子的钱不够，泡泡问还差多少，马登月说，我也不太知道，估计差不太多了吧。马登月没敢说，专员用泡泡捐的银子，买回了八辆美制军用吉普，驻西峰的高级军政长官们一人一辆，整天在城外兜风打猎呢。当夜，泡泡回员外村了，过了几天，龚七带人送来一大堆金银首饰，连那块玉石磴也搬来了，还有泡泡致专员的一封公开信。信中说，她是一个乡下女子，不懂得国家大事，但她坚信，儿子所投身的事业一定是对的。女为悦己者容，如今悦己者已归天命，夫死从子，她愿意将夫君对她的体贴转而用于支持儿子的事业。马登月看见这些浸润着母亲体温、美丽和爱的金银首饰，一时泪如雨下。他知道，母亲的心一定是要再遭辜负的，但他仍然将这些东西变卖了两万块大洋，以母亲的名义捐献给了专员公署。玉石磴正好让视察西峰的党国要员看见了，他二话不说，命令几个警卫抬上专员乘坐的那辆美制吉普，运到简易机场，装上军用飞机，呼啸而去。

  马登月被校方开除了的那一年，为了照顾他的生活，泡泡给他讨了一房老婆，我的奶奶进入了马家的生活。我奶奶是泡泡亲自选定的儿媳妇，她没有婆婆那样漂亮的外表，但，两人的智慧和心气儿不差上下。秉承婆婆的意志，我奶奶立志在西峰复兴马家。她将大宅子留出一小半自己居住，一大半出租，把剩下的二百亩土地全部出租，租金留够家用外，全部封存起来，等积攒得差不多了，买几间门面房做生意。随着几个儿女的相继降生，我奶奶被家务绊住了。马登月眼看着母亲的一腔报国心一再遭到践踏，而前方传来的坏消息一个接一个，一个比一个令人沮丧，他再也忍耐不下去了，他在公众场合大肆抨击政府腐败无能，丧师失地，致使北平名都沦陷了，津沪名埠落入敌手，国都南京惨遭践踏，他还揭露专员用民众捐助抗战的款项购买奢侈品，前方吃紧，后方紧吃，攻击专员是七无专员：无德无才，无情无义，无聊无耻，再加无赖。他被理所当然地赶出了参事室。但他恢复了的生活激情似乎还在，与往常一样早出晚归，回到家，仍然通宵读书。他主动请缨担当复兴家业重任。我奶奶高兴得一对儿三寸金莲蝴蝶般飞舞。可是，很长时间了，家里只见出去的钱，不见进来的钱，每遇我奶奶过问，马登月都会不耐烦地说，你安心养娃娃，男主外，女主内，我一个名牌大学生，这么一点小事还要你管。

　　过了几年，家里揭不开锅了，奶奶着急了，颠着小脚到乡下一问，土地早换主人了，回来找房客讨租金，他们说，我们住的是我家的房子，产权早与东家交割明白了。他们一个个拿出了房契。半夜，马登月回来了，奶奶坐在大门口专门等他，他躲避不及，被奶奶揪住耳朵讯问，他才老实交代，他抽大烟把地全卖光了，房子也卖了，剩下现住的这几间，也卖了，过几天，人家就会搬进来的。

　　我奶奶欲哭无泪，第二天一大早，雇了两副轿子，与四个儿女和两个丫环，回到员外村。马正天和马王氏已经去世将近十年了，他的那些哥们前后都下世了，泡泡一个人支撑着这样一个大家庭。我奶奶刚给婆婆说了一半，只听泡泡喉咙眼里咯噔一声，跌倒在地，不省人事。龚七一看事情严重，向惠中早已下世了，附近只有向惠中的儿子懂得一点医术，忙将他请了来，又派人连夜火速去西峰接马登月。马登月赶回来后，泡泡已经能说话了，她没有责备他，她令龚七将全家人和佃户招来，她躺在病床上，向大家宣布了马家新的掌门人。我奶奶从我家老太太手中接过了账簿。一个月后，泡泡死了。死时，一件首饰都没有的她，仍然美丽如花。

　　第二年，六两也死了。儿子十六岁时，她给娶了媳妇，几年后，儿媳连续为她生了两个孙子，大孙子赵五能长到二十岁时，她让儿子带着哥儿俩回河南老家寻亲，无论寻亲是什么结果，心事一了，回来后，都要给孙子娶媳妇的。半年以后，噩耗传来，儿子被日本鬼子飞机炸死，两个孙子都被国军

312

抓了壮丁。六两当场气绝身死，儿媳跟着投缳自尽。

我爷爷马登月在给我回顾往事时，丝毫没有自责的意思，相反，他把自己描绘成了马家的大功臣。他说，你奶奶那个老不死的真是没脑子，一门心思仰望天上的日月，却不知道低头看看脚下的路，都什么年月了，还在做发家致富的梦，那不是攒钱攒土地，那是给自己给全家攒棺材呢，只有年家那些猪脑子才做这样的事。你看看，我把咱家的钱花光了，土地卖得差不多了，土改就开始了，嘿嘿，咱家才摊了一个富农，要不是你奶奶那个老不死的拖我的后腿，咱家混一个贫下中农，一点问题没有。

我爷爷和我奶奶一起生活了五十年，泡泡死后，两口子大约吵了三十年架，吵得死去活来。祠堂地被没收后，一寸土地都没有了，我奶奶还活在管家婆的幻想中，她把一切罪过都归于我爷爷，骂我爷爷是败家子，我爷爷的委屈更大，他认为是我奶奶耽误了他的贫下中农身份。他们吵架没有更多的内容，翻来覆去，核心内容都是这些。

关于我们家族的事情，我只知道这些。在我准备离开员外村时，我对这个村庄已经厌倦了，我放不下的不是父兄们，我相信，我们马家的男人永远不会存在生存问题的，我放心不下的是叶儿干妈和哈娃。哈娃的学习本来还可以，努力一把，考一个中专没有问题。叶儿干妈也是这个意思，可是，在我将要离开村庄后，哈娃死活不去学校了，他要当兵。在我走后的那个秋天，他当兵走了。给你说，你怎么都不会相信，以哈娃这样的出身背景居然参了军，都是年干部一力操办的。少了半截舌头，他说出的所有的话，都是一连串的唔哇唔哇，时间长了，老同事老熟人居然都可连猜带蒙，听懂七八分。他就这样唔哇唔哇把哈娃送进军队了。快到年底时，哈娃随部队开赴南疆，他上了前线，受了一点小伤，立了军功，后来保送上了军校，直到现在，他还在部队，已经是一个不小的军官了。他成家后，将叶儿干妈也接去了。前一段时间，哈娃还给我寄了一张全家福，他的儿子比他高大英俊多了，已经考上军队院校了，照片中的叶儿干妈满头白发，神采奕奕，猛地看去，我居然把她错认为某个著名的女演员了。

还有一件事情，我本来是要让它成为永恒的秘密的。可是，我这人对别人的秘密可以用生命去保守，对于自己向来是心底无私天地宽，敞开心扉给人看，做了，就不怕人说三道四，也不怕承担什么责任。再说，叶儿干妈后来已经知道了，她提醒过我，劝说过我，可是，已经迟了，我已经拿不住自己了。在我接到录取通知书即将离家的那几天里，我做了一件令我羞耻了多少年的事情。有一夜，刚要熄灯睡觉时，听见一串轻轻的脚步由远而近，停留在我独居的窑洞前。那时候，农村人穷得连裤子都穿不起，社会治安好极了，真是夜不闭户，道上无遗可拾。我不怕盗贼临门，出于礼貌，我说："谁？门开着，自己进来。"

推门进来的是杏娃媳妇秧歌。她刚十八岁，过门两年了，已经为海豁豁生了一个大胖孙子，搭眼一看，与杏娃活剥了一张皮。我问她找我什么事，她羞怯地从怀里掏出一只鞋垫，请我写几个毛笔字，她要照样子绣上去。我说，我根本不会写毛笔字，上小学时，毛笔字属于封资修，不让写的，以后再没练过。她坚持要让写，说哪有大学生不会写字的，刚考上大学，连乡亲都不认了。她一天书都没读过，给她说不清楚。我坚持不写，她坚持要我写，而且，一手拽住我的胳膊，把我往书桌前拉扯。她是从小干苦活长大的，力气居然与我相当。哺乳期的女人身上有一种特别的味道，乳香中间似乎间杂着激动人心的骚味，夏天衣服穿的单薄，那时候的农村女人是不用奶罩的，她的一对大奶子，在我的眼里，像一对纳粹的豹式坦克，携着摧枯拉朽的威力朝我碾压而来，我躲避不及，居然一腔子撞了上去。在互相拉扯中，我们都躺在了炕上。她发现了我贴身穿的兜兜儿，她双手将兜兜儿反复抚摸了好多遍。我以为她一定要问这是谁送我的。我已经想好了托词，我绝对不会出卖叶儿干妈的。本来没有什么，我怕她胡说。我拍屁股走了，叶儿干妈还要在村里生活的。这一辈子，她身上担负的东西够多了。可是，她居然没有问起，我心里隐隐感到失落。她长叹一声说，唉，我们海家人，吃屎都赶不到人前面。我知道她误会了，接着，她也知道她误会我了。在这件人人都无师自通的事儿上，我完全是新手。她一下子眉开眼笑，扯过我的耳朵，悄声问：

314

我是不是比你整整大了一圈儿？剩下的几天里，每个夜晚，我们都在一起。

我要走了，在最后一夜，我忽然想起一个严重的问题，我说："你夜不归宿，难道杏娃都不管你？"

秧歌不说话，只是眯缝着两眼，一个劲，一个劲，没完没了，直到我像死猪那样不省人事，直到我坐上去西峰的班车后，心下才突然有所觉悟。我让女人把绿收了。绿，读作（liu），绿色之意。庄稼没有成熟，叶儿秆儿是绿的，但已经被收割了。在员外村语境里，谁让谁把绿收了，指的就是这种意思。当时，只觉得稍稍有些新鲜、快活，多年以后，腰里老觉着莫名其妙地乏损，后来，遇到天阴下雨，便感到酸疼。我推说是小的时候干重活儿伤了力，其实，这只是借口，我知道问题出在哪里。青少年朋友们哪，身体是革命的本钱啊，庄稼没有成熟，千万要善加珍摄，别把晚饭当早饭吃了。多少年来，与我熟悉的朋友不断地问我，为什么总不见我回老家，我总是推说太忙。其实，开始的几年，我每年都至少要回家两趟，那里是我的故乡，那里的山山水水，牵动着我的每一根神经。我不愿意回去的原因，仅仅是因为，在我离开家乡的第二年夏天，杏娃媳妇生了一个儿子，海豁豁全家爱如至宝。可是，两年以后，他们发现，那是一个傻子。海家给那个傻娃取了一个与我同样的名字：蛋蛋。

我的根深深扎在祖先扎根过的地方。